영국에서 사흘
프랑스에서 나흘

코미디언 무어 씨의 문화충돌 라이프

이안 무어
박상현 옮김

남해의봄날 ✹

아내 나탈리에게

아내 없이는 이 모든 게 불가능했다.

**베스파,
폭스, 플레임**
극악무도한
고양이 삼형제

피에로
식탐 많은
변태 개

토비
농장의 든든한
파수꾼

얼타임
주니어의
여자친구

주니어
바이킹의 피를
물려받은 조랑말

가엾은 **토끼**

패션에 목숨 건
모드족 아빠
이안 무어

동물을
사랑하는 엄마
나탈리

**털룰라,
롤라**
잉여롭고 평화로운
닭 아가씨들

진중하고 시크한 맏형 **새뮤얼**
천방지축 천진난만 둘째 **모리스**
자유분방한 야생 소년 셋째 **테렌스**

한국 독자 여러분, 안녕하세요!

세상 참 재미있지 않습니까? 거의 정확히 3년 전, 저는 프랑스 시골에서 런던으로 가는 저가 항공사의 좁은 좌석에 앉아서 제 인생의 의미를 고민하고 있었습니다. 인생의 의미를 발견하기 위한 방법으로 글쓰기를 선택한 저는 창가와 복도 좌석의 가운데에 앉아서 미친 듯이 노트북 자판을 두드리고 있었습니다. 연신 움직이는 제 팔 때문에 양 옆에 앉은 승객들은 짜증이 났겠지만, 아무도 저를 말릴 수 없었습니다. 이 책을 쓸 때, 우리 가족은 프랑스에서 산 지 6년째에 접어들었습니다. 책을 읽어보면 아시겠지만, 평화와 고요, 그리고 가끔씩 나만의 시간을 갖고 싶다는 애초의 기대는 이미 무참하게 짓밟힌 상황이었습니다. 그도 그럴 것이, 애들은 자꾸 태어나는데 노아의 방주까지 집 앞에 도착해서 동물들을 쏟아냈거든요. 영국으로 가는 비행기 안에서 정신없이 자판을 두드리는 동안 제 머리는 팽팽 돌고 있었습니다. 정신없이 지나간 한 주간의 일들을 하나도 빼놓지 않고 다 기억해내야 했을 뿐 아니라, 그걸 질서정연하게 순서대로 정리해야 했습니다. 우리 집 같은 무질서에서 질서를 찾는 게 가능한 건지 스스로도 의심스러웠습니다.

처음에는 아마도 일종의 카타르시스를 위해 글을 썼던 것 같습니다. 하지만 어떻게 보면 (아마 이게 더 정확한 진단일텐데) 나 좀 살려달라는 일종의 구조요청이기도 했습니다. 그래서 런던에 착륙하자마자 무료 와이파이가 되는 카페를 찾아 횡설수설 써내려간 제 생각을 페이스북에 올렸습니다. 그걸 읽은 친구들이 제게 그 글을 정기적으로 블로그에 기록하라고 설득했고, 나중에는 트위터로 제 이야기를 퍼뜨리자는 제안이 있었고, 제가 매주 올리는 글을 받아 읽던 독자 중에서 출판사를 하시는 분을 통해 제 첫 번째 책이자 여러분이 들고 계신 이 책, 〈영국에서 사흘 프랑스에서 나흘〉이 탄생하였습니다. 그리고 3년 후에는 한국어로 출판된 겁니다! 참 재미있는 세상 아닙니까?

영국 가족이 외국으로 이사해서 겪은 일을 쓴 책은 이미 많은데 굳이 저까지 그런 책을 쓰고 싶은 마음은 없었습니다. 외국의 희한한 음식문화를 소개하거나 다른 나라 사람들이 특이하게 사는 모습으로 책을 채우고 싶지 않았습니다. 저는 젊은 가족이 열심히 집을 가꾸고, 일과 일상 사이에서 삶의 균형을 잡기 위해 애쓰는 모습을 정직하게 기록하고 싶었습니다. 제 딴에는 제임스 본드처럼 입었다고 생각하지만 프랑스 농촌 사람들 눈에는 오스틴 파워처럼 보이는 복장을 한 영국 남자가 동네 사람들과 자연스레 섞이려고 애쓰는 것만큼 우스운 일도 없죠. 물론 저를 제외한 나머지 식구들은 놀라울만큼 빠르고 쉽게 해냈습니다만.

이 책이 깜짝 놀랄만큼 기분 좋은 성공을 거둔 이유도 그 때문인 것 같습니다. (바라건대) 웃기고, 따뜻하고, 감동적인 이야기들도 있고, 솔직한 기록인 것도 사실이지만, 몸에 딱 달라붙는 양복을 입은 영국 남자가 말똥 더미 위에 넘어지고, 프랑스 말에게 괴롭힘을 당하는 것 만큼 우스운 장면은 세상에 별로 많지 않거든요. 한국에서도 마찬가지일 겁니다.

한국의 독자 여러분들도 제 이야기를 재미있게 읽어주시면 좋겠습니다. 그리고 제 고생담에 공감하시는 분들이 계시면 더욱 좋죠. 그래서 읽다가 원하시면 제게 응원의 메시지를 보내주셔도 좋지만, 정말로 저를 돕고 싶으시다면, 한국에 모드족 영국 코미디언이 공연할 만한 곳을 알려 주시면….

다른 거 바라지 않고 그저 조용한 곳이면 됩니다.

이안 무어

목차

chapter

1

가족을 데리고 프랑스로

>   >   >

그날 밤 나는 스탠드업 코미디언이라면 누구나 꿈꾸는 순간을 누리고 있었다. 무대에 올라 청중을 완전히 장악하는 순간. 나의 말 한마디마다 사람들이 배꼽을 잡고, 그야말로 객석을 들었다 놨다 좌지우지하며 청중을 완전히 사로잡은 그런 순간말이다. 그런 순간에는 마치 유체이탈을 한 것처럼 공연장 위에서 공연 중인 나와 관객들의 모습이 한 눈에 펼쳐진다.

그보다 짜릿한 느낌이 또 있을까?

객석을 내려다보았다. 내 농담에 배꼽이 빠져라 웃고 있는 450명의 얼굴이 눈에 들어왔다. 나는 마치… 잠깐! 저 인간은 뭐야? 저기 두 번째 줄에 앉아 있는, 턱에 염소수염을 기르고 가죽 재킷을 입은 저 인간. 뭐가 불만이지? 다들 웃고 있는데 왜 혼자만 안 웃지? 도대체 뭐가 문젠데?

나는 그 남자를 웃기려고 갖은 노력을 다했다. 절대로 실패한 적이 없는 내 비장의 무기까지 꺼냈다. 말의 리듬을 바꾸고, 속도도 빠르게 해보았다. 이쯤 되자 청중은 웃다가 실신할 지경이었지만, 둘째 줄에 앉은 '염소 수염'은 여전히 반응이 없었다. '혹시 전신 마비인 사람은 아닐까' 생각하는 순간, 그 인간이 하품을 했다.

무대 맞은편에 내 공연 시간이 끝났다는 걸 알리는 빨간 불이 들어왔다. 나는 청중에게 감사하다는 말을 남기고 귀가 찢어질 듯한 박수 소리를 들으며 무대에서 내려왔다. 사회자가 힘겹게 관객들의 환호성을 뚫고 "여러분, 이안 무어였습니다!" 하고 다시 한 번 내 소개를 했다.

분장실로 들어가는 복도에서 크리스가 "와우!" 하고 감탄하며 나를 반겼다. 코미디를 시작한 지 얼마 되지 않은 친구다. "정말 엄청났어요! 아주 만족스러우시겠어요."

스탠드업 코미디 경험이 많지 않은 게 분명한 크리스가 대답을 기다리는 동안 나는 물을 한 잔 길게 들이켰다. 아마 이 친구는 자신도 이런 무대에서 스탠드업 코미디를 할 때를 대비해서 내게 충고나 격려의 말을 듣고 싶었던 것 같다.

"객석 앞에서 두 번째 줄에 앉아 있는 관객 한 명의 태도가 아주 안 좋아" 하고 내가 말했다. "잘 지켜봐. 말썽을 부릴 녀석 같아."

"하지만 관객들이 정말 좋아했는데요." 크리스가 거의 소리치듯 말했다. "진짜 좋아했어요!"

"정확하게는 449명이 좋아한 거지." 나는 마치 스승이 제자에게 말하듯 크리스를 바라보았다. "그 자식이 공연을 망쳤어."

"저라면 449명이 좋아한 것만으로 만족스러울 것 같은 데요."

"하!" 분장실 한구석에서 비웃는 소리가 들렸다. 고개를 돌려보니 나만큼이나 스탠드업 코미디를 오래 해 온 존이 한 손에 맥주병을 들고 가죽소파에 앉아 있었다. 내 뒤를 이어서 무대에 올라갈 차례인데도 전혀 서두르는 기색이 없었다. 흥분해서 자리에 앉지도 못하는 크리스와 달리, 그는 아직 잠이 덜 깬 듯한 태도로 천천히 말을 이었다. "크리스, 이안 좀 봐라." 존이 손가락으로 나를 가리키며 말했다. "저 친구가 옷을 어떻게 입고 있는지 봐. 넥타이가 좀 비뚤어지거나 소매에 보푸라기 하나만 붙어 있어도 공연을 망쳤다고 생각할 녀석이야. 쟤는 모드족*이거든. 〈쾌드로페니아 Quadrophenia〉라는 영화 본 적 없어? 모드족은 원래 불평이 많아!"

틀린 말은 아니었다.

모드족은 아주 세련된 영국 풍으로 옷을 잘 차려입는 걸로 유명하지만, 남들과 어울리지 않고 심각한 표정으로 혼자 쿨한 척 하는 것도 사실이기 때문이다. 아니 어쩌면 그런 태도야말로 아주 영국적인 것인지도 모른다. 결국 모드족은 잘 다린 바지를 입고 다니면서 감정표현을 잘 하지 않는다는 점에서는 전형적인 영국인이니까.

나는 마이클 케인이 영화

---

* mods: 모더니스트의 줄임말로, 유행을 쫓아 말쑥하게 차려 입고 스쿠터를 타던 1960년대 영국 청년, 혹은 그런 사람들의 하위문화를 가리킨다.

〈입크레스 파일Ipcress File〉에서 입었던 1960년대 스타일의 외투를 입으면서 존에게, "완벽을 추구하는 건 창피한 게 아니지. 너도 좀 그렇게 살아봐" 하고 말해주었다.

하지만 완벽을 추구하다 보면 아무래도 자신을 좀먹게 된다. 염소수염처럼 객석에 앉아서 하품을 하는 관객은 나 같은 완벽주의자의 신경을 거스른다. 하지만 내 기분을 더욱 상하게 하는 건, 그런 관객 때문에 내 기분이 상했다는 사실이다. 게다가 공연 후 늦은 밤에 네 시간 동안 혼자서 운전하는 동안에는 생각을 다른 데로 돌리기도 쉽지 않다.

빨리 집으로 가고 싶었다. 지금은 일요일 새벽. 나는 지난 수요일부터 집에 돌아가지 못하고 맨체스터에 머물면서 공연을 했다. 집에 돌아가서 내 침대에서, 내 아내 나탈리의 옆에서 잠을 깨고 싶었다. 사랑하는 내 잭 러셀 테리어 종 강아지 에디의 포근함을 발에서 느끼고 싶었고, 이제 세 살이 된 아들 새뮤얼이 옆방에서 내는 조용한 숨소리를 듣고 싶었다.

하지만… 마음 한구석으로는 집에 가고 싶지 않았다.

첫째, 장거리를 쉬지 않고 끊임없이 운전하는 게 너무 힘들었다. 클럽에서 스탠드업 코미디를 하는 나는 6년째 영국의 고속도로를 오가며 일하고 있었다. 1년에 4만 마일을 넘게, 그것도 대부분 늦은 밤에 졸린 눈으로 운전해야만 했다. 때로는 고속도로를 탔다가 몇 시간 후에 갑자기 정신을 차리고 보니 집 근처에 와 있음을 깨닫기도 했다. 정신은 다른 데 가 있으면서, 무의식 중에 운전을 한 것이다. 나는 마치 많은 전투를 치른 전투기 조종사처럼, 용케 죽지 않았다는 안도감을 느꼈지만, 머지않아 반드시 사고가 날 거라는 불길한 생각을 떨칠 수 없었다. 심지어는 운전하기 싫다고 버티는 나를 아내가 달래 일하러 가게 한 적도 있었다.

둘째, 나는 도대체 어디로 가고 있던 것일까? 물론 내 가족이 있는 집으로 가고 있었고, 우리가 살던 곳은 웨스트 서섹스의 크롤리였다. 비록 (나처럼) 가족을 사랑하고, 장거리 운전에 익숙한 사람이라고 해도 크롤리처럼 콘크리트로 만든 개성 없는 '신도시'에 집이 있다면, 마음 한구석에서는 집에 가고 싶지 않다는 생각을 하기 마련이다.

우리는 원래 사우스 런던에 살다가 7년 전에 '같은 값이면 좀 더 나은 조건'을 찾아서, 그리고 내가 취미로 하던 스탠드업 코미디를 직업으로 삼는 데 도움이 되도록 크롤리로 이사했다. 아내는 내가 경력을 쌓을 수 있도록 이사 후 1, 2년을 매일 런던으로 출퇴근하면서 가족의 생계를 유지했다. 하지만 크롤리가 어떤 곳인지 파악하는 데는 오래 걸리지 않았다. 그 동네의 펍 한 군데에서 밤에 코미디 공연을 한다고 광고를 하길래 내가 일할 기회가 있을까 싶어 찾아가 보았다. 하지만 주인에게서는 "아, 그거요? 자꾸 싸움이 나서 그냥 안 하기로 했어요"라는 대답이 돌아왔다.

새벽 3시 반, 나는 차를 몰고 집 앞을 지나쳤다. 집에 들어가기 싫어서가 아니라, (언제나처럼) 주차할 자리를 찾지 못해서였다. 우리는 크롤리 중심가 근처에 줄줄이 늘어선 빅토리아

풍의 작은 주택에 살고 있었다. 집마다 테라스가 딸려 있었지만 완전한 단독주택은 아니었고, 주차하려는 차들은 넘쳐났지만 개인차고나 전용 주차공간은 없었다. 게다가 외부인들은 길가에 주차를 해놓고는 공짜 주차공간을 찾았다는 만족스러운 표정으로 시내로 걸어가곤 했다. 내 성질을 긁는 많은 일들 중 하나였다.

20분쯤 지난 후, 나는 집에서 좀 떨어진 길가에 차를 세우고 큰 여행용 가방을 (모드족은 절대 단출하게 여행하지 않는다) 힘겹게 끌고 와서 현관문을 열었다. 소리를 내지 않으려고 애를 썼는데, 그래도 소리가 컸나 보다. 문이 닫히자마자 새뮤얼이 요란한 소리로 울기 시작했다. 당황한 나는 여행가방에 발이 걸렸고, 우스꽝스러운 자세로 부엌 쪽으로 넘어지면서 오븐에 머리를 부딪혔다. 집에 도둑이 들어왔다고 생각한 아내가 계단을 달려 내려왔다.

"당신 거기서 뭐해?" 아내가 작은 소리로 물었다. 애는 이미 잠을 깼는데 속삭인다고 뭐가 달라지는지 모르겠지만 나도 덩달아 속삭이는 목소리로 "넘어져서 머리를 다쳤어" 하고 불쌍하게 대답했다.

"애가 깼잖아!"

"난 그냥 현관문을 닫은 죄밖에 없어!"

"그럼 닫지 마!"

"엥? 문을 닫지 말라고?"

아기가 있는 부모들에게는 익숙한 상황일 것이다. 온갖

노력을 다해서 아기를 재우는 데 성공한 다음에는, 아기가 다시 깰까 봐 부모는 함부로 말도 못하고, 소리가 나는 게 겁나서 움직이지도 못하는 생활을 여러 달 하게 된다. 집안을 살금살금 돌아다니고, 둘 중 한 사람이라도 소리를 내면 도끼눈으로 째려보고, TV 볼륨은 너무 낮춰서, 보는 내내 옆 사람에게 "지금 뭐라고 한 거야?"라고 물어보는 그런 생활. 게다가 집이 작으면 그런 고충은 배가 된다. 공연을 만족스럽지 않게 마치고 네 시간을 운전해서, 좋아하지도 않는 동네에 있는 집으로 돌아와서, (별로 크지도 않은 내 키에) 머리는 부엌에, 나머지 몸통은 복도(라고 부르기도 우스운 공간)와 거실에 걸쳐 누워 있는 내 신세가 처량해서 그냥 그대로 눈을 감고 바닥에서 잠들어 버렸다. 그렇게 잠들었다가 한밤중에 일어나 용케 아이를 깨우지도, 아내에게 혼나지도 않고 침대로 들어갔다. 다음날 아침 느지막이 일어났을 땐, 몽롱한 중에도 지난밤 느낀 절망이 조금은 잦아들었음을 느꼈다. 집이 불편할 때도 있지만 적어도 돌아올 집이 있는 게 다행 아닌가! 아내가 나를 위해 차를 한 잔 들고 들어오면서 말했다. "방금 일어난 사람에게 움직이라고 하기는 좀 그런데, 방금 집 앞에 서 있던 차 하나가 떠나서 자리가 났어. 당신 대신 차를 옮겨주고 싶어도 밤에 어디에 주차를 했는지 모르니…."

우울하게도 그런 일은 일상이었다. 나는 급하게 옷을 챙겨 입으면서 연신 창밖을 내다보며 아직 자리가 남아있는지 확인했다. 그리고 아래층으로 뛰어내려가 현관을 나섰다. 내가 차를 어디에 세워뒀더라?

나는 차를 찾으러 가면서 "여보, 빈 자리에 아무 물건이나 좀 세워 놔!" 하고 소리쳤다.

"뭘 갖다 놓으라고?" 아내가 뒤에서 소리를 질렀다.

"어… 나도 몰라! 애 자전거라도 놔두면 되잖아!"

"애 자전거를 어떻게 길에다 세워 둬? 그냥 빨리 갔다 와!"

아내 말도 틀린 건 아니었기 때문에 나는 서둘러 차를 찾으러 갔다. 하지만 5분 후, 차를 몰고 돌아오니 이미 빈자리는 없었다. 차에서 내린 나는 길에 서서 내 자리를 차지한 반짝거리는 BMW를 노려봤다. 그리고 눈을 질끈 감고는 고개를 뒤로 젖히고 소리를 질렀다. 스트레스가 푹푹 쌓이는 중소도시, 중산층 가구들이 밀집한 동네에서 지르는 짜증과 피로가 섞인 원시적인 고함이었다. 동네 사람들은 대체 누가 조용한 일요일 아침을 이렇게 방해하는지 궁금해서 창밖을 내다봤다. 내 차는 도로에서 오는 차들을 막고 서 있었고, 나는 눈을 질끈 감고 길 한복판에서 소리를 지르고 있었다. 그 순간에도 깔끔하게 옷을 차려 입은 내 모습이 '궁지에 몰린 남자'라는 느낌을 더해주었을 것이다. 멈춰선 차량들 중에서 누군가 나를 향해 경적을 울리기 시작했지만, 나는 그 자세로 꼼짝 안 하고 서 있었다.

아내가 나왔다. 내다보는 이웃들에게 연신 미안하다는 손짓을 하고, 빵빵거리는 차들에게도 사과를 하면서 내게 다가와 팔에 손을 얹고 귀에 속삭였다. "이제 들어가자, 여보. 집에 들어가, 주차는 내가 할 테니까." 내가 천천히 발걸음을 떼자, 아내가 단호한 목소리로 한마디 덧붙였다. "그리고 여보, 우리 휴가 좀 가자."

내가 열 살 때 이안 보섬* 선수가 호주 선수들을 상대로 6점포를 연이어 터뜨리는 걸 본 기억이 난다. 보섬의 자신만만한 걸음걸이와 투지에 찬 모습에 나는 완전히 넋을 잃었다. 때는 1981년 여름, 나는 훗날 '보섬의 애쉬즈**'라고 불리게 된 그 경기를 트루로의 '라디오 렌탈' 가게 밖에서 보고 있었다. 크리켓에 전혀 관심이 없던 아버지는 그만 보고 가자고 하셨지만 어차피 콘월에서 보내던 휴가는 지루했고, 나는 경기에 흠뻑 빠져들었다. 나의 크리켓 사랑은 그때부터 시작되었다. 그 뒤로 낮에는 TV와 라디오에서 하는 경기 중계에 몰두했고, 밤에는 경기 기록을 뒤지며 시간을 보냈다. 나는 바로 그날, 인생이 통째로 바뀔 것을 예감했다. 이안 보섬의 인생만이 아니라, 나, 이안 무어의 인생도.

그로부터 20여 년이 지난 후, 나는 프랑스 루아르 계곡에 위치한 어느 작은 마을의 부동산 중개소 앞에 서 있었다. 그리고 1981년의 여름과 마찬가지로 내가 인생의 전환점에 있음을 예감했다.

나는 새뮤얼과 산책을 하고 온 아내에게 "이 동네 집값이 얼마나 하는지 봤느냐"고 슬쩍 물었다. 물론 아내는 알고 있었다. 사실 우리가 영국에서 크롤리로 이사한 가장 큰 이유는 장인, 장모님께서 그곳에 사셨기

---

* Ian Botham: 영국의 크리켓 선수로, 현재는 해설자로 활동하고 있다.
** Ashes: 잉글랜드와 호주 간에 열리는 크리켓 경기 시리즈를 애쉬즈라고 부른다.

때문이었다. (그분들을 보고 크롤리로 이사를 결정했던 게 나는 아직도 후회가 된다.) 두 분은 이 프랑스 시골에 별장으로 사용하는 조그마한 오두막을 한 채 가지고 계셨다. 우리는 지난 10년 동안 매년 이 별장에 놀러 왔다. 마음에 드는 장소였다. 장모님은 프랑스인이고 장모님의 형제자매도 이곳에서 자라셨을 뿐 아니라, 아내의 할아버지는 마을의 우체국장을 지내시기도 했다. 아내의 할아버지, 할머니도 근처에 사셨고 마침 그날 점심식사를 함께 하려고 방문하실 예정이었다.

이 마을은 사람들이 상상하는 프랑스의 작은 농촌마을이 가지고 있을 법한 요소들을 다 가지고 있다. 마을을 압도하는 큰 교회가 있고, 강둑에는 작은 성이, 그리고 좋은 식당 한두 개, 술을 마실 수 있는 바가 두세 개 있고, 빵집, 정육점, 식료품점은 당연히 많고, 웅장한 시청 건물과 매주 열리는 지역 농산물 직거래 장터, 그리고 모든 프랑스 마을들이 그렇듯, 안경점이 대여섯 개 있다. 마을은 아주 깨끗하고, 사람들은 꽃으로 집 앞을 장식하는 데 돈을 아끼지 않는다. 그리고 다시 말하지만, 다른 모든 프랑스 마을들과 마찬가지로 주차가 무료다.

"그냥 하는 말이 아냐, 여보. 여기 좀 보라고! 우리가 여기로 이사하면 어떤 집을 살 수 있는지 알아? 우리 돈이면 아예 마을을 통째로 사버릴 수도 있어!" 물론 그건 과장이었다. 그래도 당시로서는 파운드화가 유로를 상대로 위력을 발휘하고 있었고, 나는 아내를 설득하는 중이었으니까. 아내는 계속 걷기만 했다. 프랑스 시골로 이사하는 건 원래 우리의 계획에 있었다.

나이가 들어 은퇴를 하면 여기에 정착해서 루아르 계곡이 주는 전원의 고요함을 만끽할 생각이었다. 나는 가볍고 부담 없는 코믹 소설을 쓰고, 아내 나탈리는 말을 키우는 것이 우리가 애초에 가진 계획이었다. 엄밀하게 말하자면 구체적인 계획이라기보다는 하나의 꿈이었고, 야심이었다. 하지만 30대 초반에는 은퇴라는 것이 워낙 멀리 있는 일이기 때문에 화성에서 전원생활을 하겠다고 선언하고 우주선을 디자인한다고 해도 누가 뭐라 하지 않는다. 아내는 내 생각을 알면서도 걷기만 했다.

"여보" 앞서가던 아내가 뒤를 돌아보며 말했다. "이러다가 점심 약속에 늦겠어." 나는 부동산 중개소 앞에 비치된 잡지를 집어 들고 아내를 쫓아 뛰어갔다.

흐릿한 햇볕이 내리쬐고 있던 오후, 아내와 나는 장인, 장모님, 그리고 아내의 프랑스인 조부모님과 함께 작은 정원에 느긋하게 앉아 있었다. 새뮤얼이 집 안에서 자고 있는 틈을 타서 나머지 식구들은 휴식을 취하는 중이었다. 들리는 소음이라고는 연보라색의 무성한 히비스커스 꽃 주위를 날아다니는 벌들과 옆 공터에서 들리는 귀뚜라미 소리뿐인 고요한 오후였다. 나는 더 이상 기다릴 수 없었다.

"아무리 생각해도 여기로 이사해야 할 것 같아." 모두들 조용히 앉아 있던 정원의 침묵을 깨면서 내가 말했다.

"무슨 말인지 알아." 아내가 대답했다. "여기로 오면 좋을 것 같아. 여기에 오면…"

"당장 이사하자는 말이야. 아무래도 당장 여기로 이사를 해야겠어." 나는 그냥 한번 해보는 생각이나 점심에 마신 와인에 취해서 장난치는 게 아니라는 걸 보여주려고 똑바로 일어나 앉았다.

"저 사람이 지금 뭐라고 한 거냐?" 아내의 할머니가 물었다.

"여기로 이사를 오고 싶대요." 장인어른인 브라이언이 옆에서 통역을 했다. 그 말을 들은 할머니가 어처구니 없다는 얼굴로 혀를 찼다. 나와 아내의 조부모님 사이에 문제가 있는 건 아니지만, 언어가 다른 것이 그분들과의 관계에 큰 장애물인 건 사실이고, 그분들은 큰 외손녀가 프랑스 남자와 결혼하지 않은 데 대한 실망을 잘 감추지도 못하셨다. 게다가 영국 남자와 결혼한 것까지는 어떻게 참아보겠는데, 손주사위가 시대에 맞지 않게 옛날 멋쟁이들 같은 복장을 하고 다닌다는 사실은 도저히 이해가 안 되는 눈치였다. 하지만 그렇다고 이사 이야기를 그만둘 내가 아니었다.

"우리가 여기로 이사하면 안 되는 이유 하나만 말해봐." 아내에게 묻는 말이었지만 사실 거기에 앉은 식구들에게도 던지는 질문이었다.

"자네는 불어를 못하지 않는가?" 장인어른이 입을 열었다.

나는 "나탈리는 불어를 유창하게 하고, 저야 배우면 되죠" 하고 반박했다.

그러자 장모님이 "새뮤얼 학교는 어쩌고?" 하고 물으셨다. 하지만 장모님은 속으로는 반대하지 않으시는 게 보였다.

"이제 막 유치원에 다니기 시작했기 때문에 그건 문제가 안 됩니다."

"그럼 나탈리는 무슨 일을 하고 살 건가?" 장모님이 이어서 물으셨다. 나탈리는 아이를 낳은 후 크롤리에서 채용담당 컨설팅 일을 시간제 근무로 다시 시작했지만 재미있어 하지는 않았다. 업무 자체는 좋아했지만, 시간제 근무에 적응하기 힘들어했고, 일을 하느라 새뮤얼과 떨어져 있어야 하기 때문에 엄마 역할을 충실히 하지 못하고 있다고 생각했다.

"내 경력과 언어 실력이면 할 일은 찾을 수 있어요." 아내가 대답했다.

어라, 뜻하지 않게 긍정적인 신호다.

"그래, 나탈리는 그렇다 치고" 장모님이 나를 쳐다보며 말씀하셨다. "자네는 뭘 하면서 먹고살 건가?" 나를 제외한 모든 식구들이 생각을 하느라 잠시 조용해졌다. 하지만 나는 (비록 꽃무늬 바지와 단추를 다 채운 폴로셔츠를 입고 있기는 해도) 잘 준비된 변호사처럼 변론을 시작했다.

"제가 조사를 좀 해봤습니다" 하고 말문을 열었다.

내 변론은 간단히 '출퇴근하면 된다'였다. 이 마을은 공항 세 군데(투르, 푸아티에, 리모주)와 각각 차로 한 시간 반 이내에 도달하는 거리에 있고, 세 공항 모두 런던을 직행으로 오가는 저가 항공사들이 있다. 만약에 비행기를 타지 못해도 기차로 파리까지 두 시간이면 갈 수 있고, 파리에서는 오를리 공항이나 드골 공항에서 비행기를 타도 되고, 아니면 유로스타*를 타

---

* 프랑스와 영국을 해저터널로 연결하는 고속열차

도 된다. 물론 그렇게 하면 지금보다 출퇴근 비용이 훨씬 많이 들겠지만, 크롤리의 집을 팔면 주택담보 대출금을 다 갚아버리고도 여기에서 쓸 만한 집을 살 수 있다. 그렇게 해서 대출금을 갚느라 매달 들어가던 돈을 절약할 수 있으면 나는 주중에는 일할 필요 없이 목요일부터 토요일까지 있는 주말 공연에만 집중할 수 있다. 그러면 목요일 아침에 집을 나서서 일요일 오후에는 집에 돌아올 수 있다. 모두들 나를 쳐다봤다. 식구들의 표정을 보니 내가 변론을 제대로 준비한 게 분명했다. 이 문제에서 가장 중요한 건 아내의 의견이었는데, 아내도 솔깃한 눈치였다. 사실 아내도 나만큼 이곳을 사랑한다. 크롤리에서 부모님 곁에 사는 것도 물론 좋아했지만, 크롤리에 살면 아이를 더 가지는 게 힘들다는 걸 마음 한구석으로는 잘 알고 있었다.

"하지만, 당신은 장거리를 다니는 거 싫어하잖아." 아내가 말했다. "여기로 이사오면 더 많이 움직여야 해."

내 대답은 이미 준비되어 있었다.

"나는 운전하는 게 싫어. M25와 M1을 달리는 게 싫고, 그 사이에 있는 M자 붙은 도로들*이 다 싫어. 고속도로 운전 때문에 피곤하고 짜증이 난다는 사실도 싫고. 하지만 비행기를 타거나 유로스타를 타면 내가 운전하는 게 아니잖아. 그 동안 쉴 수 있거든. 게다가…" 나는 결정타를 날릴 준비를 했다. "5년만 더 지나면 순회 코미디 공연은 그만하고 집에서 책을 쓸 거야."

"하지만 장거리 출퇴근은…, 근데 정말로 그만한다고?" 장모님은 침착하게 질문을 하신다고 했지만, 걱정이 앞설 때

---

* 영국 전역을 연결하는 고속도로에는
M자를 붙여 표시한다.

항상 그러시듯 불어 악센트가 강하게 튀어나왔다. "하지만 그런 출퇴근은 너무 힘들 텐데."

"제 생각은 이렇습니다." 나는 최종변론을 시작했다. "현재 하고 있는 출퇴근도 제게는 너무 벅찹니다. 이런 식으로 계속할 수는 없어요. 물론 프랑스에서 출퇴근을 한다고 덜 피곤한 것도 아니고, 어쩌면 더 힘들 수도 있어요. 하지만 여기에 살면 적어도 일을 마치고 왔을 때 평화롭고 조용한, 집다운 집에서 쉴 수 있어요. 크롤리에 있는 상자 같은 집과 비교하면 정말 큰 차이죠. 게다가 나탈리는 아이를 한 명 더 낳고 싶어하는데, 학군도 안 좋고 개성도 없는 동네에서 단지 좀 더 큰 집을 구하려고 또 주택융자를 받아서 허덕이고 싶지는 않습니다. 나탈리는 말도 키우고 싶어해요. 크롤리에 살면서 말을 키웠다가는 도둑맞기 딱 좋을 거예요!"

"저 사람이 이제는 또 뭐라고 하는 거냐"라고 할머니가 식구들에게 물었다.

내 계획은 아내를 조르는 대신, 이사에 대한 생각을 아내의 머릿속에 심어만 놓는 것이었다. 아내가 그 계획을 어떻게 생각하는지 여름이 끝날 때까지 기다려보기로 했다. 나는 주말에 공연이 있어서 버밍엄으로 떠나야 했고, 아내는 아이와 함께 루아르에 머물기로 했기 때문에 실제 이사를 했을 때의 생활이 어떨지 체험해 볼 수 있는 좋은 기회였다. 나로서도 이 계획이 이론만이 아니라 실제로도 작동하는지 확인할 수 있었고, 다른 식구들도 주말 동안 내가 지금 살고 있는 크롤리를 마치 소돔과 고모라나, 전쟁에 휩싸인 베이루트 근처 어디쯤에 있는 위험한 동네에 빗대며 불평하는 걸 옆에서 듣지 않고 (사실 크롤리도 그렇게 험한 동네는 아니다) 찬찬히 생각해볼 수 있는 기회였다.

하지만 24시간 후, 일요일 오후에 돌아왔을 때 큰 계약금을 지불하면서 우리가 꿈꾸던 집의 매매 계약서에 서명을 하고 있을 줄은 꿈에도 몰랐다.

chapter

2

내 가족, 내 동물

내 계획은 이런 게 아니었다. 우리가 프랑스 시골로 이사 오려고 했던 이유를 나는 분명하게 기억하고 있다. 그 이유는 레닌이 1917년에 러시아 국민들에게 약속했던 세 가지와 똑같았다: '평화! 빵! 토지!' 계약서에 서명을 한 후 5년이면 나는 그간의 노력의 열매를 누리고 있어야 했다. 내 계획에 따르면 지금쯤 밀짚을 질겅질겅 씹으며 나무 밑에 느긋하게 앉아서, 가끔씩 영국에서 힘들게 살아가고 있을 사람들을 생각하면서 "불쌍한 녀석들…"이라고 중얼거리고 있어야 했다. 하지만, 러시아 국민도 나도 모두 속았다.

우선, 전기가 통하는 울타리를 세우느라 등골 빠지게 일한다는 건 내 계획에 없었다. 물론 설치한 120미터 길이의 울타리에 전기가 통하는지 손가락으로 마디마디 만져보면서 직접 확인해야 한다는 것도 몰랐다. (전기가 흐르는 철조망에 손가락을 대고 찌릿찌릿한 충격을 몇 걸음마다 반복해서 느껴야만 했다. 물론 옆에서 구경하는 식구들에게는 웃음이 터지는 일이지만.) 일단 토지는 생각했던 대로 구했고, 먹을 빵도 있었지만, 기대했던 평화는 찾을 수 없었다. 평화가 있어야 할 자리에는 화가 나서 큰 소리로 욕을 하며 마구간에서 일하는 영국 남자가 있었다.

우리가 프랑스로 간다고 하면 사람들이 꼭 하던 말이 있다. "용감하시네요. 보통 용기로 내릴 수 있는 결정이 아닐 텐데…." 그런 말을 들을 때마다 우리는 그게 용기와 무슨 상관이 있는지 이해하지 못했다. 우리의 계획이 '용기'가 필요한 일이라는 생각이 조금이라도 들었다면 이사를 다시 생각했을 것이다. 하지만 아내도 크롤리를 떠나는 것은 망설였어도 우리가 옳은 생각을 한다는 사실에는 의심이 없었다. 물론 계약서에 서명을 한 후 실제로 이사하기까지 약간의 삐걱거림이 있었지만, 그건 우리가 회의를 느껴서가 아니라 이런저런 장애물 때문이었다.

'매매 계약서'에 서명을 하자마자 파운드화의 가치가 떨어졌다. 우리의 예산은 주택 담보 대출 없이 주택을 구입하기에는 처음부터 빠듯했는데, 몇 달 후 파운드화의 가치가 1.5유로에서 1.25유로로 떨어지자 계획에 큰 구멍이 생긴 것이다. 0.25파운드가 대단해 보이지 않아도, 20만 파운드가 파운드당 1.5유로일 때는 30만 유로이지만, 1.25유로일 때에는 25만

유로로 줄어든다. 우리에게는 5만 유로나 되는 여유 자금이 없었다. 영국의 집이 팔리기 전에는 환전을 할 수 없으니, 하루가 멀다 하고 떨어지는 파운드화를 보면서도 속수무책이었다. 만약 1월 11일까지 잔금을 입금하지 못하면 계약금을 날리고, 꿈꾸던 프랑스의 집도 날아갈 상황이었다. 임신한 아내는 집 문제로 인한 스트레스까지 받아야 했다. 가까스로 크리스마스 직전에 잔금을 모두 치렀고, 신년 연휴가 끝나기 무섭게 영국을 떠났다. 이사 날짜는 1월 4일이었는데, 그 날은 아내 나탈리와 아들 새뮤얼의 생일이었다.

새 집에 들어가기 전날 밤, 아내의 조부모님 댁에서 묵기로 한 우리는 가는 길에 우리 집을 한 번 보기로 했다. 계약한 후 지난 몇 달 동안 보지 못했기 때문에 크리스마스 이브에 선물을 뜯어보고 싶은 아이들처럼 다음날까지 기다리기 힘들었다. 마을에 도착했을 때는 이미 날이 어두워졌고, 3킬로미터의 시골길에 접어들자 안개가 몰려들기 시작했다. 작년 여름에 왔을 때만 해도 우리가 살 집까지 가는 시골길이 그렇게 좁은 줄 몰랐다. 3킬로미터라고 하기에는 너무나 멀게 느껴졌다. 자동차의 불빛에 반짝거리는 올빼미와 온갖 동물들의 눈도 아주 차갑게 느껴졌다.

"제대로 찾아가고 있는 거 맞아?" 아내가 물었다. 물론 아내도 우리가 제대로 가고 있다는 걸 알고 있었다. 느낌만으로는 거의 30분을 달린 후에 우리는 집에 도착했다. 집은 춥고, 어둡고, 기억하던 것보다 작았다. 우리는 차에서 내리지 않았다. 뒤에서 자고 있는 아이와 개를 깨우지 않으려고 그랬지만, 집이 우리를 반기는 것 같지 않았기 때문이기도 했다.

그날 밤, 아내와 나는 잠을 이룰 수 없었다.

계약을 마무리하는 마지막 서명을 하러 마을의 공증사무소에 도착하자, 부동산 중개를 담당했던 노르베르 씨가 우리를 맞아주었다. 사실 그가 우리를 '맞아주었다'는 건 과장이다. 무뚝뚝한 성격의 노르베르 씨는 따뜻함은커녕, 은근한 공격성을 가진 인물이다. 하지만 노르베르 씨 집안은 이 마을에 호텔, 레스토랑, 부동산 사무실은 물론 이삿짐 센터까지 가지고 있기 때문에 기분을 상하게 해서 좋을 게 없었다. 물론 우리도 그럴 이유가 없었고, 그저 열쇠만 받는 걸로 족했다. 우리가 산 집이 어떤 곳인지 제대로 확인하고 싶었다.

하루 만에 집이 그렇게 달라 보일 수 있을까! 전날 밤에는 집으로 가는 길이 멀고 어둡고, 안개는 숨막힐 듯 짙고, 집은 추워 보였는데, 다음날 가보니 따뜻한 겨울 햇볕 아래 환상적인 모습이었다. 벌판은 끝없이 넓어 보였고, '우리' 길 위에는 수많은 까맣고 하얀 물떼새들이 지저귀고 있었다. 우리는 농장문을 열고 운전해서 들어갔다. 아이와 개는 차에서 내리자마자 몇 개의 별채와 과수원, 연못과 건초 창고가 있는 농장을 탐험하러 뛰어갔다. '우리' 과수원과, '우리' 연못, 그리고 '우리' 건초 창고가 있는 2.5에이커짜리 '우리' 농장이었다.

아내와 나는 창문이 달린 거대한 마구간 문을 열었다. 그 문은 본채로 들어가는 입구 역할을 하고 있었다. 그리고는 밖에 펼쳐진 우리 땅을 바라보았다. 숨이 멎는 듯 했다. 혹시 이게 꿈이 아닐까 생각하는 동안 아이는 개와 함께 멀리 떨어진 곳에서 놀고 있었다. 저 먼 곳까지도 '우리' 땅인 것이다…!

"여보" 나는 임신한 아내의 배를 쓰다듬으며 말했다. "생일 축하해!"

아주 잠깐 동안이었지만, 우리가 테라스에 서서 따뜻한 겨울 햇살을 느끼던 바로 그 순간만큼은 모든 의심과 돈 걱정, 이사로 인한 스트레스, 임신과 관련한 걱정들이 눈 녹듯 사라졌다. 어딘가에서 들려오는 아이의 웃음소리 외에는 아무 것도 들리지 않았다. 바로 우리 부부가 찾던 평화였다.

"아아아! 젠장할!" 행복한 순간을 잠시 즐기던 나는 전기 울타리가 주는 충격에 잠깐 동안의 꿈에서 깨어났다. 그리고 그렇게 5년의 시간이 훌쩍 지났다. 아직 울타리의 반밖에 돌지 못했고, 아직도 전기의 찌릿찌릿한 충격이 사라지지 않은 상황에서 내가 꿈꾸던 '평화'는 이미 포기했다. 내 체면도 말이 아니었다. 전기 울타리를 검사하는 나를 구경하는 '관객들'도 지난 5년 사이에 늘어나서, 이제는 9살이 된 새뮤얼 외에도 5살 모리스와 2살 테렌스까지 졸졸 따라와 울타리를 돌면서 전기고문을 당하는 내 모습을 깔깔거리며 구경하고 있었다.

상황을 이해하기 위해서는 지난 1주일 동안 무슨 일이 있었는지 약간의 설명이 필요하다.

먼저, 아내가 버려진 고양이를 하나 발견해서 키우기 시작한 지 2주일이 채 안 되어서 또 한 마리의 새끼 고양이를 발견했다. 그것도 키우겠다는 아내에게 사정사정해서 포기하게 했건만, 알겠다고 대답한 후에도 아내는 버려진 새끼 고양이가 구슬프게 울고 있던 수풀 쪽을 하염없이 바라보았다. 그 전에 아내가 주워온 고양이는 몇 시간에 한 번씩 젖병으로 우유를 먹여야 했고, 그 일만으로도 많은 시간을 잡아먹고 있었다. 그리고 내가 분명히 알고 있는 사실 하나는, 아무리 귀여운 새끼 고양이도 자라면 큰 고양이가 된다는 것이다. 나는 한 번도 고양이와 사이 좋게 지내본 적이 없다.

게다가 콜리와 스패니얼의 혼혈종인 우리 개 토비가 갑자기 아프기 시작했다. 지난주 초, 아침에 일어나서 복도에 나왔더니 묽은 똥이 어마어마한 양으로 쌓여 있었다. 하필 그날은 할 일이 많아서 다른 날보다 일찍, 6시 반쯤 일어난 참이었다. 하지만 농장 일을 더 하기는커녕 아이들이 등교하기 전, 아내와 막내 테렌스가 아직 자고 있는 한 시간 동안 바닥에 엎드려서 넘어오는 구역질을 참으며 개가 싸놓은 설사를 치워야 했다. 아주, 아주 불쾌한 경험이었다. 토비가 전에 그런 일을 벌여놓은 적이 있었던 것도 아니다. 우리가 동물보호소에서 토비를 처음 데려왔을 때 짓궂은 짓을 한 적은 있었지만, 복도에 그렇게 똥을 퍼질러 놓은 건 분명 토비의 의도가 아니라 심하게 아팠기 때문이었다. 토비는 더 이상 말썽꾸러기 개가 아니다. 심지어 우리가 바빠서 산책을 못 시켜주면 혼자 밖에 나가 한 바퀴 돌고 오는 그런 착한 개다.

토비를 데려오기 전에 키웠던 개의 이름은 '볼칸'으로, 브리타니 스패니얼 종이었다. 그놈은 착한 것과는 거리가 멀었다. 다른 식구들은 잘 따르면서 내 권위에는 끊임없이 도전했다. 한번은 래시*가 하던 식으로 나를 보고 자신을 따라오라는 몸짓을 했다. 그렇게 나를 작업실로 이끌고 가더니 돌아서서 정면으로 나를 바라보면서 옆에 걸려 있던 내 피쉬테일 파카**에 보란 듯이 오줌을 싸는 게 아닌가. 이쯤 되면 반항 수준이 아니라 대놓고 적대감을 선언하는 행위였다. 나는 그 주말에 볼칸을 집에서 쫓아냈다. 암소의 인공수정을 전문으로 하는 처삼촌이 기꺼이 녀석을 데려갔다. 그나저나 암소 인공수정 전문가라니, 대체 무슨 직업인지 상상조차 할 수 없다.

그 두 마리 외에도 피에로라는 개가 한 마리 더 있는데, 이놈은 좀 불쌍하다. 내가 그렇게 아끼고 사랑하던 개 에디가 16살 되던 해(우리가 프랑스로 이사한 지 4년 째 되던 해)에 세상을 떠나자, 나는 그 허전함을 채워줄 작은 개 한 마리가 절실했다. 원래 에디는 전 주인에게 학대를 받다가 버려진 한 살짜리 개였다. 그랬던 에디를 베터시 애견센터에서 발견해서 정성껏 회복시켜 주었고, 거기에 들렀던 우리가 그 개를 키우겠다고 데려왔던 것이다. 애견센터에서는 에디가 흰 털이어서 하얀 꽃의 이름인 '에델바이스'라고 불렀지만, 우리는 그 이름을 줄여서 '에디'라고 부르기로 했다. 당시 우리가 살고 있던 험악한 사우스런던의 스톡웰 거리에서 "이리로 와, 에델바이스!" 하고 부를 생각을 하니 영 그림이 나오지 않았기 때문이다. 그런 긴 사연

---

* 1950, 60년대 미국 TV시리즈의
주인공 개
** 저자 같은 영국의 모드족이 즐겨 입는
큼지막한 주머니가 달린 방한 의류로
모즈파카, 모즈코트라고도 불린다.

을 가진 에디와 사별을 하고 슬픔을 이기지 못해 (미안한 얘기지만) 충동적으로 데려온 것이 피에로였다.

나이 든 킹 찰스 스패니얼 종에게 딱 어울리는 행동 같기는 하지만, 피에로는 방탕과 도덕적 타락에 빠져서 사람들이 보는 데서 '스스로를 위로하는' 행위를 하는가 하면, 아무데나 자기 몸을 비벼대는 짓을 서슴지 않았다. 물론 개들이 원래 간지럼을 태우거나 긁어주면 좋아하지만, 피에로는 도가 좀 지나쳐서 집안에 있는 온 가구에 몸을 비벼댄다. 그럴 때의 피에로는… 표현하기 껄끄럽지만… 오르가슴에 도달한 표정을 짓고 있다. 명절날 가족들 모임에서 술을 많이 마시고 주책스런 행동을 하는 나이 드신 삼촌을 보는 그런 느낌. '아이고, 왜 저러시나' 싶지만, 연세가 드셔서 그러려니 하고 넘어갈 수밖에 없는 그런 집안 어른 같은 존재가 바로 피에로였다. 온 가족이 저녁 식사를 하는 중에 어디선가 신음소리가 들려서 내려다보면 피에로가 식탁 아래 누워서 의자 다리에 몸을 비비면서 행복해 하는 걸 발견하곤 한다. 우리의 민망함은 이루 말할 수 없다. 옆에서는 아내가 주워온 새끼 고양이가 그런 피에로를 호기심 가득한 눈으로 지켜보곤 한다. 그럴 때 새끼 고양이의 표정은 마치 부잣집 마나님이 싸구려 식당에 들어가서 역겨움과 흥미로움이 뒤섞인 시선으로 주위를 둘러보는 것 같다.

다음날 아침, 나는 또 다시 일찍 일어나서 일을 하자는 어리석은 결정을 내렸다. 이른 새벽, 거실로 나가자 창문 밖에서 우리 말 주니어가 유리창에 허연 콧김을 뿜으면서 나를 지켜보고 있었고, 거실 바닥에는 개가 싸놓은 설사가 넓게 퍼져 있었다. 주니어는 아직 전기장치를 해놓지 않은 울타리 구간을 부수고 들어와서 내가 소중하게 가꾸던 사과나무 하나를 망쳐 놓았는데, 눈에 띄게 아파 보였지만, 나는 속으로 쌤통이라고 생각하면서 주니어를 마구간으로 끌고 갔다. 밖에 비가 퍼붓고 있었지만, 아내는 개가 싸놓은 설사를 치우고 있었기 때문에 그 정도면 일을 공평하게 분담했다고 본다. 그런 상황에서 아내가 다시 새끼 고양이 세 마리를 발견한 것이다.

우리는 지역 동물보호소에 전화를 했다. (솔직히 말하면 우리 집이 동물보호소가 아니라는 게 신기했다.) 전화를 받은 직원은 우리 집이 있는 곳이 다른 행정구역에 속해 있기 때문에 그 고양이들은 데려갈 수 없다면서, 우리가 보호하고 있는 새끼 고양이들은 물론 어미 고양이도 발견하면 꼭 중성화 수술을 시켜야 한다고 신신당부를 했다. 그리고 전화를 끊기 전에 마지막으로 "중성화 수술에는 돈이 많이 들어간다"는 말도 잊지 않았다. 나는 수고 많으시다고 말하고 전화를 끊었다.

동네 수의사 한 사람은 좀 더 강한 태도로, 우리가 발견한 새끼 고양이들은 반드시 '제거'해야 하며, 그렇지 않으면 몇 년 후에는 근친 교배된 잡종 고양이들이 우글거릴 거라고 경고했다. 그럼 우리보고 어쩌라는 얘기냐고 묻자, 정말로 대답을 듣고 싶으냐고 하면서, "어차피 우리는 쓰레기봉투가 다 떨어져서 할 수도 없다"는 것이었다.

사냥철이 시작되는 다음 주에는 동네 사냥꾼들은 물론, 파리에서 내려온 직장인들이 총을 들고 움직이는 것들은 무작정 쏘아댈 것이고, 집 없는 고양이들은 살아남지 못할 것이었다. 새뮤얼은 사냥꾼들을 싫어하기 때문에 사냥철이 시작되면 장난감 광선검을 들고 대항하기 위해 들판으로 달려나갔다. 그러면 나는 급하게 아이를 쫓아가서 마치 럭비선수가 태클하듯 잡아 땅에 납작 엎드리게 했다. 엎드린 우리 주변으로 총에 맞은 꿩들이 땅에 떨어졌다.

공연이 있어서 영국으로 떠나면서 나는 아내에게 며칠 후 내가 돌아올 때까지는 새끼 고양이들을 다른 곳으로 보내야 한다고 강조했다. 어디로 보내든 상관없지만, 선은 분명히 그어야 한다고 말해두었다. "아무리 불쌍해도 더 이상은 못 참겠어. 값비싼 유니콘이 아닌 한 어떤 동물도 안 돼!" (나는 유니콘만은 예외임을 분명히 했다.)

사실 그런 얘기는 씨도 안 먹히는 소리였다. 애당초 결정권은 나에게 있는 게 아니었다. 나탈리와 옆집 농부의 아내인 도미니크 씨는 지나가는 운전자에게 새끼 고양이 한 마리를 넘겨주고는 (그 사람이 무슨 생각으로 고양이를 데려갔는지는 나도 모른다. 그냥 고양이를 좋아하는 사람일까? 그냥 착한 사마리아인? 정신 나간 사람 아니면 너무 배고파서?) 남은 두 마리는 '적절한 주인을 찾을 때까지' 우리 집에서 데리고 있기로 결정해버렸다.

나를 바보로 아나? 나중에 다른 사람에게 주겠다는 말을 나보고 믿으라고? 새뮤얼과 모리스는 벌써 두 고양이에게 폭스와 스트라이프라는 이름을 지어주고, 각각 한 마리씩 맡아서 돌보기로 역할 분담까지 했는데, 누군가 찾아와서 고양이를 데려가겠다고 하면 아이들이 기분 좋게 데려가라고 할까? 나중에 자라서 정신과 의사에게 어린 시절에 겪은 트라우마를 이야기하면서, "제가 아홉 살 때 아버지께서 제 고양이 폭스를 빼앗아 낯선 사람에게 줘버렸어요. 그 후로 저는 충격에 빠져 지냈고, 아버지를 삽으로 살해한 것도 사실은 그 때문입니다" 하고 말하게 될 것이다.

공연을 마치고 돌아오자 상황은 분명해졌고, 더 이상 싸워봤자 달라질 것도 없었다. 아내는 사악한 천재다.

일이 이렇게 된 이상 저항은 무의미하다. 프랑스의 가정법 아래에서는 내가 '가장'이지만, 그건 소가 웃을 일이고, 정확하게 말하면 입헌군주, 즉 통치권이 없이 군림만 하는 존재일 뿐이다. 그저 행사가 있을 때만 가끔씩 밖에 나오거나, 전기 울타리를 시험할 필요가 있을 때나 유용한 존재.

또 다시 찌르르 흐르는 전기에 소리를 질렀다.

'Stubborn(고집스러운)'이라는 단어를 누구나 이해하기 쉽게 정의하면, '형용사: 프랑스 말처럼 행동하는'이 가장 완벽한 설명이라고 생각한다. 우리가 주니어를 키운 지 거의 2년이 되었건만, 이놈의 반항적인 태도는 처음 데리고 왔을 때와 변함이 없다. 고집 세고, 변덕스럽고, 타는 건 거의 불가능에 가깝고, 기회만 있으면 탈출하려는 그런 말이다. 당연히 나와 사이가 좋을 리 없다.

처음에는 나도 주니어를 기대에 차서 반갑게 맞이했다. 이유는 이렇다. 프랑스로 이사한 이후 나는 줄곧 통되즈*를 사용해서 농장의 풀을 깎았다. 남자아이라면 누구나 꼭 한 번 타보고 싶은 기계지만 실제로 타보면 어릴 때 가졌던 환상과는 거리가 멀다. 풀을 깎는 내내 몸 속의 모든 뼈가 흔들리는 기분이고, 작업을 끝내고 나면 (우리 농장의 풀을 깎는 데는 네 시간이 걸린다) 마치 수전증 걸린 바텐더가 로데오를 하면서 흔들어대는 셰이커 안에 있다가 나오는 기분이다. 그러다가 기계 관리를 게을리한 탓에 통되즈가 고장나서 생각해낸 '환경친화적인' 방법이 말 한 마리를 구해 풀을 뜯어먹게 한 뒤 나는 느긋하게 테라스에 앉아서 자연이 스스로 일하는 모습을 지켜보는 것이었다.

하지만 주니어를 처음 만났을 때부터 계획이 틀어질 것임을 알 수 있었다. 말이 내 팔을 문 것이다.

"말이 내 팔을 깨물었어!" 내가 소리를 질렀다.

"그냥 친한 척하는 거야." 아내가 말했다.

"하지만 팔을 물었는데?"

"당신이 뭘 잘못했나 보네."

"내 잘못? 팔을 가지고 있는 것도 잘못이야?"

그 순간 나는 앞으로 이 말이 무슨 사고를 치고, 무슨 난리를 떨어도 아내는 말을 쫓아내지 않을 것임을 깨달았다. 아내의 눈에 주니어가 하는 행동은 전부 옳았다.

주니어와 나 사이의 계약은 단순했다. 나는 주니어에게 마구간을 지어주고, 주니어는 풀을 뜯어먹는 것이다. 하지만 이

---

* tondeuse: 앉아서 조작하는 잔디 깎는 기계

놈의 말은 우리 땅에 있는 풀을 다 뜯어먹고도 멈출 기색이 없었다. 울타리 너머의 풀을 탐내더니 급기야는 농장의 사과나무 두 그루와 호두나무 한 그루를 결딴냈다. 그러고도 먹기를 멈추지 않았다. 도대체 주니어의 허기를 채울 수 있는 방법은 없었고, 먹기를 멈추지 않으니 운동을 시킬 수도 없었다. 게다가 어떤 방향으로 몸을 굴리면 울타리 밑을 통과할 수 있다는 걸 깨달은 주니어는 끊임없이 방목장을 탈출했다. 보통 말들이 그런 행동을 하는지 궁금했다. 주니어는 사실 말이 아니라 탈출 묘기 전문 곡예사 두 명이 말로 분장을 하고 우리 농장에 와 있는 게 아닌가 의심이 들 정도였다.

어느 날 밤, 침대에 누워있던 아내와 나는 아래층에서 어떤 소리를 들었다.

"여보, 저 소리 들었어?" 아내가 물었다.

"응." 내가 대답했다.

"무슨 소리지?"

"몰라. 강도가 들어온 건가?"

"가서 확인해 봐."

나는 잔뜩 긴장해서 아래층으로 내려갔다. 발끝으로 살금살금 걸어 내려가면서 아래층에 있는 누군가에게 기어들어가는 목소리로 "안녕하세요" 하고 말을 걸었다. 그러다가 깜짝 놀라 심장이 멎을 뻔했다. 거실의 대형 창문 밖에 공포영화에서나 보던 유령 같은 게 서 있는 게 아닌가. 온몸의 피가 빠져나가는 기분이었다. 자세히 보니 주니어가 보름달을 등지고 서서 창문에 콧김을 뿌리고 있는 것이었다. 말의 코에서 나온 김이 창문에 큰 원을 만들어서 가뜩이나 무서운 모습을 더욱 소름 끼치게 만들고 있었다.

"여보, 뭐야?" 계단 위에서 아내가 작은 소리로 물었다.

"말 유령." 내가 대답했다.

"뭐라고?" 아내가 큰 소리로 물으면서 계단을 내려와서 그 장면을 보았다. "아유, 불쌍해라. 우리 주니어가 외로웠구나."

그러면 그렇지.

그 후 1년 동안 주니어가 얼마나 달아나든, 나무를 망가뜨리든, 울타리를 망가뜨려서 전기 울타리를 얼마나 자주 설치해야 하든 상관없었다. 아내 눈에는 그저 말이 외로움을 타서 그런 것이지, 버릇이 나빠서가 아니었다.

엄밀하게 말하면 주니어는 조랑말이다. 말과 조랑말의 정확한 차이를 모르고 관심도 없지만, 그래도 주니어는 조랑말치고는 크고, 내 눈에는 그냥 말로 보인다. 노르웨이 피오르드 종이라는데, 주니어의 난폭한 면이나 궂은 날씨를 좋아하는 성격이 아마 바이킹이 타던 말의 후손이라서 그런 게 아닐까 싶다. 주니어는 궂은 날씨를 견디는 게 아니다. 천둥과 함께 폭우가 내리는 날이면 들판에 나가서 천둥과 번개를 바라보고 서서 발을 구르며 더 센 비바람을 원한다는 듯이 콧소리를 내곤 한다. 그럴 때는 마치 귀신에 홀린 말처럼 보인다. 어느 일요일, 일을 마치고 돌아온 내가 주니어와 함께 있는 당나귀를 보면서 안타깝다고 생각한 것은 그 때문이다. 하필 주니어가 바이킹의 말인

걸 생각하면, 그리고 주니어의 반밖에 안되는 그 겁 많은 당나귀의 이름이 북유럽 신화에 등장하는 '천둥의 신' 이름을 따 붙인 '(프)티토르' 혹은 '작은 토르'인 건 잔인한 농담 같았다. 티토르는 주니어와 교미를 하기에는 너무나 작고 약해서, 둘의 관계는 마치 영화 〈쇼생크 탈출The Shawshank Redemption〉의 형무소 서열을 연상시켰다. 본래 노르웨이 피오르드 종에게는 강간과 약탈의 본능이 피 속에 흐르지 않는가.

티토르는 2주일만에 원래 머물던 동물보호소로 돌아갈 수밖에 없었다. 보호소로 데려가기 전에 검진을 하러 온 담당자는 티토르가 우울증에 빠져있다고 결론을 지었다. 내 생각에는 당나귀는 원래 우울한 동물이 아닌가 싶지만, 그 담당자는 티토르가 다른 당나귀들과 함께 살아야 한다고 했다. 내 생각도 그랬다. 그리고 바이킹 흉내내기를 좋아하는 말과 강제로 교미를 하는 것도 좋지 않아 보였다. 나와 새뮤얼은 차라리 주니어를 줘 버리고 티토르를 데리고 있고 싶었지만, 그럴 수는 없었다. 티토르의 상태가 워낙 좋지 않았기 때문이다.

티토르가 떠나고 오래지 않아 나는 아내에게 이렇게 말했다. "내 생각에는 주니어에게 다른 동물을 또 친구로 붙여 주는 건 좋은 방법이 아닌 것 같아. 주니어가 같이 지내기 쉽지 않은 동물임이 분명해졌는데, 다른 동물을 실험 대상으로 삼는 건 옳지 않잖아."

그런 주장에도 불구하고 아내는 2주일만에 내가 없는 틈을 타 세 아이와 공모해서 얼타임이라는 이름의 암망아지를 데려왔다. 이전 주인에게 심한 학대를 받아 보호소에서 키우던 두 살짜리 코네마라 종이었다.

"망아지가 너무 불쌍해서 도저히 안 받겠다는 말을 못하겠더라고" 하고 아내가 전화로 말했다.

나는 "그런 상황에서 어떻게 거절하겠어" 하고 아내에게 동의했다. "주니어와의 사이는 어때?"

"둘이 사이가 아주 좋아. 한 번밖에 안 물었어."

얼타임이 도착한 후로 둘은 항상 '붙어' 지냈으니, 결국 주니어가 무는 행동은 격렬한 전희에 지나지 않았던 것이다. 얼타임은 도착 즉시 그 망나니에게 끌렸고, 드러내놓고 유혹을 했다. 불행하게도 얼타임의 자유분방한 사랑은 대가가 따랐으니, 바로 '음부포진'이라는 몹쓸 성병에 걸린 것이었다. 말 그대로 발정난 암말의 행동이야 크게 놀랄 일은 아니지만, 솔직히 말해서 동물도 성병에 걸리는 줄은 몰랐다. 어릴 때 즐겨봤던 TV 시리즈 〈동물병원 이야기 All Creatures Great and Small〉에서 이런 이야기를 하는 건 본 적이 없으니.

"헤리엇 아줌마, 우리 말이 왜 저래요? 내일 장터에 가야 하는데."

"너희 말은 클라미디아라는 성병에 걸렸단다. 그렇게 놀아나더니…."

어쨌거나 얼타임은 처량해 보였다.

나는 전기 울타리 마지막 구간을 시험해 보고 하루 일을 끝내기로 했다. 하루 종일 전기충격을 받으면서 일했더니 지치고 피곤해서 나 자신이 신경통을 앓는 90세 노인 같았다. 날도 슬슬 어두워져서 집에 가서 테라스에 앉아 차가운 로제 와인을 한 잔 마시면서 그렇게 갖고 싶었던 평화롭고 조용한 시간을 보내며 혼자 있고 싶었다. 특히 동물들 때문에 1주일 내내 정신이 없었던 터라 더더욱 그랬다.

그런데 웬걸.

셋째 테렌스(이 아이가 세상을 사는 방식을 보면, 이름을 나폴레옹이라고 지었어야 했다)가 내 슬리퍼를 숨겨 놓고는 토비에게 가서 등에 태워달라면서 꼬리를 마구 당기고 있었다. 토비는 도와달라는 표정으로 나를 쳐다봤지만, 나는 너무 지쳐있었다. 마치 "어디 좀 조용히 쉴 곳이 있느냐"고 묻는 것 같았지만, 우리 집에 그런 장소는 존재하지 않는다. 미안하네, 친구.

chapter

3

자유, 평등, 현실

"여기로 이사 오셔서 저희가 얼마나 좋은지 몰라요! 항상 같은 사람들만 사는 이 동네도 좀 변해야죠."

큰 아이 새뮤얼을 학교에 처음 데려가면서 내가 속으로 무슨 기대를 했는지는 잘 모르겠지만, 학부형 중 하나가 "이 동네 가정들은 약간 지나칠 정도로 가깝게 지낸다"고 내게 털어놓을 줄은 몰랐다.

동네에서 우리를 이국적인 존재로 (최소한 나만큼은 이 동네에서 유일한 모드족일 터이니) 받아들인다는 게 나쁘지는 않았지만, 그래도 여기에 올 때 동네 사람들 사이에서 '영국인 가정' 취급을 받을 생각은 없었다. 아내 나탈리와 아이들은 모두 프랑스 시민권을 받았을 뿐 아니라, 어느 기준으로 보나 프랑스인이라고 할 수 있다. 물론 그렇다고 해서 아이들에게서 영국인 기질을 찾을 수 없는 건 아니다. 때로는 프랑스 빵집에 들어온 모드족처럼 눈에 띄는 행동이 나오곤 했다.

그렇기는 해도 나는 우리 아이들이 프랑스 피와 영국 피가 반반씩 섞였다는 사실이 좋다. 물론 마음에 들지 않는 구석이 전혀 없는 건 아니다. 새뮤얼은 요크셔 푸딩을 싫어하고, 모리스는 구운 감자를 먹을 때면 꼭 껍질을 벗기는 식으로 프랑스인 티를 낸다. 하지만 그래도 다들 프랑스에 잘 적응했다.

새뮤얼은 처음에는 그다지 학교에 가고 싶어하지 않았다. 프랑스로 이사 오자마자 학교에 다니기 시작했는데, 우리는 교장 선생님인 베르닝 씨를 만나서 아이가 적응할 때까지 당분간 오전 수업만 받을 수 있는지 물었다. 베르닝 씨에게는 어림도 없는 부탁이었다. 그는 학생들을 사랑하는 선생님이지만, 부모들에게는 조금의 인내심도 없었다. 두툼한 안경테 너머로 우리를 슬쩍 쳐다보면서, 영국의 교육이 저렇게 겁 많고 소심하니 전부 프랑스 학교에 보내려고 하는 것 아니냐는 생각을 하는 듯했다.

"안 됩니다." 그가 실망에 찬 소리로 한숨을 쉬면서 대답했다. "학교를 다니려면 제대로 다녀야죠. 취미처럼 생각해서는 안 됩니다!"

불쌍한 새뮤얼. 네 살짜리가 동네 유치원에 입학하는데 무슨 대단한 학문을 배우러 가는 것처럼 각오를 하라니. 우리가 원한다면 9월에 시작하는 학기에 아이를 보낼 수도 있었지만, 8개월을 더 기다리면 아이가 학교에 적응하기 더 어려워질 것 같았다. 프랑스어를 몇 마디밖에 할 줄 몰랐던 새뮤얼은 첫 2주일 동안 몹시 힘들어했다. 자기는 '집'으로 돌아가고 싶고, 프랑스어 따위는 배우고 싶지 않다고 했다.

내가 여러 해 아이들을 키우면서 깨달은 것이 있다면, 부모들은 아이들에게 언제, 어떤 뇌물을 주어 달래야 하는지 알아야 한다는 것이다. 프랑스어를 좀 더 공부하면 '스타워즈' 장난감을 사준다는 약속은 효과가 있었다. 새뮤얼은 마치 외국어를 사용하는 스위치가 머릿속에 켜진 것처럼 2주일 만에 프랑스어를 거의 유창한 수준으로 말하기 시작했고, 다른 부분도 학급의 친구들과 비슷한 수준으로 따라가기 시작했다.

세 아이 중 유일하게 영국에서 태어난 새뮤얼은 셋 중에서 가장 '영국적인' 아이다. 물론 여기에서 '영국적'이라 함은 감정을 잘 표현하지 않고, '새끼bugger'라는 욕을 많이 한다는 뜻이다. 새뮤얼의 동생인 모리스와 테렌스는 둘 다 프랑스에서 태어났다. 특히 제일 어린 테렌스는 (적어도 내 생각에는) 가장 프랑스인에 가깝다. 항상 자기 주장이 강하고 자신의 의사가 관철되지 않을 경우 언제든지 파업할 준비가 되어 있다는 점에서 그렇다. 반면에 모리스는 감성이 넘치고 예술가 기질을 타고나서 창의적이고, 자기 감정을 쉽게 표현한다. 하지만 그런 모리스도 프랑스 친구들 사이에서 앵글로-색슨의 본색을 드러낼 때가 가끔 있다. 가령 축구 연습 때 잉글랜드 유니폼을 입겠다고 고집을 피우는 게 그렇다.

모리스는 우리가 프랑스로 이사온 지 몇 달 후, 기막히게 아름다운 여름날에 태어났다. 나는 한 달 가까이 일에서 해방될 수 있었고, 장인, 장모님은 가을이 될 때까지 프랑스에서 우리와 함께 머무르셨다. 근처에 사시는 아내의 조부모님도 도움이 필요하면 언제든지 달려오셨고, 태어난 아기를 보기 위해 친척들이 우리 집을 자주 방문했다. 하지만 한 달이 지난 후 육아휴직으로 인한 부족한 수입을 보충하기 위해 내가 평소보다 두 배로 공연을 다니면서 아내는 외로움을 타기 시작했다. 장인, 장모님은 영국으로 돌아가셨고, 아내의 할아버지는 몸이 편찮아지시면서 운전이 힘들어져서 아내와 아이들을 찾아오기 어려웠다. 내가 일 때문에 집을 떠나 있는 날이 많아지자 상황은 더 힘들어졌고, 아내의 외로움은 더해 갔다. 첫 아이 새뮤얼이 태어났을 때만 해도 필요하면 도움을 청할 이웃과 친구들이 주위에 있었지만, 프랑스로 이사온 후로는 그런 친구들을 사귈 만한 여유가 없었고, 간간이 아는 사람들은 있어도 육아와 관련한 도움을 요청할 사이는 아니었다. 아내는 외로움과 고립감을 견디지 못했고, 어린아이 둘과 큰 집 때문에 바쁜 와중에도 일에 집중하지 못하고 지루해했다.

결국 아내는 시간제로 할 수 있는 일을 알아보기로 했고, 집에 남아 있을 모리스와 방과 후의 새뮤얼을 돌봐줄 도우미 아주머니를 찾기로 했다. 도우미 아주머니를 찾는 일은 쉬웠다. 전화번호부를 뒤지니 집에서 차로 몇 분 거리에 브리지트라는 좋은 분이 계셨다. 딸을 셋 둔 아주머니였는데, 그 중 둘은 새뮤얼, 모리스와 비슷한 또래였다. 더 중요한 건 브리지트 씨가 우리 아이들을 돌볼 여유가 있었다는 점이다. 보모가 한 번에 돌볼 수 있는 아이의 숫자가 법으로 정해져 있기 때문에 이 점이 중요했다. 브리지트 씨와 그 남편은 곧 우리 부부와 친해졌고, 그것만으로도 아내는 큰 짐을 덜 수 있었다.

우리의 이사가 옳은 결정이었음을 강조라도 하듯, 아내에게 일자리도 생겼다. 솔직히 구직에는 자신이 없었다. 우리가 이사한 지역은 중세의 성들을 볼 수 있는 관광코스에서 살짝 벗어나 있고, 농업지대에서도 떨어져 있기 때문에 이렇다 할 산업이 없는 아주 가난한 지역이다. 영국에서 일할 때까지만 해도 아내는 유능한 채용 컨설턴트였다. 따라서 아내가 프랑스에서 일자리를 찾고자 한 이유는 단순히 집에서 해방되고 싶어서가 아니라, 자신의 능력을 발휘하고 싶었기 때문이다.

그러나 아내가 찾은 직장은 생각처럼 만만하지 않았다.

처음 아내가 프랑스에서 부동산 중개인 일을 시작했을 때만 해도 딱 맞는 일 같았다. 1주일 중 화, 목, 금에만 일해도 되고, 다른 지역으로 출장을 갈 일도 없었다. 게다가 〈전원으로 탈출 Escape to the Country〉, 〈내게 맞는 집을 찾아주세요 Location, Location, Location〉, 〈태양이 비치는 곳 A Place in the Sun〉처럼 지루해 보이는 TV 프로그램들을 좋아하는 사람에게는 정말 완벽한 직업이어서 꿈인가 싶을 정도였다. 그런데… 그게 정말 꿈이었다. 아내는 그 일을 좋아했고, 사람들을 만나거나 이런저런 부동산을 방문하는 걸 즐거워했지만, 부동산 중개인으로서 성공하기에는 한 가지 문제가 있었다. 바로 (이 글을 읽는 부동산 중개업자들에게는 죄송하지만) 아내가 필요하면 남을 속일 줄 아는 냉혹한 사람이 아니라는 사실이다.

아내가 일을 시작하자마자 깨달은 사실은 프랑스의 부동산 중개업, 특히 루아르 계곡 중에서도 인기 없는 우리 지역의 부동산 중개업은 경쟁이 아주 치열하다는 것이다. 우리에게 집을 중개했던 노르베르 씨는 우리가 고객일 때에도 무뚝뚝하고 불친절한 사람이었지만, 사장으로서는 더욱 대하기 힘들었다. 부동산을 사거나 팔려는 사람들의 숫자는 한정되어 있는데 이 마을에만 세 개의 부동산 중개소가 경쟁하고 있기 때문에, 계약을 성사시키기까지는 물론, 매물을 시장에 내놓는 데만도 상당한 속임수와 정서적인 협박이 동원되었다. 게다가 노르베르 씨는 직원들을 괴롭히고 서로서로 경쟁시키기를 즐기기 때문에 중개 사무소는 결코 일하기 즐거운 곳이 아니었다.

사실 아내의 고객들도 그냥 이런저런 이야기를 나누는 데 더 관심이 있었다. 삶이 얼마나 우울하고 외로우면 부동산 중개인과 이야기하는 걸 즐기게 되었는지 모르겠지만, 아내는 부동산 중개인이라기보다는 사회복지사 내지는 이웃들의 대화 상대에 가까웠다. 아내는 (지금도 그렇지만) 주변 이웃들에게 인기가 엄청났다. 아내는 사람들에게 위안을 주고 언제든지 이야기를 들어줄 준비가 되어 있다. 심지어 주위 사람들의 소식을 캐내고 다니는 걸 즐기는 성격이라 더할 나위 없이 적성에 맞았다. 때문에 종종 저녁에 돌아오는 아내의 손에는 이웃 사람들이 준 이런저런 선물들이 들려있을 때가 있었다. 화분이나 작은 가구는 물론, 영국 출신 모드족을 싫어하는 브리타니 스패니얼

종 개를 데리고 오기도 했다. 하지만 부동산 시장이 침체되어 있어서 성사시킨 거래는 많지 않았다. 거짓말을 못하는 아내는 사람들에게 맞지 않는 집을 사게 하거나, 팔고 싶지 않은 사람들을 부추겨 집을 팔게 하지 못했다.

그렇지만 아내는 꿋꿋하게 3년을 버텼다. 부동산 시장은 사실상 얼어붙었고, 직원들은 오래 버티지 못하고 그만두기 일쑤였다. 노르베르 씨의 괴롭힘을 견디기도 힘들었고, 주유비나 다른 비용도 내주지 않아서 최저임금에 가까운 돈을 받으면서 붙어 있기 힘들었기 때문이다. 게다가 노르베르 씨는 아내가 성사시킨 계약도 자신이 성사시켰다고 우겨 중개료를 가로채곤 했다. 중개료를 받기 위해서는 중개인이 고객을 부동산 중개소로 끌어와야 하는데, 노르베르 씨는 이 지역에 몇 대 째 살고 있기 때문에 모든 고객은 자신이 소개한 것이라는 억지스런 주장을 일삼았다. 한 번은 자신이 고객의 조카와 테니스를 친 적이 있기 때문에 그 거래의 중개료는 자신의 것이라고 하기도 했다.

나라는 사람과 이렇게 오래 살고 있다는 것만으로도 나탈리가 성인에 가까운 인내심의 소유자라는 걸 알 수 있지만, 그럼에도 불구하고 어떻게 그런 직장에서 3년이나 버텼는지 모르겠다. 나라면 절대 불가능한 일이다. 아내가 셋째 테렌스를 임신하자 주위에서는 안도의 한숨을 쉬었다. 최장 3년 동안 프랑스 정부가 지원하는 유급 육아휴가를 받을 수 있을 뿐 아니라, 노르베르 씨로부터 떨어질 수 있기 때문이다. 아내가 내놓고 인정한 적은 없지만, 회사에서 받는 시달림이 건강에도 좋지 않은 영향을 주고 있었다. 아내는 정서적으로 완전히 지친 채 퇴근했고, 내가 없는 동안에는 파김치가 되어 돌아와서도 다시 새뮤얼과 모리스를 돌봐야 했다. 너무나 소모가 많은 삶이었다.

그 3년 동안에 한 가지 소득이 있다면 마을 사람들을 알게 된 것이다. 지금도 시장을 돌아다니다 보면 몇 분에 한 번씩은 아내의 '고객'들이 인사를 건네온다. 하지만 이 대목에서 내가 프랑스인들의 삶에서 아직 완벽하게 파악하지 못한 문제가 등장한다: 사람을 만났을 때 (뺨에) 입을 맞춰야 하는가, 아니면 악수만으로 충분한가? 이거, 완전히 지뢰밭이다.

영국인들이 생각하는 프랑스인들은 길에서 전혀 모르는 사람을 만나도 연신 껴안고 뺨에 입을 맞춘다. 영국인들에게 그런 인사법은 지나치게 사적인 영역을 침범하는 행위다. 하지만 프랑스인들이 인사를 하는 방식은 절대 그렇게 단순하지 않고, 아주 복잡미묘한 방식으로 결정되기 때문에 여차하면 실수하기 딱 좋다. 우선, 성별이 다른 경우 낯선 사람에게는 입을 맞추지 않는다. 서로를 소개받으면 먼저 악수를 하고, 그렇게 해서 알게 된 사람과 관계가 조금이라도 발전하면 나중에 뺨에 입을 맞춘다.

이사 온 다음날 저녁, 우리에게 집을 판 전 주인 르브렁 씨부부가 조촐한 환영 파티를 열어주었다. 파티에는 옆집 사는 농부 지레스 씨와 루소 씨의 가족들도 참석했다. 우리가 도착하자 르브렁 씨 가족이 우리를 맞아주었다. 그들이 다른 이웃들에게 우리를 소개시켜 주기 전에 나는 르브렁 씨와는 악수를 하고,

르브렁 씨의 부인에게는 양쪽 뺨에 한 번씩 입맞춤을 했다. 나는 거기에 있는 남자들과는 따뜻한 악수를 나눴지만, 첫 번째 농부의 아내의 보디랭귀지를 보고 좀 더 친근한 인사를 나눌 수 있을 것 같아 역시 양쪽 뺨에 입을 맞췄다. 하지만 두 번째 농부의 (체구가 작고 다부지게 생긴) 아내는 내가 에티켓에 어긋나는 행동을 하고 있다고 생각했는지, 내 손을 부서져라 꽉 잡고는 뺨에 키스를 하지 못하게 나를 밀어내기 시작했다. 마치 레슬러와 악수하는 기분이었다. 여차하면 나를 어깨 뒤로 넘겨서 부엌 바닥에 내리꽂을 태세였다.

나로서는 어떻게 행동해야 하는지 알아차리기 힘들었다. 처음 도착했을 때에는 악수만 했는데, 몇 시간 후 떠날 때에는 그의 남편과도 뺨에 입을 맞추는 인사를 나눴다. 그렇게 하는 것이 그분의 나이와 지위에 대한 존중을 표시하는 것 같았기 때문이다. 우리는 지역산 술에 함께 취했고, 좋은 시간을 보내며 친분 관계가 어느 정도 형성되었기 때문에 뺨에 입을 맞추는 것이 적절한 행동이었다.

문제는, 상황에 맞게 제대로 인사를 해야 한다는 긴장 때문에 내가 마치 성적인 의도를 가지고 접근하는 것으로 해석될 만한 행동을 해버린 것이다. 우리는 가장 가까이 사는 나이 든 커플인 르 뵈프 씨 부부에게 인사를 하기 위해 다가갔다. 파리에서 살다가 몇 년 전에 이사온 르 뵈프 씨 부부는 새뮤얼을 몹시 귀여워했다. 이 마을에서 아이들의 소리를 듣는 게 얼마만이냐며, 우리에게 함께 살고 있는 조카딸 두 명을 소개했다. 20대

초반의 그 아가씨들은 아주 예쁘고 당당한 멋쟁이들이었다.

생각해보면 이웃들이 우리를 너무나 따뜻하게 맞아주어서 내가 너무 편하게 생각했던 것 같다. 게다가 이스터 섬의 거인 조각상도 취해서 쓰러질 만큼 강한 술을 최소한 반 병은 마셨으니 조심성도 없어지고 생각도 약간 흐릿해진 것은 물론, 몸을 제대로 가누기 힘들었다. 이제 막 피어나려는 이웃 관계에 찬물을 끼얹을 준비가 된 것이다. 나는 그 젊은 아가씨 중 한 명과 악수를 하려고 다가갔는데, 무슨 생각에서였는지 뺨에 입을 맞추는 인사를 하기로 하고 식탁 위로 위태위태하게 몸을 기울이기 시작했다. 그러다가 중심을 잃고 그 아가씨 위로 엎어졌고, 농부의 조카는 소리를 질렀다.

나는 몸을 일으켜 연신 사과를 했다. 하지만 내 프랑스어 실력은 그 상황을 설명할 수 있는 수준이 아니었기 때문에, 내 행동에 다른 의도가 있었던 게 아님을 보여주기 위해 내가 넘어지게 된 이유를 동작으로 재현했다. 불행하게도 그 아가씨는 내가 또 다시 자신을 덮치려고 한다고 생각하고는 겁에 질린 표정으로 앉은 자리에서 뒤로 바짝 물러나 나를 피했다. 그런 내 행동을 지켜보던 르 뵈프 씨는 재미있었는지 잔에 술을 더 따랐다. 하지만 아가씨들은 내가 옆에 있는 게 거북한 게 확실했다. 그로부터 한 시간 후 우리가 자리에서 일어났을 때 악수를 청하기는커녕, 나를 쳐다보지도 않았다.

프랑스인들의 인사법을 익히는 건 마치 외줄타기를 하는 것과 같다. 뜻하지 않게 술 때문에 예의에 어긋나는 행동을 한

게 나만은 아닐 것이다.

심지어 그런 인사법에 익숙하지 않다는 사실을 교묘히 이용하는 사람들도 있다. 새뮤얼의 한 친구 (적어도 그때까지는 친구였으니까) 엄마는 나를 좋아하지 않았다. 왜 싫어하는지 알 수 없었다. 어쩌면 그 엄마의 친척 중 한 사람이 파티에 갔다가 자꾸 자신에게 넘어지는 영국 남자를 만났을 수도 있다. 어쨌거나 자주 보는 사이이기 때문에 악수만 하는 단계는 넘었고 뺨에 입을 맞춰야 하는데, 이 사람이 계속 룰을 바꾸는 것이다. 아이를 학교에 데려다 주면서 1주일에 최소한 두 번은 얼굴을 보는데, 하루는 한 쪽 뺨에 한 번, 다음날은 왼쪽에 한 번, 오른쪽에 두 번, 그 다음날은 왼쪽에 두 번, 오른쪽에 한 번 입을 맞췄다. 그러다가 어느 날은 느닷없이 양쪽에 두 번씩 하면서 "네 번은 해야죠!" 하고 내 태도를 꾸짖듯 말하는 게 아닌가.

그래서 다음 번에 그 엄마를 만났을 때는 양쪽에 두 번씩 하려고 했는데, 마치 타자가 몸으로 날아온 공을 피하듯 얼굴을 피하는 게 아닌가! 화요일 오후에는 두 번으로 충분한 건데 내가 몰랐나?

나는 세상 물정을 좀 안다고 자부하는 편이다. 다른 나라에서 온 외교관들을 상대로 공연도 해봤고, 베두인족 사람들과 사막에서 식사를 해본 적도 있고, 러시아 마피아들과 당구도 쳐봤으며, 어렵게도 살아봤고, 세계에서 제일 비싼 호텔에도 묵어봤다. 그런 다양한 경험 속에서 한 번도 내 에티켓이 문제된 적이 없었는데, 루아르 계곡에서 6년 가까이 살면서 실수

연발의 사고뭉치로 전락했다.

에티켓 문제만이 아니라 프랑스어 실력도 여전히 부족했다. 대화의 방향을 충분히 짐작할 수 있는 상황(가령 의사나 보험사 직원을 만나거나 자동차 정비소에 가는 경우처럼 무슨 대화가 진행될지를 짐작할 수 있고, 거기에 대비해서 어휘를 미리 살펴볼 수 있는 그런 상황)에는 큰 문제가 없었다. 하지만 저녁식사 자리나 학교 앞에서 학부모와 이야기하는 것처럼 자유롭게 이야기하는 상황에서는 미묘한 어감의 차이나 속어는 물론, 대화의 진행 속도도 따라가지 못했다. 내 프랑스어 실력이 늘지 않은 한 가지 이유는 언제든지 아내나 아이들이 도와주기 때문이다. 아내와 아이들이 통역을 해주면 나는 원래 알아들었는데, 단지 확인하려고 물어봤다는 듯 고개를 끄덕끄덕했다. 물론 식구들은 속지 않았다.

프랑스어 테이프도 들어봤고, 학원도 다녀봤고, 프랑스어로 더빙된 영국 영화들을 보기도 했고, 프랑스 방송도 봤고(이게 프랑스어를 배우는 가장 힘들고 잔인한 방법이다), 지역 신문도 읽어봤다. 청중들 앞에 서는 스탠드업 코미디언에게는 사람들과의 빠른 의사소통이 생명이다. 그렇기 때문에 프랑스 사람과 대화하는 중에 상대방이 앵무새가 거울을 들여다 보듯 나를 쳐다보면서 신기함과 어리둥절함이 섞인 얼굴로 무슨 말을 하는 건지 이해할 수 없다는 표정을 지으면 나도 모르게 말을 더듬기 시작하면서 허둥지둥하고, 가뜩이나 의미가 잘 통하지 않던 내 이야기는 완전히 무너져 내린다. 급기야 나는 아내와 아이들에게 1주일 중 하루는 '프랑스어만 쓰는 날'로 정하자는 제안까지 했다.

"하지만, 아빠" 하고 새뮤얼이 반대 의견을 내놓았다. "아빠가 집에 있을 때는 아빠와 이야기를 하고 싶은데, 그런 날이 있으면 아빠와는 말이 안 통하잖아요." 이렇게 내 프랑스어 실력은 완전히 무시당했다.

아내와 나는 새뮤얼과 모리스가 (물론 막내 테렌스도 곧 그렇게 되겠지만) 영어와 프랑스어를 유창하게, 그것도 억양까지 완벽하게 구사한다는 사실이 무척 자랑스럽고, 주위 사람들도 종종 아이들의 이중언어 사용을 축하해주었다. 하지만 엄밀하게 말하면, 그건 우리 부부가 한 일이라기보다는 의사소통을 하려는 아이들의 욕구에 기인한 결과였다. 아이들은 '프랑스어를 할 줄 아는 영국 아이'와 '영어를 할 줄 아는 프랑스 아이' 사이를 자유자재로 오가면서 대화한다. 사람들이 우리 아이들이 영국계라는 걸 알게 되는 건 '특이한 옷을 입고 다니는' 모드족 아빠가 데리러 오거나, 아이들이 아빠에게 프랑스어를 통역해주는 모습을 볼 때였다.

한 번은 모리스의 학교 친구 하나가 "너네 아빠 웃긴다"라고 말하는 걸 들었다. 좋은 의미로 한 얘기 같지는 않았다.

chapter

4

스며드는 패배감

프랑스 문화에 서투른 내가 이런저런 실수를 하고 다녀서 동네에 소문이 났다면, 아내 나탈리는 전혀 다른 이유로 사람들에게 유명했다. 동물에 관한 일, 동물을 위한 일이라면 아내는 마음이 약해진다.

여느 일요일처럼 그날도 먼 길을 달려 오후 3시쯤 집에 도착했다. 운전시간은 예전에 비해 훨씬 줄었지만 그래도 갈아타는 교통편 시간에 맞추기 위해 여전히 토요일 밤은 잠을 못 자고 건너뛰고 있었다. 토요일 밤 영국 리즈에서 공연을 마친 나는 다음날 런던의 스탠스테드 공항에서 프랑스 투르로 출발하는 비행기를 타기 위해 다소 이른 시간에 심야 고속버스를 탔다. 이 글을 읽는 독자들 중에 자신의 인생이 너무나 잘 풀려서 고생을 해본 적이 없다고 생각하는 분이 있다면 '내셔널 익스프레스' 심야 고속버스를 기꺼이 권해 드린다. 그 버스에 가득한 승객 중에 크라바트*를 매고 번듯한 여행가방을 들고 타는 사람은 거의 내가 유일하다. 열차가 밤에는 운행하지 않기 때문에 심야 고속버스는 아주 요긴하기는 하지만 편안한 여행수단은 아니다. 대개 만원이고 때로는 살벌하기까지 하기 때문에 아무나 탈 만한 버스는 못 된다. 물론 그 다음에 갈아타야 하는 저가 항공사의 비행기에 비하면 좀 나은 편이기는 하지만.

투르 공항에 내려서 앙부아즈와 몽트리샤르를 거쳐 집까지 가는 동안 낮은 구릉지대의 넓은 포도밭들을 통과하는데, 그 운전시간은 집에 도착해서 아이들과 씨름할 준비를 하는 시간이기도 하다. 그렇게 집에 도착하면 24시간 동안 거의 한숨도 자지 못한 상황이라 상태가 말이 아니다. 다행히 그날은 아이들이 자기들 놀이에 빠져 있었고, 덕분에 나는 과수원에 묶어놓고도 자주 사용하지 못하는 해먹에 누워 차가운 맥주를 한 잔 마시면서 늦가을의 일몰을 즐길 수 있었다.

아내는 (성병을 꿋꿋하게 견디고 있는) 얼타임을 집 앞으로 데리고 나가서 길가의 풀을 먹이고 있었다. 나는 천천히 잠에 빠져들었다. 전원의 고요함이 비행기 여행과 심야 고속버스가 주는 극도의 피로를 씻어주고 있었다. 하지만 휴식은 길지 않았다. 잠든 지 5분 만에 현실은 풀밭을 성큼성큼 가로질러 똥 묻은 막대로 내 눈을 찔러댔다.

아내는 내가 본 적이 없는 어느 부부와 이야기를 하고 있었다. 그 부부가 아내에게 어떤 소식을 전해주는 듯했다. 심상

---

* cravate: 프랑스어로 '넥타이'란 뜻

치 않은 일이 벌어지고 있음을 감지한 나는 잠이 확 달아났고, 아내가 있는 쪽으로 걸어갔다.

집 앞 도로를 따라 약 1킬로미터 정도 떨어진 곳에 사시던 할머니 한 분이 뇌졸중으로 돌아가셨다는 소식이었다. 물론 슬픈 소식임은 분명하지만, 이 할머니는 좀 특이한 사람이었다. 1에이커 정도 되는 땅에 이동식 주택 여러 채와 오래된 시트로엥 자동차 한두 대, 그리고 몇 개의 판자 건물을 짓고 살았는데, 마치 오래된 마을처럼 보였다. 게다가 엄청나게 많은 동물을 키웠는데, 이제 할머니가 세상을 뜨고 나니 전부 갈 곳 없는 처지가 된 것이다. 누군가 나서서 동물을 키워야 했다. 수십 마리의 거위와 닭, 늙고 병든 개들, 말 한 마리, 염소와 고양이 여러 마리를.

"혹시 할머니를 아셨어요?" 하고 차에 탄 사람들이 물었다.

우리는 잘 몰랐다고 대답했다.

그 사람들은 그 할머니가 자신들의 고모님이었다면서 "참 딱한 일"이라고 말했다.

우리는 "그러게 말이에요" 하고 맞장구를 쳤다.

그러자 그 사람들은 "특히 할머니가 키우시던 동물들이 참…" 하고 화제를 동물들로 돌리는 것이 아닌가!

잠깐! 지금 얘기가 어디로 흘러가는 거야? 이 사람들은 뭐야? 세일즈맨인가? 저 사람들은 내가 환생한 노아*와 결혼했다는 걸 모르나? 당연히 알고 있었을 것이다. 어쩌면 돌아가신 고모님 집에 갔다가 그 많은 동물들을 어떻게 처리하나 고민하

---

* 구약성서에서 대홍수 때 암수 동물들을
모아 방주에 태운 노아를 일컫는다.

고 있는데, 누군가 이 사람들에게 "이 길을 따라 가면 돌아가신 분 만큼이나 동물에 환장한 여자가 있다"고 말했을지도 모른다. 그 사람이라면 어떤 동물이든 다 받아줄 거라고. 어차피 그 여자는 남편 말을 안 들으니까 남편이 간섭하거든 무시하고 그 여자와만 이야기하라고 했을 것이다. 나는 우리 집이 갈 곳 없는 동물들의 집합소가 되는 걸 더 이상 참을 수 없었다. 가만 놔뒀다가는 옥스팜*처럼 변해서 집 앞에 '기증한' 동물들이 계속 모일 것이다.

"혹시 동물들을 좀 갖고 싶으세요?"

"아뇨!" 내가 말했다.

그 여자는 내 말은 완전히 무시한 채, "예쁜 고양이 새끼 세 마리가 있거든요…" 하고 말하면서 뒷좌석에 있는 상자를 가리켰다.

이건 마약을 파는 사람들이 사용하는 방법 아니던가? 처음에는 고양이 새끼 몇 마리로 시작하지만, 곧 염소 한두 마리, 돼지 세 마리, 말 한 마리…, 그러다가 결국 나의 삶은 날아가버릴 것이다.

"저희는 얼마 전에 이미 고양이 새끼 세 마리를 입양해서요" 하고 나탈리가 대답했다. 살았다!

"그래요? 염소 두 마리랑 조랑말도 한 마리 있는데…"

도대체 세상이 어떻게 돌아가길래 이 사람 저 사람 할 거 없이 남은 동물들을 거절도 못하는 마음 약한 사람들에게 막 나눠주고 다니나? 어쩌다가 세상이 이렇게 되었는지 모르겠다.

＊ Oxfam: 영국에서 결성된 국제 빈민구호단체

담배회사들이 미얀마에서 이런 비윤리적인 방법으로 담배를 팔지 않나? 우리는 그렇게 받은 동물들을 제대로 돌보지도 못할 게 분명했다. 성병에 걸린 말을 잔디 깎는 기계 대신 사용하고 있으니 동물보호단체의 블랙리스트에 올라가도 할 말이 없을 것이다.

아내는 용케 거절을 했다. 내가 눈앞에 벌어지는 불의와 앞으로 벌어질 운명에 한탄하면서 마약 상인들이 타고 있는 차의 보닛에 머리를 쾅쾅 찧은 것도 아내의 결정에 도움이 되었을 것이다. 하지만 그들은 혹시 '우리'의 마음이 바뀌면 한 번 더 기회를 주겠다면서 월말에 다시 들르겠다고 했다. 그 말이 내게는 위협으로 들렸고, 나는 혼잣말로 욕을 하면서 자리로 돌아갔다. 24시간 동안 잠도 못 자고 버스와 비행기에서 시달린 사람이 보일 만한 대응방식이었다. 다시 해먹으로 돌아와 눕던 나는 어느새 그 자리를 차지하고 누운 새끼 고양이를 깔아뭉갤 뻔했다. 고양이는 화가 나서 침을 뱉고는 엉덩이를 내 쪽으로 돌리고 무시하는 자세를 취했다. 고양이들이 마치 자신이 집주인인양 행동하는 게 흔한 일이기는 하지만, 어떻게 된 것이 우리 집에 들어오는 고양이들은 도착 즉시 나를 괴롭힌단 말인가.

우리가 키운 동물들 중에서도 내가 절대 신뢰할 수 없는 동물이 고양이다. 나는 고양이를 좋아해본 적이 없다. 게다가 우리 집에 고양이들이 들어온 지 몇 주가 채 지나지 않아 아내와 아이들이 내게 고양이를 맡겨놓고 나가는 걸 불안해한다는 사실을 알게 되었다. 내가 집에 혼자 있으면 나와 고양이들을 분리하기 위해서 나에게 집 밖에서 해야 하는 일을 내주는 것이었다. 나는 (해먹에 누워있는 걸 제외하곤) 야외를 즐기는 사람이 절대 아니다. 야외활동은 하지도 않고, 할 만한 재주도 없다. 나는 웰링턴 부츠*도 없는 사람이다. 만약 그런 부츠가 있으면 누군가 내게 그걸 신어야만 할 수 있는 일을 부탁할 것이고, 그걸 신어야만 할 수 있는 일들은 내가 싫어하는 일들이라는 것이 내 주장이다. 원시인들처럼 수렵과 채집을 좋아하는 남자들도 있지만, 관리직을 맡는 걸 좋아하는 나 같은 남자도 분명히 존재한다.

　이곳에 온 첫 해에 정원에 버려진 나무와 풀들을 모아서 태워야 할 일이 있었다. 그런데 아무리 해도 불이 붙지 않았다. 불꽃은 일어나는 족족 꺼져버렸다. 헝겊에 석유를 묻혀 보기도 했고, 바비큐용 라이터도 사용해 보았고, 돋보기를 이용해 보기도 했다. 심지어는 영화에서 본 대로 나뭇가지 두 개를 가지고 30분 가까이 비벼도 봤지만 불은 붙지 않았다. 결국 인내심이 한계에 달해 방화범처럼 통에 든 석유를 모조리 퍼붓고 뒤로 물러서서 (나도 바보는 아니다) 성냥에 불을 붙여서 던졌다. 그러자 거대한 화염 덩어리가 치솟았고, 깜짝 놀란 나는 뒤로 넘어졌다. 땅바닥에 앉아 '좀 더 멀리서 있어야 하는 거였군' 하고 생각하는 순간, 마른 풀에 불이 옮겨 붙어 내 쪽으로 다가오고 있었다. 옆에 석유통이 있다는 사실을 깨달은 나는 벌떡 일어나서 달아나며 "석유통이 폭발한다!"고 소리를 지르면서 생울타리로 뛰어들었다.

　그렇게 야외활동에는 아무런 소질이 없는 내가 후텁지근

---

* Wellington boots: 무릎까지 오는
긴 고무 장화

한 어느 가을날 다른 사람이 입던 웨이더*를 입고 썩은 냄새가 진동하는 더러운 연못에 들어가서 바닥 청소를 하게 된 것이다. 아내는 내가 집 안에서 고양이를 돌보느니 차라리 그게 더 안전하다고 생각한 것 같다. 그런 일을 하게 될 줄은 한 번도 생각해본 적이 없고, 다시는 하고 싶지도 않지만, 연못은 저절로 깨끗해지지 않기 때문에 연못에 자란 갈대를 내가 제거해야 했다.

"여보, 그 갈대는 우리가 심은 거 아냐?"

"연못의 물고기들이 갈대 때문에 숨을 못 쉬잖아."

"알아. 근데 그 갈대는 우리가 심은 거 맞지?" 나는 끈질기게 물고 늘어졌다.

"나중에 일 마치고 집에 들어가기 전에 장화 벗는 거 잊지 마." 아내는 이 말만을 남기고 떠났다.

일단 남이 입던 웨이더를 입는다는 건, 남이 쓰던 칫솔을 쓰는 것만큼이나 찝찝했다. 그럼 왜 웨이더를 구입하지 않았느냐고 묻겠지만, 그 이유는 내가 웰링턴 부츠를 아직 사지 않은 이유와 같다: 프레드 페리**가 아직 '늪지 작업용' 패션시장에 진입하지 않았기 때문이다. 모드족에게 가장 중요한 것은 뭐니 뭐니 해도 항상 깔끔하고 멋지게 보이는 것, 어떤 상황에서도 품위를 잃지 않는 것이다. 그런데 몸에 착 달라붙는 농업용 스판덱스 바지를 입고, 땅속 깊은 곳에서 스며나온 듯한 끈적끈적한 오물에 덮여서, 한여름 공업용 매립지에서 나는 냄새를 풍기고 서 있으면 그 두 가지 계명을 모두 어기게 된다.

---

* wader: 허리 위까지 올라오는, 신발과 바지가 하나로 연결된 작업용 고무 장화
** Fred Perry: 영국의 모드족들이 즐겨 입는 브랜드

그 오물의 냄새와 모양을 설명하기는 쉽지 않다. 악취가 진동하는, 시커멓고 끈적거리는 것이 마치 세인트 패트릭의 날* 직후의 더블린 하수구를 연상시켰다. 게다가 갈대는 쉽게 뽑히지도 않았다. 한 시간 후에 연못에서 나온 내 모습을 봤다면 혹시 석유를 발견했나 착각했을 수도 있겠지만, 냄새를 맡으면 아마 그 석유가 글래스톤베리 페스티벌**의 이동식 화장실에서 나왔다고 생각할 것이다.

하지만 아내도 언제나 그런 일을 시킬 수는 없었고, 결국 내가 집에서 새끼 고양이들을 돌볼 수밖에 없는 날이 왔다. 아내가 새뮤얼과 모리스를 데리고 치과에 다녀오는 동안 낮잠을 자는 테렌스를 누군가 돌보아야 했기 때문이다. 솔직히 대체 뭐가 그리 대단한 일이라고 저렇게 유난일까 생각했다. 새끼 고양이 몇 마리를 돌보는 게 얼마나 어렵다고 저러는 거야? 물론 고양이들이 찬장을 들락거리고 화분 사이를 돌아다니고, 사람이 앉아있으면 기어오르려고 하고 방안을 어지럽히는 것은 사실이지만, 나의 타고난 강박증을 한 시간만 포기하고 신경을 끄면 되는 일 아닌가? 일이 좀 벌어져도 느긋하게 받아들이면 되잖아? 착각이었다.

아내와 아이들은 못미더운 표정으로 고양이들을 맡기고 집을 나섰다. 나는 몇 가지 규칙을 정하기로 했다. 우리 집은 거실과 부엌, 그리고 식탁 공간이 하나로 넓게 연결된 구조인데, 나는 대개 무뚝뚝한 바텐더처럼 아침식사용 바*** 너머에

---

* Saint Patrick's Day: 아일랜드의 수호 성인 성 패트릭의 기념일로, 아일랜드 사람들이 술을 많이 마시는 날로 유명하다.
** Glastonbury Festival: 세계 최대의 노천 음악 & 행위예술 페스티벌

머무른다. 새끼 고양이들은 반대쪽 양탄자 위에 누워서 창문으로 들어오는 오후의 햇살을 즐기고 있었다. 나는 고양이들에게 말했다. "자, 너희들은 거실의 그쪽 반을 사용하고, 나는 이쪽에 머무르면서 너희들을 지켜볼 테니까, 싱크대에 뛰어오르면 안 된다, 알았지? 양탄자나 소파를 긁거나 당겨서도 안되고, 무엇보다 내 신발이나 코트 근처에는 얼씬도 하면 안 돼. 너희들이 흑백 포스터에 등장하면 예쁠지 몰라도, 그렇다고 해서 나를 만만하게 생각해서는 안 돼."

물론 내 말을 들을 고양이들이 아니었다. 내가 몸을 잠깐 돌리자마자 소름 끼치도록 날카로운 고양이 울음소리가 고막을 찢었다. 황급히 돌아보니 새끼 고양이 한 마리가 모리스의 장난감 상자에 대롱대롱 매달려 있는 게 아닌가! 손잡이에 끼인 앞발을 빼내려고 몸을 격렬하게 비틀고 있었다. 고양이의 발이 완전히 반대쪽으로 돌아간 끔찍한 상황이었다. 간혹 축구경기 중에 TV에서 보여주지도 않는 그런 진저리가 나는 부상처럼 보였다. 끔찍하게 들리겠지만, 실제로 보기에는 더 심했다. 나는 엉킨 발을 풀어주고 새끼 고양이를 바닥에 내려놓았다. 고양이는 우는 소리를 내면서 다친 발을 질질 끌고 침대로 돌아가려고 했다.

거기에서 내 인내심은 끝이 났다.

"내가 그럴 줄 알았다, 이놈들! 다른 식구들이 안 본다고 내가 잠깐 등을 돌린 사이에 이런 짓거리를 해? 도대체 무슨 생각을 한 거냐?" 새끼 고양이들은 앞에 앉아서 나를 물끄러미 바라보기만 했고, 나는 그

*** breakfast bar: 싱크대와 연결되어
아침식사 같은 간단한 요기를 할 때
사용하는 식탁

세 마리의 고양이들을 내려다보면서 바질 폴티*처럼 분노를
터뜨렸다.

"도대체 무슨 생각으로 그런 거냐고?" 나는 고양이들의
코 앞에서 주먹을 휘두르며 소리를 질렀다.

"너희가 그런 짓을 하면 다들 누구 탓을 하는지 알고 그러
는 거지? 그렇지? 너희들이 다치면 전부 내 잘못이라고 할 거
알고서 이러는 거잖아!"

그 순간 세 마리의 새끼 고양이들이 나를 향해 달려오기
시작했다. 다리를 절던 고양이도 언제 그랬냐는 듯 멀쩡하게 달
려왔다. 나는 '이것들이 나를 공격하는구나' 하고 생각했지만,
웬걸, 그냥 지나치는 게 아닌가. 뒤를 돌아보니 언제 돌아왔는
지 아내와 아이들이 이쪽을 보며 입을 다물지 못하고 있었고,
얼굴에는 경악과 실망이 뒤섞여 있었다.

"아빠 뭐 하는 거야?" 하고 모리스가 물었다. 내 모습을 보
고 있었다면 그런 질문이 나올 만도 했다.

"어, 그냥… 노는 거지" 하고 둘러댔다. 아내와 아이들이
나와 고양이를 바라보는 동안 어색한 침묵이 흘렀다. 방금 전까
지만 해도 다리를 절던 고양이는 완전히 멀쩡하게 아이와 아내
의 다리에 몸을 비비며 가르랑거리고 있었다. 나는 "밖에 할 일
이 좀 있나 보고 올게" 하고 얼버무리면서 자리를 피했다.

나는 그날의 일을 고양이를 집에서 키워서는 안 되는 이유
로 들었고, 그 외에도 고양이에 대한 트라우마를 핑계로 삼았
지만, 별로 효과가 있으리라고

---

* Basil Fwalty: 영국의 시트콤 <폴티
타워스>에 나오는 코미디언으로 쉽게
흥분해서 소리를 지르는 것으로 유명하다.

생각하지도 않았고, 식구들도 믿지 않았다. 결국 미심쩍기는 해도 결정이 내려진 이상 나도 포기하고 해야 할 일들의 리스트를 정했다: 고양이 밥그릇, 제대로 된 고양이 침대, 그리고 목걸이 구입. 고양이 물품들을 제대로 좀 정리하기로 한 것이다.

애완동물용품 코너는 하필 원예용품 센터 내에 있었다. 아내가 동물만큼 환장하는 게 정원 가꾸기였기 때문에 나는 보통 그 근처에는 얼씬도 하지 않는다. 아내는 일단 원예용품 센터에 들어가면 식물이 자라서 꽃을 피우고, 시들어 죽는 걸 볼만큼 오래 머물렀다. 농담이 아니라, 우리가 영국에 살 때 한 번은 내가 원예용품 센터에서 쓰러진 적이 있다. 오래 전부터 몸의 균형을 잡아주는 내이內耳에 문제가 있었기 때문인데, 내가 쓰러져서 구급차를 기다리는 동안에도 아내는 원예용품을 구경하고 있었다. 원예용품 센터와 애완동물용품 코너는 상당히 위험한 조합이다.

식물들을 파는 곳은 비교적 순조롭게 넘어갔다. 아내가 라벤더 화분 몇 개를 골라 담는 동안 나는 고양이 목걸이를 고르면서 아이들에게 "안 돼"라고 말하는 연습을 했다.

"아빠, 우리 애완용 쥐 사도 돼?"

"안 돼."

"아빠, 우리 앵무새 사도 돼?"

"안 돼."

"아빠, 우리…"

"안 돼."

"아빠."

"안 돼."

그런 나도 친칠라를 보자 망설여졌다. 남아메리카에서 온 작고 불쌍한 털뭉치가 낯선 프랑스에 와서 우리 안에서 똥그란 눈으로 우울한 표정을 하고 있는 걸 보니 거기에서 구해주고 싶은 생각이 들었던 게 사실이다. 집으로 데려가서 좋은 환경에서 살게 해주고 싶었다.

"아빠, 우리 친칠라 사도 돼?"

"글쎄…"

"야호! 엄마! 아빠가 친칠라 사도 된대!"

아이들의 소리에 나는 정신을 차렸다. "뭐? 아빠가 언제 그랬어? 친칠라가 어떤 동물인지도 모르는데. 절대 안 돼! 너희들 영화 〈그렘린Gremlin〉 봤어? 집에 들여놓으면 소파 다 망가져!"

문제는 그렇게 터졌다. 아이들은 울고 불고, 이빨까지 갈았고, 그 꼴을 본 친칠라는 '그냥 여기에 있는 게 낫겠다'는 표정을 지었다. 나는 우리 아이들이 동물을 사랑한다는 사실이 자랑스럽다. 동물을 사랑한다는 것은 성숙을 의미하기 때문이다. 하지만, 그런 동물 사랑이 도가 지나치지 않게 교육시키는 건 쉬운 일이 아니다. 특히 아이들의 엄마가 전적으로 아이들의 편을 들어줄 경우, 더더욱 그렇다.

아이들이 동물을 좋아하는 건 우리 가족이 자연 속에서 살다 보니 자연스럽게 생긴 결과이기는 하다. 하지만 아이들이 '자연'을 마냥 좋아하는 것도 아니다. 가령, 엄마와 아빠가 야생 버섯을 찾아 먹어보자고 해도 절대 동참하지 않는다. 하지만 그게 아이들 잘못이라고 할 수는 없는 것이, 나 역시도 야생 버섯을 찾아 먹는 게 그다지 끌리지는 않기 때문이다. 가을이 되면 사방에서 버섯이 자란다. 하루는 가족끼리 자전거를 타러 나갔다가 작은 나무들 사이에서 버섯이 땅을 뒤덮고 있는 것을 목격했다. 나탈리는 그 자리에서 당장 버섯을 따려고 했지만, 모르는 건 일단 의심부터 하고 보는 나와 새뮤얼은 아내를 말렸다. 친칠라도 잘 모른다는 이유로 안 샀는데, 야생 버섯을 따먹는다는 건 있을 수 없는 일이었다. 우리는 성급하게 결정하지 말고 집에 가서 〈프랑스 버섯 백과〉를 확인하기로 했다.

하지만 〈프랑스 버섯 백과〉는 세상에서 제일 쓸모 없는 안내서였다. 쓸모 없기로는 〈광장공포증 환자를 위한 워킹 투어 가이드〉나 〈정치인을 위한 도덕 교과서〉쯤 되지 않을까 싶다. 수백 종의 버섯들을 '자세하게' 소개하는 두툼한 이 책은, 각각의 버섯을 그림과 함께 설명하면서 식용버섯과 독버섯을 구분해준다. 문제는 거기에 실린 그림들이 전부 똑같다는 거다! 출판사가 사진작가를 고용할 여건이 안되는 바람에 대신 구한 삽화가가 그릴 수 있는 버섯이 한 종류밖에 없어서 그랬는지는 모르겠지만, 식용버섯과 독버섯의 차이를 그림으로 확인할 수 없으면 책의 출간 의도에 어긋나는 것 아닌가? 오해는 하지 마시라. 다 똑같이 생겨서 문제지 버섯 그림은 정말 잘 그렸다. 우리가 밖에서 발견한 버섯과 똑같다. 문제는 이게 독버섯인지, 식용인지, 아니면 '약간의 불편함'을 주는 버섯인지 알 수가 없다는 것이다. ('약간의 불편함'을 주다니? 버섯이 식사시간에 전화를 해서 물건을 팔기라도 한다는 건가?)

이런 상황에서는 전문가에게 물어보는 것이 가장 좋은 방법이다. 하지만 아내는 미용사 상드린느가 아마 먹어도 괜찮을 거라고 했다는 이유로 그게 식용버섯이라고 확신했다. 나는 두 가지 이유에서 동의하지 않았다. 첫째, 상드린느는 미용사다. 미용사는 자기가 하고 싶은 말은 얼마든지 할 수 있다. 둘째, 상드린느는 프랑스 미용사다. 프랑스 미용사는 자기가 하고 싶은 말은 얼마든지 할 뿐 아니라, 동의를 하지 않으면 코 앞에서 가위를 휘두를 수 있다. 버섯 이야기를 했을 때 상드린느는 내 머리를 깎는 중이었다. 나는 그녀가 우리 가족의 건강을 해칠지 모르는 야생 버섯을 먹어도 된다고 아내를 설득하기보다는 내 머리를 1960년대 후반의 스티브 매리엇* 스타일로 깎는 데 좀 더 집중했으면 했다.

결국 우리는 집으로 돌아오는 길에 버섯을 땄다. (프랑스 미용사의 설득력이 얼마나 뛰어난지 감이 잡히리라.) 하지만 나는 버섯을 따면서도 솔직히 자신이 없었다.

"정말 우리가 이걸 먹어도 될까?" 마치 범죄라도 저지르는 듯한 표정으로 내가 물었다.

"상드린느가 괜찮다고 했잖아"라고 아내가 대답했지만, 나는 아내도 주저한다고 느꼈다.

마지막으로 한 번만 더 말려보기로 했다. "하지만 상드린느는 프랑스 사람이잖아! 프랑스인들이 못 먹는 게 뭐가 있어?"

---

* Steve Marriott: 1960년 대 말에 인기를
끈 영국가수

"아, 그만 좀 해!" 지름이 자동차 바퀴만한 버섯을 따던 아내가 말했다. 아내 속에 반쯤 흐르고 있는 프랑스인의 피가 끓어오른 모양이었다. "식용이 아니라고 해도 무슨 일이 나겠어?"

"글쎄, 죽는 거 아니겠어?"

나는 젖은 수건으로 버섯들을 닦았다. 버섯을 씻으면 향이 (아마 이 경우에는 독이) 달아난다는 말을 어디선가 읽은 적이 있다. 그리고 마늘과 파슬리, 버터를 위에 얹어서 그릴에 넣었다. 요리를 해서 캄파뉴* 위에 얹으니 먹음직스럽게 보였다. 특히 녹아 흐르는 버터와 마늘 향이 매력을 더했다. 각자의 접시에 버섯요리를 담아 놓고 앉아있으니 진짜 프랑스 농부가 된 기분이었지만, 아무도 선뜻 먹으려 하지 않았다.

내가 용감하게 말했다. "당신 먼저 먹어."

잠시 망설이던 아내는 곧 음식을 먹기 시작했다. 맛있다는 듯이 '음-' 하고 소리를 내는데, 아무래도 과장 같았다.

결론적으로 말하면 우리 모두 버섯을 먹었지만 다행히 부작용은 없었다. 아무도 토하지 않았고, 배탈도 없었고, 사망자도 없었다. 아, 그리고 없었던 게 하나 더 있다. 맛. 진짜 아무런 맛이 없었다. 나는 풍성하고 스테이크 같은 질감에 강한 나무 향이 배어 있는 버섯을 기대했는데, 이건 젖은 스펀지를 먹는 느낌이었다. 프랑스 음식은 모름지기 환상적이거나, 아니면 먹다가 죽거나 둘 중 하나여야 한다. 기가 막히게 맛이 있을 수도 있고 도저히 먹기 힘들 수도 있지만, 어떤 경우에도 흥미로운 것이 프랑스 음식이다. 그런데 이 버섯은 둘 중 어디에도 해당

---

* pain de campagne: 프랑스의 시골 빵

하지 않았다. 아니, 차라리 먹고 죽느니만 못했다. 밋밋하고 평범하고, 우울할 정도로 심심한 맛. 영국 레스터 스퀘어에서 한밤중에 사먹는 핫도그처럼 맛없는 음식을 프랑스 농촌에서 찾으라면 이 버섯일 것이다.

하지만 우리는 크게 개의치 않았다. 어쨌거나 야생 버섯을 채취해서 먹어 봤으니까. 먹고 죽지 않았을 뿐 아니라, 우리가 꿈꾸던 생활을 하고 있으니까.

나는 "전원생활이라는 게 바로 이 맛 아니겠어" 하고 아내에게 말했다. "자유, 평화, 그리고 우리가 직접 기르고 캐낸 걸 먹는 이 느낌."

"그리고 동물들." 아내가 내 눈을 피하면서 대답했다. "동물들도 있잖아."

chapter

5

망가진 계획

기회가 생기는 대로 클럽에서 공연하는 코미디언들에게 가을과 겨울은 가장 바쁜 계절이다. 애초에 나는 목요일부터 일요일까지만 공연을 다니기로 계획했지만 코미디 순회공연의 환경에 변화가 생겼다. 예전에는 주요 도시마다 최소한 두 개의 큰 주말 클럽이 있었고, 그런 클럽에는 대개 목요일 공연이 있었다. 하지만 순회공연의 규모가 줄어들면서 아예 문을 닫아버린 클럽들도 있었고, 남아 있는 클럽들도 목요일 공연을 없애버렸다. 다행히 지금은 기업들의 행사를 돌며 저녁식사 후 순서나 사내 시상식 행사의 사회를 맡고 있다. 회사들을 상대로 하는 공연은 관객들이 가득 들어찬 클럽에서 하는 것보다 수입도 많고, 훨씬 더 즐겁다. 결혼식을 앞둔 신랑 신부를 위한 파티에 가면 공연보다는 말 안 듣는 청중들을 다루는 일이 더 힘들다.

기업 행사에 한 가지 단점이 있다면 요일이 정해져 있지 않고 예측이 불가능하다는 것이다. 어느 요일에든 행사가 있을 수 있고, 때로는 한 번에 몇 주씩 집을 떠나야 할 일도 생긴다. 지난 5년 동안 일했던 방식을 바꿀 수밖에 없었다. 돈은 더 많이 벌었지만, 점점 더 많은 시간 동안 집에서 떠나 있어야 했다. 게다가 예전에는 일을 할 때만 집을 떠나야 했다면, 이제는 공연을 두세 번 정도만 해도 출장 기간은 닷새가 되기도 한다. 중간에 하루 시간이 난다고 프랑스까지 오기에는 돈도 돈이지만, 이동거리도 문제였기 때문에 특별히 할 일이 없으면서도 집에 가지 못하는 경우가 생겼다. 가족들과 떨어져 있는 것도 힘들지만, 내가 없는 사이에 집안에 동물들이 늘어날 것 같은 불길한 생각이 머릿속을 떠나지 않았다. 전화나 스카이프로 통화를 하는 사이에 못 들어 본 동물 소리가 들리면 내 편집증 증상이 도졌다.

"저거 무슨 소리야?"

"무슨 소리?" 프랑스에 있는 식구들이 합창을 하듯 대답하는 게 수상쩍다.

"집에서 '매애~' 하는 소리가 들리는 거 같은데…" 나는 숨을 깊이 들이쉬면서 물었다. "혹시 집에 양을 데려왔니?"

"그냥 TV 소리야, 아빠" 하고 한 아이가 대답을 하면, "집에 양 없어, 아빠" 하고 다른 아이가 확인을 해준다.

나는 지난 주의 대부분을 프랑스 리비에라의 몬테 카를로, 칸느, 앙티브, 니스를 돌면서 프랑스에 사는 영국인들과 영국

문화를 즐기는 프랑스인들을 상대로 공연을 했다. 눈부시게 아름다운 해안과 고전 건축, 기막힌 음식, 그리고 우습게 생긴 부자들이 가득한 리비에라 지역은 내가 세상에서 가장 좋아하는 장소 중 하나이다. 니스는 30년 전에 처음 방문했을 때와 비교해서 별로 달라진 게 없었다. 하지만 그렇게 멋진 도시임에도 불구하고 인도는 개똥으로 가득했다. 물론 개똥이 밟히는 건 니스만의 문제가 아니지만, 그래도 다른 도시들은 근래 들어 이 문제를 많이 해결했다. 잘 꾸미고 아름답게 보이는 데 그렇게 관심이 많은 프랑스가 이렇게 아름다운 도시를 개똥으로 뒤덮이게 놔두는 건 이해하기 힘들다. 모두들 눈앞의 문제를 모른 척하고 있는 것 같았다.

니스의 그 많은 개들 중에서 혼자서 걸어 다닐 수 있는 개는 없어 보였다. 마치 살아 있는 핸드백 마냥 주인의 팔에 안겨 있었다. 결국 개는 액세서리였다. 살아서 똥을 싸는 액세서리. 개똥을 버릴 수 있는 쓰레기통도 거의 없고, 개똥을 치우는 데 필요한 비닐봉투를 놔두는 상자는 언제나 비어 있었다. 결국 아름다운 건물이나 조명, 해안 풍경, 길거리의 사람들은 구경도 못하고 바닥에 널린 개똥을 밟지 않기 위해 이리저리 피해 다니는 데만 신경을 써야 했다. 툴루즈 같은 도시에서는 개 주인들의 인식을 바꾸기 위한 TV 캠페인도 벌였지만, 아직 눈에 띄는 변화는 없었다.

개인적으로는 이 문제가 니스만이 아니라 다른 지역에서도 점차 악화될 것으로 본다. '의식 있는' 녹색정책을 펼치는 다른 나라들과 마찬가지로 프랑스의 슈퍼마켓도 더 이상 비닐봉투를 무료로 제공하지 않는다. 요즘은 다들 비닐봉투 대신 장바구니를 사용하자고 하고, 나도 취지에는 동의하지만, 개 주인들로서는 개똥을 치울 수 있는 비닐봉투가 사라진다는 부작용이 있는 것도 사실이다. 예전에는 영국에서 일하고 돌아올 때 프랑스에서 살 수 없는 영국음식들, 가령 워치츠 같은 과자나 마마이트 스프레드, 브라운 소스, 뻑뻑한 소시지, 물, 생선 내장 같은 영국사람 아니면 못 먹을 것들을 가방 가득히 사들고 왔지만, 지금은 비닐봉투만 잔뜩 들고 온다. 주말에 호텔에 머무를 때 매끼를 따로따로 식료품점에서 사다 먹으면 비닐봉투 여남은 개를 얻을 수 있다. 우리 집은 비닐봉투가 필요하다. 아니, 적어도 아내에게는 비닐봉투가 필요하다. 아내는 하루 종일 동물들이 싸놓은 똥을 치우느라 바쁘다. 분변학糞便學 박사학위를 받아도 될 만큼 전문가가 되었다. 우선 정원을 자주 순찰하면서 아이들이 만지지 못하게 개똥을 치운다. 그러고 나서 마구간과 방목장에서 말똥을 모아서 팔거나 물물교환한다. 중간중간에는 고양이 화장실을 비우고, 테렌스의 기저귀를 갈아준다. (물론 내가 집에 있을 때는 많이 다르다. 나도 가끔은 테렌스의 기저귀를 갈아주니까.) 하지만 아무리 열심히 모아 와도 비닐봉투는 부족했고, 나는 급기야 슈퍼마켓의 과일-야채 코너에서 아무도 안 볼 때를 기다려 비닐봉투를 한 움큼씩 뜯어서 맥주를 담은 장바구니 밑에 숨겨가지고 나오기 시작했다. 한편으로는 체면 상하는 행동이었고, '환경친화적'인 생활의 이면에 숨어 있는 뜻하지 않은 결과였다.

내가 집을 비운 동안 고양이들은 무서운 속도로 자랐다. 자라도 너무 크게 자라서, 나는 우리가 들고양이와 집고양이의 잡종이 아니라 흑표범을 주워다 기르고 있다고 확신했다. 이제는 거실에 들어가면 큰 고양이들이 어슬렁거리거나 양탄자 위에서 얼룩말 시체를 옆에 두고 식곤증으로 꾸벅꾸벅 졸고 있는 듯한 장면이 펼쳐지는 것이, 마치 영화 〈야성의 엘자Born Free〉의 패러디를 찍고 있는 듯한 착각이 든다. 언젠가는 고양이들이 나를 찢어 죽일 게 분명했고, 테렌스는 자라서 라스베이거스에서 동물들의 입 속에 머리를 집어넣는 서커스를 해서 큰돈을 벌 것 같았다.

어느 날 고양이 두 마리의 성별을 거꾸로 알고 있었다는 사실을 발견한 우리는 이름을 제대로 지어주기로 했다. 물론 프랑스 사람들은 동물의 이름을 짓는 데에도 지켜야 할 체계가 있다. 동물 이름에 체계가 있어야 한다는 생각의 근원에는 삶의 어느 구석에나 불필요한 관료주의가 들어있어야 한다는 프랑스식 사고방식이 있다. 동물 작명법 체계는 이렇다: 특정 연도에 태어난 동물 이름의 첫 자는 모두 같은 알파벳을 사용해야 한다. 가령 2011년생 동물들은 모두 알파벳 'G'로 시작한다. 무슨 이유로? 길을 가다가 만난 사람이 설마 "어머, 개가 정말 예쁘네요! 이름이 뭐예요? 아리스토텔레스예요? 아, 그럼 이 개는 다섯 살이겠네요!" 이러겠는가? 이렇게 불필요한 통일을 해야 하는 이유를 이해할 수 없다. 창의력을 말살하는 시스템이다. 물론 'F'로 시작해야 하는 해는 예외다. 'F'라면 재미있는 이름이 무궁무진하다!

모리스는 "아빠, 우리 고양이 이름을 '방구Fart'라고 하자"면서 계속 키득거렸다.

새뮤얼은 "어느 고양이를 '방구'라고 부를 거야?"라고 물었다.

나는 어른 역할을 해야 하기 때문에 "고양이를 '방구'라고 부를 수는 없다"고 선을 그었다.

그러자 두 아이가 함께 소리질렀다. "우리한테 있는 고양이들을 전부 '방구'라고 부르자!" 한 놈이 "방구!"라고 소리 지르면 같이 웃고, 다른 놈이 "방구!"하면 또 다시 웃기를 끊임없이 반복하다가 결국 내가 몇 가지 대안을 내놓으면서 합의를 보았다. 합의안은 '폭스Fox' '플레임Flame' 그리고 '베스파*'였다. 물론 베스파는 F로 시작하지는 않지만 내가 스쿠터나 오토바이를 타는 걸 극도로 두려워하는 아내(내가 기계치이기 때문에 아내가 그러는 것이지만) 때문에 '베스파'라는 이름이 붙은 걸 가지려면 이 방법밖에 없지 않느냐는 나의 주장에 아내도 수긍을 했다.

그 이름은 내가 프랑스의 관료주의에 맞서 얻은, 작지만 소중한 승리였다. 나는 종종 그렇게 프랑스의 관료주의를 무시하면서 쾌감을 느낀다. 밖에서 보는 프랑스는 철저한 규제 속에 있는 동시에 끊임없이 무정부상태로 빠질 위험에 처한 것처럼 보이지만, 내가 보기에 두 모습은 동전의 양면이다. 마치 부모의 철저한 간섭 속에 사는 10대의 아이들이 그렇듯, 프랑스 사

---

* Vespa: 영국의 모드족이 좋아하는
이탈리아 스쿠터 브랜드

회도 가끔씩 반항이 필요하다. 그런 필요가 총파업이라는 거창한 모습으로 나타나기도 하지만, 대부분의 경우 생활 속의 작은 승리들이 '우리'와 '그들'을 가르는 식의 방법으로 공동체를 유지시킨다. 고양이를 '페스파Fespa'라고 부르는 대신 '베스파'라고 한 것은 유치한 반항처럼 보이겠지만, 내가 보기에는 우리 가족이 진정으로 '프랑스화' 되어가는 모습이다. 프랑스 공화국의 법을 따르는 동시에 비웃어주는 것, 이것이야말로 프랑스적인 태도 아닌가?

물론 나는 그 이상의 범법 행위를 할 만한 위인은 못 된다. 약간의 강박증이 있는 나는 부엌 서랍에 칼을 넣을 때 반드시 정해진 규칙을 따라야 하고, 찬장 속 초들도 전부 이름이 정면을 향하고 있어야 하며, 바지에 잡힌 주름도 가지런히 정면을 향하도록 옷장에 걸어둔다. DVD는 알파벳 순으로 꽂아야 하고, 펜에는 반드시 뚜껑이 있어야 하며, 다른 종류의 파스타 면이 섞여서도 안 된다. 나는 혼돈이나 예상치 못한 일, 무정부상태를 좋아하지 않는다. 그렇게 보면 나와 우리 집 식구들은 서로 다른 별에서 온 사람들 같다.

런던에 머무는 동안 나는 프랑스가 석유 부족을 겪고 있다는 뉴스를 들었다. 처음에는 그 뉴스를 곧이곧대로 믿지 않았다. 원래 영국의 언론은 프랑스에 선입견을 갖고 있기 때문에 그 뉴스도 그런 프랑스 헐뜯기의 일환이라고 생각했다. 영국 언론은 기회만 되면 프랑스인들을 노동자의 권익이나 공동체의 가치 같은 이미 한물간 생각에 사로잡힌 채, 망할 놈의 치즈나 먹고 있는 공산주의자들로 묘사하기 때문이다. 하지만 집에 돌아오자마자 내 짐작이 틀렸음을 알게 되었다. 정말로 연료가 없었다. 겁을 먹고 사재기를 하는 행위는 만국공통이다. 다음날 하루 상점들이 문을 닫는다는 이유만으로 정신이 멀쩡한 사람이 우유를 5리터나 사는 그런 사재기 심리대로 모든 주유소에 기름이 바닥났고, 아주 중요한 일을 제외한 연료 사용이 금지되었다. 특히 잔디 깎는 기계를 사용하는 건 엄격하게 금지되었지만, 겨울이 다가오는 시점에서 잔디를 그냥 놔두면 겨울 내내 눈 위로 삐죽삐죽 튀어나온 잔디를 보고 있어야 한다. 물론 내가 그런 모습을 못 참는 건 아니다. (내 강박증이 육체노동을 강요할 정도로 강하지는 않다.) 하지만 아내는 다르다.

"그럼 말을 정원에 풀어놓지 뭐" 아내가 태연하게 말했다.

"뭐? 그렇지 않아도 달아날 궁리만 하는 말을 풀어놓자고?" 나는 절대 동의할 수 없었다. "아이들이 개, 고양이와 노는 정원에 말 두 마리를 풀어놓는 게 안전하다고 생각해?"

"뭐 어때?"

"그럼 당신이 알아서 해. 나는 들어가 있을게."

가족이 동물들과 함께 늦은 9월의 햇살을 받으며 풀밭에서 노니는 모습을 인상파 화가가 그림으로 그렸다면 아름답겠지만, 쉽게 흥분하는 우리 말 얼타임의 성격을 아는 사람은 그렇게 생각하지 않을 것이다. 얼타임은 밖으로 나오기보다는 안전한 방목장에 머무르는 걸 좋아하고, 일단 밖으로 나오면 작은 소리에도 쉽게 흥분하고 불안해 한다. 얼타임이 흥분하면 남자친구인 주니어가 '여자친구 보호 모드'로 변해서 얼타임을 쫓아가고, 말 두 마리가 뛰면 우리 집 잡종개 토비도 덩달아 뛰기 시작하면서 온 농장이 시끄러워진다. 마치 스페인의 팜플로나에서 사나운 뿔소들을 풀어놓고 사람들이 뛰어 도망가는 놀이와 비슷한 모습이 연출된다. 차이가 있다면 소 대신 말이고, 스페인이 아니라 프랑스라는 것. 하지만 위험하기는 매한가지이다.

나는 그 장면을 안전한 부엌에서 지켜봤다. 정말 난리도 아니었다. 제일 먼저 새뮤얼이 깔깔거리며 "짐승 떼가 몰려온다!"고 소리를 지르면서 창문 앞을 달려 지나갔고, 그 뒤를 얼타임과 주니어, 그리고 토비가 일렬로 정신 없이 따라갔다. 아마 보기만큼 위험하지는 않았겠지만 마치 베니 힐*의 코미디에 나오는 추격 장면을 보는 것 같았다. 마치 회전목마처럼 도대체 멈출 생각을 하지 않고 끊임없이 서로를 뒤쫓아 뛰는 것 아닌가. 개가 말을 쫓고, 말은 아이를 쫓고…. 나는 위험을 무릅쓰고 밖으로 나갔다가 얼떨결에 그 추격 행렬 한가운데에 끼어들게 되었다. 그때 길로 차 한 대가 지나가면서 얼타임을 자극했고, 얼타임이 집 뒤에 있는 테라스로 뛰어가자 주니어는 얼타임을 따라가는 대신 나를 향해 직선으로 달려왔다. 망할 놈의 주니어는 나에게 복수를 하려는 게 분명했다.

아내는 뛰어서 도망치는 나를 보고 "그냥 친하게 지내고 싶어서 그러는 거야!" 하고 소리를 질렀다.

"아냐, 나를 쫓아오는 거야!"

* Benny Hill: <베니 힐 쇼>로 유명한
영국의 코미디언. 빠르고 경쾌한 음악을
배경으로 코믹한 추격 장면이 자주
등장한다.

나는 생울타리 속으로 뛰어들었고, 거기에서 모리스를 발견했다. 아마도 오후 내내 그 자리에 숨어 있었던 것 같았다.

"너 여기에서 뭐하니?" 나는 겁먹은 표정을 애써 감추며 물었다.

"저기 나가면 말에 치일 거 같아."

"잘 생각했다."

두 마리 말을 마구간에 넣기 전에는 우리가 생울타리 속에서 나오지 않을 것을 깨달은 아내는 혼잣말로 "겁쟁이…" 하고 중얼거리면서 말들을 우리로 데려갔다. 주니어가 내게 복수를 하려고 한다는 사실을 아내가 인정하지 않은 것은 이게 처음이 아니다. 내 이론은 이랬다: 주니어는 스스로를 이 집의 우두머리 수컷이라고 생각하고 있고, 얼타임을 보호하는 것과 마찬가지로 아내를 보호하려는 것이다. 주니어가 내게 깊은 질투를 느끼는 게 분명했기 때문에 나는 가급적이면 주니어와 둘만 남는 상황을 피해야 했다. 정확하게는 그게 질투심인지 아니면 그냥 그놈이 모드족을 싫어하는 건지 알 수 없었다.

동물 때문에 부상을 당할 위험과 육체노동을 싫어하는 내 성격에도 불구하고 밖에서 해야 할 일은 아직 남아있었으니, 바로 마르멜로*를 나무에서 따는 일이었다.

마르멜로를 나무에서 따게 될 줄은 한 번도 생각해본 적이 없다. (황당하게 들리겠지만) 나는 과일을 좋아하지 않는다. 과일을 먹다 보면 과즙이 눈에 들어가기도 하고 특히 셔츠를 더럽히기 쉽기 때문에 최대한 과일은 피하려고 한다. 물론 나도 과

---

* 딱딱하고 신맛이 나는 장미과의
과일나무 열매

수원은 좋아한다.

이 농장의 전 주인이었던 르브렁 씨 부부는 딸의 스물한 번째 생일을 기념하기 위해서 스물한 그루의 과일나무를 심었다. 사과부터 시작해서 자두, 체리, 모과, 배, 마르멜로, 호두까지 종류도 다양했다. 그 부부가 이 집에서 계속 살았다면 열매가 열리는 걸 볼 수 있었을 텐데, 심은 지 몇 년 후에 집을 팔았고, 그렇기 때문에 그 나무들을 보면 약간의 서글픈 마음이 든다. 르브렁 씨 부부는 이 집을 개조할 때 딸과 나중에 생길 손주들을 염두에 두고 있었다. 연못 주변에는 안전한 울타리를 세웠고, 수영장은 안전하게 땅 위로 올라오게 설계했고, 이층방 천장부터 바닥까지 이어지는 창문에는 아이들이 떨어지지 않도록 안전난간을 설치해 두었다. 나이를 먹어도 그 집에 머무르리라 생각하고 손주들이 집 주변을 마음껏 뛰어다닐 수 있게 만들었다. 하지만 어느 순간 딸이 아이를 가질 생각이 전혀 없다고 선언하자, 당장 집을 팔기로 한 것이다. 아마도 화가 나서 내린 결정으로 보인다. 하지만 집을 내놓은 지 1주일도 안되어서 우리가 사겠다고 나서는 바람에 다시 생각해볼 겨를도 없이, 딸의 생일을 기념해 심은 나무가 (마치 아이를 낳지 않기로 한 딸의 결정을 상징하듯) 열매를 맺기도 전에 이사를 나가게 된 것이다. 결국 우리 가족이 운 좋게 그 과일나무들의 혜택을 누리게 되었다.

루아르 계곡으로 이사온 후 처음으로 두 해 연속 마르멜로를 수확한 것은 내가 과수원을 관리하는 기술이 있다는 증거이

거나, 이전에는 뭔가 대단히 잘못하고 있었다는 뜻일 거다. 어쨌거나 마르멜로는 그냥 수확하는 정도가 아니라 아주 대풍작이었다. 대략 40킬로그램 정도는 딴 것 같다. 예년 같으면 처트니* 몇 단지와 터키 사탕, 그리고 마르멜로를 이용한 과일 음료 정도를 만드는 게 고작이었다. 그 정도로도 작업이 버거워 작년에 수확한 과일을 아직도 다 처리하지 못했다.

　　마르멜로는 다루기 쉬운 과일이 아니다. 사과와 배의 중간쯤 되는, 표면에 털이 난 과일로, 날로 먹을 수 없고, 원자폭탄에도 끄떡하지 않을 만큼 단단한 심을 가지고 있다. 따라서 마르멜로를 가지고 뭔가를 만들려면 상당한 준비가 필요하다. 이렇게 말하면 내가 여성협의회**를 탓하는 것처럼 들릴 수 있다는 건 알지만, 그 많은 마르멜로를 가지고 (사람들에게 돈을 받고 주니어에게 던지게 하는 것 외에는) 뭘 해야 할지 아이디어가 떠오르지 않았다. 처트니를 제대로 만들려면 시간이 걸리고, 터키 사탕을 만드는 과정은 시간만 많이 걸리는 게 아니라 정말 고생스럽다. 커다란 솥에 마르멜로를 넣고 펄펄 끓여야 하는데, 그 과정에서 뜨거운 즙이 얼굴에 튄다. 그래서 나는 고글을 쓰고, 고무장갑을 착용한다. 물론 모드족이라면 그런 패션을 용납할 것이다.*** 물론 그런 차림으로 요리를 하는 게 남자다운 행동이 아닌 건 알지만. 한번은 공연 도중에 관객 한 사람이 내 말을 끊고 "이마에 왜 화상자국이 있느냐" 물은 적이

---

* chutney: 과일과 향신료 등을 섞어 만드는 인도식 소스
** Women's Institute: 1차 세계대전 당시 영국에서 여성들로 하여금 다양한 기술, 특히 음식개발과 관련한 기술을 익히도록 장려하던 단체
*** 모드족들이 스쿠터를 탈 때 고글과 장갑을 착용하기 때문이다.

있다. 늦은 밤, 술에 취한 청중들에게 과일 사탕을 만들다가 데 었다고 털어놓는 게 얼마나 어리석은 짓인지 알기에, 그냥 "납치를 당해 끌려가서 범인에게 담뱃불로 고문을 받았노라"고 이야기 했다.

마르멜로는 신문지로 잘 싸두면 가을부터 다음 해 부활절인 4월 초까지는 상하지 않게 보관할 수 있기 때문에 어느 정도 시간 여유가 있다. 그렇다 하더라도 마르멜로를 가지고 이것저것을 다 하려면 일이 많아질 뿐 아니라, 처트니 3톤을 만든다고 해도 그 많은 처트니를 어떻게 처분하느냐 하는 문제가 남는다. 게다가 프랑스인들은 마르멜로 처트니를 그다지 좋아하지도 않아서 저녁식사 중에 권하면 뚜껑을 열어 냄새를 맡아보고, 향이 참 좋다고 말하면서 처트니라는 게 뭔지 물어보는 정도의 예의만 갖춘 후에 도로 뚜껑을 닫아 내려놓는다. 요즘엔 비행기에 들고 탈 수 있는 '액체' 양의 제한이 심해져서 처트니 단지를 영국으로 가져가는 것도 불안하다. 실제로 한 번은 공항 검색대에서 병에 든 것이 향기 나는 폭약이 아니라, 단지 과일 절임일 뿐이고, 그걸 차가운 고기 요리와 함께 먹으면 맛있다는 걸 설명하느라 무진 애를 썼다. 그럼에도 불구하고 (아마도 점심시간이어서 그랬을 수 있지만) 처트니 단지는 압수당했고, 나는 그 이후로 '처트니 폭파범'으로 블랙리스트에 올라갔음이 분명하다.

어쩌면 트럭을 하나 빌려서 수백 개의 처트니 단지를 수입하는 게 나을지도 모르겠다. 다른 코미디언들처럼 공연이 끝나갈 무렵에 방금 구경한 내용을 담은 CD나 DVD를 관객들에게 파느라 애쓰는 대신, 클럽 뒤쪽에 테이블을 놓고 사람들에게 처트니를 파는 게 어떨까. 나는 처트니를 만드는 데 재미가 붙어서 이제는 그게 일종의 도피처가 되어 버렸다. 물론 프랑스로 이사를 온 것도 결국 영국에서의 현실로부터 도피한 것이고, 지금도 마찬가지로 아내와 아이들, 그리고 다른 식구들이 없을 때만 골라 나를 못살게 구는 동물들 틈에서 또 다른 도피처를 발견한 것이다. 프랑스 생활에 스트레스가 쌓이거나 세상이 무너져 내릴 것처럼 힘들 때면 나도 모르게 부엌에 들어가서 마르멜로를 미친 듯이 깎고, 자르고, 끓인다.

(마르멜로라는 과일을 먹을 수 있는 음식으로 바꾸는 조리법에 관심이 많은 독자들을 위해서 이 책의 말미에 터키 사탕과 처트니 만드는 법을 적어두었으니 참고하시라.)

chapter

6

의사와 수의사

나는 차 안에 앉은 채 몸을 움직일 수 없었다. 손가락 마디가 하얗게 질리도록 핸들을 꽉 쥐고 있었다. 간신히 집에 도착했지만, 너무 피곤하고 긴장하고 있었던 데다가, 마침내 집에 도착했다는 감격에 정작 몸을 움직일 수가 없었다. 지저분한 자동차 유리창 밖으로 보이는 농장 문을 의지력만으로 열어 보려 했다.

나는 공연을 마치고 집으로 돌아올 때는 가급적 운전을 하지 않지만, 가끔씩은 비용도 더 들고 몸이 더 피곤해도 라이언에어, 이지제트, 유로스타를 번갈아 타는 단조로움을 깨기 위해 운전을 한다. 1주일에 한 번씩 영국과 프랑스를 오가는 출퇴근을 시작한 처음 몇 달은 재미있었다. 공상하는 걸 좋아하는 나는 스스로를 일종의 코미디 특수요원으로 가정하고, 웃음을 잃은 도시에 침투하여 웃음을 전달하는 임무를 맡고 있다고 생각하기로 했다. 하지만 아무리 저렴한 비용으로 운용되는 특수 요원이라고 해도 수하물의 무게를 가지고 직원과 실랑이를 하거나 추운 공항 로비에서 밤을 지새우지는 않는다.

내가 그날 운전을 하기로 한 건 그런 이유에서였다. 영국 미들랜즈에서 출발하여 졸음을 쫓기 위해 에너지 음료를 마셔대면서 과속 운전을 했지만 내가 타려던 페리는 놓쳤고, 우여곡절 끝에 간신히 프랑스 됭케르크에 도착한 것이 새벽 5시 30분. 거기에서부터 집까지는 6시간 반 동안 운전을 해야 한다. 내 차는 큰 아이가 태어났을 때부터 가지고 있던 폭스바겐의 골프 에스테이트로, 여기저기 문제가 많았다. 방향표시등은 완전히 나가버렸고 (어차피 프랑스에서는 많이 사용하지도 않는다) 헤드라이트도 하나 꺼졌지만, 집에 도착할 때까지는 눈치도 채지 못했다. 눈이 점점 침침해지고 있거나, 카페인 음료를 너무 마셔서 그런가보다 했다. 됭케르크에서 집까지 가는 동안 날씨가 아주 나빴다. 안개가 낀 데다가, 구름은 낮게 깔리고, 비까지 엄청 쏟아졌다. 유쾌한 경험은 아니었다.

그렇게 집에 도착해서 차 안에 앉은 채 쾽한 눈으로 농장 문을 노려보고 있었을 때에는 옴짝달싹할 힘도 없었지만, 안도감과 기쁨에 차 있었다. 몸은 천근만근 무거웠고, 마지막 남은 에너지 음료의 효력이 빠져나가면서 몸이 움찔거렸다.

아내가 출입구에 나타났다. 외출을 하려는 듯 코트를 입고 있었다.

"고양이들 먹이를 줘야 하고, 테렌스는 기저귀를 갈고 밥을 줘야 해, 여보. 그리고 피에로는 수의사한테 좀 데리고 가 봐야 할 것 같아. 두 시간쯤 후에 돌아올게."

우리 집에 할 일이 얼마나 많은지 내가 과장하여 말한다고 생각하는 독자들이 있다면, 솔직히 나도 그게 과장이었으면 좋겠다. 내가 긴 운전 끝에 돌아오면서 대단한 환영 행사를 기대한 것도 아니고 (물론 해야 할 일이 끊임없이 쏟아지기 때문에 환영 행사에 참석할 수 있는 사람도 없겠지만) 그저 따끈한 차 한 잔만 줘도 행복했을 것이다.

피에로는 여전히 변태 성향을 보이고 있었는데, 이제는 거기에서 더 나아가 정원용 분수대가 되기로 한 모양이었다. 입으로 끊임없이 물을 마시면서 동시에 반대쪽으로는 오줌을 싸는 모습이, 마치 마을 광장에 있는 분수대 석상을 보는 것 같았다. 나는 집에 들어가자마자 바닥에 개가 싸놓은 오줌을 닦아야 했다. 그동안 고양이들은 배고프다는 표정으로 나를 노려보고 있었고, 테렌스는 기저귀에 얼마나 큰 일을 봤는지 가운데가 축 처져 있었다. 아, 마침내 집에 온 이 기분!

개들은 동물병원에 가는 것을 육감으로 알아채는 것 같다. 차에 태우자마자 근처 강가로 산책을 하러 가는 게 아니라 흰 가운을 입은 사람을 만나러 간다는 걸 아는 모양이다. 개들이 걱정을 하는 걸 탓할 수도 없다. 우리 집에서 갈 수 있는 동물병원은 두 곳이다. 하나는 우리가 처음 이사 오자마자 이용한 곳으로, 덩치가 크고 퉁명스러운 의사가 검은 수염을 덥수룩하게 기르고 있고, 수염에는 항상 빵과 음식 부스러기가 붙어 있다. 아내의 조부모님에 따르면 그 분들이 지나칠 정도로 아끼던 푸들을 수의사가 제대로 돌보지 않아서 거의 죽을 뻔 했다고 한다. 수의사의 평판이 그렇게 나빠서 좋을 건 없지만, 내가 보기에 그 사람은 그런 상황을 즐기고 있는 게 분명했다. 소문이 안 좋게 났으니 사람들은 정말 꼭 필요하거나 급한 상황이 아니면 그 병원을 찾지 않았고, 그 결과 수의사는 한가하게 골프를 치거나 놀러 다닐 시간이 많았기 때문이다. 다른 수의사는 벨기에 출신의 덜렁거리는 여자인데, 프랑스어가 유창하지 않다. 마을 사람들은 그 수의사도 별로 신뢰하지 않는 눈치였다. 외국인이라는 것, 그리고 여자라는 게 이유였다. 게다가 마치 프랑켄슈타인 박사의 조수 이고르 같은 남자친구가 수술실을 드나들었다. 그 남자친구는 사람들을 싫어하는 게 분명했는데, 내 생각에는 그가 가진 정서적인 문제는 그 짙은 일자 눈썹에서 비롯된 것 같다. 상대방을 꿰뚫어보는 듯한 파란 눈 위에 화가 난 송충이 한 마리가 올라앉아 있는 것이, 꼭 〈세서미 스트리트Sesame Street〉에 나오는 '버트*'처럼 생겼다.

　　그는 자신이 애완견들과 교감할 줄 아는 특별한 재능이 있다고 자부하는 사람이다. 자신에게 특별한 '재능'이 있다고 생각하는 사람들이 대개 그렇듯, 그 역시 자신의 재능을 아주 진지하게 받아들인다. 한번은 내가 볼칸(영국 모드족을 특별히 혐오한다고 말했던 그 브리타니 스패니얼)에게 주사를 맞히기 위해 병원에 갔는데, 수의사가 '버트'에게 그 일을 맡겼

＊항상 뿌루퉁한 모습을 하고 있는
일자 눈썹을 가진 캐릭터

다. '버트'는 내게 볼칸을 등이 바닥에 오도록 눕히라고 했다. 나는 웃으면서 그건 불가능하다고 말해줬다. 내가 그 개에게 손을 얹고 눕히느니 차라리 폭탄을 들어 옮기는 게 안전하다고. 그러자 '버트'는 나를 보고 코웃음을 치더니 볼칸의 머리 양 옆에 두 손을 대고는 1분 동안 개의 눈을 들여다 보았다. 그러더니 레슬링과 종이 접기 동작을 섞은 듯한 손놀림으로 눈 깜짝할 사이에 개를 눕혔다. 게다가 어리둥절했던 볼칸도 좋아하는 표정이었다! 하지만 '버트'는 개가 누워있는 틈을 타서 주사를 놓을 생각은 안 하고 오히려 볼칸을 일으켜 세우고는 퉁명스러운 투로 나보고 똑같이 한 번 해보라고 했다. 나는 원래 이런 때 뒤로 빼는 성격이지만, 그의 태도에 살짝 기가 죽어서 시키는 대로 볼칸의 머리를 두 손으로 잡고 개의 눈을 바라보았다. 그리고는 그놈의 개를 붙들고 실랑이를 벌이기 시작했다. 누가 봤으면 파티에서 술에 취한 젊은 남녀가 애무하는 줄로 착각했을 것이다. 그런 창피한 짓을 한 5분은 한 것 같다. 결국 '버트'가 주사를 놓기 위해 우리 둘을 떼어놓았다. 안 그랬으면 바늘이 나에게 꽂혔을 수도 있었다.

이번에 갔을 때 다행히 '버트'는 병원에 없었다. 나에게나 피에로에게나 다행스러운 일이었다. 어차피 불쌍한 피에로는 수의사가 피를 뽑고, 주사를 놓고, 손가락을 항문에 넣는 바람에 다른 일에 신경을 쓸 여력이 없었지만, 불행하게도 그 모든 고생에도 불구하고 수의사는 피에로의 병이 무엇인지 밝혀내지 못했다. 당뇨도 확인하고, 간과 콩팥도 살펴보는 등 제대로 검사를 했지만 신체 이상은 전혀 찾을 수 없었다. 결국 나중에 다시 와서 추가 검사를 받기로 했다.

그냥 피에로의 나이 때문인 것 같았다. 체중도 늘고, 운동은 거의 안 하고, 항상 피곤해하고, 물을 너무 많이 마셨다. 가끔 피에로는 방광을 제대로 조절하지 못하는 듯했다. 그렇게 보면 결국 나와 피에로는 나이가 들어가면서 점점 닮아가는 것 같았다. 상태는 비슷했지만 원인은 반대였다. 피에로는 하루 종일 앉아서 생활하다 보니 그런 증상이 온 것이고, 나는 너무 많이 움직이고 돌아다녀서 그렇게 된 것이다.

수의사는 웃으면서 내게 "존 레논과 똑같이 생기셨다"라고 말했다.

나는 미소 없는 얼굴로 수의사를 똑바로 쳐다보았다. 일부러 피곤한 척을 한 것도 아니고, 존 레논을 닮았다는 칭찬이 달갑지 않아서가 아니라, 코가 막히고 아파서 얼굴이 뻣뻣하게 굳었기 때문이다. 누가 보면 보톡스를 맞아서 표정 연기를 못하게 된 헐리우드 여배우처럼 보였을 것이다.

"비틀즈 멤버 말이에요" 하고 수의사가 말했다. 내가 아무런 반응이 없는 걸 보고 존 레논을 모르는 줄 알았던 모양이다. 그러면서 내가 입고 있는 옷과 군복 스타일의 코트, 그리고 베이커 보이 모자*를 손가락으로 가리켰다. 내 옷차림은 비틀즈의 1965년도 영화 〈헬프! Help!〉를 연상시켰다.

"존 레논이 누구인지 알아요." 내가 살짝 짜증난 투로

---

* Baker Boy hat: '뉴스보이 모자'라고도 부르며, 19세기 말 미국과 영국의 소년들이 썼던 납작한 모자. 존 레논이 쓴 것으로 유명하다.

대답했다. "그렇지 않아도 오늘은 유난히 존 레논이 된 기분이에요."*

군이 변명을 하자면, 나는 독감에 걸렸다고 유난을 떠는 사람이 아니다. 아파도 꾹 참고, 주위 사람들에게 아무 말 하지 않고 버틴다는 뜻은 절대 아니다. 오히려 아프면 다친 물개처럼 요란하게 신음소리를 내면서 주위 사람들을 못살게 군다. 그러다가 감기약을 잔뜩 먹고 원망하는 태도로 무대에서 공연한다. 내가 '유난을 떨지 않는다'는 말은 그걸로 (웬만해서는) 병원에 가지는 않는다는 의미다. 하지만 감기로 누워 있으면서 아래층에 있는 아내에게 "감기약이랑 토스트 좀 가져다 줘"라는 문자 메시지를 보내 1주일 넘게 심부름을 시키니 아내도 더 이상은 참지 못했다.

프랑스의 의료체계는 세계 최고 수준이라고들 하는데, 틀린 말이 아니다. 아프면 언제든 의사를 볼 수 있고, 그런 의료체계를 유지하기 위해서라면 수술할 때 얼마의 돈을 내는 것도 전혀 아깝지 않다. 현재 프랑스의 진료비는 22유로이고, 그나마도 나중에 돌려받는다. 그래도 22유로를 받는 이유는, 그렇게라도 하지 않으면 아프지도 않은 사람들이 의사랑 잡담하러 병원에 오기 때문이다. 병원은 아플 때 가는 곳이지, 외로움을 좀 탄다고 가는 곳은 아니지 않은가? 불쌍한 영국의 의료체계는 의료 서비스가 무조건 무상이어야 한다고 믿는 국민들의 기대로 무너지고 있는 중이다. 노령화가 진행되고 있는 영국에서 완전한 무상 의료 서비스는 지속 불가능하다. 특히 일반의들은 특별한

---

*존 레논이 죽었다는 사실을 빗댄 것이다.

문제도 없이 찾아오는 사람들에게 시간을 뺏기는 것을 두려워하기 때문에 일반의를 만나는 것 자체가 쉽지 않고, 용케 만날 수 있다고 해도 사나운 창구직원과 간호사, 경비들의 방어막을 뚫고 들어갈 각오를 해야 한다.

의사가 진찰을 하기는 했지만, 왜 아픈지 이미 알고 있는 나로서는 별 의미 없는 진찰이었다.

"저도 몸이 좋지 않아요." 의사가 슬픈 표정으로 말했다. 누군가에게 하소연하고 싶은 표정이 역력했다. 특히 아내의 동정심을 구하는 듯 했다. 물론 아내는 평소 같으면 누구와도 우리 농장의 말들에 대해서 쉬지 않고 이야기하지만, 나는 속으로 '이 친구야, 날을 잘못 골랐네' 하고 생각했다. 나는 아내를 사랑하지만, 경험에 비추어 봤을 때 아내는 감기 걸린 사람에게는 절대로 동정심을 보이지 않는다.

의사는 "요즘 독감이 돌고 있어요" 하고 가볍게 이야기했다. 나는 '내 말 맞지?' 하는 표정으로 아내를 쳐다봤다. 꾀병을 부린다고 의심하는 것 같아서가 아니라, 아내는 내가 아플 때 그걸 가지고 죄책감을 느끼게 만드는 방법을 잘 알고 있기 때문이다. 하지만 의사는 "근데 독감에 걸리신 건 아니고요, 너무 피곤해서 그래요. 완전히 탈진하셨네요" 하고 바로 잡았다. 나는 아내에게서 급히 시선을 돌렸다. 반쪽짜리 승리였다.

아픈 것과 상관없이 휴식이 필요했기에, 다음 주말은 집에서 쉬기로 작정했다. 내가 힘들고 피곤한 직업을 가지고 있다거나 쇼 비즈니스의 현장에서 1주일에 며칠씩 고생한다고 생각해본 적은 없다. 하지만 그렇게 장거리를 뛰다 보면 가끔씩 몸에 무리가 오는 것은 사실이다. 여행을 하다 보면 1주일에 한 번은 밤을 새워야 하고, 그렇게 피곤이 몇 주씩 쌓이면 결국 몸살이 난다. 그런 피곤에 대해서는 아내도 물론 인정하고 동정한다. 다만 내가 지금 아픈 걸 "콧물 좀 난다고" 요란을 떤다고 생각할 뿐이다.

의사는 내게 지금 필요한 건 휴식이라고 하면서도, 프랑스 의사답게 약을 처방하는 건 잊지 않았다. 프랑스 사람들은 항생제를 너무 좋아한다. 아니, 정확하게는 온갖 종류의 약을 좋아하고 너무 쉽게 처방한다. 병원 대기실에 약, 특히 항생제 사용을 최소화하라는 포스터가 붙어 있지만, 전혀 거리낌 없이 처방한다. 우리 집에는 성인 두 명, 아이 세 명이 살고 있어서 1년에 도합 열 번 정도 병원에 가는데 한 번 갈 때마다 약을 다섯 종류는 받아오는 것 같다. 집에 쌓이는 처방약들만으로도 약국을 하나 차려도 될 정도다. 우리 집에는 약장만 네 개가 있지만 모두 가득 차 있다. 돌리프란, 브론초코드, 아목시실린, 스멕타, 스파스폰, 애디아릴, 애드빌…. 우리가 가진 약의 종류는 끝도 없다. 이 모든 약들을 전부 식후에 먹어야 해서, 말하자면 매끼 식사 후에 한 끼를 더 먹는 셈이다. 쉬어야 한다는 의사의 지시 덕분에 하루 종일 누워 있어도 아내에게 당당할 수 있었지만, 문제가 전혀 없는 건 아니었다. 우리가 살고 있는 곳은 농촌 중에서도 농촌이라 동네 사람들은 내가 스탠드업 코미디를 한다고 말하면 이해하지 못한다. 스탠드업 코미디라는 문화 자체가 없기 때문이다. 사람들은 내가 그저 '쇼 비즈니스'를 한다는 정도로 이해하고 있고, 내가 특이한 옷차림을 하고 다녀도 쇼 비즈니스를 하는 사람이라 그렇겠거니 한다. 하지만 육체노동을 하지 않고, 특이한 옷을 입는 건 이해해도, 내가 일 때문에 '탈진했다'는 말은 그들로서는 절대 이해불가였다. 한두 해 전에 이 동네의 어느 농부가 콤바인 기계로 수확을 하다가 사고가 나서 팔을 잃을 뻔한 부상을 입었지만, 개의치 않고 그해 수확을 마쳤다.

몸이 탈진하면 건강을 해칠 수 있지만, 우락부락한 농부에게 그걸 설명해보라. 죽어도 이해를 못 한다. 하루는 새뮤얼 친구의 부모가 우리 집에 들렀다가 TV 앞에 누워서 기침을 하면서 씩씩거리고 있는 나를 보고 진심으로 걱정하는 표정을 지었다.

하지만 아내가 "저이가 피곤해서 저래요" 하고 말하자, 표정이 '집에 남자 역할을 하는 사람이 없으면 새뮤얼이 뭘 보고 배울까' 하는 걱정으로 바뀌었다. 그 집 아빠는 한때 대형트럭을 운전하던 덩치 큰 남자로 지금은 다발성 경화증이라는 중병을 앓고 있었다. 그런 사람이 피곤해서 아프다고 누워있는 나에게 동정심을 보이지 않는다고 나무랄 수 있겠나.

게다가 아내의 삼촌들 중 한 분이 급작스럽게 돌아가시는 바람에 내 허약 체질이 유독 눈에 띄게 되었다. 돌아가신 처삼촌 티에리는 2년 전 처음 뵈었을 때부터 내게 아주 살갑게 대해주셨다. 거대한 체격에 항상 미소 띤 얼굴로 아내 모니크와 함께 우리를 많이 도와주신 분이다. 우리가 프랑스 친척들 사이에서 한 가족처럼 지낼 수 있게 신경을 써주는가 하면, 목장 울타리를 만들 재료를 구해주는 등 뭐든지 도와주려고 애썼기 때문에 그 분의 직업이 전 세계를 돌아다니는 수출입 사업가인지, 우리를 도와주는 것인지 헷갈릴 정도였다. 그런데 지난여름 갑자기 건강이 나빠지셨다. 정확한 병명은 몰랐지만, 간 기능이 급격히 떨어지면서 잠깐 사이에 무척이나 나이가 들어 보였다. 세계 곳곳을 여행하다가 열대병에 걸린 건지, 아니면 암에 걸린 것인지 알 수 없었다. 결국에 가서는 암으로 밝혀졌지만, 암 진단을 받았을 때는 이미 너무 늦은 상황이었다.

처삼촌의 죽음이 급작스러웠던 것만큼 장례예식도 쉽지 않았다. 종교가 없었던 터라 예식이 단출할 수밖에 없었다. 아내가 추도사를 할 순서가 되어 앞에 나가서 삼촌에 대한 추억을 이야기했다. 몇 분 되지 않았지만 참석한 사람들의 심금을 울렸고, 모두가 감동했다. 아내는 쏟아지는 눈물을 참으며 삼촌이 그 자리에 있는 모든 사람들의 삶에 얼마나 큰 부분을 차지했는지 깨닫게 했다. 큰 아이 새뮤얼은 엄마가 이야기하는 내내 울음을 그치지 못했고, 아직 어려서 상황 판단도 안되고, 어떤 감정을 가져야 하는지도 모르는 모리스는 그저 울고 있는 형만 빤히 바라봤다. 아직 어린 아기인 테렌스는 내 품에 안겨서 엄마가 울음을 참으면서 우울할 정도로 모던하고 깨끗한 납골당에 모인 사람들을 감동시키는 걸 지켜봤다.

장례식이 끝난 후 참석했던 사람들이 다같이 집으로 돌아와 유족들을 위로하는 자리에서 아내의 감동적인 추도사가 화제에 올랐다. 이야기 중에는 간간이 웃음도 나왔고, 프랑스 사람들이 모이고 음식이 마련된 자리이다 보니 이야기가 토론으로 이어지는 건 당연한 일이었다. 물론 티에리 삼촌에 관한 내용이었고 결론은 "너무 과로해서 병이 났다"는 것이었다. 모두들 "그렇게 출장을 자주 다니다 보니 결국 몸에 무리가 온 것"이라고 입을 모았다.

그런 이야기가 나오는 중에 장모님과 눈이 마주쳤다. 그렇지 않아도 장모님은 지난 몇 달 내내 내게 "출장을 좀 적당히 다니라"고 말씀하셨다. 그런 식으로는 오래 못 버틴다는 것이었다.

"자네, 사람들이 무슨 말 하는지 들었나?"

"네." 장모님과 이 문제로 길게 이야기하고 싶지 않았던 나는 순순히 대답했다. "다들 너무 출장을 많이 다니고, 과로하면 탈난다고 이야기하시는 거죠."

"그래, 자네는 어떻게 생각하나?" 답하기 힘든 질문을 던지시면서 장모님은 내 눈을 똑바로 쳐다보셨다.

chapter

7

벼룩시장과 무너진 꿈

우리 부부가 프랑스 시골에 집을 사자 양가 부모님과 친척들은 물론, 우리를 아는 사람들 대부분이 감당하지 못할 일을 시작했다고 걱정했다. 시골생활을 하면 해야 할 일이 너무 많아서 쉴 틈이 없다는 것이 그들의 염려였다. 사실 틀린 말이 아니기 때문에 그런 걱정이 고맙기도 했지만, 영국 신도시에 조그만 집을 사는 가격으로 우리가 꿈꾸던 농장이 딸린 집을 살 수 있다는 뿌듯함에 그 정도의 대가는 치를 수 있다고 생각했다. 하지만 솔직히 인정하자면, 우리가 사탕가게에 들어가서 흥분한 어린아이처럼 행동한 것이 사실이다.

하지만 그렇다고 해서 할 일이 없어지는 건 아니었고, 우리는 이사를 한 지 2주가 지나기도 전에 마을에서 정원 일과 이런저런 잡일을 해주는 분을 찾아서 '조금만' 도와달라고 부탁했다. 마누엘 씨는 이 집의 전 주인 르브렁 씨를 도와주던 분이었는데, 처음에는 필요할 때만 불렀지만, 우리가 못 미더웠는지 이제는 우리가 부르든 안 부르든 1주일에 한 번씩 우리 집에 들른다.

마누엘 씨는 르브렁 씨와 그다지 사이가 좋지 않았는데, 그 이유는 그가 보기에는 르브렁 씨네가 시골생활에 대해서는 아는 게 쥐뿔도 없어서 과실수를 멋대로 가지치기하고 겨울에 쓸 통나무를 습한 장소에 보관하는 도시 촌놈들이었기 때문이다. 물론 나를 만난 뒤 마누엘 씨는 이전 주인들에 대한 생각을 바꾸었을 게 분명하다. 나에 비하면 르브렁 씨는 거의 전문 정원사처럼 보였을 테니. 한 가지 다행인 것은 마누엘 씨가 내 아내와 아이들(특히 야외생활을 좋아하는 테렌스와 모리스)에 대해 좋은 인상을 갖고 있어서 내가 집에 없는 동안 많은 도움이 된다는 사실이다. 물론 나에 대한 인상은… 다른 것 같다. 마누엘 씨는 나보다 훨씬 나이가 많은데(한 예순쯤으로 보인다) 흰 머리는 나보다 적고, 특별히 체격이 다부지거나 근육질은 아니지만 마피아보다 힘이 세고, 마피아만큼이나 과묵하다. 마치 사용하지 않는 동안에는 힘을 잘 보존하고 있어야 한다는 태도로 서두르지 않고 천천히 걷다가도 필요한 순간이 되면 놀라우리만큼 폭발적으로 일을 해낸다.

마누엘 씨는 포르투갈 출신 이민자다. 굳이 이민자 집단의 크기를 비교하자면 프랑스에서 가장 많은 이민자들이 포르투갈 출신이고, 우리가 사는 루아르 계곡 지역에도 상당한 숫자의 포르투갈 출신 이민자들이 살고 있다. 마누엘 씨와 그의 아내는 프랑스에 정착한 지 30년이 되었지만 그들의 프랑스어에는 아직도 포르투갈 억양이 강하게 남아 있다. 문제는 내 프랑스어는 영국 배우 마이클 케인이 프랑스어를 하는 것처럼 들리기 때문에 우리가 대화할 때면 도무지 서로의 말을 알아듣기 힘들다는 것이다. 그렇게 몇 년을 지내다 보니 우리 나름대로 의사소통하는 방법이 생겼다: 내가 (잘 모르겠다는 표정으로) 어깨를 으쓱하면, 마누엘 씨는 (한심하다는 투로) 혀를 차는 식이다. 솔직히 말해 우리 사이에 의사소통이 큰 문제가 되지 않는 것이, 어차피 마누엘 씨는 나를 한심하게 생각하기 때문에 내 의견 따위는 아랑곳하지 않고, 집과 농장의 보수유지에 관한 중대한 결정을 할 때 나를 믿으면 안 된다고 생각하기 때문이다. 내 결정을 믿으면 안 된다는 건 나도 동의하는 바이다.

마누엘 씨에게는 차 뒤에 끌고 다니는 작은 트레일러가 있어서 큰 도움이 되곤 한다. 가끔씩 나의 강박적인 깔끔함이 도지면 농장에 있는 창고들에서 잡동사니를 싹 정리해서 치워버리곤 한다. 아내와 아이들이 "뭔가 만들 수 있어서 거기에 두었다"거나 "나중에 이베이eBay에서 팔 수 있다"거나, 혹은 "그거 내가 한참 찾던 거다"라고 말해도 어림없다. 도대체 우리 집 사람들은 전부 모아두기만 할 뿐 버리지를 않는다. 게다가 그런 잡동사니들은 예외 없이 내가 사용하는 '작업실'(녹슨 도구들이 든 가방을 놔두었으니 작업실이라고 불러도 되지 않는가?)에 쌓인다. 아내와 아이들은 내가 거의 들어가지도 않는데 뭐

어떠냐는 주장이다. 거기에 모인 물건들의 양은 상당해서, 냉장고, 텔레비전, 양탄자, 어항, 곰팡이 핀 여행가방 세트 등등, 아이들의 인형들까지 합하면 1970년대 TV 게임 쇼에 등장했던 상품들을 모두 모아둔 듯한 풍경이었다.

그러나 마누엘 씨는 자신의 트레일러를 빌려줄 생각이 별로 없었다. 나를 얼마나 못 미더워 하는지, 농장을 돌아다니면 뒤를 따라다니면서 내가 혹시 뭘 망가뜨리거나 다치지는 않는지 지켜보는 사람이다. 그래도 언제나처럼 타협안이 나왔다. 못쓰는 물건들을 그의 트레일러에 싣는 대신, 아주 더러운 박스들은 내 차에 싣고 지역 쓰레기장으로 가자는 것이었다. 물론 마누엘 씨의 아이디어였고, 그의 아이디어가 아닌 건 고려의 대상조차 되지 않기 때문에 그렇게 하기로 했다.

나는 지역에서 공동으로 사용하는 쓰레기장을 프랑스어로 '데세트리 déchetterie'라고 부른다는 게 재미있다. 프랑스어에서 데세트리만큼 발음과 용도가 딱 들어맞는 것도 없기 때문에 내가 쉽게 외운 프랑스 단어였다. 무슨 말이냐 하면 영국인의 귀에는 '드de-쉬터리shittery'처럼 들리기 때문에 지저분한 물건들(shit)을 없애(de-)버리는 행위를 말하는 것 같다. 이렇게 말하면 데세트리가 우습게 들릴지 모르겠지만, 천만의 말씀. 절대로 만만하게 생각할 곳이 아니다. 처음 그 쓰레기장을 찾아갔을 때만 해도 그곳은 두 군데로 나뉘어 있어서, 한 곳이 가득 차 있으면 다른 곳에 버리면 되었다. 아주 간단한 시스템이었고, 엘리자베스라는 상냥한 아주머니가 관리를 하고 있었다. 하지만 지금은

12개로 세분된 처리장과 폐유를 모으는 벙커로 구성되어 있고, 영국의 크리켓 경기보다 더 복잡한 규칙 하에 운영되고 있다. 마음씨 좋은 엘리자베스 아주머니도 '재활용'되어 사라지고, 이제는 재활용을 더욱 강력하게 추진하는 사람들이 운영한다.

하지만 거기까지 가는 일이 먼저였다. 마누엘 씨는 내가 앞장서서 운전하는 게 못마땅한 눈치가 역력했다. 아마 혼자서는 빵집에도 못 찾아갈 거고, 그랬다가는 수색대를 동원해서 나를 찾아야 할 거라고 생각하는 것 같았다. 나는 (일하러 가는 길이 아니라면) 운전을 좋아한다. 내가 못 참는 건 항상 똑같은 길로 가는 것이다. 가능하면 멀리 돌아가면서 기어도 바꾸고, 이런저런 교차로와 사람들이 잘 가지 않는 도로나 새로운 경치를 찾아가는 게 좋다. 출장을 많이 다니는 것도 이런 성격과 관련이 있겠지만, 나는 아무리 가까운 거리라도 흥미로워야 한다고 생각하는 사람이다. 나는 내가 가고 싶은 곳에 간다. 나는 자유인이다.

나는 빙 돌아서 쓰레기장으로 가는 길을 택했다. 이게 마누엘 씨의 신경을 건드렸고, 우리가 쓰레기장에 도착했을 때쯤 마누엘 씨는 화가 단단히 나 있었다.

나에게 뭐라고 한 건 아니지만, 화가 난 눈치가 역력했고 쓰레기를 내려놓는 동안 눈을 마주치려 하지 않았다. 한 성질하는 포르투갈인을 견디는 것도 쉽지 않지만, 똑같은 성격의 프랑스인까지 더하면 정말 최악의 상황이 된다. 엘리자베스 아주머니를 대신해서 쓰레기장 관리를 맡은 남자는 무슨 일 때문인지 기분이 몹시 안 좋았다. 아마 방금 전에 점심식사를 마친 듯한 그는 내게 가까이 다가와서 또 다시 바뀐 쓰레기 분류 체계에 대해서 설명하기 시작했다. 와인과 소시지 냄새를 풍기고 있는 그의 아랫입술에는 피우다 만 담배꽁초가 대롱대롱 달려 있었다. 꼭 쓰레기장 어디에선가 주워서 피운 듯한, 자기 수염보다도 짧은 담배꽁초는 지난 몇 달 동안 입에 붙어 있었다고 해도 믿을 만했다. 이 사람의 입냄새 때문에 한 걸음 물러난 나는 잡다한 쓰레기가 들어 있는 박스를 '잡다한 쓰레기'라고 쓰여 있는 대형 쓰레기통에 던져 넣었다. 그러자 그 남자가 고함을 치기 시작했다.

"으악! 아니, 지금 뭐 하는 겁니까? 거기에 넣으면 안 되죠!"

내 뒤에서 마누엘 씨가 '그럴 줄 알았다'는 표정으로 고개를 끄덕거리고 있을 게 분명했다. 나는 무슨 실수를 했는지 깨달았다. 한 상자 분량의 쓰레기를 던져 넣은 게 아니라, '쓰레기'가 담긴 '상자'를 던져 넣은 것이다. 내용물은 들어가도 좋지만 상자는 다른 재활용 분류함(종이상자 분류함)에 들어가야 했다. 관리인은 단단히 화가 났다. 내가 보는 관점에서는 종이상자가 다른 곳에 들어간 것뿐인데, 그 사람은 마치 내가 자기 가족을 해친 것 같이 반응하고 있었다. 그가 그 종이상자를 꺼내려고 들고 있던 지팡이로 상자를 뒤집자 그 안에 있던 내용물들이 쏟아져 나왔다. 유리병, 플라스틱, 타일…, 하나같이 다른 곳으로 가야 할 재활용품들이었다. 하지만 관리인을 모독한 최악의 물건은 전기펌프였다. 이게 상자에서 나오자 충격을 받은 관리인은 쓰레기통 옆으로 물러나서 몸을 잠시 수그렸다. 다시 고개를 들고 나를 바라보는 그의 눈에는 눈물마저 보였다. 내 잘못은 단지 전기제품을 비전기제품 활용함에 넣은 것이지만, 그는 마치 내가 투렌 지방에서 생산되는 최고의 뮈스카데 포도주 통에 오줌을 싼 것처럼 반응했다.

나는 "죄송해요! 전기제품은 어디에 넣어야 하죠?" 하고 물어보면서 아직 차에 실려 있는 냉장고와 텔레비전을 가리켰다.

그러자 관리인은 눈을 반짝거리며 금방 냉정을 되찾았다. "음, 그 물건들은 저기에 있는 내 밴에 실으쇼." 하! 이런 식으로 돈을 버는구나. 생각해보면 이 일을 하는 사람들이 누릴 수 있는 혜택이기도 하다. 재활용함에 들어가는 물건을 꺼내서 다시 활용한다면 그게 재활용이 아니고 무엇이겠는가. 게다가 그렇게 하는 쓰레기장 관리인이 이 사람뿐만은 아닐 것이다.

이 지역에서는 1년에 두 번, 크기와 상관없이 어떤 물건이든 집 앞에 내어놓을 수 있는 날을 정해두고 있다. '몽스트르*'라고 부르는 이 날은 대형 쓰레기, 백색 가전제품, 망가진 텔레비전 등을 정원사에게 치워달라고 부탁하거나, 밴이나 트레일러를 빌려다 손수 치우는 수고를 할 필요 없이 집 앞에 내놓기만 하면 된다. 몽스트르가 있으면 평소에 그런 물건들을 함부로 밖에 버리는 일을 막을 수 있다. 물론 집 밖에 버리는 행위야 똑같지만 몽스트르에는 시에서 인정하는 스티커가 붙는다는 게 다르다.

이 날은 또한 지역에 사는

---

* monstres: '괴물'이라는 뜻으로,
집 앞에 망가진 가전제품을 비롯한
쓰레기를 자유롭게 내놓을 수 있는 날

집시들에게도 재활용의 기회를 준다. 이 지역 아이들은 남이 자신의 물건에 손을 대려고 하면 "집시야, 내 물건에 손대지 마. 그러면 네 엄마가 너한테 기저귀를 채울 걸!"이라고 말하며 비하적인 표현을 사용한다. 솔직히 말하면 나도 그 말이 정확하게 무슨 소리인지 모르지만 이곳 집시들이 손버릇이 안 좋기로 소문이 나 있다는 정도로 이해한다. 평판만 나쁜 게 아니라 여기에는 집시들의 숫자도 많다. 캠핑용 캐러밴에서 생활하는 그들의 주거특성을 생각하면 이 지역 지형이 평평하다는 게 하나의 이유일 것이다. 이곳 집시들은 영국의 '트래블러*'와는 다르게, 다른 사람들이 그들을 두려워하지도 않고 사회에서 따돌림을 당하지도 않는다. 이 지역사람들과 별다른 마찰도 없고, 이곳에서 여러 대에 걸쳐 살고 있기도 하다. 내가 이해할 수 없는 건, 자신들이 집시라면서 그렇게 오래 한 곳에 살아도 되냐는 것이다. 떠돌이면 떠돌이, 정착민이면 정착민, 이제는 결정할 때가 되지 않았나 싶다.

집시들은 얼굴만으로도 쉽게 구분이 된다. 이렇게 말하면 인종주의자처럼 들리겠지만, 오해하지 말고 들어보시라. 당연한 이야기지만 집시들은 자기 집단 안에서만 혼인을 하는데다가 같은 장소에서 오래 살았기 때문에 서로 서로 비슷한 얼굴을 하고 있다. 남자들은 엘비스 프레슬리 같은 얼굴에 피부색만 좀 짙다고 생각하면 된다. 새까만 앞머리를 위로 세워 올리고, 옷은 초창기 록 가수처럼 입고

---

* '아이리쉬 트래블러(Irish travellers)'라고도 불리는 사람들로, 유럽 본토의 집시들과 비슷하게 한 곳에 정착하지 않고 떠돌아다니는 사람들을 가리킨다. 집시들과는 달리 그 기원이 아일랜드로 알려져 있다.

있다. 여자들은 어릴 때는 눈이 번쩍 뜨일만큼 예쁘지만, 나이가 들면 마치 체중이 늘어야 한다고 강요받는 듯하다. 그러다 보니 여자들은 마치 라스베이거스에서 공연하던 말년의 엘비스 프레슬리를 보는 것 같다. 남녀 공히 엘비스 프레슬리를 주제로 통일성을 갖고 있기는 하다.

몽스트르 때 버려지는 고철의 양은 엄청나고, 특히 백색 가전제품들 중에서는 고치면 쓸 만한 물건들도 있다. 여러모로 이상적인 제도가 아닌가 싶고, 그런 물건을 내다 놓은 사람들은 어차피 처분하길 바라기 때문에 누가 가져가든 개의치 않는다. 엘비스 프레슬리를 닮은 사람들 수십 명이 버려진 가구나 전자제품을 뒤지고 있는 건 꽤 흥미로운 풍경이다. 한 가지 문제는 내 아내 나탈리도 그들과 함께 쓰레기를 뒤지고 있다는 것이다.

아내는 그런 행동을 전혀 창피하게 생각하지 않을뿐더러 그 성격을 모리스에게까지 물려주었다. 작년에 휴가로 캠핑을 갔을 때의 일이다. 나는 눈치채지 못했는데, 모리스는 사람들이 캠핑을 마치고 떠나면서 야외용 접이의자들이 트렁크에 들어가지 않으면 그냥 버리고 간다는 사실을 발견했다. 기회를 놓치지 않는 성격의 모리스는 캠핑장을 돌아다니면서 버려진 접이의자를 전부 모아다가 우리집 캐러밴 밑에 쌓아 두었다. 나는 캠핑 마지막 날이 되어서야 캐러밴 밑에서 접이의자 무덤을 발견했다. 모리스는 그 형형색색의 접이의자들을 나중에 팔 생각이었다.

나는 그런 성격이 유전이면 어쩌나 하고 걱정된다. 아내는 몽스트르만 다가오면 흥분해서 어쩔 줄 모른다. 아내에게 몽스트르는 마치 벼룩시장과 같다. 다른 게 있다면 전부 공짜라는 것뿐. 물론 그렇게 해서 얻은 것들도 있다. 우리 정원 앞에 놓인 예쁜 재봉용 테이블이 그런 물건이다. 집집마다 정원에 재봉용 테이블이 하나씩 있지 않나? (아니면 말고.) 정원 곳곳에 널려 있는 각종 바구니들도 그렇게 가져온 것들이다. 문제는 이렇게 물건들을 주워올 때마다 내가 운전사 역할은 물론, (이렇게 말하자니 민망하지만) 힘쓰는 역할을 해야 한다는 것이다. 아내가 어디에서 차를 멈추고, 무슨 물건을 가져다가 차에 실으라는 지시를 하면 나는 잽싸게 내려서 다른 사람들이 보기 전에 물건을 싣는다. 솔직히 나는 자존심이 상한다. 물론 버려진 물건이기 때문에 주워간다고 뭐라 할 사람도 없는 건 알지만, 그래도 그렇지…. 아마 내가 너무 영국적이어서 그런 것 같지만, 어쨌든 물건을 싣는 중에 다른 차들이 지나가면 얼굴을 숨기기 바쁘다. 물론 이 동네에 모드족이라고는 나밖에 없는 상황에서 익명성을 지키려는 것도 우습기는 하다. 물건을 재빨리 집어와서 차에 싣고 잽싸게 빠져나가는 일까지는 어떻게 하겠는데, 내가 도저히 못하는 건 바로 쓰레기 트레일러 속으로 들어가는 일이다.

　한 번은 몽스트르에 아내를 차에 태우고 돌아다니다가 1960년대 풍의 등나무 그네의자를 발견했다. 언젠가 내 사무실이 생긴다면, 그리고 그 인테리어를 내가 결정할 수 있다면 꼭 어울릴 그런 의자였다. 꼭 가져오고 싶었다. 쓰레기 트레일러 속에 뛰어들지 않고도, 그것도 젊은 집시 청년이 지켜보는 앞에서 그 그네의자를 쓰레기통에서 꺼내는 데 성공했다. 아내는 길 건너에서 도자기 그릇들을 살펴보고 있었다. 나는 의자를 차에 던져 넣고, 재빨리 운전석에 올라 선글라스를 쓰고 재킷의 옷깃을 올려 세웠다. 갖고 싶은 물건을 가졌지만, 특별히 기분이 좋지는 않았다. 오히려 뭔가 잘못하고 있는 기분이었다.

몇 분 동안 차에 앉아 아내가 오기를 기다리고 있는데 누군가 창문을 두드리길래 쳐다보니 아까 본 집시 청년이었다. 자기가 찜해둔 물건이라고 우기려는 것 같았다. '지저분한 실랑이가 벌어지겠구나' 하고 생각하는 동안에 그 청년이 다시 창문을 두드렸다.

나는 창문을 조금 내리고는 "왜 그러느냐"고 쏘아붙였다.

그러자 그는 "의자를 거는 고리를 안 가져갔네요" 하면서 나에게 그네의자를 천장에 거는 고리를 건네 주고는 다시 쓰레기 트레일러 속으로 아무렇지 않게 훌쩍 뛰어들어 갔다.

아내가 "하하, 당신도 이제 재활용품 집어가는 대열에 들어섰구나" 하면서 차에 올라탔다. 아, 내가 어쩌다 이 지경이 되었나.

당연한 이야기지만 몽스트르 때 남는 물건들은 대부분 쓸모 없는 쓰레기들이다. 아내나 집시들도 안 집어간다면 당연히 쓸 수 없는 물건들이고, 그것들은 쓰레기장 데셰트리로 간다. 거기에서 혼나지 않으려면 정확히 분류해야겠지만. 어쨌거나 그 두 가지 외에도 세 번째 방법이 있으니 바로 벼룩시장이다.

사람들은 프랑스의 벼룩시장에 대한 환상을 가지고 있다. 아마도 〈바겐헌트〉* 같은 프로그램들 탓인 듯하다. 원래는 시청자가 별로 없는 낮 방송용이었다가 이제는 황금시간대의 인기 프로그램으로 자리를 잡으면서 비슷한 프로그램들이 늘어나고, 너도나도 다른 집의 잡동사니를 잘 고르면 횡재할 수 있다는 생각을 하는 것 같다. 물론 그렇게 돈을 벌 확률은 거의 없다고 본다. 몇 년 전, 프랑스인들이 지겨워져서 내다버리기 시작한 가구들이 우연히 영국의 인테리어 디자이너들 사이에 유행하던 시절이 있기는 했다. 하지만 그런 시절은 이미 지났고, 프랑스인들도 자신들이 버리는 가구들의 진정한 가치를 깨달으면서 더 이상 싸게 내놓지도 않는다. 지금은 벼룩시장도 분화되어서, 고가의 고급 제품들을 사고파는 '골동품 벼룩시장brocantes antiquités,' 어쩌다가 싸고 좋은 물건을 살 수 있는 진정한 '벼룩시장,' 그리고 '다락 정리처분vide-greniers'이라고 부르는 거의 데세트리에서도 분류 불가능한 수준의 것들만 나오는 시장으로 나뉜다.

연례행사로 벌어지는 이 지역의 벼룩시장에 가판대를 하나 마련해서 참가하자는 이야기가 나왔을 때 나는 분명하게 입장을 밝혔다. 나는 아내에게 지난 경험에 비추어 볼 때 그건 시간 낭비라고 이야기했다. 가판대에 하루 종일 앉아 있어 봤자 물건은 하나도 못 팔 거고, 당신과 아이들은 다른 가판대들을 구경하러 돌아다닐 것이며, 그동안 나만 자리를 지키고 앉아서 식탁에 까는 깔개나 부서진 빵

---

* Bargain Hunt: 참가자들이 골동품을 찾아 경매에 붙여 이익을 남기는 경쟁을 하는 영국 TV 프로그램

128 >>

보관함처럼 쓸모없는 물건을 파느라 나이 많은 아주머니들과 가격 '흥정'을 하고 있을 것이 분명하다고 주장했다. 내 자존심이 그런 일을 허락하지 않을 뿐 아니라, 하루 종일 고생해봤자 소득도 없다고 강조하고는 벼룩시장에 참여하지 않겠노라고 선언했다. 이 문제에 관한 내 의견은 분명했기 때문에 이번 한 번만은 강하게 주장하는 게 좋겠다고 생각한 것이다. 주장도 논리적이었고, 말도 시원스럽게 잘한 것 같아 스스로 만족스러웠다. 벼룩시장에 참여하려는 생각은 확실하게 꺾었다…고 나는 순진하게 생각했다.

일요일 아침 6시는 부서진 물건들을 팔려고 야외에 테이블을 펴고 있기에는 너무 이른 시간이라고 생각한다. 물론 그런 일은 언제 한들 적당한 시간이 있을까 싶지만 말이다. 원래 계획은 아내와 모리스만 먼저 도착해서 준비를 하고, 나와 새뮤얼, 테렌스는 나중에 갈 생각이었지만 일이 그렇게 되지 않았다. 모리스는 엄마가 주차를 하는 동안 사람들이 물건을 집어가지 않도록 지키는 일을 겁이 나서 못하겠다고 했고, 결국 내가 물건을 지키는 동안 모리스가 물건을 분류해서 내어놓는 일을 맡았다. 하지만 정작 시간이 되자 아내는 차를 가지고 사라졌고, 모리스는 테이블 밑에서 잠에 빠졌고, 나 혼자 테이블을 지키고 앉아서 사람들을 맞이했다. 대개는 술집에서 카스테레오를 팔거나 다른 집 쓰레기통을 뒤지는 사람들이었다.

"저거 얼마요?"

"아, 아직 짐도 안 풀었잖아요!" 처음에는 이런 대화가 오고 갔다. 일요일 아침잠을 놓친 나는 내 물건 살 생각하지 말고 당신 물건이나 팔라는 태도로 일관했다.

마침내 아내가 돌아왔다. 아내의 손에는 전등갓이 들려 있었다. 우리 물건은 하나도 안 팔렸는데 벌써 물건을 사들이기 시작한 거다. 경기가 시작하자마자 벌써 1대0. 어떻게 끝날지 빤해 보였다. 나는 아내에게 가판대를 맡기고 집에서 새뮤얼과 테렌스를 데리고 오기 위해 자리를 떴다. 아내가 물건을 팔아 없앨 생각을 하지 않고 사들이고 있으니 내가 돌아올 때쯤이면 아마 우리 가판대 위의 물건들은 줄어드는 게 아니라 늘어나 있을 게 분명했다.

내 계획은 아침 늦게 두 아이를 데리고 돌아와서 가판대를 지키는 아내와 모리스와 함께 점심을 먹는 것이었다. 하지만 새뮤얼이 엄마의 피를 타고 났다는 사실을 잊고 있었다. 남들이 쓰다 버리는 물건을 사고 싶어하는 새뮤얼 때문에 한 시간도 안 되어서 본격적으로 사람들이 몰리는 시간에 벼룩시장으로 돌아가야 했다.

두 아이와 함께 벼룩시장을 통과해서 우리 가판대로 가면서 발견한 사실은 거기에 있는 사람들이 전부 똑같은 물건들을 팔고 있다는 것이었다. 우리를 포함해 모든 가판대에서 유모차, 보행기, 아기용 의자, 아기옷, 발가벗은 '액션맨' 인형, 그리고 망가진 아이들용 자전거를 팔고 있었다. 마치 헤롯 왕*이 유아 학살을 명령한 다음날 장터가 열린 게 아닌가 싶었다.

"물건 좀 팔았어?" 하고

---

* Herod the Great: 예수가 탄생했다는 이야기를 듣고 베들레헴 일대에 있는 두 살 이하의 남자아이들을 모두 죽이라고 명령한 것으로 유명한 유대의 왕

아내와 모리스에게 물었다. 두 사람은 뭔가를 숨기는 듯한 표정으로 서로를 쳐다봤다.

아내는 "응. 사람들이 좀 와서 가격을 물어봤어" 하고 대답하는데, 원래 장사하는 사람들은 '하나도 못 팔았다'는 말을 그렇게 돌려서 하는 법이다.

그러는 동안 한 남자가 우리 가판대에서 내 여행용 컴퓨터 가방을 집어 들고 가격을 물어보았다. 아내가 나에게만 들리는 소리로, 저 남자가 벌써 세 번째 찾아온 건데 8유로 이하로는 못 판다고 버티는 중이라고 했다.

"8유로라고!" 하고 내가 소리질렀다. "내가 50파운드나 주고 산 건데? 상태도 완벽하잖아!" 내가 화가 난 얼굴로 그 남자에게 꺼지라고 말하려는 순간, 새뮤얼이 끼어들었다.

"4유로요."

"뭐?"

"그럼 내가 사마." 그 남자는 아내와 나를 쳐다보지도 않고 새뮤얼에게서 가방을 샀다.

"야, 너…" 나는 새뮤얼을 나무라려고 말을 시작했다.

"아빠, 일단 마수걸이를 해야 하지 않겠어?" 새뮤얼은 그렇게 말하고는 내 가방으로 번 돈 4유로를 들고 잽싸게 사라졌다.

새뮤얼의 말이 틀린 건 아니었다. 하지만 10분쯤 후에 다시 나타난 그 녀석의 손에는 '스타워즈' 냉장고 자석이 몇 개 들려 있었고, '아주 싼 가격'인 4유로에 샀다고 하니, 애초의 주장의 진정성에 의심이 가는 게 사실이다. 그러는 동안 새뮤얼의 친구가 나타나서는 '드래곤볼 Z' 만화책을 얼마에 파느냐고 물었다.

"한 권 당 2유로." 요 녀석이 장사에 재미를 붙인 모양이었다. 그 친구는 8권이나 되는 책을 한 권에 2유로나 준다는 건 너무 비싸다고 생각하는 눈치였다.

나는 "전부 합해서 4유로" 하고 말하고는 날름 돈을 받아 내 주머니에 넣었다. 새뮤얼이 항의했지만 나는 "물건은 팔릴 때 팔아야지, 안 그래?" 하고 말해줬다.

물건 파는 일은 힘들었고 시간은 더디 흘렀다. 가판대에는 뙤약볕이 내리쬐었고, 우리는 기운이 빠졌다. 특히 내 기운이 빠졌다. 바로 한두 해 전에 아이들이 꼭 사야 한다고 졸라서 샀던 장난감들이 50센트에 팔리는 걸 보는 건 허탈했다. 제임스 본드의 자동차 장난감을 꼭 갖고 싶다는 새뮤얼의 말에 모든 가게를 샅샅이 뒤져서 비싼 돈을 주고 사줬을 때 기뻐하던 표정이 기억에 생생한데, 이제 와서 "아빠, 그냥 장난감인데 뭘 그래"라니! 새뮤얼과 모리스에게는 첫 자전거였던 '뚝딱뚝딱 밥아저씨' 자전거는 물어보는 사람은 많았지만 다들 5유로가 아니면 사지 않겠다고 했다. 세상에 자전거를 5유로에 사려고 하다니! 멀쩡하게 잘 굴러가는 자전거를 5유로에 살 생각을 하는 그런 짠돌이가 어디 있나? 옆 가판대에서 2유로씩이나 주고 산 곰팡이 핀 낡은 샌드위치 토스터를 소중하게 들고 내가 자전거로 바가지를 씌운다는 표정으로 서 있는 사람들에게 속으로 말했다. '그걸로 빵이나 제대로 구워지나 봐라, 머저리들.'

내 인내심이 한계에 도달한 건 새뮤얼이 다른 가판대에서 사온 로봇 장난감 때문이었다. 배터리로 작동하는 그 로봇은 우리 막내 아이보다 큰데 가판대 옆에 놔뒀더니 사람들이 우리가 파는 물건보다 로봇에 더 관심을 보이는 것 아닌가! 시간이 지날수록 사람들도 지치고 짜증나는 기색이 역력했다. 그러다가 오후 4시쯤 비가 내리기 시작하자 다들 잘됐다는 표정으로 짐을 싸기 시작했다. 벼룩시장이 재미있었다는 사람은 한 명도 없었고, 많은 사람들이 다시는 이 짓을 안 하겠다고 다짐했다. 나도 그렇게 말하고 싶었지만, 그게 얼마나 부질없는 선언인지 잘 안다. 벼룩시장에 대한 아내의 자세는 아이를 낳는 것과 비슷하다. 낳을 때 그렇게 고생을 해놓고도 얼마 지나지 않아 다 잊어버리고는 또 아이를 가질 계획을 하는 사람이 내 아내, 나탈리다.

벼룩시장이 끝났을 때 우리에게는 유모차, 보행기, 산더미처럼 쌓인 옷들, 발가벗은 액션맨 인형들이 고스란히 남아 있었다. 잡동사니를 처분하려고 계획했던 벼룩시장인데, 전체 양은 전혀 변화가 없었다. 오히려 아내와 새뮤얼, 모리스가 벼룩시장에서 산 물건들을 차에 다 싣고 나니 올 때보다 짐이 늘어서 아이들 자전거를 실을 수가 없었다. 결국 자전거는 버려야 했다.

"여보, 이럴 거면 그냥 이 물건들을 전부 데셰트리에 가져다 버리게 낫지 않을까?" 하고 간절한 마음으로 물었다.

아내는 깊이 생각하는 얼굴로 대답했다. "아니야. 봄에 다시 팔아보면 될 거야." 봄이 오려면 아직 멀었다는 게 내게는 유일한 위안이었다.

수렵족, 채집족, 모드족

나는 사계절이 분명한 기후를 좋아한다. 요새는 계절이 두 개밖에 없는 게 유행인 듯하지만, 한 계절이 다른 계절보다 기온이 조금 높다는 걸 제외하고는 둘 다 흐리기는 매한가지이다. 하지만 이 지역의 겨울은 너무 혹독하다. 그리고 우중충하다. 혹독하고 우중충하다. 그리고 길다. 혹독하고, 우중충하고, 길다.

　　이 지역에서 겨울을 준비하는 모습은 마치 선원들이 다가오는 거대한 태풍에 대비하는 장면을 보는 것 같다. 배에 물이 새어 들어오지 않게 모든 해치를 단단히 걸어 잠그는 것과 비슷하다고 보면 된다. 야외용 가구들은 아무리 무거워도 반드시 치워야 한다. 첫 해 겨울, 우리는 대형 테이블을 치우지 못했다. 바닥이 무쇠로 되어 있어 우리 힘으로는 도저히 옮길 수 없었기 때문에 '괜찮겠지' 하는 생각에 밖에 그대로 둔 것이다. 강한 바람에 그 무거운 테이블이 정원을 가로질러 날아가는 걸 아내와 함께 침실 창문으로 지켜본 기억이 생생하다. 그 이후로는 바깥에 있는 물건들 중에서 바닥에 고정되지 않은 것들은 반드시 다른 곳으로 옮긴다.

집에 있는 수영장도 겨울 채비를 해야 하는데 (그걸 지금 불평이라고 하느냐고 생각할 독자들이 많다는 것 이해한다) 이게 쉬운 일이 아니다. 나는 수영장을 거의 사용하지 않는다. 모든 것을 깔끔하게 정돈해야 하는 성격 탓에, 수영장에 들어가서 수영을 하는 시간보다 옆에 그물을 들고 서서 물에 벌레들이 빠질 때마다 열심히 건져내고, 물놀이를 하는 아이들에게 너무 물이 튄다고 잔소리하는 데 더 많은 시간을 보낸다. 하지만 가을이 되면 수영장을 깨끗하게 청소해야 하고, 펌프로 물을 전부 빼내고, 파이프를 분리하고, 계단을 떼어내고, (그리고 이게 죽여주는 일인데) 수영장을 겨울용 덮개로 덮어야 한다. 이 덮개라는 게 어마어마하게 무거운데다, 길이 10미터, 폭이 3미터나 된다. 1년에 두 번이나 이 씨름을 해야 하는데, 아내의 말에 따르면 네 명이 해야 하는 일이라서 친구들에게 연락해서 도움을 청해야 한다는 것이다. 근데 나는 그것만큼은 도저히 못 하겠다. 나는 인생에서 친구들에게 수영장 덮개를 덮는 일을 도와달라고 편하게 전화할 수 있는 위치에 도달하지 못했다고나 할까? 내가 브루나이의 술탄도 아니고 어떻게 그런 일에 사람들을 오라 가라 하겠는가?

겨울이 다가오면 절대로 미루지 말고 해야 할 일이 또 있다. 장작을 쌓아두는 일이다. 이 집의 전 주인 르브렁 씨 부부는 친절하게도 우리가 이사 오기 전에 첫 해에 쓸 장작을 미리 주문해 주었다. 한겨울이면 장작이 전부 팔린 상태이기 때문에 구하기가 쉽지 않다. (급하다고 어디서 쉽게 구할 수 있는 것도 아니라 미리미리 계획을 세워야 한다.) 결국 르브렁 씨의 아내가 샅샅이 뒤진 끝에 아직 장작을 갖고 있는 가게를 찾아서 '남은 겨울을 날 수 있을 만큼'의 장작을 배달 받을 수 있었다. 그런데 그 장작의 양이 엄청났다! 아내와 나는 '남은 겨울'이 얼마나 길길래 저 많은 장작이 필요한 건지 이해가 되지 않았다. 혹시 빙하기가 오는 걸 우리만 몰랐나?

장작을 쌓기 전에 할 일이 있다. 다름 아니라 '프레오*préau*'라고 부르는, 벽 없이 사방이 트여 있고 지붕만 있는 헛간을 정리하는 일이다. 나는 온 식구를 동원해 같이 치울 생각이었다. 어차피 거기를 어지럽혀 놓은 건 내가 아니라 다른 식구들이니까. 우리 농장에서 프레오는 중요한 역할을 하는데 (나무와 짚단을 보관하는 장소이면서 새들이 모이는 곳이다) 그 헛간 한가운데 있는 기둥에는 돌에 새겨진 두 개의 문구가 있다. 지금은 많이 닳아 희미해져서 읽기 쉽지 않지만, 읽을 때마다 숙연해지는 글이다. 첫 번째 문장은 독일에 맞서 싸우자는 다짐이거나, 아니면 독일에 패배한 것에 대한 탄식이다.

"Les Allemand Son Antré A Chabris le 20 juin 1940 Apré une Resistanse de 7 heures et…" (Sic)

1940년 6월 20일, 7시간의 저항 끝에 독일군이 샤브리에 진입했

고… [원문 그대로 인용]

노르망디 상륙작전이 진행 중일 때 쓴 듯한 두 번째 문장도 전투를 위한 다짐처럼 보이고, 'Riolland'라는 서명이 있다.

"6 juin 1944 les ameriquins ons débarquer pour chaser les allemans qui etet en france." (Sic)

1944년 6월 6일. 프랑스에 주둔한 독일군을 몰아내기 위해 미군이 상륙했다.[원문 그대로 인용]

두 문구는 서로 다른 서체로 쓰여 있다. 개인적으로 두 번째 글이 첫 번째 글에 암시된 죽음에 대한 복수를 부탁하는 것 같아 볼 때마다 숙연한 마음이 들고, 소중한 유산을 가지고 있다는 느낌이 든다. 우리가 살고 있는 이 집은 반드시 간직해야 할 중요한 역사, 그리고 (나 같은 떠돌이의 이상한 생활 방식과는 다른) 꼭 지켜야 할 어떤 삶의 방식을 가지고 있는 것이다.

나는 식구들을 그 문구 앞으로 불러서 아이들에게 그 글의 중요성과 함께 제2차 세계대전에 대해 설명하기 시작했다. 바로 그 순간, 총성이 울렸다.

우연치고는 너무나 아이러니하지 않은가! 우리 모두 그렇게 생각하면서 황급히 땅바닥에 엎드렸다. 반대편 담장에서 10여 미터 정도 떨어진 곳에 스무 명 가량의 사냥꾼이 모여 있었는데, 모두 동시에 방아쇠를 당긴 듯했다. 우리는 귀가 멍멍한 상태로 공포에 질렸다. 우리가 어디를 가든 졸졸 따라다니는 우리 집 동물들은 각기 다른 반응을 보였다. 고양이들은 짚단 밑으로 뛰어들어가 몸을 숨겼고, 토비는 너무 놀라서 바로 그 자리에서 똥을 싸고는 자기 꼬리를 쫓아 빙빙 돌기 시작했다. 심한 청각장애를 가진 피에로는 그렇게 가까이에서 울린 총성도 듣지 못했지만, 어떤 기회든 생기기만 하면 성욕을 푸는 데 사용하는 놈이라 갑자기 엉덩이를 내 머리에 비벼댔다. 얼타임은 놀라 마구간 벽을 찼고, 주니어는 들판으로 뛰어나가서 "자기야, 그럼 이리 나와서 좀 놀아볼까" 하는 의도가 분명한 콧소리를 냈다. 하지만 그 소리를 들은 건 사냥꾼들이었다. 잠깐이나마 주니어를 사냥감으로 착각한 듯했다.

나는 사냥꾼을 싫어한다. 물론 이곳에서 사냥은 수백 년간 이어져 온 전통이라는 것도 알고, 프레오에 글을 새긴 그 사람이 지키고 싶어했던 바로 그 삶의 방식인 것도 이해한다. 하지만 성인 스무 명이 (그것도 전부 남자들이다) 번쩍거리는 총과 별로 사용한 적도 없어 보이는 사냥 장비들을 갖추고 모여 있는 장면은 야만을 넘어서 좀 우스꽝스러운 부분이 있다. 그런 엄청난 장비로 뭘 잡으려는 걸까? 무시무시한 자고새*? 불을 뿜는 공포의 꿩? 눈을 부라리고 침을 흘리면서 아낙네들을 공격하는 토끼? 작은 동물을 잡으면서 그런 걸 들고 다니는 게 우습기도 하지만 동시에 섬뜩한 것도 사실이다. 이 사람들은 결국 총을 들었을 뿐 결국 (사냥꾼이라기보다는) 관광객이기 때문이다! 페인트볼을 쏘는 총이 아니라 진짜 총이고, 더욱 두려운 건, 이런 쌀쌀한 날씨에 밖으로 나오는 사람들은 대개 점심식사를 하면서 몸을 덥히려고 코냑을 몇 잔 마신다는 사실이다.

우리 가족은 집으로 들어가서 아름다운 시골생활에 불가

---

* 꿩과의 작은 새

피하게 따라오는 이런 험악한 모습을 어떻게 담담하게 받아들일지 진지하게 논의했다. 이제 우리는 이 공동체의 일원이므로 우리 농장 주변에 사냥감이 될 만한 이상한 새들이 산다는 사실을 받아들인다면, 그 새들이 어떻게 죽음을 맞이하는지 역시 받아들여야 했다. 우리가 크롤리에 살 때 이웃집 사람 하나가 사슴을 치어 죽인 덕분에 생긴 사슴고기를 몇 주 동안 먹으면서 불평한 적이 있었나?* 분명한 사실은 프랑스인들이 동물을 직접 사냥해서 먹는 일을 끔찍하다고 생각하지 않는다는 것이다. 이들은 음식을 만들어서 먹는 일에만 적극적인 것이 아니라, 그 음식이 어디에서 어떻게 오는지에도 매우 관심이 있다. 프랑스인들이 유기농 작물이나 인도적으로 도살한 고기만 먹는다는 이야기가 아니다. 알다시피 프랑스는 푸아그라**의 나라 아닌가. 먹는 문제라면 동물의 감정이든, 사람의 감정이든 감정은 개입되지 않는다.

우리 가족에겐 적응이 필요했다. 프랑스 시골에서 살려면 영국 남부 중산층 도시민의 사고방식은 접어놓아야 했다. 사냥꾼들이 하는 일을 좋아할 필요는 없지만, 적어도 그들을, 그리고 그들이 사는 방식을 있는 그대로 받아들여야 했다. 그게 싫으면 우리도 총을 사서 사냥꾼들을 쏘든가. 주니어는 눈에는 눈, 이에는 이로 대응하는 성격이기 때문에 마치 농장 주위에서 벌어지는 폭력에 항의라

---

* 많은 나라에서 사슴을 자동차로 치어 죽인 경우, 사냥한 것과 마찬가지로 운전자에게 죽은 사슴의 소유권을 인정하기 때문에, 대개 사슴고기를 잘라 저장하거나 이웃과 나눠먹기도 한다.

** foie gras: 거위나 오리의 간으로 만든 요리. 간을 크게 만들기 위해 튜브를 이용해 거위의 목에 강제로 사료를 쏘아 넣는 경우가 많기 때문에 동물 애호가들의 비판을 받는다.

도 하듯, 기회를 놓칠세라 농장에 있는 닭장을 망가뜨렸다.

　나는 동의한 적이 없지만, 아내와 아이들은 우리가 닭을 키우는 건 시간문제라고 생각하고 있다. 하지만 주니어가 그 모든 계획에 차질을 일으켰다. 뭔가 심상치 않다고 느낀 게 분명했다. 닭장을 둘러싼 울타리를 부수고 밟아서 엉망으로 만들어 놓은 것이다. 그런데도 아내는 오히려 주니어가 무너진 울타리에 '다리를 다칠까' 걱정했다.

　"그렇게 되면 오히려 쌤통이지!" 내가 걱정할 문제가 아니라는 순진한 생각을 하며 말했다.

　두 시간 후, 나는 영하의 날씨에 제대로 말도 듣지 않는 펜치로 망가진 울타리를 잘라내고 있었다. 작업 내내 사냥꾼들의 총성이 울렸고, 주니어는 등 뒤에서 콧소리를 내면서 나를 조롱하며 서 있었다. 겨울철이라 길게 자란 갈기 때문에 주니어는 마치 가수 티나 터너*처럼 보였다. 그것도 사납고 악한 티나 터너. 울타리의 마지막 부분은 유난히 힘들었다. 꽁꽁 언 손은 하도 힘을 주다 보니 쥐가 나기 시작했고, 장작을 쌓다가 박힌 가시 때문에 더더욱 고생스러웠다. 마지막으로 있는 힘을 다해서 당기자 드디어 울타리가 빠지기는 했는데 그 바람에 내 몸도 뒤로 튕겨나가 무심한 표정의 주니어를 지나 전기 울타리에 부딪혔다. 나는 감전을 당해 잠깐 몸을 뒤틀다가 이내 땅바닥에 무릎을 꿇었다.

　오늘 일은 이걸로 충분하다고 생각했다. 어차피 날도 어두워지고 있고, 이제는 벽난로의

---

* Tina Turner: 1980년대에 인기를
끌었던 미국의 여자가수. 크게 부풀린
헤어스타일로 유명하다.

활활 타는 장작불 앞에서 쉬면서 평화롭고 조용한 시간을 보내고 싶었다. 나도 내 직업에서는 유능한 사람이다. 공연 중에 어떤 돌발 상황이 벌어져도 침착하게 대응할 수 있다. 나는 술에 취한 미혼남녀 400명이 가득한 장소에서도 인내심을 잃지 않고 공연할 수 있는 사람이다. 하지만 어린 사내아이 세 명과 고양이 세 마리, 개 두 마리, 말 두 필, 그리고 아내와 함께 있으면 (특히 아내라는 사람이 쿠션을 만드는 취미가 있다면) 감당할 수 없다.

쿠션 이야기가 나와서 말이지만, 쿠션에 대한 아내의 집착은 이제 도를 넘었다. 아내가 계절이 바뀔 때 하는 취미가 두 개 있다: 동물 똥을 치우는 일(엄밀하게는 1년 내내 하는 일지만) 그리고 가구를 장식하는 쿠션을 집안에 전염병처럼 확산시키는 일이다. 장담하건대, 내가 죽으면 아내는 나를 매장하거나 화장하는 대신 속에 솜을 채워서 소파 위에 영원히 놔둘 게 분명하다. 그러면 사람들이 지나가면서 이렇게 묻겠지. "오! 이 쿠션 정말 예쁘네요. 캐스 키드슨 제품이에요?"

"아, 아녜요. 제 죽은 남편이에요."

이제 거실은 마치 이케아의, 공으로 가득 찬 아이들 놀이방처럼 변했다. 차이가 있다면 화려한 색깔의 플라스틱 공 대신 쿠션들이라는 것이고, 아이들 대신 로라 애쉴리 제품에 환장한 사람들이 좋아한다는 정도가 아닐까. 지난 몇 년 사이 우리 집에서 의자나 소파에 편안하게 앉는 건 서서히 불가능해졌다. 앉을 수 있는 모든 의자에 쿠션이 쌓여 있다. 침대에 누우려고 해도 이불 위에 쌓인 쿠션들을 치우는 데만 30분이 걸린다. 자고 일어나서 다시 쿠션을 올려놓을 때 위치를 조금이라도 틀리면 난리가 난다. 그래서 나는 자기 전에 쿠션들이 어떻게 놓여 있었는지 휴대폰으로 사진을 찍어두고 다음날 아침에 사진을 보면서 배열한다. 그러지 않으면 쿠션을 잘못 배열한 책임을 묻는 일이 기다리기 때문이다. 우리는 그렇게 공포 속에서 살고 있다.

쿠션만 문제가 아니다. 최근 외국에서 사온 내 슬리퍼는 페이즐리 무늬가 있는 스웨이드로 만든 아름다운 제품인데, 발을 넣어보니 이미 망가져 못쓰게 되어 버렸다. 자세히 들여다보니 고양이들의 짓이었다. 이놈들이 슬리퍼 실밥을 자근자근 씹어서 뜯어놓고는 모양만 멀쩡하게 보이도록 놔둔 것이다. 하지만 내가 그만하라고 한들 고양이들이 멈출까? 물론 아니다. 고양이들은 TV 앞에서 축구 중계를 보고 있었다. 세 마리가 일렬로 늘어서서 중계를 보다가 전반전이 끝나자 TV 앞을 떠나 싸움을 시작했다. 축구 중계 중에 싸우는 고양이들을 보니 마치 1970년대의 영국의 훌리건이 환생한 게 아닐까 하는 생각이 들었다! 한편 테렌스는 자기만의 특이한 행동을 개발해 집안을 혼란스럽게 하는 데 일조했다. 물건을 숨기기 시작한 것이다. 한 번은 모리스의 슬리퍼 한 짝을 숨겼는데, 집 안을 다 뒤집어엎도록 뒤져도 결국 찾지 못했다. 심지어 테렌스는 화장실 변기에 넣어두면 파란색 세제가 흘러나오는 세척제를 숨기기도 했다. 이런 물건들을 도대체 어디에 숨기는 걸까?

피에로는 끊임없이 부엌에 숨어들어 와서 고양이 사료를 훔쳐 먹었는데, 그 전까지 고양이 똥을 먹었던 걸 (평소 식사량이 많은 개가 고양이 똥까지 먹는 건 엽기적인 일이었다) 생각하면 장족의 발전이다. 더러운 놈. 도대체 자존심도 없나? 명색이 킹 찰스 스패니얼 잡종인데, 왕족이 몰락을 해도 분수가 있지. 물론 어쩌면 우리가 피에로를 오해했을 수도 있다. 아내가 동물 똥 치우는 일이 힘들까봐 도와준 것일 수도 있으니까. 이유야 어찌 됐건 구역질 나는 일이다. 엘튼 존이 〈서클 오브 라이프*〉를 불렀을 때 설마 똥을 먹는 동물 이야기를 하지는 않았겠지?

토비도 괴롭힘을 당하는 건 마찬가지였다. 처음에는 테렌스가 꼬리를 잡아당기면서 괴롭히더니, 그 다음에는 고양이들이 TV를 보다 말고 토비 등에 올라타곤 했다. 천성이 착한 (머리는 별로 좋지 않지만 착한) 개라서 고양이들을 공격하거나 으르렁대는 대신 나를 물끄러미 바라보면서 "이게 뭐예요? 우리가 주인 역할을 해야 하는 거 아니었나요?" 하고 나를 탓하는 듯한 표정을 지었다.

나는 토비가 무슨 말을 하려는지 100퍼센트 이해했다. 우리 집은 항상 난리법석이다. 게다가 얼마나 시끄러운지! 요새는 집에서 온통 구슬치기만 하는 것 같다. 새뮤얼과 모리스는 처음엔 밖에서 구슬치기를 했는데, 남들이 즐거운 시간을 보내는 걸 가만히 두고 보지 못하는 주니어가 구슬 하나를 삼킨 이후로 집 안에서 구슬을 가지고 논다. 그것도 타일 바닥에서! 타

---

* Circle of Life: 애니메이션
〈라이온 킹〉의 주제가

일 바닥에 구슬이 굴러가는 소리는 쇠붙이로 칠판을 긁는 소리처럼 내 신경을 거스른다. 형들이 그렇게 놀고 있으면 어린 테렌스는 구슬을 집어서 창문이나 TV를 향해 던지고 고양이들은 그 구슬을 쫓아다니면서 온 집안을 쑤시고 다닌다. 그러면 집안은 완전히 무정부상태에 빠져서 내가 아무리 소리 지르고, 위협을 하고, 욕을 하고, 사정을 해도 상황은 변하지 않는다. 이럴 때는 작은 일들 속에서 마음의 평안을 찾아야 하는데, 워낙 정신 없고 시끄럽다 보니 그런 일을 찾는 게 여의치 않다.

그런 난리법석에 나는 인류가 수렵과 채집을 하던 시절부터 해오던 남성적인 여가활동으로 대응하기로 했으니, 바로 불 피우기다. 솔직히 말하면 처음 여기에 왔을 때만 해도 나는 어떻게 장작불을 피우는지 몰랐기 때문에 아내가 방법을 설명해주어야 했다. 남자로서 창피한 건 사실이지만, 그래도 그 이후로는 나름 불 피우기 전문가가 되었다. 이렇게 말하면 방화범 기질이 있는 게 아닐까 의심하는 사람들도 있겠지만, 불을 피우는 일은 의외로 즐겁고, 성취감을 준다. 사람들이 쉽게 착각하곤 하는데, 불을 피우는 작업은 나무에 불이 붙는다고 끝나는 게 절대 아니다. 다양한 방법으로 나무를 찔러서 잘 타도록 해야 하고, 불길을 조절해야 하는 등, 꼼꼼하게 신경 써야 한다. 그렇기 때문에 무슨 일을 할 때 하나부터 열까지 전부 꼼꼼하게 간섭해야 직성이 풀리는 나 같은 성격의 사람에게 벽난로의 장작불을 관리하는 것만큼 적성에 맞는 일도 없다. 불 피우는 데 집중하다 보면 겨울 저녁 시간은 훌쩍 지나가 버린다.

하지만 한 가지 문제가 있다. 장작으로 불을 때면 온도 조절이 불가능하다. 알다시피 불이 스스로 조절하는 것도 아니고, 붙어 있거나 꺼져 있거나 둘 중 하나인데, 아침에 처음 불을 지펴서 하루 동안 불을 꺼뜨리지 않고 (대개는 하루 종일 그것만 한다) 저녁 시간쯤 되면 밖이 아무리 영하라도 집안은 완전히 찜통처럼 더워서 웃통을 벗고 누워 있는 것 외에는 아무것도 할 수 없다.

우리 집에는 벽난로가 두 개 있는데, 사실 하나면 충분하기 때문에 다른 하나는 사용하지 않고 있다. 그러다 보니 봄에 부엉이가 사용하지 않는 굴뚝에 둥지를 틀어버렸다. 빌 오디가 진행하는 〈스프링와치*〉를 집에서 보는 특권을 누리는 것처럼 보이는가? 그럴 수도 있다. 부엉이는 정말 멋지게 생긴 동물이다. 도합 네 마리가 우리 집 굴뚝에서 사는데, 아직 다 자라지 않았음에도 덩치가 크다. 밤이 되면 굴뚝에 자리를 잡고 있다가 먹이를 찾아 날아갈 때는 날개가 가볍게 부딪히는 소리가 난다. 여기까지만 이야기한다면 자연 다큐멘터리를 보는 특권이라고 말할 수 있다. 하지만 이 부엉이들이 내는 시끄러운 소리만큼은 정말 참기 힘들다. 부엉이들이 '부엉, 부엉'하고 운다고 처음 말한 사람이 누구인지는 모르겠지만, 감상적인 인간이었거나, 술 취한 놈이었거나, 청각장애를 가진 사람이었거나, 아니면 세 가지 모두였을 수도 있다. 부엉이들은 '부엉, 부엉' 하고 울지 않는다. 적어도 이 동네에 사는 부엉이들은 다르다. 이곳 부엉이들의 소리는 부모가 아이들에게 "얘들아, 저 소리 들리니?

---

* Springwatch: 영국의 야생동물을 소개하는 BBC의 자연 다큐멘터리

저게 부엉이들이 내는 소리야" 하고 낭만적인 얼굴로 이야기해 줄 수 있는 그런 소리가 아니라, 성인 남자가 무서워서 덜덜 떨 만큼 영혼을 꿰뚫는 소리이다. 들으면 "사탄이 다가온다! 회개하라!" 하고 소리를 지르며 달아나고 싶지, '부엉, 부엉' 하는 소리가 아니다. 어느 책에서는 부엉이의 소리를 날카롭게 '크리이이-'한다고 묘사하는데, 정확하게 말하면 금속으로 된 상자 속에서 고양이 두 마리가 바이올린과 싸우는 소리, 혹은 조 파스칼*을 백파이프로 때려죽이면 날 법한 소리에 가깝다. 정말이지 끔찍한 소리다. 아, 그리고 부엉이들은 자면서 코도 곤다.

그렇지 않아도 동네 사람들은 여전히 나의 패션 감각을 이해하지 못하는데, 이제 굴뚝에 부엉이까지 자리 잡았으니 우리 집은 더욱 특이하고 개성 있게 보일 것이 분명했다. 나는 1, 2년에 한 번씩 특이한 옷을 사는데, 한편으로는 코미디언이라는 직업 때문이고, 다른 한편으로는 아직 '시골 남자'가 아니라는 걸 스스로에게 입증하고 싶기 때문이다. 하지만 나를 잘 아는 아내까지 "당신 퀜틴 크리스프** 느낌이 나는 것 같은데, 안 그래?" 하고 물어볼 때는 내 패션이 정말 갈 데까지 갔다는 뜻이다. 우리가 만난 지 20년이 넘었다. 그 세월 동안 아내는 내가 희한한 옷을 입는 걸 모두 지켜봤다. 투톤 컬러에 옆이 터지고 크레이프 밑창이 붙은 오키쿠추oki-kutsu 샌들, 핫핑크 스타-프레스트*** 바지는 물론, 스톡웰에 사는 동안에는 잠시

---

* Joe Pasquale: 고음의 목소리로 시끄럽게 이야기하는 걸로 유명한 영국의 코미디언
** Quentin Crisp: 영국의 작가이자 스토리텔러로, 개성 있는 모자와 화려한 스카프를 두른 중성적인 모습으로 유명하다.
*** Sta-Prest: 주름 방지 처리가 된 바지

베레모를 쓰기도 했다. 하지만 이번에 산 코트는 이전의 모든 시도들을 무색하게 하는 화려한 코트였다. 짙은 붉은색/고동색의 인조밍크로 된 두 줄 단추가 달린 코트에 어깨장식이 붙어있고, 벨트는 빛을 비추면 반짝거리기까지 했다. 아주 고급스럽고 '화려한' 옷으로, 프랑스 시골과 가장 반대되는 분위기였다. 솔직히 나도 '저걸 어디에 입고 가야 하나' 하는 생각이 들었지만 그래도 아주 마음에 들었다.

길거리에서 내가 코미디언인 것을 알아보는 것은 싫지만 (자주 있는 일은 아니지만 그런 일이 있으면 질겁을 한다), 한편으로는 남의 관심 끄는 걸 좋아하는 성격이라 옷 때문에 사람들이 빤히 쳐다보는 걸 내심 즐긴다. 흔히 이런 걸 '공작새 짓거리 peacocking'라고 하지만, 어쨌거나 내가 거기에 소질이 있는 게 사실이다. 하지만 춥고 우울한 겨울의 루아르 계곡 지역은 그런 옷을 입고 뽐내며 다닐 수 있는 때와 장소가 아니다. 물론 사람들은 내게 화를 낸다기 보다는 (내가 아는 한 이 지역 사람들을 화나게 하는 건 채식주의자들밖에 없다) 도저히 이해가 안된다는 표정에 가깝다.

일 때문에 다시 열흘 동안 집을 떠나야 했던 나는 정말 마지못해 집을 나섰다. 열차 시간에 늦어서 역에서 표를 구입하지 못하고 올라탔기 때문에 차장에게서 직접 표를 사야 했다. 차장에게 표를 사겠다고 먼저 이야기하면 상관없지만, 차장이 표를 보여달라는 말을 할 때까지 기다렸다가 표를 구입하면 벌금이 부과된다.

"파리까지 가는 편도 티켓 주세요" 하고 차장에게 말하자, 놀란 표정으로 나를 위아래로 훑어보았다.

"파리라고요" 하면서 그가 고개를 끄덕였다. 그리고는 내 코트를 빤히 쳐다보면서 "당연히 파리로 가시겠죠" 하는 것이었다. 그의 말은 내가 입은 코트와 파리 사람들에 대한 사람들의 인식을 잘 설명해 주었다. 그랬던 그는 내가 '대가족Familles Nombreuses' 열차카드를 내밀자 충격을 받았다. 이 카드는 세 명의 아이가 있기 때문에 받은 것으로, 30퍼센트 할인을 받을 수 있다. 이런 희한한 코트를 입고 있는 남자가 세 아이의 아빠라는 사실을 그의 뇌가 받아들이기를 거부하는 듯했다. 그러더니 나를 직접 쳐다보지 않고 "쯧쯧…" 하고 혀를 차면서 혼자서 뭐라고 중얼거렸다. 아마도 속으로 '요새는 아이들을 아무에게나 입양시킨다'고 한탄하는 듯했다. 그리고는 어이없다는 듯 머리를 흔들며 다음 칸으로 이동했다. 그런 일은 끊임없이 일어나는데, 내가 이렇게 멀리 떨어진 문화의 변두리까지 이사를 한 이유가 모드족의 사상을 널리 전파하려는 숭고한 뜻이었음을 아는 사람들은 많지 않다.

나는 내 코트를 보는 사람들의 반응을 내심 즐기지만, 그렇다고 시비를 거는 사람처럼 보이고 싶지는 않다. 특이해 보이는 건 좋지만, 그렇다고 사람들의 인내심을 시험해서는 안 된다. 지나쳐서 좋을 건 없다. 그해 겨울은 길었기 때문에 프랑스에 있는 동안에는 너무 자주 입지 않기로 했다. 특히 사람들이 총을 들고 돌아다니는 사냥철에는.

chapter

9

나비효과

프랑스 아이들은 저녁마다 산더미 같은 숙제를 안고 집에 온다. 프랑스 사람들이 파업을 그렇게 많이 하는 것도 충분히 이해할 만하다: 세계 최고 수준의 교육 시스템 덕분에 성인이 되면 에너지가 바닥나는 것이다. 새뮤얼이 1주일에 해야 하는 숙제의 양은 내가 학교 다닐 때 한 학기 동안 했던 숙제를 합친 것보다 많아 보였다. 다행히 아직 아이가 어려서 학교 공부가 상대적으로 쉽기 때문에 내가 숙제를 도와줄 수 있다.

"아빠, 과학 숙제 좀 도와줘" 하고 새뮤얼이 말했을 때 나는 도와줄 기회가 생겼다는 게 반가웠다. 아이는 옆에 앉아서 책과 함께 자기 '숙제'를 꺼냈다.

"흐억! 뭐, 뭐냐 이건?" 나는 소리를 지르면서 의자에서 굴러 떨어졌다.

"개구리 다리." 프랑스인답게 대수롭지 않다는 듯 어깨를 으쓱하면서 새뮤얼이 대답했다. "개구리 다리 해부하는 것 좀 도와줘, 아빠."

나는 부모가 아이들의 숙제에 참여하는 것에 전적으로 찬성할 뿐 아니라 정부가 부모에게 그런 걸 장려하는 것도 기꺼이 동의한다. 하지만 이건 너무하지 않은가! 특히 숙제를 안 해온 아이가 "우리 개가 숙제를 먹었어요" 하는 고전적인 핑계를 어떻게 바꿔야 할지 한번 생각해보라.

"새뮤얼, 네 숙제는 어디 있니?"

"아빠가 먹었어요."

이건 '아이의 학교 공부에 부모를 참여시키자'는 의도가 아니라, '저 영국 아빠 좀 골려 주자'는 의도로 보인다. 학부모들을 상대로 한 학기 초 설명회를 분명히 기억하는데, 개구리 다리 얘기는 없었다. 개구리 다리 이야기가 나왔는데 내가 잊었을 리는 없다. 프랑스 학교에서 하는 학부모와의 만남은 내가 어릴 적 영국에서 했던 행사와는 많이 다르다. 특별한 경우가 아닌 한 부모와 선생님이 일대일로 만나는 일은 없고, 학교의 교칙과 특히 그 학년에 배우게 될 교육과정을 살펴보고, 학교가 학생과 부모에게 어떤 것을 기대하는지 설명한다. 이렇게 말하면 꽤 괜찮은 제도라고 생각할 것이다. 학부모들에게 현재 어디까지 진도가 나갔고, 앞으로 몇 달 동안 어떤 것을 배울 것인지를 설명하는 건 원칙적으로는 좋은 방침이다. 하지만 항상 그런 것은 아니다.

우선 그 모임에 불참한 학부모들이 있는 것이 눈에 띄었다. 새뮤얼의 담임선생님이 작년에 저지른 큰 실수를 아직 완전히 잊지 못한 것이 분명했다. 그 선생님은 1년 전 학부모들이 모인 자리에서 긴 나눗셈을 가르치는 '새로운 교수법'을 설명하다가 한 시간짜리 행사를 세 시간 넘게 진행했다. 세 시간 후 단순 설명회는 망해가는 스타트업 회사를 살리기 위한 브레인스토밍 회의처럼 변해있었다. 학부모들은 그룹을 나누어 (서로 경쟁하는 분파로 나뉘었다고 할 사람도 있을 것이다) 칠판 옆에 둥글게 모였고, 교실의 각 구석에 한 그룹씩 자리했다. 남자들은 답답한 듯 넥타이를 풀기 시작했고, 여자들은 서로서로 제발 진정하라고 했고, 믿어지지 않을 정도로 평정심을 유지한 선생님 외에는 아무도 새로운 교수법을 이해하지 못했다.

"도대체 왜 멀쩡한 방법을 바꿉니까?"

"예전에 사용하던 방법이 뭐가 어때서 바꿨죠?" 부모들은 화가 나서 연필을 집어 들고 '지금 문제에 집중하고 있다'거나 '한 번만 더 해보겠다'는 태도로 혓바닥을 내밀며 새 교수법을 이해하려고 애썼다. 교실에 모여 있던 마을 농부들이 화가 나서 교실 한 가운데에 짚단을 태우면서 시위를 하지 않을까 하는 생각이 들 만큼 교실은 분노와 열정으로 가득 찼다. 하지만 결국 사람들은 상식을 되찾았고, 누군가 포도주 병을 땄다.

올해의 행사는 작년에 비해 큰 문제는 없었다. 선생님은 올 한 해가 아이들에게 아주 중요하다고 말하면서 내년에는 중학교에 가기 때문에 스스로 공부하는 습관을 더 키워야 하며,

집중하는 능력을 길러야 한다고 소리를 높였다. 그러나 선생님이 그렇게 열변을 토하는 동안 교실 밖에서 라마 한 마리가 돌아다니는 바람에 모든 사람들이 창문으로 고개를 돌려버렸다.

바로 전날 마을에 서커스단이 도착했다. 근데 이 서커스라는 게 참 허접해서 오락거리가 부족한 농촌 사람들의 관심조차 끌기 쉽지 않았다. 1주일 전부터 마을 곳곳에 붙은 서커스 포스터에는 사자와 호랑이, 코끼리, 노출이 많은 의상을 입은 최고의 곡예사들, 광대들, 그리고 재미있는 공연이 많다고 광고하고 있었다. 물론 현실은 삐쩍 마른 당나귀 몇 마리, 곡예를 할 수 있을까 의심되는 뚱뚱한 곡예사 한 명, 그리고 영화 〈007 옥토퍼시007 Octopussy〉에 나올 법한 험상궂은 광대 한 명이 전부였다.

하지만 학교 맞은편 공터에 서커스를 차려놓았기 때문에 학교에서 나오는 아이들에게는 자연스럽게 홍보가 되었다. 하지만 거기는 사람들이 불레 피스트*를 하는 곳이기도 했기 때문에 항의하는 사람들도 있었다. 그중 한 사람이 "당신네가 데려온 라마가 우리 게임을 방해한다"고 서커스 광대에게 소리를 지르자 광대는 그 사람에게 다가가 귀에 대고 뭐라고 속삭였다. 그 광대가 어떤 위협을 했는지 모르지만 더 이상의 항의는 없었다.

아무리 보잘것없는 서커스라지만 학교 맞은편에 서커스가 있는데 어떻게 아이들이 학교 수업에 집중할 수 있을까. 그런 아이들을 데리고 수업해야 하는 선생님이 불쌍했다. 아마 끔찍

* boules piste: 땅바닥에 금속으로 된 공을
굴리며 하는 놀이로 보체 볼과 비슷한 게임

한 하루였을 것이다. 광대가 (형편없는 광대지만 광대는 광대이니) 우스운 짓을 하고 있는데 아홉 살짜리 아이들을 데리고 프랑스어 동사변화표의 중요성을 가르치는 걸 상상해보라. 그런데 이번에는 아이들만큼이나 무관심한 학부모들을 상대하고 있으니 오죽하겠는가.

그렇다고 부모들이 서커스를 기대하고 있던 것은 아니었다. 단지 아이들이 서커스에 가자고 조를 것을 알고 있었을 뿐이었다. 아내와 나는 서커스에 안 갈 핑계를 생각하고 있었다. 아이들을 학교에서 데려오면서 나는 이미 한 번 아이들이 조르는 걸 물리쳤다.

"아빠, 우리 서커스 가면 안돼? 아빠아아아아" 모리스는 광대가 서커스에 출연하는 개를 때리는 모습을 보고도 서커스에 가고 싶다며 우는 소리를 했다.

"안 돼." 나는 짧게 대답했다.

"아빠아아아" 모리스는 끊임없이 졸랐다.

"새뮤얼, 동생한테 왜 안 되는지 이유를 설명해 줘라."

새뮤얼은 이 문제에 대해서 나와 여러 차례 이야기를 나눴기 때문에 내가 서커스를 어떻게 생각하는지 잘 알고 있었다. 따라서 나는 새뮤얼이 설명하는 게 제일 낫다고 생각했다.

새뮤얼이 설명을 시작했다. "모리스, 우리 식구들은 서커스에 안 가. 거기는 좋은 곳이 아냐. 아빠가 어렸을 때 서커스에 한 번 간 적이 있는데, 거기에서 사자가 사육사랑 광대를 잡아먹었대."

"뭐?" 내가 끼어들었다. "야, 내가 언제 그런 얘기를 했어? 내가 했던 얘기는….."

"아빠가 그랬잖아!" 새뮤얼이 강하게 반박했다. 내가 자신의 말을 의심하는 데 기분이 상한 표정이었다.

"아빠가? 언제?"

새뮤얼은 정확하게 언제, 어디에서 아빠가 그런 말을 했는지 말했고, 나는 이제 진실을 말할 때가 되었다고 생각했다. 나는 아이들에게 서커스 뒤에 숨어있는 불편한 진실을 설명했다. 동물들이 어떻게 굶주리는지, 학대를 당할 가능성에 대해서 이야기해주고, 더 이상 공연을 할 수 없는 동물들의 운명이 어떻게 되는지 아무도 모른다고 덧붙였다. 그래서 윤리적인 이유로 너희들을 이런 좋지 않은 서커스에 데리고 갈 수 없으며, 이건 원칙의 문제라고 강조했다.

"알았어" 하고 새뮤얼이 동의했지만 아빠의 사자 이야기가 사실이 아니라는 것에 여전히 실망한 눈치였다.

"아빠, 그럼 엄마가 그 불쌍한 서커스 동물들도 데려와서 키울까?" 하고 모리스가 물었다. 요 녀석은 언제나 이렇게 슬그머니 비밀공작을 시도한다.

"엄마도 할 수 있으면 할 거야" 하고 내가 말했다. "아빠도 그게 가능하다면 돕고 싶고." 나는 차로 걸어가면서 아이들이 수긍할 수 있도록 수위를 조절했다.

우리 집에 데려다 키우고 있는 동물들을 생각하면 모리스의 질문도 황당한 소리는 아니었다. 하지만 서커스가 떠난 지

두 달밖에 안 된 지금, 그 질문에 대한 답은 생각처럼 간단하지 않다. 추운 겨울이 와서 애, 어른, 개, 고양이 할 것 없이 집 안에 모여 지내면서 모두 서로의 신경을 건드리지 않으려고 애를 썼다. 집에는 항상 긴장감이 돌았다. 마치 미국의 골드러시 때 서부의 술집 분위기처럼 누가 잘못 움직이기만 하면 모두가 총을 꺼내 들고 쏘기 시작할 것 같았다.

특히 아내는 한겨울에도 매일매일 반복적으로 해야 하는 일들 때문에 스트레스를 받고 있었다: 아침에 일어나면 새뮤얼과 모리스를 학교에 데려다 주고, 고양이들에게 밥을 주고, 테렌스를 깨우고, 개들을 밖에 내보내고, 벽난로에 불을 붙이고, 개들이 머무는 방을 진공청소기로 청소하고, 고양이들에게 밥을 주고, 점심을 만들고, 마구간에서 말똥을 치우고, 고양이들에게 밥을 주고, 테렌스를 재우고, 말에게 사료를 주고, 학교에서 아이들을 데려오고, 개들에게 밥을 주고, 아이들에게 밥을 주고, 고양이들에게 밥을 줘야 한다. 이런 일들은 따뜻한 날씨에 해도 힘든데, 사실상 눈 때문에 밖에 나가기도 힘든 데다가 기온이 영하로 떨어질 때는 정말 엄청나게 힘들다. 내가 집에 있는 날 도와줘도 마찬가지다.

아내와 나는 프랑스 TV에서 하는 점심시간 뉴스를 시청하고 있었다. 프랑스 점심시간 뉴스는 대개 전쟁이나 테러, 금융 붕괴 따위의 자잘한 뉴스들은 무시하고, 코르시카 섬의 올리브 수확이나 카마그 지역의 굴 양식이 처한 어려움, 그리고 푸아그라 요리 같은 중요한 소식만 다룬다. 그렇게 하는 이유는 아마도 '시청자들이 점심식사를 하는 시간이니 음식에 관련된 뉴스만을 내보내야 하지 않겠느냐'는 것 같다. 만약에 알 카에다가 프랑스인들의 관심을 끌려면 치즈공장을 공격하되, 점심시간 이전에 하는 것이 좋지 않을까. 점심 뉴스가 끝나면 그 다음에는 광고만 (그것도 전부 음식 광고만) 끊임없이 나온다. 그 광고들을 보는 이유는 뒤에 나오는 '오늘의 5분 레시피'에 그날 뉴스에 나온 음식들 중 어떤 음식이 채택되었을까 궁금하기 때문이다. 그 일은 바로 그때 일어났다.

TV에서 사람들이 동물에게 밥을 주는 모습을 찍은 장면들을 잔뜩 모아서 보여줬다. 마치 해도 해도 끝이 나지 않는 일처럼 보이도록 편집한 것 같았다. 옆에서 TV를 보던 아내가 "흠, 꼭 우리 집을 보는 것 같네" 하고 말했다. 처음에는 개나 고양이에게 자동으로 먹이를 주는 제품의 광고일 거라고 생각했다. 그런데 그게 아니었다. 카메라가 뒤로 빠지면서 유니폼을 입은 뚱뚱한 남자가 등장해서 이야기를 시작했다. 그 남자는 겨울이 되면 갈 곳 없는 동물들이 많이 생기고, 그중에는 새로운 주인을 찾지 못하는 동물들이 많은데, 어쨌거나 먹여 살려야 하기 때문에 도움이 필요하다고 말했다. 일종의 구호 요청이었지만, 그 규모는 달라도 아내가 처한 어려움과 똑같은 것이었다. 마치 아내를 위해 만든 광고처럼 보였다. 그 장면을 보는 아내의 표정이 모든 것을 말해주고 있었다. 깨달음이라기보다는 이미 느끼고 있던 사실에 확신을 심어주는 계기가 된 것 같았다. 즉, 우리가 너무 많은 동물들을 돌보고 있다는 사실이었다.

식구들이 동물들과 함께 집 안에서 지내는 것 자체가 스트레스다. 그렇게 지내다 보면 집단 내에서, 혹은 개개의 구성원들 사이에 갈등이 발생하는 건 사실상 불가피하다. 특히 그 집단이 사람의 진이 빠지도록 일을 저지르는 어린 고양이 세 마리, 성적으로 타락한 스패니얼, 세상에서 가장 멍청한 개, 열 살 미만의 남자아이 세 명, 캐스 키드슨과 쿠션에 환장한 여자, 그리고 사나운 성깔과 강박증 기질이 있는 모드족 남자로 구성되어 있다면…, 무엇이든 하나는 포기해야 한다.

나는 집에 돌아오면 사실상 부엌에서 살다시피 한다. 그 공간은 부엌과 식탁, 그리고 거실을 합쳐놓은 곳인데, 거실에서 일어나는 대혼란과 나를 분리하기 위해 아침식사용 바를 마지노선으로 삼고 있다. 하지만 프랑스의 마지노선이 결국 무너졌듯, 나의 마지노선도 처음에는 방어를 하다가 결국 경계선을 무시하는 고양이들이 뛰어오르면서 뚫려 버렸다. 내가 부엌에서 점심이나 저녁식사를 준비하고 있으면, 혹은 처트니를 만들기 위해 과일을 삶고 있으면, 고양이들이 차례로 뛰어오른다. 고양이들이 조리대 위로 뛰어오를 때마다 쫓아내고 밟고 다닌 곳을 닦아야 하니, 고양이들이 집에 들어온 이후로 나의 식사 준비 시간은 이전에 비해 세 배가 걸린다. 이건 마치 컴퓨터 오락을 하는 느낌이다. 처음에는 한 마리씩 순서대로 뛰어오르다가 그 다음에는 두 마리가 뛰어오르고, 잠시 아무도 뛰어오르지 않다가 갑자기 세 마리가 한 번에 뛰어오른다. 위생 문제는 둘째 치더라도, 너무 지치는 일이다.

때로는 가족이 힘을 합쳐 개와 고양이들을 집 밖으로 몰아내기도 한다. 하지만 그러면 정원에 나가는 평범한 일도 불안해진다. 문을 조금이라도 열 때는, 축구경기 중에 발가벗고 경기장을 뛰어다니는 사람을 경비원들이 일제히 덤벼들어 잡듯 동물들이 한꺼번에 나에게 덤벼들 것을 각오해야 한다. 농담이 아니라 우리 식구가 한동안 밖에 나가는 일을 피하는 바람에 쓰레기통이 차서 쓰레기가 넘치기도 했다. 우리가 동물들 때문에 미치지 않으려면 특단의 조치를 취해야 했다. 요즘식으로 말하면, 고양이 부서의 '감축'이 필요했다.

아내는 수고양이 두 마리에게 새 주인을 찾아주기로 잠정적인 결정을 내렸다. 하지만 베스파만큼은 데리고 있기로 했는데 첫째, 아내가 처음 데리고 온 고양이고 둘째, 집안에 온통 남자들만 있기 때문에 암고양이라도 있어야겠다는 생각에서였다. 하지만 실행은 쉽지 않았다. 아이들, 특히 새뮤얼이 그 결정에 몹시 화가 난 것이다. 웃기는 건, 아내와 내가 고양이들을 헛간으로 옮겨서 키우기로 했는데 아이들은 고양이가 집 안에서 사라진 것조차 눈치채지 못했다는 사실이다. 그렇더라도 결국에는 아이들을 앉혀놓고 우리의 결정을 설명하고, 장기적으로 보면 그것이 (고양이를 포함한) 모두를 위해 옳은 결정이었음을 이야기해 주어야 했다. 새뮤얼은 한동안 화가 나 있을 것이 분명했지만, 결정은 났고, 고양이 두 마리는 집에서 나가게 될 것이었다.

아내는 일찌감치 '고양이를 키워주실 분에게 무료로 분양

합니다'라는 광고를 프랑스 이베이에 올려놓았고, 문의도 많이 들어오고 있었다. 문제는 고양이들을 키우겠다는 의사를 밝히는 사람들마다 뭔가 문제가 있어 보였다. 일단 고양이를 달라고 하는 사람들의 대부분은 이베이에 올라온 동물들을 무조건 데려가려는 사람들이었다. 마치 이베이에 동물이 올라와 있어서는 안 된다고 믿는 것 같았다. 물론 그들의 행동은 칭찬 받을 만하지만 그런 사람들 대부분은 이미 40마리가 넘는 동물들과 함께 살고 있고, 외딴 동네의 움막 같은 집에 살면서 자신이 고양이의 언어로 대화할 수 있다고 굳게 믿는 타입들이라는 게 문제였다. 다른 사람들은 마치 고양이를 잡아 먹으려는 사람들처럼 보였다. 사정이 이렇다 보니 일이 쉽지 않았다.

"새뮤얼, 아빠랑 이야기 좀 하자." 나는 약간 긴장하면서 큰 아이를 불렀다.

"딴 사람에게 주는 거 싫어!" 하고 새뮤얼이 화를 냈다.

"어? 아빠가 그 얘기하려는 건지 어떻게 알았니?" 나는 깜짝 놀랐다. 아내가 아이에게 다른 사람들에게 고양이를 주겠다는 이야기를 아직 하지 않았기 때문이다. 내 심중을 간파했다면 그것은 〈스타워즈Star Wars〉를 좋아하는 새뮤얼의 제다이 내공이 득도의 경지에 달했다는 뜻일 터.

"아빠가 맨날 그랬잖아. 더 이상 필요 없다고. 너무 시끄럽고 아빠가 맨날 걸려 넘어진다고…."

"맞아, 하지만…."

"… 근데 나는 재미있단 말이야. 내 친구들도 전부 다 그래. 없는 애들이 없어. 놀이시간에 보면 전부 하나씩은 가지고 있어!" 새뮤얼은 울음이 터지려는 듯 말을 멈췄다.

"새뮤얼, 아빠도 이해해. 그런데, 잠깐. 너 지금 무슨 얘기하는 거냐?"

"내 구슬 말이야! 아빠가 내 구슬을 다른 사람들에게 줘 버리는 거 싫단 말이야!"

"아, 알았다." 나는 아이에게 고양이 이야기를 하고 있었다는 말은 하지 않았다. 새뮤얼이 구슬을 빼앗길 걸로 각오하고 있다면 그걸 이용해서 내가 원하는 조건을 끌어낼 수 있을 것 같았기 때문이다. "그래, 새뮤얼. 그러면 아빠가…"

그러자 눈치를 챈 아내가, "엄마, 아빠가 다시 한 번 생각해 볼게" 하고 잽싸게 끼어들어서 내 말을 막았다. 내가 아이에게 쓸데없는 약속을 해서 후회할 일을 만들지도 모른다고 생각한 것이다.

그날 밤, 나는 잠을 이루기 힘들었다. 고양이 두 마리를 집에서 쫓아낸다는 게 마음에 계속 걸렸고, 나쁜 짓을 하는 기분이었다. 내가 아홉 살 때 크리스마스가 생각났다. 우리 집에는 강아지 때부터 키웠던 오스왈드라는 이름의 킹 찰스 스패니얼 개 한 마리가 있었다. 오스왈드는 영리했지만, 말을 잘 듣지 않았고 다루기 힘들었다. 그래도 충성스럽고 사랑스러운 개였다. 함께 노는 시간은 재미있었고, 나는 오스왈드를 좋아했다. 크리스마스 날 아침, 나는 며칠 전 생일 선물로 받은 수부테오*를 가지고 놀기 위해 거실로 달려갔다. 그러다가 오스왈드가 막 싸

---

* Subbuteo: 손가락을 사용해서 하는 모형
축구 장난감

놓은 따끈따끈하고, 질퍽하고, 냄새가 고약한 똥을 밟았다. 방금 전에 받은 축구 양말은 개똥을 밟아 못쓰게 되었고 나는 크리스마스를 망쳤다. 그런 일이 있은 지 오래지 않아 부모님은 좁은 집에서 개를 기르는 게 너무 힘들다며 오스왈드를 다른 사람에게 줘버렸다. 들은 바로는 어느 농장으로 갔다고 한다. "그런 일이 있었지만 나도 별 탈 없이 잘 컸잖아." 나는 혼잣말로 애써 스스로를 위로하면서 잠을 청했다.

하지만 나는 결정을 다시 한 번 생각하기 시작했다. 엄밀하게 말해 그 고양이들이 그렇게 말을 안 듣는 것도 아니고, 또 다른 이유는 새뮤얼과 모리스에게 "너희들이 아무리 울고 불고 해도 고양이는 다른 사람에게 줄 것"이라고 말할 용기가 도저히 나지 않았다. 그날 밤, 우리 집 고양이 세 마리가 〈엑스팩터*〉 같은 프로그램에 출연하는 꿈을 꿨다. 루이스 월쉬가 세 고양이 모두 "자신만의 '야옹' 소리를 냈다"고 평가했고, 뒤를 이어 셰릴 콜이 "세 마리 모두 무대를 장악했다"고 칭찬했다. 최종 결정권은 나(꿈 속에서는 내가 사이먼 카월이었다)에게 넘어왔고, 나는 베스파를 최종 우승자로 지목하면서, 다른 두 마리는 아무도 좋아하지 않으니 지방의 지저분한 나이트클럽에서 찬조 출연으로 공연이라도 하면서 살라고 말했다. 물론 괴상한 꿈이긴 했지만, 고양이들을 쫓아내는 일에 얼마나 죄책감을 느끼고 있었으면 스스로를 사이먼 카월**로 생각했을까.

나는 도저히 고양이를 팔아버릴 수 없었다. 이베이에서 고양이를 데려가는 사람들은 도

＊ The X Factor: 사이먼 카월이 제작하는
영국의 리얼리티 음악 오디션 프로그램
＊＊ Simon Cowell: 심사위원 세 명 중 가장
혹독한 비평을 한다.

대체 어떤 사람들인가? 아내도 마찬가지였다. 어느 날 저녁, 아이들이 벽난로 앞에서 고양이들과 낄낄거리면서 씨름을 하는 걸 물끄러미 바라보던 나와 아내는 아무 말 없이 서로를 쳐다봤다. 그리고 고양이를 계속 키워야겠다고 말없이 동의했다.

"자, 얘들아!" 내가 아이들을 불렀다. "이제 새로운 규칙을 하나 만들어야겠다."

나는 새로운 헌법을 만들었다. 아이들이 고양이들을 돌보는 일을 분담하는 것으로, 어느 아이가 어느 고양이를 책임지고, 어떤 일을 해야 하는지를 정한 것이다. 그런데 이야기가 점점 길어지면서 지켜야 할 일이 점점 늘어났고, 아이들은 집중력이 흐트러져서 키득거리기 시작했다. 나는 화가 나기 시작했지만 무슨 말을 하건 얼마나 화를 내건 이미 청중의 관심은 떠난 지 오래였다. 아이들은 몬티 파이튼*의 영화 〈라이프 오브 브라이언Life of Brian〉에서 백부장들이 비거스 디커스**라는 이름을 들었을 때처럼 웃음을 참으려고 애쓰고 있었다.

"너희들 왜 웃는 거냐?"

아예 바닥에 누워서 웃기 시작한 모리스가 대답했다. "아빠 고추에 나비가 앉았잖아."

몇 주 전에 아내가 부엌 창틀 아래에 나비 번데기가 붙어 있는 것을 발견했다. 집 안에 벌레가 들어왔다고 생각한 나는 치워버리자고 했지만, '동물구조 및 해방전선'의 투사들인 우리 식구들은 그런 나를 사실상 위협에 가까운 말로 막았고, 번데기가 자라도록 놔두었다. 그렇

---

* Monty Python: 영국의 코미디 그룹
** Biggus Dickus: '큰 성기'라는 말을 라틴어처럼 코믹하게 지은 이름

게 해서 나온 나비는 희미한 색으로 허약해 보였고, 이런 겨울에 밖에 나가면 오래 살 리 만무했다. 그래서 이 나비는 자신이 생존하기 위해서 내 중요 부위에 앉아있어야 한다고 결정을 내린 것 같다. 그 덕분에 집안 내 규칙을 정하는 진지한 분위기가 깨져 버렸다.

나비 사건이 일어난 건 내가 공연을 마치고 집에 온 지 열흘째 되는 날이었다. 나는 크리스마스 공연이 집중적으로 몰리는 연말이 되기 전에 12월 첫 주를 집에서 쉬면서 충전하는 시간을 갖기로 했다. 대부분의 시간을 어두운 방안에 앉아서 마치 전투를 앞둔 닌자가 머릿속으로 싸움을 준비하는 것처럼 크리스마스 때 할 코미디 공연을 머릿속으로 그려보고 있었다. 공연 중에 벌어질 수 있는 모든 상황을 다 그려봤고, 예전에 했던 모든 크리스마스 공연들을 머릿속으로 전부 복기했다. 예전 공연을 전부 떠올리는 게 어려운 일처럼 들릴지 모르지만, 사실은 그렇지 않다. 그런 공연의 기억은 흉터처럼 남아 기억에서 떠나지 않기 때문이다.

유난히 힘든 연말 공연에 대해서 나는 초연하려고 애쓴다. 그렇게 함으로써 소란스럽고 무례한 청중들을 만났을 때 심리적인 탈출을 할 수 있는 통로를 만드는 것이다. 연말 공연의 청중들은 대개 스탠드업 코미디를 보고 싶은 게 아니라 공연을 기회 삼아 큰 소리로 노래를 부르고 평소에 싫어했던 동료들과 말싸움을 하려는 사람들이다. 나는 심지어 아내를 대신해서 말들이 뛰노는 작은 방목장을 청소하기도 했다. 말똥을 삽으로 퍼내면서 나중에 무대 위에서 무시를 당하는 힘든 상황이 벌어져도, '비록 이 상황이 힘들어도 밖에서 말똥을 치우는 일보다는 낫지 않은가' 하는 생각을 할 수 있도록 준비해 두기 위해서다. 얼타임은 내가 방목장을 치우려고 애쓰는 걸 무슨 장난 정도로 생각했는지, 자꾸만 내 엉덩이를 깨물려고 했다. 이놈의 말은 장난이었겠지만 나는 장난을 받아줄 기분이 아니었다. 그러자 얼타임은 화가 났는지, 귀신이 들린 것처럼 미친 듯이 주위를 뛰어다니기 시작했다. 나를 위협하듯 점점 더 가까이 뛰어다녔고, 주니어는 저만치 떨어져서 마치 스승이 자신의 수제자를 지켜보듯 뿌듯하게 바라보고 있었다.

물론 아내는 말들의 편을 들었다. 일단 내가 말들이 사는 공간에 음울한 (스스로는 〈폭풍의 언덕Wuthering Heights〉의 주인공 히스클리프에 가깝다고 생각하지만) 기운을 가지고 들어갔으니 말들이 싫어하는 게 아니겠냐는 것이다. 그러면서 아내는 얼타임을 쓰다듬으며 진정시켰다. 말이 내 엉덩이를 물었는데, 잘못은 내게 있었다.

그 일 덕분에 몇 년 전 크리스마스 공연이 떠올랐다. 나는 영국 포츠머스에 있는 종글러즈 코미디 클럽에서 공연을 하고 있었다. 종글러즈 클럽은 말의 미묘한 의미를 사용해 지적인 코미디를 하거나 표준 영어를 사용하는 코미디언들이 공연하기에 좋은 장소가 아니다. 그런 곳들이 흔히 그렇듯, 큰 실내 공간에 비해 스피커의 소리가 턱없이 작은 데다가, 음향 설비가 코미디언의 목소리를 전달하기보다는 공연 후 춤추는 목적으로 (이런 공연장을 임대하는 회사들이 그런 걸 원한다) 설계되어 있다. 내가 그 어려운 공연을 시작한 지 8분쯤 지났을 때였다. 느닷없이 저녁식사로 나온 음식이 무대로 날아와서 내 가슴에 맞고는 떨어지지 않고 옷에 덜렁 붙어 있었다. 음식은 여자 둘만 앉아 있는 (아마 법원에 남자친구 접근금지 처분을 신청하지 않았을까 싶다) 테이블에서 날아왔다. 아마도 내가 자기네들과는 달리 1년 내내 술에 취해서 살지도 않을 것 같고, 안정된 가정도 가지고 있다는 사실에 화가 난 듯했다. 그런 사람들에게는 음식을 던져도 사회적으로 용인이 될 거라고 생각한 모양이었다.

나는 아무 말 없이 마이크를 스탠드에 꽂고 무대를 떠났다. 공연장을 떠나면서 보니 매니저가 두 여자에게 사과하는 의미로 와인을 무료로 제공하고 있었다. 엉덩이를 문 건 그 사람들인데, 잘못은 나한테 있는 거다. 크리스마스 공연에 오는 관객들이 그렇다. 평소에는 공연하는 사람에게 권위나 어떤 무게가 주어지는데, 크리스마스 공연만큼은 예외이고, 코미디언은 완전히 장난감이 된다. 아이러니한 것은, 그런 크리스마스 공연이 아이들에게 '폭동 단속령'을 내리는 엄격한 아버지의 중요 부위에 나비가 앉은 상황과 아주 비슷하다는 것이다.

물론 결국에는 나비를 바지에서 떼어 내었고, 잘 살아남기를 바라면서 밖으로 날려보내기로 했다. 나는 나비를 두 손에 조심스럽게 담아 현관 문 옆, 벽이 움푹 들어가 있는 공간에 내려놓았다. 따뜻하고 안전한 번데기 속에서 자란 나비가 이제는 현실 세계 속으로 혼자 날아가서 생존을 위한 투쟁을, 그것도 이렇게 추운 계절에 해야 하는 것이다.

결국 우리 모두가 같은 운명이 아닐까.

chapter
10

비행기, 기차, 자동차

>

>

>

>

　　사랑하는 가족을 떠나 기업의 크리스마스 파티에서 무시와 조롱을 당하러 가는 장거리 여행보다 더 괴로운 게 있다면 그것은, 사랑하는 가족을 떠나 장거리 여행을 하다가 눈 때문에 교통편이 취소되서 크리스마스 파티에서 무시와 조롱을 당할 기회조차 갖지 못하고, 그 결과 돈마저 벌지 못하는 상황이다. 나는 크롤리에 있는 처가에 열흘째 머물고 있었지만 지난 닷새간 공연은 한 번밖에 하지 못했다. 나머지 공연 다섯 개는 날씨 때문에 취소해야 했다. 잉글랜드 지역이 눈폭탄을 맞은데다가 기온은 영하 4도였다가 더 떨어지고 있었고, 의욕도 함께 급속도로 떨어졌다.

　　사람들은 이런 경우에 흔히 "러시아에서는 이보다 훨씬 더 많은 눈이 와도 아무렇지 않게 생활하는데 우리는 뭐냐"라고 하면서 "됭케르크 정신*"이니, "불평하지 말라"는 말을 하기도 하고, "출근 못하면 집에서 아내와 오붓한 시간을 가지면 되지" 하고 웃기도 한다. 나도 평소 같으면 그렇게 말했을 것이다. 전 세계를 돌아다니면서 깨달은 게 한 가지 있다. 영국의 교통 체계가 확실히 뒤처져 있다는 것이다. 도로는 통행량을 감당할 수 없도록 만들었고, 철도는 민영화되어서 열차를 운행하는 회사와 철도를 관리하는 회사가 서로 다르다. 게다가 열차요금이 말도 안되게 비싸기 때문에 차라리 렌터카를 빌려 돌아다니는 것이 싸게 먹힌다. 상황이 이런데도 문제가 되지 않는 이유는, 정작 그런 말도 안 되는 체계를 만들어 놓은 정치인들은 열차를 공짜로 이용할 수 있기 때문이다. 돈을 낼 필요가 없는데 왜 시스템을 고치려고 애를 쓰겠는가?

대부분의 열차시간표는 차라리 '희망 사항'이라고 부르는 게 낫다. 그야말로 아슬아슬하게 지키고 있어서, 약간의 문제라도 생기면 시스템 전체가 멈춰 버린다. 전선에 낙엽이 많이 쌓였다느니, 너무 더워서 선로가 늘어났다느니, 내린 눈의 종류가 특별하다느니… 말도 안 되는 핑계로 영국 철도는 언제든지 대혼란에 빠질 준비가 되어 있다. 그런 영국의 상황에다가 이번에는 눈이 정말 제대로 왔다. 특히 크롤리에는 에스키모라도 집에 있고 싶을 만큼 눈이 내렸다. 밤새 30센티미터 가량의 눈이 내린 데다가 기온도 계속 떨어져서 교통상황이 아주 나빠졌다. 영국 남부지방에서도 문을 닫은 상점들이 발생할 만큼 상황이 좋지 않았다.

---

* 2차 대전 때 영국이 프랑스 됭케르크에 고립된 연합군을 구출해낸 사건을 빗대, 영국 국민들이 단결해서 위기를 극복하는 정신을 의미한다.

눈 때문에 집에 갇혀 있는 건 괴롭지만, 한편으로는 낭만적이기도 하다. 집에 남아 있는 음식으로 버티면서 촛불을 켜놓고 어릴 때 하던 보드게임을 하면서 소일을 하거나, 벽난로 앞에서 위스키로 몸을 녹이는 등, 그 옛날 우리가 겨울을 보내던 여러 가지 일들을 해볼 수 있다. 문제는 내가 눈 때문에 집에 갇힌 게 아니라, 눈 때문에 집에 가지 못 하는 것이었다. 아내는 프랑스 시골 집에서 눈에 갇혀 있었고, 나는 영국 크롤리에서 눈 때문에 꼼짝 못하고 있었다. 공연장으로 가지도, 그렇다고 집으로 돌아가지도 못했다. 집에 못 가서 좋은 게 있다면 아이들이 던진 구슬에 맞아 다치거나 토비에 걸려 넘어지지 않는다는 것, 고양이가 나를 몸을 긁는 막대로 사용하지 않는다는 것, 피에로가 내게 은근한 눈빛을 보내거나 말들이 나를 해칠 계략을 세우지 않는다는 것 등이다. 아내의 말에 따르면 집은 대혼란이었다. 모두들 집 안에 갇혀 신경이 곤두서 있었다. "모르겠어, 여보. 이럴 때는 우리가 동물을 너무 많이 기르는 게 아닌가 하는 생각도 들어." 아내의 말이었다.

만약 내가 변호사처럼 날카로운 판단을 내릴 수 있었다면 아내의 그 말을 절대 넘기지 않고 그 순간에 분명한 다짐을 받아두었을 것이다. 하지만 나는 그게 별 희망이 없는 일이라는 걸 잘 알고 있었다. 뭐하러 소용도 없는 일에 호흡을 낭비하겠는가? 그리고 나로서는 집안이 혼란스럽든 아니든 모두가 보고 싶었다. 매일매일 식구들이 지내는 이야기를 전해 들었지만 그럴 때마다 나는 더 힘들어졌다. 오늘날에는 연락이 두절되는 경우가 적다. 집 전화, 휴대전화, 이메일, 페이스북, 트위터 등으로 쉬지 않고 연락할 수 있다. 하지만 그게 항상 도움이 되는가? 나는 잘 모르겠다. 때로는 그렇게 다양한 방법으로 연락이 되는 게 내가 정말로 함께 있고 싶은 사람들과 같이 있지 못 하다는 사실을 끊임없이 깨우쳐 주는 것에 불과하다. 아내는 페이스북에 정기적으로 집에서 찍은 사진과 글들을 올리는데, 일을 마치고 돌아와 (그럴 수 있을 경우에 한해서) 아내가 올린 것들을 보고 있으면 더더욱 자신이 외톨이 같았다. 심지어 새뮤얼까지 내게 매일 이메일을 보냈다. 대개는 뭘 좀 사오라는 얘기거나, 엄마가 새롭게 세운 집안 규칙에 혹시 내가 반대하지는 않을까 하고 떠보려는 것이었다.

어쩌면 내가 힘든 까닭이 직업의 영향일지도 모른다. 코미디언으로서 무대에서 항상 관심의 중심에 있는 나는 가족의 삶이 나 없이도 문제없을 뿐 아니라, 오히려 더 잘 지낼 수도 있다는 사실을 받아들이기 힘들었다. 다시 말하지만, 나보다 더 힘든 사람들도 있다는 걸 잘 안다. 어떤 사람들은 기약도 없이, 혹은 영원히 가족과 떨어진 삶을 살아야 한다. 잘 알지만, 그렇다고 내 기분이 나아지지는 않는다. 테렌스의 어휘도 빠르게 늘고 있는 듯했다. 그 사실 역시 직접 발견한 게 아니라 아내를 통해 전해 들었고, 나는 아내와 이야기하는 게 차라리 하지 않는 것보다 더 나를 힘들게 만든다는 사실을 깨달았다. 그런 통화를 할 때면 내 마음은 이러저러한 생각으로 가득했다. 스스로가 평소보다 더 불쌍했고, 화도 더 났다. 날씨에 화가 났고, 나와 가족의 떨어진 거리에 화가 났고, 집에서 보내는 시간보다 떠나서 보내는 시간이 더 많다는 사실에 화가 났다. 아내는 내가 대화에 집중을 못하고 그런 생각에 빠져있다는 사실을 모른 채 이야기를 계속했다.

"…그러니 우리가 지금 살아있는 게 신기하지." 아내가 이야기를 마쳤다.

"뭐? 방금 뭐라고 했어?"

아내는 그날 아침 5시에 잠을 깼다. 거실 창문을 덮는 대형덧문이 바람에 느슨해진 것이다. 그 덧문은 높이가 12피트나 되고 아주 무겁다. 아내는 느슨해진 한쪽을 제대로 고정시킨 후 다시 침대로 돌아갔다고 한다. 하지만 문제는 그게 전부가 아니었다. 아내가 아이들이 뛰어 노는 트램펄린이 바람에 날아간 사실을 눈치채지 못한 것이다! 트램펄린은 그렇게 쉽게 날아갈 만큼 작지 않다. 지름이 5미터나 되는 크고 무거운 쇳덩어리가 바람에 (아마도 회오리바람이었을 것이다) 30미터를 날아가서 집 한쪽에 부딪히고 자동차 위에 떨어졌다. 자동차 앞유리가 깨지고 차 지붕은 찌그러졌다.

몇 해 전 큰 태풍이 프랑스 서부를 강타한 적이 있다. 그 태풍은 계속 동쪽으로 이동해서 우리가 사는 중부지역까지 왔다. 쏟아붓는 비 때문에 갑자기 불어난 물이 마을을 급습했고 자동차들은 넘어진 나무 밑에 깔렸다. 무엇보다 대충 지은 집들이 침수에 무너지면서 30명이 목숨을 잃었다. 그 사람들 외에도 많은 인명 피해가 났고, 다행히 아내와 아이들은 무사했지만, 전기가 끊어진 채로 사흘을 불안과 어둠 속에서 떨어야 했다. 그동안 일 때문에 집을 떠나 있던 나는 다음에 그런 일이 생기면 꼭 집에 있겠다는 허황된 약속을 했다. 이번에 또 비슷한 천재지변이 발생했는데, 나는 그 약속을 지키지 못한 것이다.

아내는 눈폭풍 속에 밖으로 나가 창문의 덧문 같은, 바람에 날아갈 수 있는 것들을 손보고 있는데, 나는 열흘 이상 집을 떠나서 매일 밤 술 취한 관객들 앞에서 크리스마스 공연을 하다 보니 몸은 기진맥진해지고 별의별 생각을 다 하게 된다. 나탈리가 다쳤으면 어떡하지? 토네이도에 휩싸이면? 생각이 이 지경에 이르면 제정신이 아니게 된다. 뉴스에 따르면 그날 밤까지는 눈폭풍이 프랑스를 빠져나갈 예정이었지만, 매년 이맘때 내가 받는 엄청난 피로에 험악한 날씨까지 더해지면 망상에 빠져 오로지 집에 가야 한다는 생각 외에 다른 생각은 할 수 없게 된다.

"당신 괜찮아?" 하고 아내가 물었다. "곧 집에 올 거잖아."

물론 모르는 바가 아니다. 하나 남은 공연은 옥스포드에서 열릴 예정이었는데, 날씨 때문에 취소될 가능성이 높았고, 취소가 되지 않더라도 폭설을 무릅쓰고 거기까지 갈 엄두가 나지 않았다. 그렇게 무모한 시도를 하다가는 아예 밖에 나갈 용기마저 잃을 것 같았다. 나는 행사를 주최하는 옥스포드 사람들에게 거기에 갈 수 없을 것 같고, 함께 공연하기로 한 다른 세 사람도 마찬가지일 것이라고 이야기했다. 결국 공연은 취소되었고, 나는 집에 돌아갈 계획에 착수했다. 문제는 간단하지 않았다. 우선 크롤리를 빠져나가는 일 자체가 불가능해 보였다. 우선 서섹스에서 런던까지 가는 기차 편부터가 문제였고, 런던을 지나 다른 곳으로 가는 건 불가능에 가까웠다. 이건 매년 반복되는 문제다. 나는 12월 21일까지는 집에 돌아가서 내 생일을 아내와 아이들과 함께 보내기 위해 무진 애를 쓰는데, 항상 성공하는 것은 아니다. 작년에는 나의 서른아홉 번째 생일을 스탠스테드 공항 옆에 있는 래디슨 호텔의 객실에서 혼자 보내야 했다. 나는 활주로에 퍼붓는 눈을 슬프게 바라보면서, '전례 없는' 폭설로 교통이 '대혼란'에 빠졌다는 뉴스를 라디오로 들으며 앉아 있었다. 그 우울한 겨울 풍경을 보면서 코미디 클럽에서 생일이라고 보내준 미지근한 샴페인을 근처 마트에서 사온 싸구려 샌드위치와 함께 먹고 있었다. 결국 23일 저녁이 되어서야 집에 도착했지만, 정말 힘든 경험이었다.

그래서 올해에는 그런 사태가 일어나도 집에 올 수 있도록 여러 대비책을 마련해 두었다. 먼저 영국의 스탠스테드에서 프랑스의 푸아티에까지 가는 비행기 표를 샀고, 그게 여의치 않을 경우 유로스타를 이용해 파리까지 가는 기차표도 사두었다. 그리고 만에 하나 두 가지 모두 불가능할 경우에 대비해 영국의 도버에서 프랑스 칼레까지 가는 페리 표도 구입했다. 정말이지, 보트를 빌리는 것 외에는 모든 방법을 다 확보해 놓은 것이었다. 이 정도면 라눌프 파인즈*가 책으로 내도 될 정도의 여행일 것이었다. 나는 크롤리에서 런던 브리지까지 가는 마지막 기차를 타고 이동한 후, 고생고생하면서 런던 시내를 걸어서 통과해 킹스 크로스까지 갔다. 아니나 다를까, 유로스타는 '빙질

---

* Ranulph Fiennes: 영국의 유명한 탐험가

이 아주 안 좋은' 얼음 때문에 운행이 중단되었고, 운행이 재개되는 데는 최소 하루 이틀이 걸릴 거라고 했다. 나는 리버풀 스트리트에서 스탠스테드 공항까지 가기로 결정하고 간신히 표를 구했다. 그리고 공항 의자에서 잠을 자면서 항공사가 결항으로 표를 환불해주는 걸 피하려는 욕심에 승객의 안전은 뒷전으로 하고 푸아티에 행 비행기를 아침 일찍 출발시켜주기를 바랐다. 다행히 비행기가 출발했다. 비행기는 엔진의 힘으로라기 보다는 승객들이 내쉰 안도의 한숨으로 이륙했다고 해야 할 것이다. 요새는 비행기 승무원들의 주업무가 기내에서 물건을 파는 것으로 보이지만, 그 비행기의 승무원들은 정말로 바쁜 시간을 보내야 했다. 이른 아침인데도 불구하고 승객들이 기내에 있는 술이라는 술은 모조리 마셔서 바닥냈다. 여행에 지친 승객들은 자신들이 정말로 크리스마스까지는 집에 도착할 걸로 믿는 듯했다. 영국인 승객들은 옆 사람과 플라스틱 잔을 부딪히며 비행기가 예정대로 출발한 것을 축하했고, 프랑스인 승객들은 마치 독립기념일을 축하하듯 술을 마셔댔다.

내 생각에 그 후에 일어난 일들은 프랑스 사진작가 로베르 두아노의 탓이 큰 것 같다. 파리의 길거리 한복판에서 두 연인이 키스를 하는 유명한 사진을 찍은 사람이 두아노다. 물론 사람들이 공공장소에서 낯뜨거운 애정 표현을 하는 것이 전부 그의 잘못이라고 할 수는 없지만, 적어도 그의 사진이 그런 행위가 용인된다는 인상을 준 것은 사실이다. 특히 프랑스에서 말이다.

예전에 사귀던 여자친구는 공공장소에서 절대로 키스를 못하게 했다. (정확하게 말하면 그 여자친구는 둘만 있을 때도 키스를 못 하게 했다. 사실 사귀는 사이였다고 말할 건덕지도 없다.) 그 여자친구는 절대로 프랑스에서 살 수 없을 사람이었다. 프랑스 사람들은 피가 뜨겁고 감정적이라서 (게다가 자신들이 다른 민족과 분명히 다르다는 것을 잘 안다) 공공장소에서 자신의 감정을 표현하는 데 아무런 거리낌이 없다. 물론 나도 그런 행동에 특별히 반대하는 건 아니지만, 그래도 프랑스의 기차역에서 진한 키스를 (우리 때는 그런 키스를 '스노깅snogging'이라고 불렀다) 한참이나 하는 사람들이 얼마나 많은지 안다면 그냥 웃어넘길 일이 아니다. 나는 거의 예외 없이 혼자 여행하기 때문에 젊고 잘생긴 여러 쌍의 프랑스 남녀가 서로의 얼굴을 정신 없이 빨아대는 한가운데에서 혼자 서 있는 일이 얼마나 뻘쭘한지 모른다. 승강장에 있는 다른 사람들은 그런 행동이 당연하다고 생각하는 듯하다. 심지어 일부러 구경하려고 좋은 자리를 찾는 사람들이 있는가 하면, 그렇게 마치 삼투압을 사용하는 듯 얼굴을 빨아대는 사랑의 집회가 주는 따뜻함을 즐기는 사람들도 있다. 하지만 어느 누구도 나서서 "차라리 호텔을 잡는 게 어때요?" 하고 말할 생각이 없는 것 같다.

솔직히 나는 참을 만큼 참았다. 장장 열세 시간을 여행한 끝에 집으로 가는 마지막 열차를 탈 수 있는 시간에 맞춰 투르 지방의 생 피에르 데 코르에 도착했다. 열차 승강장에는 나를 제외한 모든 사람들이 쌍쌍이 껴안고 마치 슬로모션으로 춤을 추면서 사랑을 나누고 있는 것처럼 보였다. 도저히 참고 보기 힘들어서 어설픈 프랑스어로 '방 잡아라' 하고 말을 해버렸다. 다행히 아무도 나에게, 이 지친 앵글로-색슨족의 부족한 인내심에 신경을 쓰지 않았다. 다만 할머니 한 분이 걸어오더니 내 앞에 섰다. 내가 한 말을 듣고 나무라려고 한다기 보다는 사랑에 빠진 젊은 남녀들이 좀 더 과감한 '행동'을 하기를 기대하는 눈치가 역력했다.

나는 그 할머니와 장장 세 시간 동안 사실상 함께 여행했다. 푸아티에 대합실에서 함께 기다렸고, 표를 사기 위해 함께 줄을 섰으며, 상 피에르 데 코르까지는 우연하게도 바로 옆자리에 앉아서 왔다. 할머니는 프랑스식으로 표현하면 "딸기에 설탕을 좀 많이 뿌린 듯"(정신이 오락가락한다는 뜻) 했다. 기차 좌석이 너무 불편하다고 한참을 불평하다가 누군가 "할머니, 지금 의자가 아니라 짐 놓는 곳에 앉아 계시잖아요" 하고 알려드리고 나서야 자신의 실수를 깨달았다.

게다가 애완견 캐리어에 지저분하게 생긴 개를 데리고 다니면서 계속해서 "우리 애기, 우리 애기" 하고 불렀다. 하지만 그 개도 할머니만큼이나 나이가 많아 보였다. 그러다가 할머니는 과자를 한 봉지 뜯더니 개에게 과자를 한 개 꺼내주는 대신 (말 주둥이에 거는 사료통인 양) 아예 봉지째로 개 주둥이에 들이밀었다. 그 개가 과자봉지에 재채기를 하는 걸 보니 바닐라 웨하스를 싫어하는 게 분명했다. 물론 개는 얼굴에 웨하스 가루를 뒤집어 썼다. 할머니는 그 불쌍한 개를 그저 물끄러미 바라보기만 할 뿐 얼굴을 닦아줄 생각은 하지도 않더니, 그 과자봉지를 나에게 내밀며 먹으라고 권하는 게 아닌가! 나는 점잖게 사양했다. 바닐라 웨하스를 좋아하지도 않을뿐더러, 특히 개의 콧물이 튄 웨하스는 내 취향과는 거리가 좀 멀기 때문이었다. 거절 후 개를 쳐다보니 개는 "제 입장은 어떻겠어요?" 하는 표정으로 나를 바라봤다.

그런 할머니가 프랑스 중부의 춥고 어두운 기차역 승강장에서 내 앞에 서 있는 것이다. 우리 주변은 만나고 헤어지는 연인들로 가득했고, 뼛속까지 스며드는 듯한 매서운 바람이 기차역에 들이치고 있었다. 그런데 이 정신 나간 할머니는 자기도 여기에서 키스를 해야 한다고 생각하는 눈치였다. 얼굴과 머리카락에 웨하스 가루가 붙어있는 채로 내게 키스를 하려는 듯 입술을 내밀었다. 농담이 아니라 정말로 선로에 뛰어들어서 피할까 생각했다. 개를 쳐다보니 과자 가루 때문에 마치 피부에 건선이 난 것 같은 얼굴로 내게 "저도 같이 데려가 줘요" 하고 말하는 듯했다. 솔직히 말하면 '저 개를 구출해서 우리 집에서 키울까' 하는 생각이 아주 잠깐이나마 들었던 것이 사실이다. 물론 우리가 그런 식으로 데리고 온 동물들을 생각하고 정신을 차렸다. 내가 용기를 내 할머니에게 한마디 하려는 찰나, 할머니가 선수를 쳤다.

"입고 있는 코트 좀 만져 봐도 되나? 참 부드러워 보이네."

그리하여 기차를 기다리는 5분 동안 할머니는 내 코트를 만지작거리고 있었다. 지난 열흘 동안을 집 밖에서 보낸 데다가, 어제 저녁 이후로 내내 기차와 비행기만 탔더니 너무 피곤해서 몸이 떨리기 시작했다. 내일이면 내 40세 생일이다. 이제 한 시간만 있으면 집에 도착한다. 내 아내와 아이들, 개와 고양이, 말들이 여기서부터 한 시간 거리에 있다. 한 시간만 더 가면 폭설에 고립된 우리 집에서 징징대는 아이들과 온갖 시끄러운 소리, 그리고 구슬들이 기다리고 있다. 눈물이 났다. 피곤한 탓도 있었지만, 행복감이 밀려와서이기도 했다. 드디어 집에 간다. 이 이상 더 행복할 수 있을까.

chapter

11

크리스마스는 가족과 함께!

아, 무어 집안의 크리스마스란! 〈라디오 타임즈*〉를 펴놓고 보고 싶은 프로그램을 골라서 형광펜으로 줄을 긋고 있노라면, 제임스 브라운의 '펑키 크리스마스Funky Christmas' CD 좀 꺼라는 아내의 잔소리가 들려온다. 크리스마스 트리에 달린 꼬마전구에 불을 먼저 켜고 나머지 장식을 달아야 하는지, 장식을 먼저 달고 전구에 불을 켜야 하는지를 가지고 부부싸움을 한다던가, 아이들이 여태까지 받고 싶다고 했던 것들이 이제는 유행이 지났다고 하는 바람에 기껏 선물 포장까지 마친 우리를 맥빠지게 하는가 하면, 아내의 프랑스 친척들이 크리스마스 이브와 크리스마스 당일에 대거 몰려오곤 한다.

아내는 어린 시절에 크리스마스를 할아버지 댁에서 보낸 좋은 추억을 가지고 있고, 지난

---

* Radio Times: BBC의 TV와 라디오 방송 프로그램 편성표를 보여주는 〈TV가이드〉와 비슷한 영국잡지

5년 동안 그 전통을 우리 집에서 이어 왔다. 올해 크리스마스에는 스무 명 정도의 손님이 이틀 동안 머물기로 했다. (불행히도 프랑스에는 박싱데이*가 없는데, 크리스마스 다음 날인 박싱데이는 정성껏 준비한 크리스마스 파티가 끝나고 홀가분한 마음으로 즐길 수 있어서, 이틀 동안의 크리스마스 휴일 중에서 가장 인기가 있는 날이다.) 나는 크리스마스가 기다려졌다. 크리스마스 파티 음식에는 칠면조를 비롯해 정해진 전통 메뉴가 있지만, 나는 항상 약간 다른 메뉴를 섞거나, 기존의 메뉴라도 조금씩 다른 조리법을 사용해서 손님들을 놀라게 하는 걸 즐기기 때문에 크리스마스 파티는 솜씨를 자랑할 수 있는 기회이다. 새로운 음식을 계획하고, 준비하고, 요리하고, 음식을 내놓았을 때 (스탠드업 코미디언들이 그렇듯) 사람들로부터 박수 받는 걸 좋아한다. 크리스마스 이브는 나의 날이고, 심지어 그로 인해서 받는 스트레스마저 즐겁다. 짐작하다시피, 영국인이 다른 나라 사람들도 아닌 프랑스인들에게 요리를 만들어 대접한다는 건 엄청난 스트레스를 동반한다.

작년 크리스마스에는 정신이 나갔는지 생선카레를 하기로 결정했었다. 저녁식사를 몇 시간 앞둔 오후에야 내가 얼마나 무모한 짓을 시작했는지 깨달았다. 한 번도 만들어 본 적이 없는 음식을, 그것도 스무 명이 넘는 프랑스 미식가들(프랑스인들은 전부 자신이 미식가라고 자부하므로)에게 대접하려고 한다는 사실을 깨닫자 식은 땀이 흐르기 시작했다. 내가 할 줄 모르

─────────────

* Boxing Day: 영국과 영국령이었던 지역에서 지키는 명절로, 크리스마스 다음 날 집안의 하인들이나 회사의 부하 직원들에게 선물을 담은 상자를 준다고 해서 붙여진 이름. 스포츠 경기와 쇼핑을 즐기는 날이기도 하다.

는 요리를 대접하려는 것만도 무모한데, 그걸 스무 명이 넘는 손님에게 대접하려고 했다니! 게다가 메뉴로 생선을 선택했다니! 생선은 잘못 요리하면 식중독으로 죽을 수도 있지 않은가! 다행히 요리는 성공이었다. 하지만 그날 밤 나는 아이들처럼 잠을 이루지 못했다. 아이들이 다음날 아침에 받을 선물을 기대하며 흥분하여 잠을 이루지 못했다면, 나는 요리를 먹은 식구들이 밤새 식중독 증세를 보이지 않을까 하는 걱정 때문이었다.

그래서 올해에는 좀 더 안전한 메뉴로 고른 것이 영국식과 프랑스식을 섞은 소시지 요리였다. 물론 소시지는 영국 것이지만, 부댕 누아*는 프랑스 식이라고 할 수 있고, 앙두이에트**는 정말 프랑스 사람만 먹을 수 있는 음식이다. 특히 앙두이에트는 이 지역 사람들이 즐기는 음식인데, 테니스 라켓이나 구멍 난 공 따위를 고치는 용도로나 쓸 부위로 만든 흰 소시지로, 아무나 먹을 수 있는 음식이 아니다. 그런 음식들이 대개 그렇듯, 여러 번 먹어 본 사람들만이 즐길 수 있으며, 그걸 좋아하는 사람들도 하나를 다 먹지는 못한다.

그런데 나의 이런 모든 계획은 수포로 돌아갔다. 크리스마스 파티를 주최할 권리를 빼앗겼기 때문이다.

사정은 이렇다. 몇 해 전에 아내의 조부모님이 돌아가셨다. 암으로 오래 투병하셨던 할아버지가 먼저 돌아가셨고, 몇 달이 채 지나지 않아 할머니도 세상을 뜨셨다. 공식 사인은 동맥이 막히는 색전증이었지만, 어찌 보면 할머니가 선택하신 것 같기도 하다. 내 생각에는 그런

---

* boudin noir: 돼지피와 계란, 빵가루 등을
섞어 채운 프랑스식 순대
** andouillettes: 돼지 곱창에 각종
부위의 고기를 채워 넣은 소시지

일들이 드물지 않다. 평생을 함께 살아온 (아내의 조부모님 경우는 58년을) 반려자가 세상을 뜨면 남은 사람이 홀로 살아간다는 것은 육체적으로도, 정신적으로도 너무나 힘이 드는 일이라서 그런 충격을 견뎌내기란 쉽지 않을 것이다.

두 분이 사시던 곳은 우리 마을 끝에 있는 거대한 고딕식 집으로, 돌아가신 이후로는 줄곧 비어 있었다. 이 지역 부동산 시장이 침체되었기 때문이기도 하지만, 솔직히 큰 길가에, 그것도 맞은편에는 건설업자들이 일하고, 옆에는 케밥집이 있는데 누가 선뜻 집을 사고 싶겠는가? 게다가 그 집의 방들은 하나같이 크고 천정이 높아서 연료비도 어마어마하게 나올 것이었다. 그 비어 있던 집에 처삼촌 한 분이 이사를 오셨다. 친척이 우리와 같은 마을에 살게 된 것도 좋은 일이고, 처삼촌으로서는 어린 시절 살던 집으로 다시 이사를 오는 것이기 때문에 기쁜 일이었다. 게다가 처삼촌의 남자친구도 함께 살기 위해 들어왔기 때문에 이런 모든 일을 기념할 겸해서 자신들이 크리스마스 이브 파티를 주최하겠다는 것이었다. 그것 때문에 삐친 티를 내고 싶지는 않지만, 식구들은 내가 없는 동안에 크리스마스에 친지들을 부르는 파티를 열기에는 내가 긴 출장으로 너무나 지쳐있을 거라고 결론을 내렸다. 크게 틀린 말은 아니었다.

나를 생각해서 내린 결정인 것은 사실이지만, 나는 원래 그런 기회를 뺏기면 아이들처럼 투정을 부리는 사람이고, 이번에도 예외는 아니었다. 파티를 주최하지 못하게 된 것이 나로서는 프랑스 생활에서 누리던 것들을 하나씩 빼앗기는 기분이었다. 물론 불가피한 일이기는 했다. 장시간 집을 떠나있어야 한다는 건, 특히 가정생활에서는 내가 맡은 일을 다른 사람이 대신 해야 한다는 의미이고, 그러다 보니 집에 돌아오면 나 없이도 집안은 잘 굴러가고 있기 때문에 나만 동떨어져서 불필요한 존재 같은 느낌이 드는 것이 사실이다. 물론 반드시 내가 해야 할 일들도 있다. 지난 주에는 그렇게 힘들게 여행을 해서 집에 돌아오자마자 냉장고를 정리했다. (내가 없으면 냉장고 안은 엉망이 된다.) 그러나 한편으로 냉장고 정리는 나처럼 카페인 음료를 마시고 흥분한 강박증 환자들을 진정시키기에 적절한 활동이기도 하다. 항상 그렇게 작은 일들이 문제다. 가령 아내는 저녁식사 전에 꼭 진과 토닉을 마시는데, 그걸 섞는 일을 내가 한다. 하지만 출장을 가 있는 동안에는 모리스가 나 대신 그 일을 했다. 심지어 아무리 봐도 모리스는 그 일에 소질이 있는 게 분명하다.

반면 큰 아이 새뮤얼은 내가 돌아오면 안심하는 눈치가 분명하게 보인다. 원래 진지한 성격이라서 내가 없는 동안에는 자신이 가장 역할을 해야 한다는 부담을 느끼는 것 같다는 게 아내의 생각이다. 그런데 단순히 내 역할만을 하는 게 아니라 변덕스런 성격과 (아내의 말을 그대로 옮기면) '작은 일에 발끈하고 화내는 성격'까지 똑같이 닮았다는 것이다. 그러다가 내가 돌아오면 다시 어린아이가 되어 또래에 맞게 장난감을 가지고 노는 행복한 아이로 돌아온다. 막내 테렌스는 걸음마를 시작한 여느 아이들과 마찬가지로 모든 일은 엄마가 해야 하고, 다른 사람이 개입해서는 안 된다. 하지만 내가 보기에 테렌스는 유난히 냄새가 심한 똥을 기저귀에 싸면 그때만큼은 "아빠가 해!"라고 주장한다. 누군가 그렇게 하라고 교육을 시킨 게 분명하다.

크리스마스 이브 파티를 주최하지 않는 바람에 다른 일들을 할 수 있는 시간이 생겼다는 장점은 있었다. 가령 지난 주 태풍 때 길 건너로 날아가 이웃집 정원에 떨어진 우리 트램펄린을 치우는 일. 트램펄린을 치우는 건 쉬운 작업이 아니다. 그렇게 무거운 철제구조물이 어떻게 바람에 그리 간단하게 '날아가' 버렸는지 이해할 수 없었던 내가 언짢은 기분으로 일을 하고 있는데, 한 농부가 지나가면서 말을 던졌다. "그런 물건은 안 보이게 숨겨놓지 않으면 집시들이 가져갈 거요." 바람에 날아가 떨어진 트램펄린은 이미 망가져서 쓸모가 없었기 때문에 나는 트램펄린을 눈에 잘 띄는 곳에 놔두고 집시들이 부디 평판대로 행동하기를 바라기로 했다. 트램펄린을 치우지 않는 건 내가 게을러서가 아니라, 재활용을 위한 일이라고 자부하면서.

크리스마스에 특별히 맡은 일이 없다는 건 다른 모든 준비를 완벽하게 끝낼 수 있다는 뜻이기도 하다. 선물들은 모두 사서 포장까지 마치고 숨겨 놓았다. 다만 아내를 위한 선물은 쉽지 않았다. 아내는 "내 선물은 사지 마"와 "포메라니안 강아지를 받으면 좋겠다" 사이를 마구 오고 갔다. 우리 집 개들은 1년에 두 번 가는 '애견 미용실'에서 샴푸를 하고 털을 다듬고 왔다. 항상 그렇듯 개들에게는 어리둥절한 경험이다. 아내는 내게 스페인 사람들이 그레이하운드를 얼마나 끔찍하게 취급하는지 이야기하기 시작했다. 아내가 말하는 스페인 사람들이란 애견 미용실의 주인 실비를 말하는데, 실비는 미용실을 운영하면서 동물 구조 봉사와 더불어 구조한 그레이하운드들을 돌보는 일도 하고 있다. 아내가 그 개들이 처한 상황에 관심을 갖는다는 것은 개들에게는 좋은 소식일지 몰라도 내게는 그렇지 않다. 다행히 아내가 그레이하운드를 키우겠다고 데리고 오지는 않았지만, 새해가 되면 아내가 구조 작전을 개시할 수 있으므로 긴장을 늦출 수 없다.

엄밀하게 말하면 아내는 절호의 찬스를 놓쳤다. 지난 주, 고생 끝에 집에 도착했을 때 나는 집에 왔다는 사실에 너무나 행복해서 아내가 개 한 마리가 아니라 대여섯 마리를 데리고 왔어도 그냥 웃고 말았을 것이다. 그 정도로 축제 분위기에 들떠 있었다. 무엇보다도 나는 대가족이 모이는 크리스마스를 좋아한다. 크리스마스는 나처럼 미리미리 계획을 짜고 모든 일을 일일이 챙겨야 하는 성격을 가진 사람에게 딱 맞는 절기이다. 선물과 파티를 위해 계획을 세우고, 일의 순서를 정해서 이 사람, 저 사람에게 시키고, 제대로 하라고 명령하고, 다그치는 일이 너무나 좋다. 당연히 아이들도 신이 난다. 나는 큰 아이 새뮤얼과 함께 마지막으로 필요한 물건들을 사러 슈퍼마켓에 갔다.

느릿느릿 돌아다니면서 크리스마스 쇼핑을 하는 사람들 사이를 우리가 잽싸게 빠져가는 동안 새뮤얼이 내게 물었다. "아빠, 혹시 사야 할 물건들을 슈퍼마켓에 배치된 순서대로 적어 왔어?"

모든 것이 정돈된 상태여야 하는 성격을 들킨 것 같아 움 찔한 나는 방어적으로 대답했다. "응, 안 그러면 정신 없잖아."

"내 생각에도 그래. 이렇게 안 하면 안 된다고 봐."

새뮤얼은 점점 내 기질을 닮아가고 있다. 물론 자식이 자 기를 닮았다면 부모는 뿌듯하지만, 새뮤얼이 나를 닮으면 살면 서 피곤한 일이 많을 것도 사실이다. 심지어 사람들 앞에서 공 연을 하기 시작한 것도 나를 닮았다.

올해 크리스마스 이브 가족 파티의 하이라이트는 새뮤얼 과 모리스가 영화 〈머펫의 크리스마스 캐롤The Muppet Christmas Carol〉에 나오는 '하룻 밤만 더 자면 크리스마스예요One More Sleep'til Christmas'를 부르는 순서였다. 그 영화야말로 최고의 크 리스마스 영화라는 게 내 개인적인 의견이다. (〈멋진 인생It's A Wonderful Life〉도 크리스마스 영화로 훌륭하지만, 우리 아이들이 1946년도 영화의 장면을 따라 하지는 않으므로 제외.) 새뮤얼 과 모리스는 지난 주부터 장인어른의 기타 연주에 맞춰 비밀리 에 그 노래를 연습하고 있었다. 아이들과 장인어른이 연습하는 모습은 정말 눈물나도록 아름다웠다. 이게 프랑스 가족의 전통 인지, 아니면 아내의 가족만 그러는 건지는 모르지만, 가족이 모이면 돌아가면서 한 사람씩 일어서서 노래를 부른다. 그런 전 통이 있다는 걸 내가 배우게 된 데에는 창피한 사연이 있다. 내 가 대가족인 아내의 집안 사람들(한 백 명은 되는 것 같다)을 처음 만난 것은 처삼촌 한 분의 결혼식에서였다. 나탈리의 친지 들에게 잘 보일 수 있는 제일 좋은 방법은 사람들 앞에서 노래를 멋지게 부르는 것이었다. 물론 내가 생각해낸 것이 아니었다. 나라면 그냥 나를 소개하는 카드를 하나 쓰고 사람들에게 전부 술을 한 잔 사는 걸로 만족했을 것이다. 하지만, 그건 선택할 수 있는 사항이 아니었다. 반드시 노래를 불러야 했다. 사람들 앞에서 노래를 하는 건 정말, 정말 끔찍한 일이다. 게다가 그때만 해도 무대에서 스탠드업 코미디를 하기 훨씬 전이었다. 솔직히 말하면 지금도 그때 식구들이 노래를 시킨 것이 나를 골탕먹이려고 벌인 일종의 신고식이었다는 의심을 버리지 못하고 있다. 나는 술이 취한 상태에서 엘비스 프레슬리의 '러브 미 텐더Love Me Tender'를 우물우물 불렀는데, 내가 그 노래를 부른 이후로 그 전통은 사라졌다. 아마도 모두들 내 노래를 다시 듣느니 그렇게 하는 편이 낫겠다고 생각한 것 같다. 새뮤얼과 모리스의 노래는 아름답게 끝났지만 그 아이들의 노래가 혹시 (돌아가면서 노래하는) 예전의 전통을 되살리는 계기가 되지는 않을까 걱정하는 식구들도 있었다. 지난 번 가라오케의 악몽이 아직도 생생한데, 식구들 몇몇은 제정신인지 이런 노래 행사를 매년 하자고 주장하기까지 했다. 하지만 내가 다시 노래할 일은 절대 없을 터였다. 누가 뭐래도 이 엘비스는 은퇴했으니까.

비록 내가 크리스마스 계획과 메뉴에 대해 잔소리를 많이 하기는 하지만 정작 크리스마스 당일은 비교적 스트레스 없이 보낸다. 손님은 스무 명이 넘어도 다들 각자 음식을 하나씩 분담하기 때문이다. 아내는 푸아그라를 준비하고, 어떤 사람은 굴을, 어떤 사람은 훈제연어를 가져온다. 장모님은 반쯤 익힌 칠면조 두 마리를 가져오고, 나는 채소를 준비한다. 한 사람이 치즈를 가져오면 다른 사람은 빵을 준비한다. 과일 샐러드를 준비하고, 집에서 직접 만든 디저트를 가져오고, 롤케이크를 가져오는 사람도 있다. 장인어른 브라이언은 집에서 만든 민스파이와 크리스마스 케이크를 가져올 것이다. 누군가 (대개 쥐랑송Jurançon이나 소테른Sauternes 같은) 디저트용 와인을 가져오면 다른 사람은 레드 와인을 가져온다. 게다가 아내의 집안에는 가족용 샴페인이 항상 마련되어 있다. 돌아가신 아내의 할아버지는 프랑스의 샴페인 지역에서 태어나셨는데, 그 지역에 땅을 좀 가지고 계셨다. 후에 그 땅을 파셨는데 그 땅의 새 주인이 매년 샴페인 몇 상자를 꾸준히 보내오고 있다. 아내의 식구들 중에는 땅의 매매가 비밀리에 이루어졌기 때문에 그에 대한 보상이라고 생각하는 분들도 있다. 마지막 순서로, 각 집에서 만들어 온 고급 크리스마스 푸딩을 전부 먹어본 후에 어느 집 푸딩이 제일 맛있는지를 결정한다. 그리고 누군가 꼭 불을 낸다. 다들 몇 시간에 걸쳐서 진한 음식을 먹고, 와인을 취하도록 마신데다가 불이 잘 붙는 종이로 만들어진 종이 왕관을 위험한 각도로 쓰고 비틀거리다 보니 그런 사고가 생긴다. 물론 아이들은 열외다. 준비한 음식들은 모두 먹지만, 굳이 어른들과 오래도록 앉아있을 필요는 없다.

그렇게 모두들 각자 자기 몫을 담당한다. 크리스마스 이브 식사는 당연히 프랑스에서 중요한 행사이고, 프랑스 사람들은 먹는 것만이 아니라 준비하는 과정에도 참여하고 싶어한다. 사공이 많으면 배가 산으로 간다고 하지만, 이 경우만큼은 그렇지 않다. 그런데 이번 크리스마스 당일은 출발이 좋지 않았다. 점심까지는 아무런 사고 없이 순조롭게 지나갔다. 크리스마스 선물은 모두 개봉했고, 포장지는 나중에 다시 사용하기 위해 잘 모아두었다. (사용한 포장지를 다시 모아두는 건 내가 아니라 아내이다.) 테이블 세팅도 완성했고, 칠면조 요리도 올려놓고, 채소도 준비했고, 굴 까는 사람들은 흐린 겨울에 밖으로 나가서 자신들의 수고에 대한 대가로 와인을 마시면서 작업하고 있었다. 내 옷에 문제가 생긴 건 바로 그때였다.

나는 초리조 소시지를 만들어서 식품저장실에 보관하고 있었다. 거기에 걸어놓고 말렸다가 크리스마스가 지나고, 파티 후에 남은 칠면조 고기도 다 떨어지면 먹으려고 준비해 둔 것이다. 하지만 내가 제대로 매달아 두지 않았으니 남을 탓할 수도 없다. 나는 자세히 보지도 않고 저장실에서 손을 뺐었는데 뭔가가 팔에 떨어졌다. 아직 건조가 되지 않은 초리조 소시지였고, 내 팔은 소시지에서 나온 기름으로 범벅이 되었다. 정확하게 말하면 내 팔이 아니라 내가 입고 있던 스웨터의 소매가 젖은 것이다. 바로 그날 아침 선물로 받은 브레튼 스타일의 두툼하고 멋진 울 스웨터가 초리조 소시지에서 흘러나온 고추기름에 흠뻑 젖었다. 누가 보면 방금 총에 맞은 사람으로 오인하기 딱 좋은 모습이었다. 크리스마스 때 일어날 수 있는 그 많은 사고들 (가령 칠면조가 제대로 익지 않았다거나, 샴페인을 쏟았다거나, 혹은 고양이에게 훈제연어를 맡겼다거나 하는 실수들) 중에서 새로 받은 스웨터에 시뻘건 소시지 기름을 쏟은 건 모드족에게는 최악의 사태였다.

사태를 설명하기 전에 한 가지 알아둘 것은, 내가 원래 욕을 좋아한다는 사실이다. 나는 욕도 잘 하면 예술이 될 수 있다고 보는 사람이다. 다 자란 성인이나 현명한 사람이라면 욕을 해서는 안 된다고 생각하는 사람, 혹은 어휘가 부족한 사람들이나 욕을 한다고 생각하는 사람들은 제대로 욕을 하는 걸 들어보지 못한 것이다. 정말이지, 욕을 사용하지 않는 사람들은 언어가 가진 가장 생생하고 유기적인 측면을 놓치고 있는 것이다. 물론 때에 맞지 않고, 불필요한 욕설은 저속하고 듣는 사람들의 신경을 거슬리게 하지만, 자기가 가진 가장 좋은 스웨터가 시뻘건 고추기름에 젖었을 때는 정말 창의적인 욕을 만들어낼 수 있는 좋은 기회이다. 두운頭韻에 맞춘 욕에 우리에게 친숙한 단어를 병치並置한 표현에 크리스마스라는 절기에만 사용할 수 있는 내용을 섞으면 정말 다양한 조합의 욕이 가능하다. 한 1, 2분 동안 식품저장실 안에서 할 수 있는 욕은 전부 쏟아낸 것 같다. 그런 후에 밖으로 나왔는데, 언제 들어왔는지 모든 식구들이 부엌에서 입이 딱 벌어진 채 나를 쳐다보고 있었다. 사람들의 얼굴에는 충격과 공포가 뒤섞여 있었다. 마치 방금 전에 물건이 튼실한 남자가 발가벗고 부엌을 가로질러 뛰어가는 걸 목격이라도 한 듯한 표정이었다. 물론 영어로 욕을 했기 때문에 대부분의 식구들은 내가 한 말을 알아듣지 못했지만, 그렇게 사납고 독한 표현들은 언어의 장벽을 쉽게 뛰어넘는 게 분명했다. 나는 재빨리 하고 있던 채소 요리로 돌아가서 아무 일도 없었다는 듯 행동하기로 했다.

내가 크리스마스를 좋아하는 가장 큰 이유는 그날 저녁에 전날 먹은 칠면조 고기와 거기에 들어간 속재료로 만든 터키 샌드위치를 먹을 수 있기 때문인데, 프랑스에서는 (아마 크리스마스 이브 때 칠면조를 먹기 이전에 샌드위치를 만들면 모를까) 불가능하다. 프랑스에서 크리스마스 식사가 하루 종일 이어지기 때문인데, 왜 그런지는 설명을 들어보면 안다: 먼저 코스만 한 열 개쯤 되는데, 각 코스 별로 다른 와인을 마신다. 게다가 프랑스 사람들은 절대로 서두르는 법 없이 아주 느긋하게 먹는다. 음식이 한 접시 나올 때마다 매번 다른 철학적인 주제나 도덕적인 딜레마를 가지고 토론을 벌이는데, 사람들은 자기가 낼 수 있는 가장 큰 소리로 토론에 임한다. 크리스마스 식사 시간에 등장하는 어떤 주제도 반드시 의견이 덧붙고, 누군가는 반드시 반대 의견을 낸다. 절대 예외가 없다. 그러다가 분위기가 좀 가라앉는다 싶으면 반드시 새로운 음식이 나온다. (메인 요리인 칠면조는 여섯 번째로 등장했다.) 그리고 대화가 좀 시들해졌을 때 크리스마스 크래커*를 내놓으면 언제든지 분위기를 활기차게 만들 수 있다.

물론 프랑스 사람들에게 크래커를 여는 풍습은 없다. 그런 놀이는 프랑스 사람들의 가장 중요한 임무(먹는 일)에 집중하는 것을 방해하기 때문이다. 처가 쪽 사람들 대부분은 우리 집

---

* Christmas Cracker: 영국에서 크리스마스 파티 때 두 사람이 양쪽 끝을 잡고 끌어당겨서 여는 튜브 모양의 긴 꾸러미로, 속에는 대개 종이 모자나 작은 선물, 농담이 적힌 종이 등이 들어 있다.

에서 하는 크리스마스 파티가 영국과 프랑스의 연합 행사임을 알고 있다. 스틸튼 치즈, 크리스마스 푸딩, 크리스마스 크래커와 음악은 영국적인 요소이고, 나머지는 전부 프랑스식이다. 크래커 놀이에 대해서 별로 아는 게 없는 프랑스인이 크래커를 전혀 모르는 사람에게 설명을 해주는 모습을 보고 있노라면, 크리켓 경기의 룰을 전혀 모르는 미국인 둘이 이야기를 하는 걸 보는 기분이다.

"그러니까 식탁에 앉아서 당신이랑 내가 이걸 한 쪽씩 잡고 당기는 거야."

"왜?"

"음, 왜냐하면…"

둘 사이의 대화가 이쯤 진행되면 설명하는 사람이 "저 영국 사위랑 아이들이 좋아하잖아. 아, 거참, 그냥 당기라면 당겨. 저 인간이 기분 상해서 아까처럼 욕하면 어쩌려고?" 하고 말하고 싶은 걸 꾹 참는 게 보인다.

"그리고 이 종이 모자를 써야 되나?"

"싫어도 도리가 있나."

"근데 형광색 종이 클립은 왜 주는 거지?"

"…이야, 푸아그라가 나왔네!"

크래커 안에 들어 있는 농담 쪽지들에 대해서는 솔직히 나도 할 말이 없다. 영국 사람들도 유치하지만 꾹 참고 소리 내어 읽고 넘어가니까. 하지만 샴페인과 굴, 화이트 와인과 레드 와인까지 끝낸 프랑스 사람들이 모여서 영국 농담을 읽는 건 그 자체로 코미디이다.

"오케이, 오케이. 내가 읽을게. '토끼가 옷을 입을 때 도와주는 건 누구인가요?'" 그 질문을 듣고 있는 사람들 사이에는 무관심의 침묵만이 흘렀다.

한참 후에 누군가 대답했다. "멍청이!"

"토끼는 옷을 안 입잖아! 이거 수수께긴가?" 다른 사람이 대답을 했고, 그 뒤를 이어 사람들은 '수수께끼가 되려면 어떤 조건을 갖춰야 하는가'에 대한 철학적 논쟁을 벌이기 시작했다.

그제서야 대답을 읽는다. "에어드레서, 아니지 '헤'어드레서."* 침묵.

"왜 웃긴지 모르겠는데." 누군가 말했다. 그러자 여기저기에서 그 농담에 대한 여러 가지 해석이 튀어나왔다. 동음이의어를 사용한 농담은 영어에서는 유치한 농담이지만 프랑스 친지들은 거기에 심각한 의미를 부여하기 시작했다. 물론 프랑스 사람들도 슬랩스틱 코미디를 좋아하고, 프랑스어에도 동음이의어를 사용한 농담들이 많이 있건만, 저녁식사 시간에 올라오는 모든 주제들은 항상 그렇게 심각하게 다루어지는 모양이다. 사람들은 대개 술에 취할수록 우스워지는데, 프랑스 사람들은 술에 취하면 취할수록 심각해진다.

결국 내가 나서서 이건 그냥 농담이라고 이야기해주고, 원래 크리스마스 크래커에는 일부러 이렇게 유치한 농담을 집어넣는 게 전통이라고 설명했다. 그러자 몇몇 사람이 크래커에 '농담'이랍시고 들어 있는 내용

_____

* 미용사를 의미하는 헤어드레서는
hair dresser이지만, 토끼를 hare라고
부르므로 hare dresser라고 비슷한 발음을
사용한 농담이다.

과 스탠드업 코미디언이라는 나의 직업을 연결시켜서 어떻게 "코미디언이라는 사람이 어찌 이런 걸 농담이라고 부를 수 있으며, 그렇게 하잘것없는 농담을 하는 걸 직업으로 가지고 있다면 어떻게 가족을 부양하고 아이를 키울 수 있을 것인가"에 대해서 의문을 제기하기 시작했다.

결국에는 모든 손님들이 터키 샌드위치를 먹을 필요도 없을 만큼 배가 부른 채로, 거실로 자리를 옮겨서 큼지막한 사냥감을 먹어 치운 사자떼처럼 축 늘어졌다. 그때 더러워진 내 스웨터를 물에 담가두었던 아내가 깨끗하게 세탁을 마쳐서 새 옷처럼 말짱해진 스웨터를 들고 나왔다. 기분이 좋아진 나는 너그러워진 건지, 아니면 다시 명절 기분을 회복했는지, 우리 집 개와 고양이들이 거실에 들어오는 것을 허락했다. 그러자마자 플레임이 내 가슴팍으로 뛰어올라서는 고양이들이 흔히 하는 대로 발톱을 감춘 앞발로 나를 쓰다듬으면서 가르랑거리는 소리를 냈다. 그런데 거기서 그치지 않고 수고양이들이 하듯 지독한 냄새가 나는 분비물을 내 스웨터에 쏘는 게 아닌가!

앞서 이야기한대로 아내의 집안 사람들은 가족모임에서 공연을 하는 걸 즐긴다. 따라서 그 후로 5분 동안 이 앵글로-색슨족이 난리를 떠는 모습은 아마도 돈을 내라고 해도 아까워하지 않았을 것이다. 아까 낮에 내가 식품저장실에서 혼자 했던 욕설을 들었던 아내의 가족들은 또 한 번 화려한 영국 욕설의 축제를 지켜볼 수 있었다.

정말로 긴 하루였다. 아내와 나는 모리스를 침대로 데리고 갔다. 하지만 아이들이 크리스마스 때 대개 그렇듯 모리스도 아직 흥분이 가라앉지 않은 상태였다. 모리스는 우리에게 오늘 받은 선물에 대해서, 그리고 내년에는 무엇을 받고 싶은지 이야기를 하다가 슬슬 잠에 빠져들기 시작했다. 내가 일어나서 전등을 끄려고 할 때 모리스가 졸린 목소리로 물었다. "아빠, '하필 이런 명절에 망할 놈의 명청한 고양이*'가 무슨 뜻이야?"

아내가 기가 찬 표정으로 내게 말했다. "당신 나랑 이야기 좀 해!"

---

* 원문은 'festive-feline-fuck-knuckle'.
앞서 말한 대로 두운을 사용했음에 주목

chapter

12

숫자는 이제 지긋지긋

>

>

>   >

>

>

문제는 내가 욕을 했다는 사실만이 아니었다. 크리스마스를 집에서 가족들과 함께 보내보니, 그간 실제로 집에서 지낸 시간이 얼마나 적은지 깨닫게 되었다. 변화가 필요했다. 원래 우리의 계획은 프랑스로 이사를 하고 5년 후부터는 영국으로 출장을 자주 가지 않아도 되도록 하는 것이었다. 하지만 정작 어떻게 그렇게 할 수 있을지에 대해서는 별로 자세히 생각해보지 않았고, 현실은 오히려 거꾸로 가고 있었다. 갈수록 출장은 잦아졌고, 밖에서 머무는 기간도 길어졌다.

지난 몇 년 동안 아내와 나는 프랑스에서 돈을 벌 방법을 찾아보았다. 아내는 부동산 중개소에서 일을 했지만 3년의 출산휴가가 5개월밖에 남지 않은 지금, 우리 둘 다 아내가 노르베르 씨와 다시 일을 하는 건 원하지 않았다. 게다가 내 일은 갈수록 불규칙해져서 아내가 내가 출장을 안 가는 날에 맞춰서 파트타임으로 일하는 게 불가능해졌다. 그리고 테렌스가 태어난 이후로 우리 집에는 동물 식구들이 계속 늘어나서 이제는 아내가 집에서 할 수 있는 것 외에는 다른 일을 찾기도 힘들었다.

프랑스에서 일을 찾아봤지만 현재로서는 불가능했고, 육체적으로도 너무 힘들었다. 영국 코미디언인 나는 멜버른, 두바이, 뭄바이, 보스턴, 몬트리올, 헬싱키, 뮌헨, 니스, 홍콩, 방콕, 상하이, 마닐라, 브뤼셀, 암스테르담, 싱가포르, 사이프러스 등 영국인들이 진출한 곳이면 어디에서나 공연할 수 있다. 영국인 관객만 있으면 무대를 찾을 수 있기 때문이다. 그렇다면 아예 멀리 가지 않고 프랑스 파리에서 직접 관객을 끌어 모으는 건 어떨까?

물론 다른 사람들이 이미 파리에서 코미디 무대를 만들어보려고 시도했다가 실패했지만, 나는 성공할 확률이 그보다는 높다고 믿었다. 일단 필요한 사람들을 많이 알고 있고, 파리와 지리적으로도 가까울 뿐 아니라, 다른 사람은 실패해도 나만은 꼭 성공하겠다는 의지도 강했기 때문이다. 하지만 현실을 깨닫기까지는 오래 걸리지 않았다. 우선 파리에서 공연장을 찾는다는 것은 불가능에 가깝다. 나는 작고 아늑한 극장 형태로 된 공연장을 원하는데, 그런 장소이면서 바를 가지고 있는 곳은 없었다. 그렇다면 코미디 공연은 불가능하다. 다음으로 나이트클럽들을 알아봤다. (파리에는 나이트클럽이 많다.) 파리 바스티유 지구에 위치한 유명한 나이트클럽의 여주인과 직접 만나보기로 했다. 그 주인은 호의를 베풀어서 우리를 만나주기까지는 했는데, 스탠드업 코미디를 공연한다는 아이디어 자체가 프랑스에서는 너무 낯설다고 했다. 아예 스탠드업 코미디라는 개념을 이해하지 못하는 듯했다. 결국 우리의 계획은 수포로 돌아갔지만, 주인은 그런 코미디 공연으로 어떻게 돈을 버는지 궁금해했다. 나는 티켓을 팔아서 수입이 생기는 것 외에도 바에서 술을 팔아서 돈을 번다고 했다. 영어를 하는 사람들 300명이 전부 술을 마신다고 생각해 보라.

"그렇게는 돈을 못 벌어요." 주인은 정색을 하고 대답했다.

나는 "돈을 벌 수 있다니까요" 하고 반박하면서, 내가 이제까지 공연했던 장소들을 일일이 열거했다.

"거기는 거기고, 여기는 파리예요." 주인이 잘라 말했다. "여기서는 사람들이 술을 그렇게 마시지 않아요."

그 말은 못 믿겠다는 내 표정을 주인도 눈치챘다. 나는 전 세계 대도시에 살고 있는 영국인들을 잘 알고 있는데, 그들은 항상 술에 취해 있는 사람들이기 때문이다!

"근데 이렇게 하면 돈을 벌 수 있을 것 같기는 해요." 나이트클럽의 주인은 은밀한 목소리로 내게 말했다. "여기에서 공연하는 코미디언들을 몰래 촬영해서 그 비디오를 모바일 회사에 팔면 될 것 같아요."

내 동료들의 지적재산권을 침해하여 불법 촬영한 동영상을 돈 많은 통신회사에 팔아서 이윤을 내자는 말은 지금까지 들어본 아이디어 중에서 가장 황당한 소리였다. 나는 그런 사악한 가치관을 가진 주인에게 시간을 내주어서 고맙다는 말을 남기고 일어섰다. 파리에 있는 영국식 펍에서 공연하는 건 어떨까? 파리에도 영국식 펍은 많이 있으니까. 피갈 지구에 있는 펍 하나는 내게 승낙을 해 주었다. 단 한 가지 조건이 있었다. 다른 손님이 그 장소를 사용하고 싶다면 언제든 예고 없이 코미디 공연을 취소하고 그 손님에게 주겠다는 것이다!

나는 내 귀를 의심했다. "그러니까, 제가 최고의 코미디언 세 명과 계약을 하고 비행기와 호텔방까지 예약해주고, 티켓을 300장을 판 상황에서 당일 오후라도 공연을 취소할 수 있다는 거예요?"

"네 그렇죠. 괜찮죠?"

황당한 소리를 하는 건 그 사람만이 아니었다. 하루 저녁에 2만 유로를 내고 자기 펍을 빌리라고 하는 주인도 있었다.

"좋죠! 황금으로 만든 헬리콥터를 착륙시킬 자리를 찾을 수만 있으면 그 액수를 지불하겠습니다!"

영불상공회의소는 내게 도움이 될 만한 사람들의 목록을 뽑아 주었다. 이벤트 매니저나 광고회사 등이 포함된 목록이었지만, 사실 내게 필요한 사람은 정신과 의사였다.

줄리아와 피트는 함께 광고회사를 운영하고 있었는데 경기가 좋지 않아 크게 고전하고 있었다. 하지만 내 아이디어를 듣고는 스탠드업 코미디가 자신들의 회사를 회생시킬 기회라고 생각한 것 같았다.

"파리는 포기하세요." 그들이 내게 말했다. "규제가 너무 많아서 힘들어요. 여기에 와서 해보시는 게 좋을 겁니다."

그 사람들이 말하는 '여기'라는 건 되세브르 지역이었는데, 코냑과 도르도뉴 지역과 가깝기 때문에 사흘 밤 연속 공연을 할 수도 있을 것 같았다. "스탠드업 코미디 공연을 할 만큼 관객들이 있을 것 같나요?"

"아, 그럼요. 객석 채우는 건 문제 없어요." 솔직히 말하자면 그런 대답을 듣고 싶었기 때문에 가뜩이나 비즈니스 감각이 별로 없는 나는 그들의 말을 의심도 없이 덜컥 믿어 버렸다.

어쩌면 프랑스에 정착한 영국인들은 다른 지역으로 이민 간 영국인들과는 전혀 다른 종류의 사람들일 수 있다. 그래서 가까운 프랑스로 이민 온 영국인들은 더 멀리 떨어져 사는 영국인들 만큼 '영국식 엔터테인먼트'를 반드시 그리워하지는 않을 가능성이 있다. 그들의 그런 태도는 칭찬받을 만하다. 프랑스에 사는 영국인들은 분명히 스탠드업 코미디에 별 관심이 없다! 나의 역할은 공연 홍보를 도와주고, 코미디언들의 출연 계약을 하고, 그들의 교통편과 숙소를 예약하고, 각 공연마다 사회를 보고, 차에 태워서 데리고 다니면서 대부분의 비용 지불을 도맡는 것이었고, 줄리아와 피트는 공연장 준비와 (당연한 말이지만) 대부분의 홍보를 담당하기로 했다.

어느 날 줄리아가 통화 중에 티켓 판매가 "조금 저조하다"는 투로 이야기를 하길래 나는 "영국계 상공인 단체들과 이야기를 한 줄 알았는데요, 아닌가요?" 하고 물었다.

"아, 그 생각을 못했네요!" 그녀가 들뜬 목소리로 말했다.

"그래도 오늘은 피시 앤 칩스를 파는 차에 포스터를 붙였어요."

예감이 좋지 않았다. 나는 코미디언 친구 둘, 폴 손과 폴 시나를 불러 공연을 부탁했다. 그들을 택한 이유는 첫째, 그 친구들은 공연 중에 어떤 일이 생겨도 능숙하게 다룰 정도로 실력이 있고 둘째, 공연 준비가 조금 미흡해도 너그럽게 이해해줄 것이기 때문이었다. 하지만 두 번째 공연에 이르자 그런 우정도 시험대에 오르게 되었으니, 바로 500석짜리 큰 홀에 음향 장치가 없었기 때문이다. 급하게 음향 장비를 빌려와서 직접 홀에 설치해야 했지만 우리는 음향장비에 대해서 아는 게 전혀 없었다.

"보통은 코미디언들이 자기 마이크를 들고 다니지 않나요?" 우리가 무거운 장비를 들고 공연장을 돌아다니는 동안 줄리아가 담배를 하나 꺼내면서 말했다.

"아뇨. 코미디언들은 마이크 들고 공연에 다니지 않아요." 나는 이 말을 하면서 어이없는 표정으로 친구 폴 손을 쳐다봤다. '너라면 어떻게 하겠느냐'는 뜻이었다. 폴은 뒤를 돌아 나를 보면서 소리내지 않고 입 모양만으로 욕을 했다.

그리고는 "다시는 내게 공연해달라고 말하지 말라"고 덧붙였다.

우리는 두 달에 걸쳐 여섯 번의 공연밖에 하지 못했다. 3일짜리 공연을 두 번 했는데, 그 중에서 한두 번은 상당히 성공적이었고, 관객들도 즐거워했다. 하지만 내 반대에도 불구하고 줄리아와 피트가 계속해서 매번 공연장을 바꾸자고 주장하는 바람에 공연을 계속할수록 관객 수는 오히려 줄어들었다.

끝에서 두 번째 공연은 코냑 외곽의 작은 마을에서 했고, 관객은 열일곱 명이었다. 관객의 숫자와 상관없이 쇼는 진행되었고 나는 첫 코미디언을 소개하고 건물 밖으로 나와서 창피함을 달래고 있었다. 항상 그렇듯 줄리아는 내 옆에서 담배를 빨아대고 있었다.

"도대체 이런 이름도 없는 조그만 마을에다가 공연장을 잡은 이유가 뭐에요? 관객이 고작 17명이라는 게 말이 됩니까?"

줄리아는 내가 화를 내고 있다는 사실에 놀란 표정이었다. "그럼 보통은 관객이 저것 보다 많아요?"

내가 멍청한 인간들과 함께 일을 하고 있다는 사실은 이미 알고 있었다. 그 인간들 덕분에 나는 공연을 할수록 손해를 보고 있었고, 내 부탁을 들어준 코미디언 친구들과의 관계에도 문제가 생기고 있었다. 여섯 번째 공연이 마지막이었지만 나는 공연이 끝날 때까지 줄리아에게 그 사실을 알리지 않기로 했다. 내가 쏟아 부은 노력에 비해 얻는 게 없었다. 공연을 계획하고, 자금을 구하고, 코미디언들을 데리고 다니면서 공연을 시키는 것은 생각했던 것보다 훨씬 힘들었다. 차라리 무대에 올라가서 30분 동안 코미디를 하고 나머지 힘든 일들은 다른 사람에게 맡기는 게 훨씬 쉽겠다는 생각이 들었다.

우리는 마지막 공연이 열리는 되세브르 지역의 (또다시) 이름 없는 작은 마을에 도착했다. 원래는 첫 공연 때 가장 성공적이었던 공연장에서 하기로 했는데, 줄리아가 공연장을 바꾼 것이다. 이번에도 친한 코미디언 두 명, 앤디 로빈슨과 개빈 웹스터에게 공연을 부탁했다. 나는 이미 그 친구들에게 이번이 마지막 공연이라고 이야기를 해두었다. 감정적으로, 체력적으로, 그리고 재정적으로 감당하기가 너무 힘들었다. 나중에 앤디가 한 말에 따르면 그 공연 전의 내 얼굴이 꼭 뇌졸중이 일어난 사람 같았다고 한다. 차에서 나오는 내 몸의 왼쪽이 축 늘어져 보였다는 것이다. 나는 몸을 추슬러 공연장에 들어가 마치 귀신에 홀린 사람처럼 음향 장비를 손보기 시작했다. 음향 장비가 제대로 작동을 하자 나는 기분 좋게 공연장 뒤쪽으로 걸어 나왔다. 그리고 그 자리에서 바닥에 쓰러졌다.

나는 마치 술에 취한 사람처럼 "무슨 일이 있어도 공연은 진행해야 돼!" 하고 중얼거렸고, 개빈과 앤디는 내게 아무 것도 할 수 있는 상태가 아니라고 애써 설득했다. 사람들이 구급차를 불렀고 뤼페크에 있는 병원으로 실려갔다. 줄리아도 구급차에 함께 타고 병원으로 갔는데, 줄리아를 마지막으로 본 게 그때였다. 병원에 도착하자마자 어디론가 사라졌기 때문이다. 고맙게도 앤디와 개빈은 충격에도 불구하고 공연을 모두 마쳤다. 하지만 그 공연도 적자를 면하지 못했다.

나는 지난 1, 2년 동안 배가 자주 아파 고생해왔는데, 어느 병원에서도 원인을 찾지 못해서 치료를 못 하고 있었다. 위궤양인지, 탈장인지, 과민성 대장증상인지, 그것도 아니면 위산 역류인지 도대체 알 수가 없었다. 개복수술을 해보기도 하고, 구멍이란 구멍에는 죄다 튜브를 꽂아서 살펴도 봤고, 약은 구동

독의 투포환 선수들보다 더 많이 복용했지만, 문제는 해결되지 않았다.

"선생님, 원인이 뭔가요?" 한번은 아내가 걱정스런 얼굴로 의사에게 물었다.

그 의사는 다른 사람도 아닌 위장 전문의였는데, 나를 보더니 고개를 좌우로 흔들었다. '아, 이거 안 좋구나' 하는 생각이 들었다. 의사는 안경을 벗더니 손가락으로 눈을 비비고는 아내를 보고 이렇게 말했다. "남편 분의 직업이 그렇다면 생활 습관도 문제이고, 게다가 장거리 여행을 그렇게 많이 하신다니 아프지 않으면 그게 이상한 거죠." 그러더니 나를 보고 영어로 "집에 가세요" 하고 말했다.

기운 없이 누워있던 내게 의사의 그 말은 마치 르 펜* 지지자들이 외치는 구호처럼 들렸고, 화가 나서 아내에게 이놈의 의사를 창문 밖으로 던져버리겠다고 했다. 놀란 의사는 "무어 씨, 제 말을 오해하지 말고 들으세요" 하면서 아주 분명한 어조로 설득력 있게 자신의 의견을 설명했다. 그의 말에 따르면 내가 지금처럼 1년에 비행기를 백 번 이상 타고, 기차와 자동차로 끊임없이 이동하면서 1주일에 한 번은 밤을 새우고, 불규칙한 식사와 음주를 계속하면서 무리를 하면 몸에 문제가 생길 수밖에 없기 때문에 (이 일을 계속하려면) 영국으로 돌아가든가, 아니면 (프랑스에서) 다른 직업을 구하라는 것이었다.

나는 뤼페크에 있는 병원에 사흘 동안 누워있으면서 그 의사가 한 이야기를 곰곰이 생각

---

* Jean-Marie Le Pen: 프랑스의
극우파 정당인 '국민전선'의 설립자이며,
국민전선은 프랑스 내 이민자들에 대한
엄격한 규제를 주장하는 것으로 유명하다.

해보았다. 병실에는 아무도 없이 나 혼자였다. 아내가 아이들을 집에 두고 세 시간을 운전해서 병원에 오는 것은 불가능했고, 앤디와 개빈은 일정대로 영국으로 돌아갔고, 줄리아는 어디론가 사라졌기 때문이다. 앤디가 전화로 내 상황을 설명했기 때문에 아내는 병원과 꾸준히 연락을 주고받았지만, 내 전화기는 꺼졌고, 사용할 수 있는 컴퓨터도 없었다.

나는 어린 시절 피터 셀러스*의 전기를 읽은 적이 있다. 한 번은 셀러스가 비행기를 타고 가던 중에 심장마비를 일으켰다. 비행기에 누워서 죽음을 맞이할 마음의 준비를 하던 그에게 초자연적인 존재가 다가와서는 "네가 이 심장마비로 죽지 않고 살아나게 되면 다시 클루조 역을 하라"고 말했다고 한다. 셀러스는 〈핑크 팬더 The Pink Panther〉 영화의 첫 두 편을 찍은 후에는 다시는 클루조 형사 역을 하지 않겠다고 선언했지만, 심장마비를 겪고 살아난 후로 다시 클루조 역을 맡았고, 그의 연기 경력도 다시 살아났다.

위대한 배우 피터 셀러스와 비교하려는 것은 아니지만, 나도 비슷한 경험을 했다. 마취에서 깨어났을 때 처음에는 내가 어디에 있는지 기억하지도 못했다. 그런데 어디선가 익숙한 목소리가 들려오는 게 아닌가! 나의 친구이자 코미디언인 믹 페리의 목소리였다. 페리는 내게 가고 있는 길을 바꿔서는 안되고, 태어난 대로 살아야 하며, 결정을 내리는 데 시간을 끌지 말고, 결정을 내린 후에는 그대로 밀고 나가야 한다고 말했다.

---

* Peter Sellers: 1950년대부터 1970년대까지 활동한 영국의 코미디언. 인기 시리즈 〈핑크 팬더〉의 주인공 클루조 형사 역과 영화 〈닥터 스트레인지러브〉의 주인공으로 유명하다.

나는 믹의 말을 코미디 공연연출자 역할을 했던 지난 몇 달 동안의 (성공적이지 못했던) 활동을 두고 하는 말로 받아들였다. 그런데 정말로 믹이 병실 구석에 있는 TV에서 말을 하고 있는 게 아닌가. 프랑스 TV의 아침방송이 나오고 있었는데, 마침 그 프로그램에서 〈루킹 포 에릭Looking For Eric〉이라는 영화의 한 장면을 보여주고 있었고, 그게 우연히도 내 친구 믹이 등장하는 대목이었던 것이다. 살다 보면 가끔 일어나는 기이한 우연이, 지난 24시간 동안 내게 일어났던 일들에 더해져 초현실적인 상황이 연출된 것이다. 나는 병실에 혼자 있었고 내가 왜 거기에 있는지도 미처 깨닫지 못한 상황이었기 때문에 적어도 그 순간만큼은 섬뜩한 경험이었다!

정작 진단은 평범했다. 아주 오래 전에 맹장 바깥 쪽에 난 상처의 조직이 장을 둘러쌌고, 그걸 내 몸이 감당을 하지 못해 기능이 정지된 것이었다.

의사는 내게 "아주 흔하게 일어나는 일"이라고 말했다. 우리 가족을 담당하는 주치의나 처가 식구들 중에 병원에서 일하시는 분들이 걸핏하면 그렇게 "아주 흔한 일"이라고 말하곤 했던 게 생각났다. 지난 2년 동안 눌러도 보고, 찔러도 보고, 열어도 보고, 약을 퍼부어봐도 병명조차 몰랐는데 이제 와서는 아주 흔하게 일어나는 일이라니! 이런 뻔뻔스런 의사들이 있나!

우여곡절 끝에 나는 퇴원하여 집으로 돌아갔다. 돈도 잃고 몸도 상해서 집에 도착했는데 들어가자마자 전화가 울렸다. 줄리아였다.

"제가 생각을 해봤는데요." 내가 뭐라고 말할 기회도 주지 않고 자기 생각을 말하기 시작했다. "크리스마스 때 특집 공연을 몇 회 하는 게 좋을 것 같아요." 퇴원하기 전에 의사는 절대로 흥분하지 말고 안정을 취하라고 했지만 나는 그 충고를 완전히 무시하고 줄리아에게 내 대답을 들려주었다. 그 후로 줄리아에게는 전혀 연락이 없다.

이후 부동산도 알아보고, 우리가 직접 코미디 쇼를 진행하는 것도 생각해봤다. 심지어 벼룩시장과 이베이에서 쿠션이나 처트니를 팔아서 생활을 유지하는 방법도 고려해 봤다. 뭔가 획기적인 사고의 전환이 필요했다. "자네, 나탈리와 함께 며칠 집에서 벗어나서 생각을 정리해 보는 건 어떤가?" 크리스마스 직후에 장모님이 제안을 하셨다. "아이들과 집은 우리가 봐줄 수 있으니까. 그렇지 않아요, 여보?" 장인어른은 장모님만큼 자신하는 얼굴이 아니었다. 세 명의 어린아이들과 정신없이 돌아가는 동물원 같은 우리 집을 봐준다는 건 아무리 단 이틀이라도 쉽지 않은 일이다. 그래서 아내와 나는 장인어른이 미처 대답할 기회를 갖기도 전에 그렇게 하겠노라고 대답해버렸다.

투르는 중세 프랑스의 수도이자 내가 프랑스에서 제일 좋아하는 곳 중 하나이다. 우리가 사는 곳에서 한 시간이 채 안되는 곳에 위치한 데다가 라이언에어의 허브공항이기도 하다. 우리는 매년 크리스마스 시즌에 아이들을 데리고 투르에서 크리스마스 장식을 구경하고, 아이들은 시럽을 입힌 사과와 솜사탕을 물리도록 먹는다. 하지만 이번에는 달랐다. 장인, 장모님의 도움으로 이틀 내내 아내와 단 둘이서만 시간을 보내게 된 것이다. 우리는 말과 개와 고양이, 그리고 아이들을 어떻게 먹이고, 씻기고, 돌봐줘야 하는지 간략하게 설명을 드리고는 두 분이 마음을 바꾸시기 전에 잽싸게 튀어나왔다.

투르에서 단둘이서 이틀을 보내는 건 정말 우리에게 필요한 휴식이었다. 아내의 일상은 각종 동물들의 똥을 치우고 농장을 유지보수하는 일의 반복이었기 때문에 프랑스 고급 부티크에서 쇼핑할 기회가 생기자 신이 났다. 항상 혼자 호텔에 묵어야 했던 나는 누군가와 같이 있다는 것만으로도 좋았다.

프랑스 투르는 영국 남부 브라이튼의 보헤미아 풍과 옥스포드, 캠브리지의 학문적인 분위기가 섞여 있는 도시로, 중세시대에 지어진 오래된 건물들을 시내 곳곳에서 볼 수 있다. 어디에나 그렇듯 투르에도 다소 위험한 골목들이 있고, 술주정뱅이들도 눈에 띄지만, 다른 도시들에 비하면 양호한 편이다. 독특한 분위기와 문화, 고급 레스토랑, 대중 레스토랑, 크레페를 파는 가게와 찻집은 물론, 다양한 앤티크 상점과 초콜릿 가게들, 그리고 (아내에 따르면 "아이들 옷을 고르기에 딱 좋은") C&A 매장까지 있다.

아내는 '충동구매자'와는 완전히 반대에 해당하는 사람이다. 하나를 사더라도 모든 상점의 제품을 비교해 봐야 한다. 나는 이틀 내내 아내를 따라 같은 길을 연신 오가야 했다. 가령 라파예트 백화점에서 베이지색 카디건을 사고 싶으면 내쇼날 거리의 반대쪽 끝에 있는 다른 가게에서 파는 카디건과 꼭 비교해

봐야 하는 식이다. 그렇게 여러 번을 오가는 동안 나는 십여 개가 되는 쇼핑백을 들고 아내 뒤를 열심히 따라 다녔다. 쇼핑백 안에는 옷만이 아니라 아주 무거운 앤티크 옷걸이까지 들어있었고, 시간이 지날수록 기분은 급전직하했다. 아내는 내가 쓰러질 때까지 쇼핑을 계속했다.

정작 우리가 투르에서 시간을 보내기로 한 가장 중요한 목적, 즉 앞으로 뭘 하면서 살 것인가, 어떻게 내 출장을 줄이면서도 계속해서 수입을 유지할 것인가에 대한 논의는 뒷전으로 밀려났다. 물론 아내와 내가 대화를 하지 않았다는 이야기가 아니다. 오히려 그 반대다. 우리 부부는 투르에 있으면서 많은 대화를 나누었다. 문제는 어린아이가 있는 부모들이 흔히 그러하듯, 우리도 아이들과 떨어져서 우리만의 시간이 생기면 그 시간을 아이들 이야기를 하는 데 쓴다는 사실이다. 그래서 아내와 나는 마지막 날 저녁은 아름다운 플뤼므로 광장에 있는 작은 레스토랑에서 투르의 유명한 음식을 먹으며 와인을 한 잔 하기로 했다. 하지만 나는 발이 너무 아파서 그 레스토랑까지 도저히 갈 수 없었고, 결국 호텔 건너편에 있는 중국집에서 식사를 하기로 했다. 프랑스에서 가장 아름다운 중세도시이자, 프랑스 음식 문화의 중심에 있으면서 중국 음식을 먹다니! 굳이 위로를 하자면 그 중국집은 1977년에 처음 문을 연, 투르에서 가장 오래된 중국집이었다. 그것도 역사라면 역사니까.

그 중국집에 없었던 건 (역사가 아니라) 손님이었다. 우리밖에 손님이 없었는데 차라리 잘된 일이었다. 우리 문제를 마음

놓고 큰 소리로 이야기할 수 있었다. 나는 먼저 펜과 종이를 꺼내 놓고 속기로 받아 적을 준비가 된 비서의 자세를 취했다. 적어도 내 생각에는 우리가 하려는 이야기의 성격상 리스트를 만드는 게 중요했다. 종이의 맨 위쪽에 '1'이라고 적고 아내의 말을 기다렸다. 아내는 아무 말없이 반주를 마시고 있었다. 나는 숫자 1에 동그라미를 그리고 다시 아내를 바라보았다. 그 다음에는 그 옆에 콜론(:)을 적고, 숫자 아래에 밑줄까지 그었다. 그러자 아내가 손에서 펜을 뺏었다.

그리고 살짝 기분이 상한 듯 말했다. "우리가 함께 보내는 시간이 너무 적다는 거, 둘 다 동의하잖아. 그게 우리 결혼생활에 좋지 않다는 거, 그리고 아이들에게도 좋지 않다는 거, 동의하지?"

"동의해." 내가 대답했다. "근데 종이에 좀 적어도 돼?"

그때 세상에서 가장 나이가 많을 것 같은 웨이트리스가 대화를 끊었다. 대화는 끊어졌지만 장기적으로 우리의 결혼생활을 유지하는 데에는 다행스러운 일이었다. 얼굴에 생글생글 미소를 띤 중국계 할머니였다. 두 명이라도 손님이 들어온 게 기분이 좋은 눈치였다.

"주문하시겠어요?" 할머니가 밝게 물었다.

내가 주문을 하자 아내가 이의를 제기했다. 내 프랑스어 발음이 나빠서가 아니라 (내 프랑스어로도 의사소통에는 전혀 문제가 없다) 메뉴를 잘못 골랐다는 것이다. 아내가 그런 식으로 반대하는 건 처음이 아니었다.

"진짜로 그걸 다 시킬 거야? 다 먹지도 못할 게 뻔한데!"

"내가 하루 종일 쇼핑 따라다니느라 얼마나 배가 고픈지 당신이 몰라서 그래." 내 말에 아내는 고개를 돌리며 피식 웃었다. "그리고 방금 말한 대로 당신 말에 동의해. 나도 당연히 집에서 시간을 더 보내고 싶어."

"당신이 일하는 동안에는 내가 일을 쉽게 구할 수가 없어. 아무 때나 일만 생기면 출장을 떠나는데, 우리가 사는 지역에서 그렇게 유동적으로 일할 수 있는 직장을 찾는 건 불가능해."

우리가 그 문제에 대해서 잠시 생각하는 동안 웨이트리스가 에피타이저를 가져왔다. 방금 만들어서 뜨거운 김이 모락모락 올라오는 스프링롤, 만두, 스프, 토스트, 해조류 등등 없는 게 없었다. '흠, 내가 좀 많이 시켰나?'

"이상적으로 말하면, 우리가 집에서 할 수 있는 일을 찾아야겠지." 나는 잠시 먹는 걸 중단하고 숨을 돌리며 하던 이야기로 돌아갔다.

"민박 같은 거?" 이렇게 물으면 내가 어떤 말을 할지 잘 아는 아내가 조심스럽게 물었다.

"민박은 절대 안 해!" 하고 내가 화를 냈다. "여보, 우리가 프랑스로 온 이유가 사람들로부터 좀 벗어나려고 한 거였잖아! 나는 민박은 안 해!"

"그냥 우리가 가진 선택들 중 하나라는 것뿐이야. 집에서 일하고 싶고, 당신도 집에 있고 싶으면 민박은 그 두 가지 모두를 만족시키니까."

아내의 말에 나는 뿌루퉁한 표정으로 의자에 기대 앉았다. 웨이트리스가 접시를 치우러 왔다가 반만 먹고 만 내 접시들을 보고 "쯧쯧…" 혀를 찼다. 왜 그런지 모르겠지만 내가 들어가는 식당마다 종업원들은 내 행동이나 결정을 못마땅하게 생각한다. 처가집 식구들과 처음으로 프랑스의 레스토랑에 식사하러 갔을 때 나는 스테이크를 시키면서 완전히 익혀well done 달라고 주문했다. 주문을 받은 주방장은 거의 울다시피 하면서 우리 식탁으로 달려 나와서 나를 나무랐다. 그는 "우리는 가죽을 음식으로 내놓을 수 없다"면서 거의 사정하다시피 주문을 바꿔달라고 했다.

"알았어, 그럼 민박은 하지 말자. 그건 나도 좋아. 근데 당신이 가진 대안은 뭐야?"

우리는 이런저런 아이디어들을 이야기해봤다. 시내의 가게를 하나 인수하는 방법, 휴가 중에 개를 맡아주는 서비스 (물론 내 의견은 아니다), 크레페 가게, 염소 농장… 이야기가 진행될수록 아이디어는 점점 더 이상해졌다.

웨이트리스가 메인 코스를 가지고 나왔는데, 양이 너무 많이 우리 테이블 위에 다 놓을 수 없어서 결국 옆 테이블로 옮겨야 했다. 나를 슬쩍 쳐다보는데 마치, '내가 경고했지?' 하는 표정이었다.

웨이트리스는 우리에게 "맛있게 드세요!" 하고 말했지만, 그 할머니의 억양에는 '과연 그럴 수 있을까' 하는 의심이 섞여있었다.

"우리가 TEFL* 코스를 집에서 가르치는 건 어때?" 하고 내가 제안했다. 사실 프랑스인들에게 영어를 가르쳐볼까 하는 생각은 영국에 머무르는 동안 친구 폴에게 한번 이야기를 해본 적이 있었다. "교사를 한다고? 네가?" 폴은 깔깔 웃었다. 그게 다였다.

"당신이?" 나탈리도 걷잡을 수 없이 웃기 시작했다. "당신이 누구를 가르친다고? 아들한테 자전거를 가르치다가 흥분해서 부자간의 인연을 끊을 뻔한 사람이 교사를 한다고? 교사가 되려면 우선 인내심이 있어야 하는데, 당신은 그게 없어."

"헛소리 하고 있…"

바로 그때 웨이트리스가 나타나서 "다 괜찮아요?" 하고 물었다. 물론 우리의 부부관계가 아니라 음식 얘기를 하는 것이었다.

"아, 좋아요. 아주 좋아요." 아내와 내가 동시에 말했다. 우리 앞에는 아직도 음식이 산더미처럼 쌓여있었다.

대답에 만족한 할머니는 우리 테이블 바로 뒷자리에 앉아서 커다란 페레로로쉐 초콜릿 상자를 열더니 우리가 식사를 하는 동안 하나씩 꺼내먹기 시작했다. 솔직히 말하면 마치 감시를 당하는 기분이 들었다. 메인 코스의 반 정도를 먹자 우리는 배가 불러서 더 이상 먹을 수가 없었다. 자리에서 일어나 화장실에 다녀오는 동안 할머니가 아내에게 하는 이야기를 들었다. 할머니는 "남편께서 와인도 별로 안 좋아하시나 보네요?" 하면서 아직도 가득 찬 와인 잔을 가리켰다.

---

* Teaching English as a Foreign
Language: 외국인을 위한 영어교육

그 식당의 작은 화장실에서 아이디어가 떠올랐다. "그러면 교사들을 채용하면 되지!" 나는 지퍼도 미처 다 못 올린 상태로 급히 자리로 돌아오면서 아내에게 말했다.

"사람들이 글쓰기나 그림 그리기를 하기 위해 휴가를 떠나는 식으로?"

"바로 그거지!" 내가 대답했다. 나를 바라보는 아내의 눈이 반짝였다.

우리는 20여 분 동안 식어가는 음식을 앞에 두고 열띤 회의를 했다. 농장의 헛간 중 하나를 교실로 만들고, 참가하는 학생들은 우리 지역의 호텔이나 민박집에, 교사는 우리 집에서 숙박하고, 식사는 전부 우리가 제공하는 것이다. 그렇게 하면 농장 내에 남아도는 공간들을 효율적으로 활용할 수 있고, 아내와 나는 항상 함께 집에 있을 수 있다. 나는 요리를 담당할 것이므로 참가하는 학생들과는 떨어져 있을 수 있고, 지역사회 역시 관광객 유입을 통해 혜택을 볼 것이다. 우리가 당면한 문제에 대한 완벽한 답을 찾은 듯했다. 물론 계획을 하고, 교실을 만들고, 설립하는 데에는 시간이 걸리겠지만 우리로서는 가장 이상적인 해결책이었다. 게다가 나도 집에 있는 시간이 늘어날 것이다.

"다 드셨어요?" 정신없이 초콜릿을 먹던 웨이트리스 할머니가 우리의 대화를 끊었다.

"네, 그런데 남은 음식을 좀 싸갈 수 있을까요?"

나는 아내가 이러는 게 싫다. 남은 음식을 싸가는 게 창피하다고 생각하는데, 웨이트리스 할머니는 반가운 눈치였다. 게다가 아내에게 권해서 중국차도 한 봉지 팔았으니까 말이다. 나는 남은 음식을 정성껏 싸주시는 할머니의 성의를 생각해서 내가 싫어하는 리치 열매도 다 먹었다. 우리는 새해 인사를 하는 할머니를 뒤로 하고 거의 한 끼 분량이 되는 중국 음식과 로제 와인 반 병을 들고 길을 건너 5미터 떨어진 호텔로 돌아왔다.

　항상 그렇듯 저녁 때 먹은 리치 때문에 속이 불편해서 잠을 제대로 잘 수가 없었다. 새벽이 다 되어서야 간신히 잠이 들었는데, 이번에는 아침 6시에 화재경보기가 울리는 바람에 잠이 깨어버렸다. 오작동으로 인한 경보였지만 다시 잠을 청하는 건 불가능했다. 결국 나는 이른 아침에 노트북을 들여다 보면서 다 식은 중국음식을 먹었다. 출장 때마다 하던 일이라 진저리가 났지만 이번에는 달랐다. 호텔 침대 한쪽에서는 잠든 아내의 조용한 숨소리가 들렸고, 더 중요한 건, 이제 우리에게도 앞날에 대한 계획이 생겼다는 사실이었다. 올해에는 뭔가 크게 한 방 터질 것 같은 예감이 들었다.

chapter

13

그리고 둘만 남았다

'프랑스 건축업자들'이라는 말을 들으면 사람들의 마음에 일종의 공포감이 엄습하는 모양이다. 그 말을 들은 사람의 얼굴에는 마치 전쟁의 참상을 목격한 베트남 참전용사들이 과거의 악몽을 떠올릴 때와 비슷한 표정이 스치고, 곧이어 자신이 프랑스 건축업자들을 고용하고 겪었던 끔찍한 경험과 부당한 대우를 들려준다. 프랑스 건축업자들은 억울할 것 같다. 사람들에게는 단지 '프랑스'와 '건축업자'라는 두 단어를 묶어놓기만 하면 불친절과 게으름의 대명사가 되는 듯 하지만, 내 경험에 비춰보건대 세상에는 프랑스 건축업자들보다 못한 건축업자도 없고, 그보다 나은 건축업자도 없다. 원래 건축업자라는 사람들은 마치 까다롭고 잘난 슈퍼모델처럼 굴면서 수익이 나는 큰 공사에만 관심이 있고, 작은 공사를 할라치면 움직이기 귀찮아 한다. 대개는 여기저기에서 닥치는 대로 여러 공사를 받아놓고는 바쁘다고 질질 끌면서 기한을 지키지 않는데, 그러면서도 온갖 핑계를 다 동원해서 처음 견적서에 적힌 가격에 비용을 추가한다. 전 세계 어느 건축업자나 다 똑같다.

지금 사는 집으로 이사 오자마자 지붕 밑 다락방을 침실로 개조하는 공사를 했다. 다들 공사 견적을 세 군데에서는 받아보아야 한다고들 하길래 세 명의 건축업자들을 불렀다. 한 명은 아예 나타나지 않았고, 다른 한 사람은 나타나기는 했는데 하도 횡설수설해서 불쌍하다는 느낌까지 들었다. 다만 일을 주고 싶을 만큼 동정심을 일으키지는 못했다. 세 번째가 바로 베르나르 뷔타르 씨였다. 일단 견적을 내러 나타났고, 자신감이 결여된 사람도 아니었다. 어마어마한 덩치에 쾌활한 표정을 한 뷔타르 씨는 다락 개조 공사를 맡는 것이 마치 우리에게 큰 선심을 써주는 것 같은 인상을 주었다. 아닌 게 아니라 그는 이미 저택 몇 군데의 공사를 진행 중이었지만 다락방 정도의 작은 공사라면 바쁜 일정 중에라도 짬을 내서 진행할 수 있다고 했다. 결국 뷔타르 씨가 공사를 진행했다. 예산도 처음 말한 것보다 초과했고, 일정도 생각한 것보다 늦어졌지만, 완성된 침실만큼은 기가 막혔다. 사실상 우리 마을에서 공사를 맡길 사람은 뷔타르 씨밖에 없는 데다가, 공사 기일을 지키는 데 별로 신경을 쓰지 않는 성격을 감안해도 우리에게는 시간이 충분히 있었다. 우리 '학교'에서 어떤 것을 가르칠지 자세히 생각해보고 결정할 수 있는 여유가 생긴 것이다.

우선 새해가 본격적으로 시작되기 전에 먼저 1월 4일을 기념해야 했다. 이날은 우리 가족에게 특별한 의미가 있는 날로, 바로 이 집으로 이사온 날이자 아내의 생일인 동시에, 큰 아이 새뮤얼의 생일이기 때문이다. 새뮤얼은 아내의 서른 번째 생일에 태어났을 뿐 아니라, 아내와 같은 병원에서 태어났고, 심지어 아내가 태어날 때 받아주었던 산파가 아내의 출산을 도왔다는 사실은 정말 믿어지지가 않는다. 그리고 나는 이 사건이야말로 내 성격의 단면을 잘 보여주는 단서라고 생각한다. 내가 주위의 모든 것을 원하는 방식으로 조절해야만 하는 성격을 가지게 된 이유는 첫 아이의 출산이라는 (그때까지만 해도) 내 생애에서 가장 중요한 일이 외부의 힘에 의해서 미리 계획되고 인도되었고, 정작 나는 그 일에서 별로 중요한 역할이 아니었다는 인상을 받았기 때문이다. 말도 안 된다고 생각하겠지만, 그런 일을 겪고 나니 모든 일을 내가 결정하려는 습관이 생겼다.

터무니없는 얘기로 들리겠지만, 아내와 큰 아이가 같은 날짜에 태어난 것이 마치 우리가 마법에 걸려든 것 같다는 느낌을 주는 것은 사실이다. 서른 번째 생일에 '아이를 선물로 주었다'고 아내가 매년 축하를 받는 건 좀 이상하게 느껴질 뿐만 아니라, 내가 마치 커다란 체스판에서 사용되는 말에 지나지 않는다는 기분이 든다. 대부분의 남자들은 그런 우연을 대수롭지 않게 여기겠지만, 내 귀에는 영화 〈오멘Omen〉의 주제가가 들리는 듯하다.

올해에도 성경에나 등장할 법한 불길한 징조들이 유난히

뚜렷하게 나타났다.

　박싱데이 이후로 비가 그치지 않았다. 그냥 흩뿌리는 정도가 아니라 마치 (노아의) 방주를 만들라는 신호처럼 퍼부었고, 바람까지 강했다. 루아르 강의 남쪽 지류인 셰르 강은 우리가 사는 근처에서 폭이 넓어지는데, 그 강의 둑이 터졌다. 우리 집에서 강까지의 거리는 400미터 정도밖에 되지 않는다. 사실 강둑이 터지는 일은 매년 있지만 대개는 4, 5개월 가량의 강수량이 지하수면에 누적되는 늦겨울에 일어나는데, 올해에는 1월에 강둑이 터져버린 것이다. 우리 마을의 놀이터는 (도대체 무슨 생각으로 그랬는지 모르겠지만) 강둑에 만들어 놓았는데, 그 놀이터가 모두 침수되고 그네 틀의 맨 꼭대기만 물 위에 올라와서 영화 〈혹성탈출Planet of the Apes〉에 등장하는 자유의 여신상처럼 마치 세상의 종말 이후를 보여주는 듯했다.

　앞에서도 이야기했듯 주니어는 이런 날씨를 좋아한다. 마치 북유럽 신화에 나오는 신처럼 아래를 내려다 보면서 험상궂은 날씨를 향해 화가 난 듯한 콧소리를 내고 있었다. 주니어가 그럴 때마다 웃음이 터져나오는 걸 참을 수 없는데, 그게 주니어를 더욱 화나게 하는 것 같다. 언제나 그렇듯 나를 보더니 울타리까지 달려나오면서 마치 늙은 장수처럼 허세를 부렸다. 그런데 웬걸, 갑자기 기가 빠졌는지 나를 쳐다보지 못하고 눈을 돌리는 게 아닌가! 주니어는 내 앞에서 한 번도 그런 적이 없었다. '어쩌면 드디어 내가 주니어와의 기 싸움에서 이긴 게 아닐까' 생각하는 순간, 마치 낙타가 침을 뱉듯 내 얼굴에 대고 코를 확 풀어버렸다. 이 말이 나를 왜 이렇게 싫어하는지 도저히 이해를 못하겠다. 한 번은 우리와 가깝게 지내는 친구가 말에게 민트차를 마시게 하면 나아질 거라고 했다. 솔직히 말하면 아침마다 마사지를 해줘서 말의 "기를 다스려주라"거나, 마구간의 배치를 풍수에 맞게 바꾸면 주니어가 나아질 거라는 말처럼 들렸다.

"말이 민트차를 마시면 성격이 나아진다고요?" 이렇게 되묻는 내 말에서 회의적인 태도를 완전히 숨길 수는 없었다. 그 제안을 한 친구의 남자친구도 말은 안 했지만 '그런 황당한 소리가 어디 있냐'는 표정을 하고 있었다.

"그럼요." 그 친구는 한 치의 의심도 없이 대답하면서 들고 있던 머그컵에 든 민트차를 주니어의 입에 가져다 댔다.

그리고 5분 동안 난리법석이 있었다. 머그컵에 혀를 내밀어서 맛을 본 주니어는 한 1, 2초 동안 조용하다가 갑자기 입술을 위로 뒤집으면서 이빨을 내보이고 말에게서 나왔다는 게 믿기지 않는 원초적인 비명을 질렀다. 그리고는 땅을 걷어차며 앞발을 들고 일어섰다. 우리는 깜짝 놀라서 사방으로 달아났고, 주니어는 멀리 달아났다. 그 사건 이후로 주니어는 나와 있을 때 태도가 완전히 달라졌다. 마치 그 사건의 책임이 내게 있다는 듯한 태도였다. 민트차에 어떤 좋은 효능들이 있는지는 모르겠지만, 말을 '하이드 씨*'로 영원히 바꿔놓는 능력만큼은 별로 마음에 들지 않는다.

날씨에 영향을 받는 건 주니어만이 아니었다. 이 지역 기

---

* <지킬 앤 하이드>의 등장인물 '하이드'를 빗댄 것

후에 익숙한 사람들도 겨울 날씨에 조금씩 미쳐가는 듯 했다. 근처에 사는 농부 장-폴 씨는 말에게 먹일 건초와 식전에 반주로 마시는 푸스 데핀*을 우리에게 공급해주고 있다. 앞서 이야기했던 도우미 브리지트 아주머니의 아버지이기도 한 장-폴 씨와 그의 대가족은 영국에서 온 우리 가족을 따뜻하게 맞아주었을 뿐 아니라 필요한 게 있을 때마다 도와준다. 그런데 장-폴 씨는 앨버트 스텝토**를 꼭 빼어 닮은 데다가, 그 캐릭터처럼 괴상한 행동을 할 때가 종종 있다. 새해 첫날이 지나고 얼마 되지 않아서 장-폴 씨가 예고도 없이 우리 거실에 들어와서 자신의 웨이더를 찾고 있는 걸 보고도 내가 특별히 놀라지 않은 것도 그런 이유에서였다. 하지만 그런 나도 장-폴 씨가 웨이더를 입는 걸 도와달라고 말했을 때에는 긴장할 수밖에 없었다.

일단 그가 신고 있는 부츠를 벗기는 데만 10분이 걸렸다. 하지만 정말 힘든 건 장-폴 씨가 웨이더(사이즈가 최소 다섯 치수는 더 컸다)를 입는 걸 도와주는 일이었다. 한마디로, 내 생애에서 가장 자존심 상하는 30분이었다. 이 땅딸막한 프랑스 노인은 내게 더 세게 당겨라, 이쪽으로 당겨라, 그렇게 해서 되겠느냐, 이렇게 좀 해라, 잡고 있어라, 거기가 아니다, 큰 소리로 명령을 내렸다. 마치 중세의 기사가 전투에 나가기 위해 갑옷을 입는 걸 도와주는 하인이 된 기분이었다. 다른 것이 있다면 다 입혀놓고 나니 그 꼴이 한심해 보였다는 것. 체격에 비해 너무나 큰 웨이더를 입고 있으니 마치 몸을 축소하는 실험의 대상

---

* pousse d'épine: 야생자두를 사용해서 집에서 만드는 와인
** Albert Steptoe: 1960, 70년대에 BBC에서 방영했던 코미디 <스텝토와 그 아들>에서 넝마주이 일을 하는 아버지 캐릭터

이 된 것 같아 보이기도 하고, 아빠의 옷을 입은 어린아이를 보는 것 같기도 했다. 나는 장-폴 씨에게 웨이더가 너무 커서 물에 들어가면 별 도움이 안 될 것 같다고 충고를 했다. 충고를 하는 순간, 내가 괜한 소리를 해서 다시 벗겨달라고 하면 어쩌나 후회가 들었다. 하지만 장-폴 씨는 나를 한심하다는 표정으로 쳐다보면서, "물에 들어가려고 입은 게 아니네!" 하면서 어이없어 했다. "쥐를 잡으려는 거지!"

나는 "아, 며칠 전에 제 차에서 쥐를 봤어요" 하고 말했다. 그 말에 장-폴 씨는 또 다시 멍한 표정으로 나를 쳐다봤다. 나는 농담을 한 게 아니었지만, 내 말은 꼭 외국어를 배우기 시작한 학생이 알고 있는 몇 안 되는 단어를 사용해서 만들어낸 이상한 문장처럼 들렸다. 가령, "그 성은 일요일에 문을 엽니다" 혹은 "나는 파란색 자전거를 가지고 있습니다" 같은 문장 말이다. 하지만 사실이었다. 며칠 전에 내 차에서 쥐를 봤다. 그 쥐는 차의 보닛 아래에 살면서 단열재와 전선을 갉아댔다. 물론 내가 아내에게 쥐 얘기를 하지 않은 건 당연하다. 내 말을 들은 장-폴 씨도 별로 신경 쓰지 않았다.

그는 내게 가까이 다가와 눈을 가늘게 뜨면서 분노가 차오르는 표정으로 "쥐!" 하고 말하면서 두 손으로 쥐의 크기를 보여줬다. 그러더니 낄낄 웃으면서 밝은 표정으로 "고맙소" 하고 말하고는 뒤뚱뒤뚱 걸어서 사나운 쥐와 결투를 하기 위해 떠났다. 그가 떠난 뒤 나는 방금 일어난 일을 이해해보려고 애쓰다가 포기했다.

지금쯤이면 자리에 누울 준비를 해야 했지만, 다음날을 위해 준비해야 할 것들이 아직도 많이 남아 있었다. 생일도 준비해야 했고, 특히 크리스마스부터 이어진 휴일이 끝나고 아이들이 다시 등교하는 첫날인 만큼 할 일이 많았다.

　"여보, 이리 와서 이것 좀 봐!" 나는 가슴이 철렁했다. 아내가 한 말의 내용 때문이 아니라, 말투 때문이었다. 아내가 그런 투로 말할 때는 좋은 일이 아니다. "여보, 네잎 클로버를 발견했어. 이리 와서 이것 좀 봐"가 아니라, "여보, 문제가 생겼네. 이리 와서 이것 좀 봐"에 가까웠다. 하지만 만약 아내의 말이 "여보, 이리 와서 주니어의 '거시기' 좀 봐"라는 의미임을 알았더라면 아예 갈 생각을 하지 않았을 것이다. 아내가 한 말은 "주니어의 고추willy에 문제가 생긴 것 같아"였다.

　첫째, 그렇게 커진 말의 근육을 '고추'라고 부르는 건 전혀 어울리지 않는 표현이다. 말의 물건은 솔직히 내 팔보다 길고 굵다. '고추'는 작고 한 줌에 잡히는 걸 일컫는 말이지, 그렇게 무지막지하게 생긴 걸 가리키는 말이 아니다. 둘째, 주니어는 음식을 주러 다가가도 나를 공격하는 말이다. 따라서 내가 자기의 '중요 부위'를 들여다 보려고 가까이 다가갔는데도 주니어가 느긋하게 영국이나 프랑스, 노르웨이 따위를 생각하면서 누워 있을 가능성은 희박하다. 따라서 나는 멀찌감치 떨어져 서 있기로 했다.

　"멀쩡해 보이는데." 나를 보는 주니어를 쳐다보며 내가 말했다.

"내가 보기에는 저기를 씻어줘야 할 것 같아. 그나저나 이쪽도 좀 봐." 아내가 말의 엉덩이를 가리키며 말했다. 엉덩이 양쪽에 상처가 몇 군데씩 나 있었다. "얼타임 엉덩이에도 저런 상처가 있어." 엉덩이에 난 상처를 보면서 머리 속에 처음 떠오른 건 '크롭 서클*'이었다. 마치 외계의 존재가 만든 것처럼 원인을 알 수 없는 상처였다. 하지만 먼저 발견하고 조사를 해본 아내의 진단은 달랐다. 우리가 키우는 말들이 성적인 욕구를 발산할 수 있는 방법을 찾던 중 우리 개 피에로가 아무 물건에나 자신의 몸을 비벼대면서 성욕을 해소하는 모습을 보고 배웠다는 것이다. 피에로 같은 행동을 나무 밑동에 대고 하는 바람에 몸에 상처가 제법 깊이 났고, 그래서 우리가 씻어주고 치료를 해줘야 한다는 것이었다.

갑자기 아내가 나와 주니어만 남겨놓고 성큼성큼 걸어서 자리를 떴다. "당신 어디 가는 거야?" 하고 내가 물었다.

"말에 난 상처를 어떻게 씻어줘야 하는지 구글에서 좀 찾아보려고. 말의 '물건'을 어떻게 씻는지도 알아보고." 아내는 걸어가면서 큰소리로 내게 말했다. 주니어와 나는 처음으로 똑같이 이해한 것 같았다.

"말의 고추에 관해서 인터넷을 검색하러 간다네." 나는 무표정한 얼굴로 주니어에게 말했다.

'그런가 보네' 하고 주니어가 말하는 듯 했다.

비는 도대체 그칠 줄을 몰

---

* Crop Circle: 곡물 밭에 나타나는 원인 불명의 무늬들로, 외계인이 만들었다고 주장하는 사람들도 있다.

랐다. 심지어 우리 정원에 있는 연못도 물이 차서 넘칠 지경이었다. 여름에 그 연못은 분화구 바닥에 생긴 호수처럼 조그만 물웅덩이나 다름없다. 연못 아래의 지하수면이 유난히 낮아서 그런 건데, 그럼에도 불구하고 이 집의 전 주인은 거기에 금붕어를 많이 넣어 길렀다. 겨울이 되면 연못의 물이 얼기 때문에 금붕어들은 모두 바닥으로 내려가 진흙 속에서 일종의 동면을 했다가 여름이 되면 부쩍 자란 모습으로 다시 나타나곤 했다. 하지만 올해는 달랐다. 아내가 연못 옆에 설치한 벤치가 잠길 만큼 물이 불어났고, 그 바람에 왜가리 한 마리가 날아와서 금붕어들을 모조리 잡아먹어 버렸다. 아마 왜가리로서도 처음 있는 일이었을 게 분명하다. 그 동안 셰르 강의 물살은 점점 빨라져서 심지어 물새들도 물고기를 잡기 힘들어졌다.

이상한 건, 왜가리가 우리 금붕어들을 전부 잡아먹었다는 소식을 들은 아내가 의외로 무덤덤했다는 사실이다. 나는 아내가 그 소식을 들으면 당장 '물고기 구조 센터' 같은 데를 찾아가서 성질 나쁘고 길들지 않은 잉어 따위를 데려다가 연못에 풀 줄 알았는데, 그게 아니었다. 그러고 보니 아내는 지난 크리스마스와 새해 첫날을 지나면서 동물들을 입양하는 문제에 대해서 이상할 정도로 침묵하고 있었다. 나는 불안해졌다. 뭔가 느낌이 좋지 않았다.

1년 중 이맘때가 되면 내가 유난히 안절부절못한다는 사실은 이제 우리 식구들만이 아니라 장인, 장모님도 잘 알고 계신다. 게다가 이번 겨울 날씨는 유난히 우울했다. 하지만 그렇다고 해도 내가 고른 '황당한' 생일카드까지 용납할 수는 없었던 모양이다. 물론 카드를 잘못 고른 건 나도 인정한다. 이제는 말 한 번 잘못하면 트위터에서 집중 포화를 맞는 세상이고, 남녀의 고정된 성 역할에 대해서 사람들이 민감하다는 것도 잘 알고 있지만, 내 솔직한 생각으로는 여자들은 카드를 잘 고르는 반면, 남자들은 카드 고르는 재주가 없다. 남자가 여자보다 자동차 트렁크에 물건을 더 효율적으로 넣는 것과 똑같은 이유로 여자가 남자보다 적절한 카드를 잘 고르는 것은 물론, 만약 카드에 적힌 메시지가 하나같이 개가 뺨을 핥는 것처럼 느끼할 경우 아무 거나 고르는 대신 아무것도 적혀 있지 않은 카드를 사는 상식도 여자들만 가지고 있다.

프랑스인들은 카드를 주고 받는 일이 별로 없다. 크리스마스 며칠 전 내 생일에 이웃 한 분이 생일을 축하하러 우리 집에 찾아온 일이 있다. 집에 있던 생일카드들을 본 그 이웃은 (생일을 축하하러 왔음에도 불구하고) 그게 전부 무슨 카드냐고 물었다.

아내가 "저희 남편에게 온 생일 축하 카드들이죠!" 하고 대답했다.

"아… 왜요?"

이 부분에 있어서 만큼은 나도 프랑스인들의 의견에 동의한다. 갈수록 '축하'해야 할 날이 늘어나는데, 결국 카드를 팔아 먹기 위한 것으로밖에 생각되지 않는다. 생일카드는 있어야 한다고 생각하고, '아버지의 날'이나 '어머니의 날' 카드까지도 이해할 수 있다. 그런데 '조부모의 날'에 이르면 웃음이 나오고, '비서의 날'은 정말 억지스럽다. 홀마크* 본사에서는 아마 새로운 기념일을 만드는 데 성공할 때마다 서로서로 축하하는 카드를 주고 받을 것이 분명하다. 프랑스의 상점에서 파는 카드는 종류도 많지도 않고 수준도 많이 떨어진다. 하지만 영국 출신인 우리 부부 사이에서는 "프랑스에서 제대로 된 카드를 구할 수 없어서" 아내 생일에 카드를 주지 않았다는 건 핑계가 안 된다. 이건 경험에서 우러나온 말이다.

돌이켜보면 결국 내가 스스로 저지른 잘못이다. '슈퍼 U' 매장에서 그놈의 카드를 고르느라 엄청나게 시간을 보냈는데, 그렇게 오랫동안 카드를 고르다 보니 나중에는 전부 그놈이 그놈 같아 보여서 가뜩이나 없는 (카드를 고르는) 감각마저 사라져버렸다. 내가 고른 아내의 생일카드를 예로 들면, 우선 신호등, 그것도 반짝이 가루가 붙은 신호등이 등장하고 그 밑에는 꽃 그림이 있는데, 꽃이라고 부르기도 민망한 그림이다. 명색이 난인데 하도 요란하고 유치해서 여자로 치면 가슴이 깊게 파인 천박한 옷을 입고 싸구려 술집에서 일할 것 같은 그런 꽃이었다.

새뮤얼의 카드는 좀 더 심했다.

새뮤얼은 이제 십대에 들어서고 있었다. 나이에 비해서 성숙하고 합리적이면서, 진지한 아이로 자라고 있지만, 어린아이와 성인의 중간에 있는 다소 불안하고 애매한 나이에 들어섰기 때문에 카드를 고르는 게 정말 쉽지 않았다. 어릿광대나 풍선 그림이 있는 카드를 주면 새뮤얼을 너무 어린아이 취급하는

것 같고, 그렇다고 샴페인 잔이나 나비 넥타이 그림이 있는 카드는 완전히 어른용이라서 적절해 보이지 않았다. 고민 끝에 내나름대로는 잘 골랐다고 생각했다. 새뮤얼이 요즘 들어 컴퓨터를 다루는 솜씨가 부쩍 늘어서 이제는 직접 비디오를 찍어서 유튜브에 올리기도 하기 때문에 나는 노트북을 주제로 한 카드가 어울릴 거라고 생각했다. 그런데 집에 도착해서 내가 산 생일카드를 자세히 보니 노트북이 아니라 커다란 구식 데스크톱 컴퓨터였고, 키보드 위에 보이는 손은 어른의 손이었다. 그러다 보니 카드가 전달하려는 것이 "아들아, 생일 축하한다"는 메시지라기 보다는 "인터넷에서 아이들을 노리는 나쁜 어른들을 조심하라"는 메시지에 가까워 보였다.

하지만 정작 문제가 된 건 생일카드가 아니었다.

항상 그렇듯 나는 이번에도 1월 4일에 할 일들을 모두 확인해 두었다: 새뮤얼과 모리스는 오후 늦게까지 학교에 있을 것이고, 나와 아내는 같이 점심을 먹고 테렌스를 데리고 원예용품 센터를 돌아다니면서 구경하는 것이다. 그런데 그날 아침, 부엌에 있는데 아내가 큰 소리로 나를 부르면서 토비가 짖는다고 했다. 토비는 항상 자기 꼬리를 보고 놀라고, 그렇지 않을 때는 늘 짖는 놈이라서 대수롭지 않게 생각했다. '아마 우편 배달부가 왔겠지' 하고 생각하면서 밖으로 나가 보니 토비는 충격을 받은 듯 보였고, 아내는 일층 창문으로 우리 고양이 한 마리가 차에 치였다고 내게 소리를 질렀다. 아내는 어떤 고양이가 치였는지, 치인 고양이가 어디에 있는지 모르겠다고 했다. 살펴보니 고양이는 출입문 근처에 세워둔 우리 차 옆에 쓰러져 있었다. 얼마나 세게 치였는지 앞길에서 치인 후 붕 날아서 마당으로 떨어진 것이다. 그냥 보기에는 외상은 안보이고 숨을 쉬고 있길래 동물병원으로 데리고 가기 위해 집 안으로 뛰어들어가서 고양이 침대를 가져왔다. 하지만 돌아왔을 땐 이미 고양이가 죽어있었고, 아내는 고양이를 팔에 안고 울고 있었다.

우리가 사는 동네는 도시에서 아주 많이 떨어진 농촌이라 교통경찰을 찾아보기 힘들기 때문에 도로는 오히려 도시보다 더 위험하다. 도로에 자동차는 많지 않지만, 규정 속도를 위반해도 경찰에 잡힐 가능성이 적기 때문에 어마어마하게 과속을 한다. 최악의 소식은 차에 치인 고양이가 '폭스'라는 것이었다. 폭스는 새뮤얼의 고양이였다.

아이의 생일에 '네가 사랑하는 고양이가 차에 치여서 죽었다'는 소식을 전해주는 건 정말이지 못할 짓이었다. 아내와 나는 생일이 지나고 내일 이야기하는 건 어떨까 생각해 보았지만, 보나마나 새뮤얼이 폭스를 찾을 것이기 때문에 숨기는 건 불가능했다. 장인, 장모님을 비롯해 온 가족이 모였다. 비보를 들은 새뮤얼은 충격을 받았고, 당장 생일파티를 끝내고 싶다고 했다. 그리고 자기는 폭스를 절대 잊지 않을 것이며, 생일이 돌아올 때마다 폭스를 생각할 것이라고 했다. 앞서 말했던 것처럼 새뮤얼은 진지한 아이고, 나이에 비해 성숙한 아이라서 나는 그 아이의 말이 진심임을 안다. 생일에 비극이 일어났으니 매년 생일이 되면 그 일이 생각나는 건 당연하지 않은가? 새뮤얼은 평생

토록 자신의 생일날이면 마음 한구석에서 슬픔을 느낄 것이고, 생일마다 폭스를 생각할 것이다.

어쩌면 내 기분을 아이에게 너무 투사하는 것일지도 모른다. 생일마다 다시 찾아올, 영원히 그치지 않을 슬픔을 아이에게 지우는 것일 수도 있다. 인생과 세계에 존재하는 부당함에 대한 나의 분노와 울분을 내 첫 아이에게 넘겨주는 것은 아닐까? 그럴지도 모른다. 하지만 사랑하는 아들이 어린 나이에 그런 큰 슬픔을, 그것도 생일이라는 특별한 날에 겪는 걸 지켜보기가 너무 힘들었다. 그리고 새뮤얼은 나를 닮아서 그런 일이 있으면 쉽게 잊지 못하는 아이다.

하지만 새뮤얼은 여러모로 그 슬픔을 나보다 잘 극복했다. 그 사고를 긍정적으로 바라보려고 했고, 폭스의 죽음보다는 그 고양이와 지낸 행복한 시간들을 기억하려고 애썼다. 다만 폭스가 차고 다니던 목걸이를 손목에 매고 다니는 건 조금 걱정이 되었다. 우울한 표정에 고양이 목걸이를 손에 매고 다니는 바람에 '이모'＊가 될 준비를 하는 것처럼 보이기도 했다. 폭스의 목걸이는 밝은 색에 방울이 달려있었다. 고양이 목걸이에 하나같이 방울이 달려있는 이유는 그렇지 않으면 주변에 사는 새들을 모조리 죽일 것이기 때문이다. 주인을 잃은 고양이 목걸이를 새뮤얼이 차고 다니는 바람에 이제는 이층에서 방울소리가 요란하게 들리면 고양이들이 레슬링을 하는 건지, 아니면 새뮤얼이 분노와 슬픔을 달래기 위해 닌텐도 위Wii에 열중하는 건지 분간을 할 수 없었다. 고양이 목걸

＊ emo: 우울한 표정을 하고 다니는 십대 아이들을 가리키는 말. 흔히 얼굴의 일부를 가리는 긴 머리에 검은색 옷을 입고, 감성적인 펑크록 음악을 즐겨 듣는다.

이를 손목에 차고 다니는 것이 새뮤얼에게는 일종의 카타르시스를 제공한 듯했다. 정작 새뮤얼은 한 2주일 차고 다니다가 말았는데, 장기적으로 고양이의 죽음에 더 영향을 받은 것은 나였던 것 같기도 하다.

겨울은 해가 거듭할수록 더 길고, 더 힘들어지는 것 같았다. 해도 뜨기 전에 집을 나서야 했고, 이름없는 호텔에 도착하면 이미 날은 어두워졌으며, 내가 모르는 사람들을 웃겨야 했다. 집을 나서면서 눈물을 흘린 적도 몇 번 있다. 사랑하는 식구들을 남겨두고 떠나는 게 견디기 힘들었고, 그렇게 떠날 때마다 '혹시 지금 보는 게 마지막이 되지는 않을까' 하는 말도 안되는 생각이 머리를 떠나지 않았다. 고양이 폭스의 죽음은 우리 가족 모두에게 깊은 상처를 남겼고, 고달픈 여행 탓에 나도 모르게 감정이 많이 흔들렸다. 하지만 내가 감정적으로만 힘든 게 아니었다. 영하 10도의 날씨에 꽁꽁 얼어붙은 땅을 파서 고양이 무덤을 한 번 만들어 보라.

chapter

14

프랑스의 범법자

우리 부부는 새롭게 시작할 '학교' 준비에 여념이 없었지만, 그 와중에 고양이 폭스의 죽음으로 인해 좀 더 급한 문제가 생겼다. 아내는 남은 고양이들을 이제 집고양이로 길러야 한다고 결론을 내렸다. 고양이들의 의사와는 상관없는 아내의 결정에 고양이들은 상당히 혼란스러웠을 것이다. 그도 그럴 것이, 태어나기를 집 없는 고양이로 태어나서 밖에서 살다가 집에 데려왔고, 그러다가 너무 소란스러울 때는 밖으로 내보냈다가, 이제는 다시 안으로 데리고 들어오려는 것이기 때문이다. 물론 사나운 겨울 날씨 탓에 집 안에 있는 것도 싫지는 않겠지만, 고양이들이 싫어했다고 해도 나는 특별히 눈치를 채지 못했을 것이다. 고양이들은 꼭 반항하는 십 대처럼 항상 얼굴에 "나 좀 가만 내버려 둬" 하는 표정을 달고 살아서 도대체 속으로 무슨 생각을 하는지 알 수가 없다. 고양이들이 포커를 할 수 있다면 아주 잘했을 것이다.

남은 고양이들에게 중성화 수술을 시키는 것도 해야 할 일들 중 하나였다. 항상 '다음 주에 해야지' 하고 마냥 미루고만 있던 일이지만, 이번에는 꼭 시킬 생각이었다. 중성화 수술을 받은 고양이들은 아무래도 좀 차분해진다고 들었고, 특히 우리 플레임의 경우에는 오줌을 여기저기 뿌리고 다니는 일을 그만하게 할 수 있을 것이었다. 고양이가 오줌을 싸는 건 말하자면 이성을 유혹하는 행위라고 할 수 있다. 오줌에서 나는 냄새로 나이와 성별을 비롯한 자신에 대한 정보를 전달한다. 물론 플레임의 경우에는 시큼한 냄새가 나는 오줌을 가구에 뿌리는 취미가 있는 것뿐이지만, 어쨌거나 고양이 오줌은 위생과 직결된 일이고, 특히 '크리스마스 고양이 오줌 사건'으로 아끼는 옷을 버린 내게는 반드시 해결해야 할 문제였다.

프랑스 사람들은 동물을 중성화(혹은 거세)하는 문제에 대해서 내놓고 반대하거나 적어도 모순된 감정을 가지고 있다. 우리 이웃들의 경우 동물들을 가령 사냥개처럼 전부 일에 쓰기 위해 데리고 있는데, 특히 수컷을 거세시키는 걸 반대하는 분위기가 역력하다. 프랑스인들은 중성화시키지 않는 바람에 귀찮은 일이 생긴다고 해도 수컷에게서 '남성성'을 제거하는 것은 원하지 않는다. 거세란 짐승과 인간을 막론하고 모든 수컷들에게 모욕이라고 생각하기 때문이다. 사실 내게도 비슷한 경험이 있다. 지난해에 정관 절제 수술을 받은 것이다. 물론 이 이야기를 하기까지는 용기가 필요했다. 남자가 그 수술을 받는다는 건 프랑스에서는 금기시되기 때문에 나는 그 사실을 이웃에게는 비밀로 했다. 혹시나 아이들이 학교에서 발설할까 두려워 아이들에게도 비밀로 했다. 프랑스에서는 정관 절제 수술이 그만큼 민감한 문제다. 표면적으로 보면 정관 절제 수술은 '열린 사고를 하는 남자'의 이타적인 행위이며, '사랑하는 아내가 몸에 좋지 않은 피임약을 먹는 부담을 나누어 지려는 남편의 책임감'일 수 있다. 하지만 솔직히 말해 이 수술은 남자의 이기심에서 비롯된 행위다. 내게는 사랑스런 세 아이가 있다. 나는 그 아이들을 진심으로 사랑하지만, 사랑스런 아이는 셋으로 충분하다. 사람이 태어나서 후손을 생산해야 하는 책임이 있다면 나는 그 책임을 완수한 셈이니까 인구가 더 필요하다면 다른 사람들이 맡아야 할 일이다. 그리고 내가 만약 정관 절제 수술을 받지 않았다면 언제라도 덜컥 아이가 생길 가능성이 있지 않은가.

그런 가능성을 열어 둘 수는 없는 일이다.

실제 통계를 한 번 보자. 국제보건기구WHO에 따르면 프랑스에서는 적어도 '공식적으로는' 한 건의 정관 절제 수술도 없었다. 단 한 건도. 결국 공식적으로 프랑스에서는 정관 절제 수술이 행해지지 않는 것이다. 그 수술이 합법화된 것도 2001년이 되어서였고, 그 전에는 '자해 행위'에 해당하기 때문에 프랑스 법에 위배된다는 것이었다. 물론 여러 가지 이유에서 말이 안 된다. 첫째, 정관 절제 수술은 '자해 행위'가 아니다. 오히려 '자기보호 행위'에 가깝다. 집 안에 아이들이 가득하면 남자가 맨 정신을 유지할 수 있을 것 같은가? 그리고 내가 집도를 하는 것도 아닌데 자해라는 게 말이 되나? 종종 서로 상충하는 지방 자치단체들의 법과 조례들을 성문화한 프랑스 법이 만들어진 게 나폴레옹이 집권하고 있던 1804년의 일이다. 이제는 좀 바꿀 때가 되지 않았나? 우리가 살고 있는 21세기에 맞게 현대 시각으로 오래된 법들을 다시 살펴보고 고칠 건 고쳐야 한다는 게 내 생각이지만, 내가 찾아간 의사는 프랑스 법의 열렬한 팬이었다.

"의사 생활을 40년 넘게 했지만 남자가, 사내대장부가 이런 수술을 해달라고 찾아온 적은 한 번도 없었소!" 아내와 나는 우리가 수술을 원하는 이유를 설명했지만 의사는 꿈쩍도 안 했다. 오히려 내게 가까이 다가와 의미심장한 표정으로 "남자는 아무리 늙어도 아이를 가질 수 있소" 하고 말하고는 다시 뒤로 기대면서 말을 이었다. "하지만 당신의 아내는? 불가능하죠."

나는 입이 딱 벌어졌다. 그 의사는 아내가 바로 옆에 서있는 상황에서, 그것도 아내가 자신의 말을 내게 통역을 해주고 있는데 그런 말을 배짱 좋게 하고 있었다. 솔직하게 말하면 화가 나기에 앞서 그 용기가 대단했다. 아내는 화가 단단히 났고, 말리지 않았으면 그 의사의 불알을 뽑아버릴 태세였다. 나는 아내를 말렸다. 의사가 내게 하지 말라는 그 수술을 오히려 아내가 의사에게 하지 못하도록 말려야 하는 아이러니라니!

그 의사는 '말세로군'이라는 표정으로 마지못해 전문의 한 명을 소개시켜 주었다. 찾아갈 때마다 처방전을 쓰던 의사가 처음으로 우리에게 처방전을 주지 않고 병원을 나서게 했다는 사실만으로도 얼마나 화가 났는지 잘 보여준다. 할 수만 있다면 나를 감옥에 가둘 태세였다. 그렇게 해서 찾아간 전문의도 정관 절제 수술에 대한 태도는 다르지 않았다. 약속시간에 맞춰 도착했음에도 불구하고 1960년대로 돌아간 듯한 느낌이 나는 대기실에서 한 시간 이상 기다리게 하는 것을 보고 우리는 심상치 않다는 느낌을 받았다. 원래 프랑스 의사들이 약속시간을 지키는 데 별 관심이 없는 건 잘 알지만, 우리 앞에 있었던 환자가 이미 오래전에 진료실을 떠났고, 그 후로 아무도 들어가지 않았는데도 우리를 부르지 않았다. 뭔가에 잔뜩 시달린 듯한 얼굴을 한 그 전문의는 이따금씩 문을 열고 나와서 양복을 깔끔하게 차려입은 사람들을 자기 진료실로 데리고 들어가고 있었다. 아내와 나는 도대체 무슨 일인지 알 수 없었지만 상황이 코믹해 보였다. 의사는 〈형사 콜롬보Columbo〉의 주인공 배우 피터 포크를 연상시켰다. 나중에 알고 보니 진료가 지체된 것은 그 의사가 법적인 절차를 확실히 알아보기 위해서였다. "법적으로 말하면" 하고 의사가 입을 열었다. 상당히 긴장한 표정의 그 의사는 나와 눈을 마주치지 않으려는 기색이 분명했고, 옆에 서 있는 키 큰 남자(변호사가 분명했다)에게 끊임없이 이것저것 묻고 있었다. "법적으로 말하면, 제가 이 수술을 해야 할 의무는 없습니다." 나는 그 의사를 바라보면서 터져 나오는 웃음을 참을 수 없었다. 내 태도에 의사는 기분이 더 상했다. "그리고 윤리적으로 말하면, 정관 절제 수술은 제가 믿는 모든 가치에 위배되는 행위입니다!" 의사는 웅변을 하듯 말하고는, 우리에게 진료실에서 나가라는 태도로 문을 열었다.

"참 황당하네요!" 애써 웃음을 참으며 아내가 따졌다. "진료 예약을 잡으면서 간호사에게 우리가 왜 오는지 다 이야기했는데, 하기 싫으면 이 병원에서는 정관 절제 수술을 할 수 없다고 미리 말해 줬어야 하지 않나요?"

의사는 '정관 절제'라는 말만 들어도 진저리를 치는 얼굴을 했다. "간호사는 내 일에 대해서 알 필요가 없소!" 하는 퉁명스런 대답이 돌아왔다.

정관 절제 수술을 받기 위해 나만큼 노력한 남자가 세상에 또 있을까? 사람들이 어떻게 생각할지는 모르겠지만, 그런 노력은 내 몸을 상하게 하면서 마조히즘을 즐기려는 것이 아니었다. 하지만 시간이 지날수록 프랑스인들이 얼마나 흥분할 수 있는지 알아보기 위한 노력으로 변하고 있었다. 물론 단지 프랑스인들을 화나게 할 목적이었다면 얼마든지 다른 방법들을 찾을 수 있었을 것이다. 가령, 레스토랑에 들어가서 '나는 술을 마시지 않는 채식주의자'라고 소개하기만 해도 비슷한 효과를 낼 것이고, 프랑스인들은 프랑스 정신이 훼손되었다고 느낄 것이다.

3개월이 지나서야 정관 절제 수술을 하겠다는 의사를 만날 수 있었다. 그렇게 고생해서 만난 사람이 술에 취한 뒷골목 돌팔이가 아니라 멀쩡하고 현대적인 의사라는 게 오히려 신기했다. 그 의사는 프랑스 의사들이 아직도 구태의연한 태도로 과거에 머물러 있다면서 정관 절제는 간단한 수술이며, 입원할 필요도 없고, 수술 후 이틀 만에 걸어 다닐 수 있으며, 1주일이면 몸이 완전히 정상으로 돌아올 것이라고 했다. 그 의사가 들려준 이야기는 내가 정관 절제 수술에 대해서 (아주 자세히) 조사한 내용과 모두 일치했다: 간단한 수술이며, 하루 이틀은 약간의 거북함이 있겠지만, 합병증 같은 것은 생기지 않는다는 것. 정확하게 말하면, 합병증은 '거의' 생기지 않는다는 것이 맞다. 아주 적은 수의 사람들에게만 문제가 생긴다는 것이다. 워낙 소수에 해당하는 일이라 아주 운이 나쁜 사람이 아니고는 합병증이 생기지 않을 거라고 했다. 틀린 말이 아니다. 합병증은 일어나지 않는다. 하지만 엄밀하게는 '거의' 일어나지 않는다고 하는 게 맞다.

수술 후 1주일 만에 나는 다시 병원으로 돌아가 의사를 만나고 있었고, 집도를 했던 그 의사는 알 수 없다는 듯 고개를 절래 절래 흔들면서 이런 일은 처음 본다며 혼잣말을 중얼거렸다. 마치 본인이 아픈 듯한 태도였다. 수술 후 내 고환에 혈전이 생겼고 그 후로 한 달 동안 사라지지 않았다. 다른 치료 방법은 없고 그저 시간이 해결해 주기를 기다려야 했다. 이 책에서 자세한 이야기는 생략하겠다. 다만, 생식기의 크기와 색깔이 가지처럼 변하면 비행기의 좌석이 얼마나 좁은지 새삼스럽게 깨닫게 된다는 것만 말해두기로 하자.

내가 하려는 이야기는 이거다: 프랑스에서는 수컷을 중성화하는 일을 꺼릴 뿐 아니라, 그런 수술을 제대로 할 줄도 모른다는 것이다. 그나저나 중성화 수술을 하면 원하는 효과가 나올까? 주니어는 거세를 했음에도 여전히 사나울 뿐 아니라, 잠시도 가만히 있지 못한다. 토비 역시 중성화 수술을 했지만 전혀 얌전해지지 않았다. 내 경우는 정관 절제 수술을 하기 전에도 온순한 성격이었고, 아주 급한 경우가 아니면 (고양이들처럼) 길거리에 오줌을 뿌리고 다니지는 않았다. 생각하면 할수록 불쌍한 고양이 폭스는 중성화 수술을 받을 날이 다가오자 차라리 죽어버리자고 결심을 한 것 같다. 그리고 가만 생각해 보면 수술 전에 있었던 길고 불필요한 절차들은 내가 정관 절제 수술을 받지 못하게 막기 위해, 그리고 수술 후 절차는 아무도, 아무도 내 수술 결정에 동의하지 않는다는 사실을 알려주기 위해 존재하는 게 분명했다.

수술 후 몇 개월이 지나자 나의 '가지'는 말린 자두 크기로 시들었고, 수술의 성공 여부를 확인하기 위해 검사를 받으라는 연락이 왔다. 의사는 정관 절제 수술의 성공 여부를 확인하려면 (실망스럽게도) 임신 가능성이 높은 젊은 여성을 만나는 게 아니라 '분석실험실'에 가야 한다고 말했다. 우리 마을에 있는 실험실이 아니라, 여기에서 30분 정도 떨어진 곳으로 가라고 했는데, 아마도 검사의 특성상 마을사람들에게 소문날 것을 염려한 의사의 지나친 배려였을 것이다.

그래서 나는 프랑스어 사전을 가지고 갔다. 짐작했던 대로 사전에는 자위 행위에 관한 어휘가 많이 부족했다. 검사에 내 정액 표본이 필요하기 때문에 거기에서 뭘 해야 할지 나는 잘 알고 있었다. 다만 그 과정이 그렇게 더럽게 느껴질 줄은 몰랐다. 실험실에 들어갔더니 차가운 태도의 안내직원이 기다리라고 짧게 말했다. 대기실에는 나 외에는 아무도 없었고, 그동안 수술로 인해 가뜩이나 냉대를 받았기 때문인지 더더욱 버려진 느낌이었다. 다행히 오래 기다리지 않아 매끈하게 생긴 의사가 나와서 환한 표정으로 나를 작은 방으로 안내했다. 의사는 내게 긴장할 필요 없다며 의자에 앉으라고 했다. "몇 가지 간단한 질문을 할게요. 성명이 어떻게 되시죠? 생년월일은? 마지막으로 사정하신 게 언제죠?" 성인 남자들끼리 뭐 어떠냐는 듯 간단히 바로 본론으로 들어가는 저 질문.

다음으로 의사는 작업 지시를 했다. "자, 환자분께서 하실 일은 이렇습니다. 먼저 손을 씻으시고요" 하면서 방 한 구석에 있는 작은 싱크대를 가리켰다. "그 다음에는 이 용액을 '분비선'에 바르시는 겁니다." 의사는 물비누 통처럼 생긴 물건과 내 '분비선'을 손가락으로 가리켰다. "그 후에 이 용기에 정액을 담으세요" 하면서 용기를 가리켰다. 이 의사는 불필요하게 물건들을 손가락으로 가리키는 버릇이 있는 것 같았다. "그리고 용기의 뚜껑을 닫고, 여기에 놓고 나가시면 됩니다." 하지만 태도는 '조용히 고개를 떨구고 나가라'고 지시하는 듯 했다. 의사는 방을 나가려다 말고 깜빡 잊었다는 듯, "참, 이거요" 하면서 책상 제일 아래쪽 서랍을 열었다. "정액 채취에 '도움이 되는 자료'들은 여기에 있습니다. 자 그럼, 수고하세요." 그리고 방을 나갔다.

이 모든 과정이 불결하게 느껴졌다. 특이한 건, 그 '도움이 되는 자료'라는 게 전부 미국 포르노 잡지였다는 사실이다. 마치 정관 절제 수술을 하는 나약한 남자들은 프랑스 포르노 잡지를 볼 자격이 없다는 의미 같았다. 프랑스 농촌에서 만나는 〈플레이보이Playboy〉와 〈펜트하우스Penthouse〉는 너무 낯설었다. 성형수술을 한 가슴에 체모는 하나도 없고, 몸에 기름을 잔뜩 바른 여자들은 마치 마네킹을 보는 것 같았다. 플라스틱으로 만들어진 것 같은 틀에 박힌 여자들의 모습이 내가 있는 장소를 더욱 낯설게 만들었다. 나는 프랑스 루아르 계곡의 어느 동네, 소독된 작은 방에서 컵에 정액을 담아놓고 조용히 떠나라는 지시를 받고 있었다. 마치 몰래 카메라로 촬영하는 싸구려 방송 프로그램에 출연한 것처럼 불결하게 느껴졌고, 자존심이 상했다. 살면서 이 정도로 성적 흥분을 느끼기 힘든 적도, 이 정도로 창피한 적도 없었다. 그리고 왜 그런지는 잘 모르겠지만, 내가 영국인이라는 사실, 또는 외국인이라는 사실을 이만큼 의식해본 적도 없는 것 같았다.

내가 그 방에서 얼마나 오래 있었는지는 기억나지 않지만, 다른 일보다도 그 작은 싱크대에서 손을 씻는 데 가장 많은 시간을 보냈던 것 같다. 남자들은 잘 알겠지만, 그렇게 작은 싱크대에서 오래 손을 씻는 건 위험한 일이다. 방을 나서면서 내 베이지 색 바지의 주요 부위가 젖어있는 걸 발견했다. 손을 씻는 동안 바지에 물이 튄 것이다. 젖은 부위만으로도 창피한데, 병원 사람들은 내가 이 방에서 무엇을 하고 있었는지 알고 있기 때문에 상황이 더욱 난감했다.

잠긴 방문을 열고 나갔다. 밖에는 안내직원 혼자 앉아 있었는데, 다행히 나를 쳐다보지 않고 뭔가를 읽고 있었다.

그 여직원은 "안녕히 가세요" 하고 차갑게 말했다.

"다 끝난 건가요?" 왜 그렇게 쓸데없는 질문을 했는지 나도 모르겠다.

"네" 하고 대답하면서 올려다본 직원은 내 바지의 상태를 보았다. 순간 혐오스러운 표정으로 입술이 일그러졌다. "안녕히 가세요."

낮이 뜨거워진 나는 종종걸음으로 황급히 건물을 나섰고, 망신을 당했다는 생각에 창피함이 몰려왔다. 그 마을은 우리 동네에서 멀지도 않고, 예쁜 성채와 분위기 좋은 식당도 있지만 그날 이후로 나는 한 번도 그곳을 방문한 적이 없고, 앞으로도 없을 것이다.

요약하자면 우리 고양이 플레임과 베스파는 내가 느낀 창피함을 느끼지 못할 게 분명하지만, 중성화 수술을 시키는 문제가 내게는 전보다 훨씬 더 민감하게 다가왔다. '남자다움'과 생식 기능을 그렇게 중요시하는 프랑스인들에게 고양이 두 마리를 수술을 해달라고 맡기고 돌아오면서 그 고양이들이 수술실에서 받을 육체적, 정신적 충격을 생각하니 불쌍하기 그지없었다.

그날 저녁, 고양이들을 데리고 돌아오는 길에 나는 차 안에 있는 식구들의 기분을 돌려보려고 "봄이 오는 것 같지 않아? 공기 중에 아주 살짝 봄기운이 느껴지는데?" 하고 물었다. 수술의 충격이 채 가시지 않은 고양이들은 꾸벅꾸벅 졸고 있었다. 차 안을 둘러보았지만 아내도 아이들도 대꾸를 하지 않았다. "그렇게 생각 안 해? 분명히 봄이 온 것 같은데." 여전히 조용했다. "안 그래? 봄기운이 조금은 느껴지지 않나?"

　　바로 그때 모리스가 머리가 떨어져나갈 만큼 크게 재채기를 했다. 그게 질문에 대한 식구들의 대답이었다. 봄기운을 느낀 건 나뿐인 게 분명했다.

　　돌이켜보면 피로 때문에 감각이 무뎌져서 내가 헛것을 보았던 것 같기도 하다. 크리스마스 휴가를 보낸 후로 나는 다시 출장공연을 다니는 예전 생활로 완전히 복귀하지는 못 했지만, 지난 주말에는 런던의 '코미디 스토어'에서 공연을 했다. 늦은 밤 공연은 일요일 새벽 1시 반에 끝났고, 나는 새벽 5시가 되어서야 눈을 붙였다가 아침 7시에 일어나 유로스타를 타고 그날 오후가 되어서야 비에르종 역에 도착했다. 마중 나온 아내와 아이들 얼굴을 보니 감기 바이러스도 함께 나를 기다리고 있는 게 분명했다. 아내는 감기가 심해 보였고, 모리스도 비슷한 상황이었다. 그러나 두 사람 모두 감기에 굴하지 않으려는 자세가 역력했다. 아내는 원래가 나약한 사람이나 병에 걸린다는 생각을 갖고 있고, 모리스는 감기에 걸렸다고 얌전해질 생각이 없었다. 어린 테렌스는 차에서 깊이 잠들어 있었지만 뺨을 보니 또 이빨이 나려는 것 같았다. 새뮤얼은 화난 표정으로 창밖을 내다보고 있었는데, 자기만 아픈 데가 없어서 내일 학교에 가야 한다는 사실이 불만인 것 같았다. 며칠 만에 아빠와 남편을 봐서 다들 반가운 건 분명했지만 하나같이 행복해 보이지는 않았다.

나 역시 상태가 좋지는 않았다. 정관 절제 수술의 원치 않은 많은 결과들 중 하나가 체중 증가였다. 나는 그 주에 다이어트와 운동을 시작하기로 결심했다. 물론 '결심했다'는 말은 좋게 표현한 거고, 사실은 '잔소리에 떠밀렸다'고 해야 맞다. 프랑스에서 몇 해를 살다 보니 체중이 느는 것은 어쩔 도리가 없었다. 게다가 생활 방식도 문제였다. 불규칙한 식사에 운동은 거의 하지 않고, 밤늦게 술을 마시니 당연한 결과였다. 그런 사람이 방금 구워낸 바게트를 몇 년 동안 즐겼다고 생각해보라. 거기에 치즈도 왕창 먹고, 지역에서 나는 포도주도 신나게 마셨으니, 나는 '뚱뚱한 모드족'이라는 자기모순에 빠질 지경이 되었다. 프랑스인들은 하나같이 날씬한 멋쟁이라는 생각이 전세계에 퍼져있는데, 오스만 거리*에서 볼 수 있는 여자들을 제외하고는 근거 없는 얘기다. 몇 년 전에 '왜 프랑스 여자들은 날씬한가'를 설명하는 책이 유행했는데, 일단 날씬하다는 것부터가 사실이 아니다. 프랑스 여자들은 서구의 다른 나라 여자들과 전혀 다르지 않다. 심지어 그 책의 결론도 프랑스 여자들이 꽉 조이는 속옷을 입어서 그렇게 보이는 거라고 쓰여 있으니까. 그리고 무엇보다 한 나라에서 조사 대상을 점심시간에 파리의 고급 레스토랑에서 음식을 깨작거리는 여자들에만 국한하면 그 나라에는 카를라 브루니** 같은 사람들만 가득하고 앤 위더콤*** 같은 여자는 안 보일 거다. 정말이지 프랑스 사회는 국

---

* Boulevard Haussmann: 파리의 중심가, 패션의 중심지로 유명하다.
** Carla Bruni: 프랑스의 모델 출신 가수이자 사르코지 전 대통령의 아내
*** Ann Widdecombe: 영국의 보수당 의원

민들의 체중이 급격하게 증가하고 있다는 점에서 다른 선진국 사회와 하등 다를 게 없다. 물론 과거에는 프랑스인들이 비만인 사람들을 경멸하고 놀렸을 수 있지만, 이제 비만은 프랑스에서도 일상이 되고 있다.

화요일 아침, 내 운동계획: '오전 9시, 자전거 운동기구에 걸려 있는 옷 치우기'는 잠시 보류해야 했다. 사내답게 버티라는 내 호소에도 불구하고 아내는 결국 침대에 누웠다. 아내도 원치 않았지만 복통을 수반한 감기에는 어쩔 수 없었다. 아이들과 동물들은 결국 내가 떠맡아야 했다.

등교를 해야 하는 새뮤얼과 모리스는 7시에 깨워야 제대로 아침을 먹고 준비해서 늦지 않게 학교에 갈 수 있지만, 일찍 깨우면 오히려 느긋하게 준비할까봐 일부러 30분 늦게 깨웠다. 하지만 깨우고 보니 모리스는 그렇게 버텼음에도 불구하고 너무 아파서 학교에 갈 수 있는 상황이 아니었다. 새뮤얼은 나와 마찬가지로 아침 시간을 지독하게 싫어하기 때문에 끊임없이 달래야 했다. 그렇지 않으면 옷을 입다 말고 쓰러져 잠들기 때문이다. 그래도 아슬아슬하게 통학 버스에 태울 수 있었다.

나는 고양이들에게 밥을 주기 위해 우선 개들을 밖으로 내보냈다. 고양이 화장실을 보니 영락없이 뚜껑 없는 하수구 같았다. 냄새도 딱 그랬다. 도저히 치울 용기가 나지 않아 잠시 보류. 다음은 벽난로에 넣을 장작 들여오기. 장작을 안고 집안으로 돌아오니 모리스가 옷을 반쯤 걸친 채로 눈물과 콧물을 줄줄 흘리며 소파에 누워 있었다. 이번에는 테렌스가 냄새를 풍기기 시작했다. 나는 아이를 일으켜서 우유를 주고 옷을 입혔다. 아직도 이빨이 나고 있었고, 기저귀에서는 소똥을 이용한 화학무기 실험이 벌어진 것 같았다. 아침식사는 그냥 건너뛰기로 했다.

밖은 영하 3도. 나는 개들을 다시 집안으로 불러들였다. 근데 그게 실수였다. 집에서 너무나 심한 냄새가 나길래 처음에는 수술 후 아직 제정신을 못 차린 고양이들과 테렌스가 어딘가에 항의 삼아 똥을 싸 놓은 줄 알았다. 그런데 알고 보니 그게 피에로의 입에서 나는 냄새였다! 피에로는 원래 아무데서나 썩은 고기도 가리지 않고 주워먹는 버릇이 있는데, 그 결과가 이렇게 나타난 것이다. 가뜩이나 이상한 성적 취향을 지닌 피에로인데 입냄새까지 더해지니 마치 조지 3세*를 연상시켰다. 겉으로는 멀쩡해 보이지만 가까이 가지는 않는 것이 상책이다. 나는 모리스를 침대에 눕히고 테렌스와 개들을 데리고 바람을 쐬러 나가기로 했다.

침대에 누워있던 아내가 "고양이들도 꼭 데리고 나가 줘" 하고 쉰 목소리로 말했다.

내가 없는 동안 아내는 고양이들을 산책시킬 때 쓰는 끈을 사다 놓았다. 이론으로는 나쁘지 않은 생각이고, 아내에게 도움이 되었으면 하지만, 나는 그걸 고양이 목에 채워서 데리고 나갈 생각이 없다. 가뜩이나 이웃 사람들에게 이상한 인간으로 보이는 판에 고양이를 개처럼 산책시켰다가는 무슨 일을 당할지 알 수 없었다. 특히 사냥을 좋아해서 모두들 집에 총을 갖고 있는 프랑스인들이 나를 쏘고 싶은 유혹을 너무나 크게 느낄 것이

---

* 말년에 정신병을 앓은 영국 왕. 결국 통치
능력이 없어 섭정시대를 맞았다.

었다. 게다가 고양이들은 밖으로 데리고 나기에는 아직 너무 창백한 데다가, 수술로 고생을 했기 때문에 하루 이틀을 더 쉬면서 기력을 회복할 필요가 있었다.

산책을 나서자 곧 기분이 좋아졌다. 추웠지만 맑은 날씨여서 상쾌했다. 나와 테렌스는 옆 들판에서 사슴들이 뛰어다니는 것도 볼 수 있었다. 원래 사슴이 겁이 많은 동물이기는 하지만 이번엔 뭔가에 놀라 도망가는 듯 했다. 아마 피에로의 입냄새 때문이었던 것 같다. 아직 사냥꾼들은 나오지 않았다. 그런데 토비가 보이지 않았다. 아니나 다를까, 사슴 한 무리 뒤에서 미친 듯이 짖고 있는 토비가 눈에 들어왔다. 사슴을 향해 짖는다기보다는 사슴을 쫓을 수 없는 자신의 무능력을 향해 짖는 것처럼 보였다. 사슴이 시야에서 멀리 사라진 후에도 토비의 짖는 소리가 들렸다. 토비는 저녁식사 시간이 되어서야 돌아왔다.

산책에서 돌아온 나는 집안에 진공청소기를 돌리고, 점심식사를 준비하고, 식구들에게 약을 나눠주었다. 말에게도 먹이를 주었는데 놀랍게도 얼타임이 맛있게 먹었다. 하지만 주니어는 신경질을 내면서 내 팔을 물어뜯으려 했다. 아무리 주니어라고 해도 좀 심했다. 테렌스는 우유를 먹인 후 다시 침대에 눕혔고, 학교에서 새뮤얼을 데리고 왔다. 새뮤얼의 숙제를 도와준 후에는 아이들에게 간식을 만들어주었다. 그리고 다시 테렌스를 깨우고, 고양이와 개들에게 먹이를 주고, 저녁식사를 준비하고, 아이들과 놀아주고, 피에로의 얼굴에 입냄새 제거제를 뿌렸다. 그 다음에는 사슴을 쫓아다니다가 귀가한 토비를 씻기고, 아이들에게 목욕을 시키고, 재울 준비를 한 후에 책을 읽어 줬다. 그리고는 다 마실 생각으로 맥주상자를 뜯었다. '다이어트는 나중에 하자. 다이어트까지 하기엔 할 일이 너무 많다.' 그게 내 변명이었다.

지난 주말에는 하루 종일 비디오 촬영이 있었다. 닷새 동안 생방송 프로그램에 참석했고, 라디오 쇼 하나에, 쇼 비즈니스 파티도 두 개를 진행했다. 일을 마쳤을 땐 지쳐 쓰러지기 일보 직전이었다. 하지만 그 모든 일도 아이들과 동물들을 돌보는 아내의 하루 일과를 대신하는 것과 비교하면 아무것도 아니다. 2층에 있던 아내가 진통제를 가지러 잠깐 내려왔다. "여보, 내일 아침에 뷔타르 씨가 우리 집 공사 견적 전달하러 오는 거 잊지 마."

"아, 맞다. 내가 깜빡 잊었네." 내가 대답했다.

"그리고" 아내가 힘겹게 2층으로 가는 계단을 다 올라가서 숨을 고르면서 말했다, "닭을 어디에서 키울지 결정해야 돼." 그 말과 함께 아내는 사라졌다.

하지만 닭 얘기는 내가 잊은 것이 아니라, 처음 듣는 얘기였다.

15

손에 든 새 한 마리

내가 없는 사이에 닭을 키우기로 이미 결정을 내린 것이 분명했다. 그 주제에 대한 나의 의견, 가령 '우리가 과연 이 이상의 동물을 수용할 수 있을까' 같은 것은 이제 중요한 문제가 아니었다. 내가 기대할 수 있는 최상책은 그저 닭을 키우는 일을 최대한 뒤로 미루는 것이었다. 말하자면 가족 구성원을 상대로 일종의 '여론 조사'를 해서 가급적, 최소한 봄이 될 때까지는 닭 키우기를 미뤄보는 것이다. 연초에는 날씨가 너무 춥지 않느냐, 바깥에서 생활하기 편해질 때까지 기다렸다가 데리고 와야 닭에게도 좋을 것이라는 게 내 주장이었다. 그렇게 봄까지 일단 보류를 하면, 닭을 키우면 어떤 일이 일어나는지를 연구할 정도의 시간은 벌 수 있을 것이었다.

때로는 교활한 속임수가 유일한 방법이기도 하다. 우리 식구들은 내게서 원하는 것을 얻기 위해 그런 방법을 사용한 적이 있고, 나도 아내와 함께 뷔타르 씨에게 낮은 견적가를 받아내기 위해 그렇게 하고 있기도 했다. "어떤 공사를 생각하고 있습니까?" 하고 뷔타르 씨가 전화로 물었을 때, 그는 이미 견적을 내기 위해 우리 집까지 시간을 내서 찾아올 것인가, 아니면 몇 주 지켜보다가 아무 때나 시간이 나면 들를 것인가를 저울질하고 있었다.

"부속건물들을 완전히 개조하려고요" 하고 아내가 대답했다. "교실과, 사무실, 그리고 부엌이 필요하고, 욕실이 딸린 침실 네다섯 개를 생각하고 있어요."

"오늘 점심 시간 후에 바로 가죠." 뷔타르 씨는 신이 나서 대답했다.

모든 시설을 짓는 데 드는 견적을 받아보고 싶은 건 사실이었지만, 당장 우리 예산으로는 어림도 없는 규모의 공사였다. 첫 공사는 그저 사무공간이 붙은 교실을 만드는 정도를 넘지 못할 것이었다. 뷔타르 씨는 점심시간이 끝나기 무섭게 가쁜 숨을 내쉬며 우리 집에 도착했다. 급히 뛰어와서 숨이 가빴던 게 아니라, 지난 번 우리 집 공사를 해준 뒤로 엄청나게 체중이 불어서였다. 이 지역에서 그나마 공사를 제대로 하는 유일한 건축업자인 건 사실이지만, 혹시 우리가 못 본 지난 3, 4년 사이에 경쟁업자들을 모조리 잡아먹은 건 아닐까 의심이 들었다.

뷔타르 씨는 벽을 탁탁 쳐보고, 어차피 뜯어낼 창문들을 별 이유도 없이 자로 재보더니 입맛을 다시면서 고개를 흔들었다. 물론 그러는 동안 들고 있던 노트에 우리 '프로젝트'에 관한 메모를 잔뜩 적어 넣었다. 우리는 공사를 두 단계로 나누어서 할 생각이라고 했다. 첫 단계는 사무공간이 들어간 교실을 만들고, 그게 완성된 후에 다시 나머지 작업 일정을 정하자고 제안했다. 뷔타르 씨는 안경 너머로 우리를 물끄러미 바라봤다. 우리의 수를 빤히 읽은 게 분명했지만, 어찌 되었든 공사를 맡으면 장기적으로 큰 돈을 벌 수 있다는 생각에 그냥 속아주는 척하기로 한 것 같았다. 뷔타르 씨는 1주일 내에 견적을 뽑아주겠다고 했다. 그 말은 우리가 열심히 재촉하면 3주 후에나 견적을 준다는 뜻이다. 또 공사 기간에 대해서는 "첫 공사는 부활절 직후에 시작할 수 있고, 그러면 6월에는 끝낼 수 있다"고 했다. 물론 아주 낙관적으로 생각하면 그렇다는 것일 뿐이다. 일단 계약만 따내면 뷔타르 씨는 느긋해질 것이고, 6월까지 기술적으로 가능은 하겠지만, 실제로는 불가능에 가까울 것이다.

자신의 밴으로 천천히 걸어가는 뷔타르 씨의 뒷모습을 보면서 아내와 나는 비로소 뭔가를 시작했다는 느낌을 받았다. 바람이 거세게 몰아치고 있었지만, 뷔타르 씨는 전혀 개의치 않는 듯했다. 아내와 나는 서로를 물끄러미 바라보면서 느리기는 해도 일에 진척이 있다는 사실에 뿌듯함을 느꼈다.

"자, 나는 바로 들어갈게." 어서 따뜻한 집 안에 들어가고 싶었다. "나는 좀 있다가 갈게." 아내가 스카프를 단단하게 조이면서 특유의 터프함을 발휘했다.

독감으로 고생하면서도 아내는 차가운 날씨에 굴하지 않

고 밖으로 나갔다. 집에 있으면 똥은 누가 치울 것이냐는 주장에도 일리는 있었다. 그리고 밖에 있는 말들에게 말동무도 되어주겠다는 것이다. 나머지 식구들은 아내의 강인함에 감탄하면서 따뜻한 집 안에서 어떤 고양이가 고약한 냄새가 나는 똥을 쌌는지 맞추거나, 피에로가 이번에는 어떤 가구에 몸을 비비며 변태 짓을 했는지 기억해 두기도 하고, 쿠션의 배치를 바꿔 놓고 과연 엄마가 눈치를 채는지 지켜보기도 했으며, 갖고 있다가 내버린 물건을 다시 이베이에서 주문하면서 소일을 하기도 했다. 추위는 전혀 사그라들 줄 몰랐고, 겨울이 지루하게 계속되면서 줄어드는 장작과 함께 인내심도, 가족간의 화목함도 바닥을 드러내고 있었다.

봄이 오는 징조가 딱 하나 있었지만, 반가운 일은 아니었다. 두더지들이 돌아온 것이다.

두더지. 학명으로는 '유럽 두더지Talpa europaea'이지만, 이 지역에서는 흔히 '망할 놈의 자식들'이라는 이름으로 불린다. 개인적인 생각이지만, 두더지들은 하는 짓거리에 비해 대외 이미지가 별로 나쁘지 않다. 동화 〈버드나무에 부는 바람The Wind in the Willows〉에 나오는 착하고 귀여운 두더지, TV 만화 〈비밀 다람쥐Secret Squirrel〉에 나오는 착하고 귀여운 모로코 두더지. 아, 그 만화에는 다른 두더지도 하나 더 나오는데, 그것도 착하고 귀여운 캐릭터다. 최근에 들어서야 만화 〈사우스파크South Park〉나, 〈지-포스: 기니피그 특공대G-Force〉, 〈인크레더블The Incredibles〉 등을 통해 '두더지는 나쁜 동물이 아니다'라는 잘못된 인식이 조금씩 바뀌기 시작했다. 이제는 진실이 밝혀져야 한다. 우리 집 정원은 말이 차지해버린 부분을 제외해도 제법 넓은데, 두더지들이 팔 수 있을 만큼 땅이 녹기 시작하니 정원은 온통 술에 취한 타임 팀*이 작업을 한 것 같은 꼴이 되어 버렸다.

아, 정말이지 나는 이 '망할 놈의 자식들'이 싫다.

프랑스로 이사온 후로 두더지를 몰아내려고 별의별 방법을 다 사용해 봤다. 전혀 효과가 없는 방법부터 시작해서, 박스에는 독약이라고 쓰여 있지만 두더지용 정력제가 분명한 약까지 전부 써 봤다. 두더지 퇴치를 위해 할 수 있는 실패는 전부 경험했다. 두더지들은 나를 비웃기라도 하듯 정원을 파헤치면서 신성한 영국인의 정원과 그 주인에게 가운데 손가락 두 개를 강력하게 올려 보였다. 그런 그들이 돌아온 것이다. 그리고 미친 듯이 파티를 시작했다.

우리는 주위에 조언을 구해봤지만, 두더지라는 게 말하자면 완치가 불가능한 만성질환 같은 거라서 잠시 괜찮아지는 듯해도 언제든 재발한다. 두더지 퇴치만 전문으로 하는 기술자도 만나 봤다. 그 사람을 보면 두더지에 맞서 싸운다는 것이 어떤 것인지 깨닫게 된다. 푹 꺼진 눈에 텅 빈 눈동자를 하고 뭔가에 홀린 듯한 표정으로 줄담배를 피우는 사내였다. 분명 두더지의 씨를 말리겠다는 포부로 사업을 시작했지만, 지칠 줄 모르는 두더지의 반격으로 이제는 지쳐 껍데기만 남은 불쌍한 사람이었다. "제가 두더지를 몰아내겠습니다." 우리 정원(이었던 비참한 땅)을 살펴보며 그 남자가

---

* Time Team: 고고학자들이 출동해서 단기간 내에 발굴을 하는 영국의 TV 프로그램

말했다. 그러더니 눈물 고인 눈으로 내 얼굴을 보며 말을 이었다. "하지만 다시 돌아올 겁니다. 그들은… 반드시 돌아옵니다."

또 다른 전문가는 폭약 사용을 권했다. 이쯤 되면 독자들은 좀 심한 거 아니냐는 생각을 할 것이다. 물론 폭약까지 동원하는 건 지나친 행동이다. 하지만, 이런 때 아니면 언제 폭발물을 가지고 놀아볼 수 있겠나? 적어도 나는 그 기회를 놓치기 싫었다. 안전을 위한 대비책을 마련하는 건 당연한 일이었다. 하지만 그렇다고 재미가 줄어들지는 않았다. 아이들은 집 안에만 있게 하고, 동물들은 전부 묶어두고, 설치를 마칠 때까지는 술을 마시면 안 된다. 그 모든 게 흥분되는 일이었다.

나는 두더지가 뚫은 터널 하나를 찾아내고 입구에 폭약을 설치했다. 영화 〈나바론 요새 Guns of Nabarone〉의 데이비드 니븐처럼 폭약을 장전하고는 안전한 거실에서 망원경을 옆에 두고 두더지를 기다렸다. 쾅! 작은 흙 무더기가 공중으로 솟아올랐다. "하하!" 나는 큰 소리로 외쳤다. "두더지에게 죽음을! 승리는 나의 것!" 하지만 자세히 보니 폭발을 피한 두더지가 더 빠른 속도로 땅을 파헤치는 게 아닌가! 두더지는 마치 만화영화에 나오는 새 '로드러너 Roadrunner' 같았고 나는 번번이 실패하는 코요테처럼 느껴졌다. 다시 폭약을 설치하고 터뜨리고, 또 다시 설치하고 터뜨리기를 반복했지만 번번이 실패했다. 그날 오후에만 여섯 번의 폭발을 했지만 두더지는 여전히 살아서 정원의 지표면 바로 아래를 파고 다녔다. 죽기는커녕 다치지도, 겁도 먹지도 않고 승자처럼 의기양양하게 돌아다녔다. 그날 두더지와 나, 둘이서 정원을 초토화시켰고, 저녁이 되자 정원은 1차 세계대전의 참호전을 보는 듯 했다. 이런 일을 매해 반복했고, 나는 별짓을 다해도 두더지를 이길 수 없었다.

두더지와 나는 출발부터 좋지 않았다.

말을 데려오기 전까지 우리는 드넓은 정원의 풀을 깎기 위해 지옥에서 온 듯한 끔찍한 잔디 깎는 기계, 통되즈를 사용해야 했다. 두더지와의 대결에서 마지막 자존심이 무너진 것은 풀을 깎기 위해 마지못해 통되즈를 몰고 들판에 나갔던 어느 봄날이었다. 과일나무 밑으로 통되즈를 몰고 가는데, 느닷없이 바퀴 하나가 두더지가 파놓은 굴에 빠졌다가 튀어오르면서 몸이 운전석에서 붕 날아올랐다. 내 머리는 나무의 가지에 부딪혔고 끼고 있던 이어폰 하나가 빠지면서 그 가지에 걸렸다. 나는 통되즈에서 튕겨 나와 땅으로 떨어졌는데, 이어폰 하나는 땅에 누운 내 귀에, 다른 하나는 나뭇가지에 걸린 우스꽝스러운 꼴이었다. 그러는 사이 통되즈는 나 같은 운전자는 없는 게 차라리 낫다는 듯, 신나게 제 갈 길을 달려가면서 잔디를 깎고 있었다. 나는 열심히 뛰어 쫓아가서 통되즈를 멈춰 세웠다. 그 후로 다시는 그 망할 기계에 올라타지 않았다. 머리를 부딪혀서 정신이 오락가락하기는 했지만, 두더지들이 내 뒤에서 깔깔 웃는 소리를 분명히 들었다.

게다가 두더지들이 땅을 마구 파헤쳐서 말들이 다칠 수 있다는 건 말이 안 된다. 두더지들은 원래 말들이 뛰어다니는 곳으로는 가지 않는다. 그 사고가 어떻게 일어났는지 이해가 가지 않는 게 바로 그 때문이다. 두더지들은 정원에서만 돌아다니니 말들은 다칠 염려 없다. 물론, 말과 두더지들이 (나를 해치려고) 모종의 뒷거래를 했다면 얘기가 달라진다.

두더지들의 또 다른 테러 공모자는 우리 집 고양이들이다. 고양이들에게 뭘 기대할 수 있으랴만 아예 내놓고 말 듣기를 거부하는 건 용납하기 힘들었다. 공연장에서 관객들이 그러는 것도, 우리 애들이 그러는 것도, 혹은 기계나 넥타이가 말을 안 듣는 것도 못 참는 내가 보기에 고양이들은 아예 세상의 모든 가치를 부정하는 듯했고, 그렇다면 나와의 충돌은 불가피했다. 플레임과 베스파를 집고양이로 길들이겠다는 생각부터가 문제였다. 우선 고양이들은 집 밖으로 나가고 싶어했고, 안에 있으면 집 전체가 자기네 영토인 것처럼 생각했다. 나는 한구석에 나만의 작은 공간을 만들어서 책상을 설치하고 연필꽂이 따위를 올려두었다. 그런데 베스파가 그 옆에 있는 난간을 차지하고 숨어 있다가 내가 책상에서 일을 하려고만 하면 뛰어들어서 결국 그 책상은 쓸모없는 공간으로 전락했다. 한 번은 자다가 이상한 소리가 나서 일어나 살펴보니 베스파가 침대 옆 테이블에 올라와 내가 마시려고 놔둔 물을 쩝쩝 소리를 내면서 핥아먹고 있는 게 아닌가! 내가 불평을 하니 아내는 "당신이 거기에 놔둔 게 잘못이지" 하고 내 탓을 하고는 다시 잠이 들었다. 그러나 가장 큰, 절대로 용납할 수 없는 범죄는 바로 조리대 위로 뛰어오르는 행동이다. 이게 어떤 느낌이냐 하면, 알 파치노가 영화 〈대부 2 Godfather Part 2〉에서 "이것들이 감히 내 집에서!" 하고 호통을 치는 것과 비슷한 거다. "이것들이 감히 내 조리대 위로!" 내 분노는 극에 달했다. 물론 아내는 그것도 내 잘못이란다. 내가 부엌에 음식을 놔두니까 고양이들이 뛰어오르지 않느냐는 것. 그럼 음식을 부엌에 두지, 화장실에 두나?

고양이들이 조리대에 올라올 때마다 물총으로 쏴보기도 했고, 신문지를 말아서, 때로는 그냥 손으로 쫓아내 보기도 했지만 전혀 통하지 않았다. 고양이를 길들인다는 게 과연 가능할까? 고양이가 사람이 시키는 일을 하나? (차라리 사자나 호랑이 같은 고양이과의 다른 동물들은 집고양이에 비하면 착해서 말을 잘 들을 것이다.) 내가 아는 한 집고양이들은 주인들에게 가운데 손가락 두 개를 치켜 올리고 느긋하게 자기 하고 싶은 대로 행동한다. 그러다가 누가 명령을 내리면 "너나 하셔"라는 태도로 싹 무시해버린다. 개를 길들일 수 있는 건 개들이 원래 주인을 기쁘게 하고 싶어 하는 동물이기 때문이다. 여기에서 핵심어는 '주인'이다. 개들은 위계질서 내에서 자신의 위치를 잘 알고 있다. 고양이들에게 위계질서라는 게 있다면 그건 세상의 모든 생물이 자기 아래에 있다는 것뿐이다. 고양이는 프랑스인이다.

나를 개를 길들이는 건 성공했는데 볼칸만은 예외였다. 처음 볼칸을 데려왔을 때 너무 말을 안 듣는 바람에 우리는 브리트니 스패니얼 '전문가'에게 상담을 했다. 그 전문가의 제안은 제대로 훈련이 될 때까지 당분간 전기 충격을 주는 목줄을 사용하라는 것이었다. 개가 말을 듣지 않을 때마다 리모컨을 눌러서 목에 짧고 강력한 전기 충격을 주는 것이다. 지나친 방법처럼 들리는데, 실제로 그랬다. 우리는 그 방법이 별로 마음에 들지 않았고, 말을 안 들을 때 혼내기보다는 말을 잘 들을 때 과자를 주는 방법이 더 낫다고 생각했다. 게다가 우리가 버튼을 누를 때마다 엉뚱하게 TV가 꺼지고 자동차 트렁크가 열린다는 단점도 있었다. 한 번 산책을 데리고 나갔다가 사용해 봤는데, 개를 괴롭히는 것 같아 마음이 편치 않았다. 그래서 아내와 서서 길게 이야기한 끝에 전기 목줄은 사용하지 않기로 결론을 내렸다. 문제는 우리가 열띤 토론을 하는 동안에 일어났다. 두 살짜리 모리스가 리모컨을 가지고 우리 앞에서 사라졌는데, 그게 뭔지 모르고 마구 눌러대는 바람에 불쌍한 볼칸은 계속해서 전기 충격을 받은 것이다. 볼칸을 찾아냈을 땐 이미 짚을 보관하는 헛간에 쭈그리고 엎드려 있었다. 볼칸의 모습은 당당한 브리트니 스패니얼이라기 보다는 밤새 술을 마시고 지쳐 쓰러진 브리트니 스피어스*에 가까웠다. 그 일 이후로 볼칸은 우리를 좋아한 적이 없지만, 적어도 모리스에게만은 철저히 복종했다.

우리는 고양이를 점점 더 자주 밖에 내놓기 시작했다. 사고로 자기 고양이를 잃은 새뮤얼은 기겁했지만, 고양이들을 하루 종일 집 안에 가둬두는 건 불가능했고, 나도 하루 종일 고양이들과 집에 갇혀있는 게 힘들었다. 게다가 우리 고양이들은 자신들의 본업인 쥐 퇴치에 대해서는 될 대로 되라는 태도였다. 고양이들이 그러는 걸 전혀 이해 못하는 건 아니다. 겨우내 창고에서 보관 중이던 마르멜로를 갉아먹고 있는 쥐를 본 적이 있는데, 정말 소름이 끼치도록 큰 쥐였다. 물론 그런 큰 쥐라도 고양이들이 합심해서 덤벼들면 내쫓을 수도 있겠지만 그럴 생각은 없고, 그저 물끄러미 바라보기만 했다. 디즈니 만화도 아니고, 쥐와 고양이들이 사이 좋게 지내는 모습에 어이가 없을 따름이었다. 그러나 그런 평화는 오래가지 않았다. 족제비가 나타난 것이다.

빈 말이 아니라, 나는 족제비의 등장이 정말로 반가웠다. 족제비는 정말 잔인한 포식자로, 절대 과소평가해서는 안 된다. 밤에 집 밖으로 나가면 이런저런 동물들의 비명 소리를 들을 수 있는데, 그게 전부 족제비에게 공격을 당하고 있거나 목이 잘려 나가는 중에 지르는 비명이다. (족제비들은 원래 그렇게 동물들의 목을 잘라 죽인다.) 춥고 안개 낀 밤에 그런 소리가 들려오면 소름이 쫙 끼치면서 빅토리아 시대의 살인마 '면도날 잭Jack the Ripper'이 범죄 대상을 찾아 서성이던 안개 낀 런던 거리가 떠오른다. 하지만 어쨌거나 족제비의 등장과 함께 문제의 쥐가 사라진 것은 사실이다. 쥐의 사체를 발견하지 못했으니 족제비가 그 쥐를 죽인 건지, 아니면 쥐가 자기 크기의 절반도 안 되는 그 족제비를 보자마자 "에라 모르겠다, 난 도망간다" 하고 떠났는지 알 도리가 없었지만, 아무래도 상관없었다.

한 가지 분명한 것은 우리 농장의 환경, 즉 가축과 과일이 있고 집 주위가 따뜻한 환경이 동물 세계의 사냥꾼들을 불러들이고 있다는 사실이다. 매서운 겨울 날씨는 계속되고 먹잇감이 될 만한 작은 동물들은 비쩍 말라서 돌아다니니 배고픈 육식동물들에게는 상대적으로 풍성한 사냥터였다. 그러다 보니 농담이 아니라 늑대까지 집 주변을 어슬렁거렸다.

나는 프랑스로 이사온 후로 여우를 보기는커녕, 여우 소리도 들어 본 적이 없다. 그래서 이제는 여우라는 것이 커피숍이나 진흙 한 번 묻혀본 적 없는 사륜구동 SUV, 혹은 사회주의처럼 도시에나 존재하는 현상이라고 생각하기 시작했다. 하지만 도시에 사는 사촌들만큼 용감하지는 않지만 농촌에도 여우가 살고 있다. 그리고 추운 겨울 날씨가 계속되면서 여우들도 버티지 못하고 마을로 내려오기 시작했다. 여우 소리를 처음 들은 것은 토비였다. 움직임 감지 센서로 보안등이 켜지는 바람에 문틈으로 여우를 본 모양이었다. 요란한 소리에 놀란 내가 아래층으로 뛰어 내려와 토비를 집 밖으로 풀어놓았을 때는 이미 여우가 멀리 달아난 뒤였던 것 같다. 하지만 몇 분 후에 여우 우는 소리가 들려왔다. 마치 이빨이 나느라 아파서 우는 아기의 소리처럼 날카로운 소리였다. 정원을 지키면서 요란스럽게 짖는 토비 때문에 여우 소리는 점점 멀어지고 있었다.

이 지역에 사는 여우가 사람이 사는 마을까지 내려온 건 드문 일이었지만, 먹을 게 없어진 여우로서는 어쩔 수 없었을 것이다. 긴 겨울로 어려움을 겪는 건 여우만이 아니었다. 이 지역의 새들도 마찬가지였다. 호수와 연못은 얼어붙었고, 강은 무서울 정도로 빠르게 흘렀으며, 땅은 눈에 덮여있는 날이 더 많았다. 우리는 새들에게 먹이를 주려고 했지만, 새들이 앉으려고만 하면 고양이들이 덤벼들었고, 새들이 먹을 수 있게 던져 놓은 빵은 토비가 먹어 치우는 바람에 새들에게 돌아가는 건 많지 않았다.

상황은 점점 견디기 힘들어졌다.

불행하게도 어떤 새들은 진짜 시골 풍경과 유리창에 비친 풍경을 구분하지 못 하는 것 같다. 그게 아니면 이번 겨울처럼 지독한 추위는 더 이상 못 참겠다는 생각에 가미카제처럼 자살을 감행하는 듯, 종종 우리 집 거실에 잊을 만하면 한 마리씩 새가 날아와 부딪히곤 한다. 그런 일이 생기면 느닷없이 쾅! 하는 큰 소리가 들리고, 집 안에 메아리가 다 울린다. 창밖을 보면 충격을 받은 새가 유리창에 부딪혔다 튕겨져 나가서 잠시 정신을 잃은 걸 볼 수 있다. 작은 새들의 경우 죽기도 한다. 큰 새들은 한참을 멍하게 있다가 정신이 돌아오면 몸을 추스르고는 취객이 술집을 떠나듯 비틀거리며 다시 날아간다. 그러나 누군가 도와줘야 하는 경우도 있다.

그날 나는 헛간 문에 기대고 앉아 책을 읽고 있었는데 창문에 뭔가 큰 소리를 내면서 부딪혔다. 소리가 어찌나 컸는지 내 몸에까지 충격이 전해지는 듯했다. 급히 일어나 소리가 난 쪽으로 뛰어갔다. 누군가 우리 집을 공격한다는 황당한 생각이 잠시 스쳤다가 지나간 후에야 무슨 일인지 깨달았다. 다 자란 물총새 한 마리가 전속력으로 날다가 창문에 부딪혀 정신을 잃고 바닥에 떨어져 있었다. 파란색과 오렌지색이 화려하게 섞인 새의 몸뚱이를 자세히 살펴보니 아직 가슴이 움직이고 있었다. 그 상황에서 내가 뭘 해야 하는지는 알 수 없었지만, 그 새를 그냥 바닥에 둘 수는 없었다. 일단 나가서 새를 집어 들었다.

새가 가쁜 숨을 쉬는 게 분명히 보였다. 물총새에 관한 나의 전무한 의학 지식을 바탕으로 보건대, 일단 좋은 신호였다. 나는 새를 연못가로 데리고 가서 앉아 있기로 했다. 새의 목이 꺾여 있는 각도가 좀 불안했다. 어쩌면 목이 부러졌는지도 몰랐다. 결정을 내려야 했다. 그냥 거기에 놔두거나, 안락사를 시키거나, 아니면 프랑스 농부들의 웃음거리가 될 각오를 하고 새를 동물병원에 데려가는 거였다.

바로 그때 새가 천천히 눈을 떴다. 그리고는 5분 동안 마치 혼수상태에서 깨어나듯 서두르지 않고 가만히 누워만 있었다. 가빴던 호흡이 천천히 느려졌다. 가만 생각해보니 천천히 숨 쉬는 게 더 좋은 신호 같았다. 새는 아주 천천히, 그리고 아주 힘들게 머리를 움직였다. 마치 부상 당한 몸 구석구석을 점검하는 듯 했다. 다리를 뻗어 보는 것도 같았다. 나를 두려워하는 것 같지는 않았다. 겁을 내지도, 몸을 일으키려고 급히 서두르지도 않았다. 마치 술 마신 다음날 숙취에 시달리면서 자리에서 일어나는 사람을 보는 것 같았다. 모든 동작을 천천히, 하나씩, 하나씩 반복하면서 모든 감각이 제대로 돌아왔는지 확인하고 있었다.

다시 10분이 지난 후에 새가 내 손 위에서 몸을 일으켜 세웠다. 내 손은 이미 꽁꽁 얼어있었다. 하지만 새는 날아가지 않고 그렇게 머물러 있었다. 내 생애에 그렇게 감격스러운 순간이 또 있었을까. 이렇게 작고 아름다운 생명체가 죽을 위기를 벗어나는 동안 나를 철저하게 신뢰해서 나와 함께, 그것도 내 손 위에 머물러 있다니. 잠시 후 새는 나를 쳐다보면서 짧게 짹짹 소리를 내더니 하늘로 날아 올랐다. 그리고는 내 옆을 바짝 붙어 날아다니면서 연못 주위를 몇 바퀴 돌더니 어둠이 깔리기 시작한 저녁 하늘 저 멀리 미끄러지듯 사라졌다.

나는 새가 떠난 후에도 한동안 연못가에 머무르면서 방금 전에 일어난 일을 다시 한 번 생각해 보았다. 연못가는 이루 다 표현하기 힘들 만큼 고요했다. 얼어붙은 농촌의 적막함이 주위에 스산함을 더했다. 농촌생활에 적응하는 데는 생각보다 시간이 많이 걸리고 있었다. 도시에서 태어나 도시에서 자란 내게는 매 주말마다 출장을 떠나 콘크리트로 둘러싸인 환경에서 매연을 마시는 일이 때론 반갑기까지 했다. 하지만 방금 경험한 일은 너무나 충격적이고 나의 일상이나 나의 이미지, 그리고 항상 긴장하고 불안해서 어쩔 줄 모르는 나의 완벽주의와는 너무나 동떨어진 일이라 마치 하나의 반환점처럼 느껴졌다. 이제 나는 깃털 달린 작은 친구들을 구조하고, 족제비의 야생 본능을 받아들이고 있었다. 나는 그리즐리 애덤스*나 두리틀 선생** 으로 변해 가고 있는 것이다. (물론 패션 감각은 그 사람들보다 낫겠지만.)

그 생각을 하는데 뭔가 내 다리를 문지르고 있음을 느꼈다. 내려다 보니 우리 집 변태 피에로가 내 슬리퍼에 몸을 비비며 헐떡이고 있었다. 물총새가 가져다 준 아름다운 시간은 그

---

* Grizzly Adams: 19세기 미국 캘리포니아의 산 속에 살면서 그리즐리 곰과 다른 야생동물들을 잡아 길들인 인물
** Doctor Doolittle: 어느 날 동물의 말을 알아들을 수 있게 된 의사 두리틀 박사의 에피소드를 그린 영화의 주인공

렇게 끝났다. "피에로, 넌 왜 그렇게 추하게 늙냐?" 내가 알기로
두리틀 선생은 이런 일은 겪지 않았다.

chapter

16

이방인

"그럼 이제 와인에 대해서는 잘 알겠네?"

프랑스에 산다고 하면 사람들이 자주 묻는 질문이다. 뒤이어 나오는 질문은, "이제 프랑스어는 잘 하겠네?", "왜?" 그리고 "주위에 사는 프랑스인들은 괜찮아? 프랑스 사람들은 원래 영국인을 싫어하잖아"이다. 우선 그 세 질문에 대한 답을 순서대로 적어보면, "웃기지 마", "왜는 왜야" 그리고 "웃기지 마"이다.

와인에 관한 질문에 대한 답은 "아니오"다. 나는 좋은 와인을 구분할 줄 모른다. 물론 와인을 좋아하고 특히 투렌* 지역에 온 후로 드라이한 화이트 와인에 맛을 들이게 된 건 사실이다. 그 전까지는 무조건 '진한 보르도' 하나만 알고 있었다. 하지만 여전히 포도 종류도 모르고, 빈티지 와인도 모른다. 향도 잘

---

* Touraine: 주도는 투르. 고성과 와인이
유명하다.

모르겠고, 와인을 어떻게 섞어야 하는지도 모른다. 어쩌다 좋은 와인을 만나면 행복한 무식한 아마추어일 뿐, 찾아내는 방법은 모른다. (그럼 좋은 와인인지는 어떻게 아냐고? 그냥 사람들이 좋다고 하니까.)

좋은 프랑스 와인을 쉽게 찾으려면 프랑스 슈퍼마켓의 와인 코너에 서성이면서 사람들이 어떤 와인을 사는지 지켜보라는 말이 있다. 프랑스인들은 와인을 잘 알 거라는 착각에서 생겨난 말인데, 사실이 아니다. 그런 식으로 일반화한다면 "좋은 총을 고르고 싶으면 노팅엄 거리를 서성이라"거나 "얼굴에 선탠 로션을 발라서 오렌지색으로 만드는 데 좋은 아이디어를 얻고 싶으면 주말에 리버풀로 가라"고 말하는 것과 같다. 프랑스 사람들이라고 전부 와인을 잘 아는 것도 아니고, 가게 주변을 어슬렁거리는 것도 별로 권장하고 싶지 않다.

아내와 아이들은 시골에 사는 재미를 별의별 동물들을 구조하는 데서 찾는 듯했지만, 내게는 슈퍼마켓이 재미의 원천이다. 나는 옛날부터 프랑스 슈퍼마켓을 유독 좋아했다. 내가 자랄 때만 해도 영국 슈퍼마켓에 비해 가짓수도 훨씬 많았고, 영국에서는 보기 힘든 식재료들을 팔았다. 물론 지금은 반대다. (영국인은 1월에도 금귤을 먹어야 직성이 풀리는 인간들이라 그렇다.) 하지만 프랑스 슈퍼마켓을 향한 나의 사랑은 변함이 없다. 예전엔 프랑스 슈퍼마켓에서만 팔던 물건도 이제는 영국의 어느 슈퍼마켓에서나 구할 수 있다. 가령 세계적으로 유명한 염소치즈, AOC 셀 쉬르 셰르나, AOC 발랑세*도 시내 외곽으로

---

* AOC는 원산지통제명칭이다. 모두 산양 젖으로 만든 치즈의 이름으로, 생산 지역명의 이름을 붙인다.

나가면 언제든지 구할 수 있다. 물론 가격은 네 배를 각오해야한다. 게다가 프랑스 슈퍼마켓들이 하는 단골 포인트 제도는 사기에 가깝고, 고객 서비스도 엉망이다. 하지만 그게 내가 프랑스 슈퍼마켓을 좋아하는 또 하나의 이유다.

한 번은 '슈퍼 U'에서 내가 찾는 술이 매장에 없길래 점원에게 더 없느냐고 물었다. 그 점원은 잘 모르겠다는 표정으로 진열대를 보더니 사라졌다. 창고에서 가져 오겠거니 하고 한참을 기다렸지만 점원은 돌아오지 않았다. 나는 프랑스 점원의 그런 배짱 있는 태도가 마음에 든다. 젊은 시절, 영국의 테스코 매장에서 일하다가 세 번을 짤린 경험이 있는 나로서는 (두 번째는 물건 가격을 확인하지 않았다는 게 이유였다. 요즘 애들은 모르겠지만, 바코드가 없던 시절의 이야기다) 프랑스 슈퍼마켓 점원들의 그런 공격적인 자세가 마음에 든다.

하지만 그런 태도에도 정도가 있다. 세상이 변하면서 우리 동네 슈퍼 U도 '혁신적인' 방식을 도입했는데, 이게 도통 마음에 들지 않는다. 슈퍼마켓에서 손님들이 직접 계산하는 무인계산대는 코미디언들의 단골 소재다. "손님의 '물건'이 맞는지 다시 한 번 확인해 주세요" 따위의 말은 나를 포함해 웬만한 코미디언들이라면 다 한 번씩은 해봤다. 영국에서는 이미 보편화된 무인계산대이지만 프랑스에서는 아직 흔하지 않고, 더군다나 이런 시골동네에서는 만나기 힘들다. 그런데 그게 이곳 슈퍼마켓에 설치된 것이다. 내가 보기에 무인계산대의 진정한 목적은 신속한 서비스를 제공하는 것보다는 사람들이 서로 얼굴을 대하는 일을 최소화하는 데 있다. 물론 계산대의 점원들이 만나고 싶은 사람들이라는 건 아니다. 대개는 아주 어리거나 은퇴한 노인들이 일하고 있는데, 전자의 경우는 눈만 마주쳐도 나처럼 나이가 들까봐 걱정되는 듯 시선을 회피하고, 후자의 경우는 내 쇼핑 카트에 든 물건들을 한심하다는 듯 쳐다보면서 "하여튼 요즘 것들은…" 하고 중얼거린다.

하지만 그런 점원이라도 있는 것이 목소리만 부드러운 여자 점원이 무인계산대를 이용하라고 강요하는 것보다는 낫다. 무인계산대의 설치 목적이 점원의 숫자를 줄이는 것이라는 주장도 있지만, 현실을 보면 매장에 필요한 점원은 전혀 줄지 않는다. 표면적으로는 고객을 신뢰하기 때문에 자율성을 준다는 것이 무인계산대의 취지이지만, 그게 사실이라면 왜 그렇게 많은 '도우미'들이 무인계산대 주위에서 경비견처럼 살벌하게 감시하고 있겠는가? 슈퍼마켓은 자기네 점원도, 고객도 믿지 않는다.

영국인들의 특징은 그런 일이 있어도 그냥 참고 넘어간다는 것이다. 코미디언들은 그런 무인계산대를 비꼬는 농담을 할 것이고, 칼럼니스트들 역시 날카로운 비평을 쓸 것이고, 사람들은 전반적으로 동의를 하겠지만, 그걸로 끝이다. 영국에서 혁명이 일어나지 않은 이유가 그거다.

반면 프랑스는….

프랑스인들은 과속 단속 카메라가 사고를 줄여준다는 점을 부인하지는 않지만 단속 카메라가 확산되자 사생활 침해를 염려했다. 은밀하고 치사한 방법을 동원한 사법 활동으로 생각한 것이다. 경찰국가의 스파이가 멀리 떨어진 곳에서 테크놀로지를 이용해 평범한 사람들을 감시하는 행위는 정당하지도, 프랑스답지도 않다는 것이다. 그 결과, 사람들이 도로변에 설치된 단속 카메라들을 자꾸 부수는 바람에 계속해서 교체해야 했다. 프랑스인들은 과거처럼 교통경찰이 길가에 숨어있다가 튀어나와 단속하면서 "속도 좀 줄이시고, 점심식사 때 코냑 마시지 마세요. 벌금은 30유로입니다" 하고 직접 말해주는 게 더 낫다고 생각하는 것 같다.

그런 사람들은 아직도 동네 슈퍼마켓 야채코너에 모여서 다가올 미래의 위험에 대해 음울하게 이야기하고 있을 가능성이 높다.

그리고 그들의 우려는 현실로 나타났다. 슈퍼마켓이 일요일 점심시간에 문을 닫았다가 월요일 아침에 다시 문을 열었다. 그 사이에 무인계산대 세 개가 일렬로 설치되었다. 하지만 그 계산대로 가려는 손님은 아무도 없었다. 슈퍼마켓과 고객들이 일종의 대치 상태에 들어간 것이다. 사람들이 붐비고, 계산대는 네 개밖에 열려있지 않았지만, 물건을 하나만 사려는 사람도 1주일치 장을 보는 사람들 뒤에 설 뿐, 아무도 무인계산대를 사용하려고 하지 않았다. 도우미들이 다가가 새로운 계산대 시스템을 사용해보라고 설득하면서 고객들의 단결을 깨뜨리려고 했다.

한 노인은 "내가 돈도 안 받고 점원 대신 일해야 하느냐"고

화가 나서 따졌다. 그는 계산대에서 일하는 아가씨를 가리키면서 자신이 (무인계산대의) '로보트'를 이용하면 저런 사람들이 일자리를 잃는 거라고 설명하며 주위로부터 동의를 구했다. 그러자 주위에 있던 사람들이 함께 목소리 높여 지지하고 노인의 어깨를 두드려주었다. 폭동이 일어날 걸 기대했는지, '브라보!' 하고 소리를 지르며 약간 오버하는 사람도 하나 있었다.

무인계산대 설치 후 며칠 동안은 사용하는 사람이 아무도 없었다. 과거의 가치와 현대적 삶의 방식 사이에 소모전이 벌어지는 동안 계산대는 여전히 새것처럼 반짝였고, 옆에 있는 비닐백 코너 역시 물건 구경을 못하고 있었다. 하지만 슈퍼마켓은 손님들을 무인계산대로 끌어들일 방법을 찾아냈다. 바로 점원이 배치된 유인계산대의 숫자를 하나로 줄여서 기다리는 시간을 대폭 늘린 것이다. 그러자 사람들은 마지못해 무인계산대로 발걸음을 옮겼다. 차마 지켜보기 힘들었다. 그 당당하던 태도는 어디 갔는지, 순한 양처럼 아무 말 없이 무인계산대를 사용하기 시작했다. 그들은 저항을 포기하지 않고 유인계산대 앞에 길게 줄 서 있는 동지들을 똑바로 쳐다보지 못했다. 공동체 내의 우정이 무너지면서 무인계산대에도 사람들이 줄을 서기 시작했다. 파리에서 온 어떤 손님은 무인계산대에 익숙하지 않은 시골 사람들이 계산하는 데 시간을 너무 끈다고 불평했다. 그 사람이 못 참고 "파리에서는 이렇게 오래 걸리지 않아요!" 하고 내뱉는 바람에 사람들의 기분이 상했다. "그럼 파리에 가서 쇼핑하든가!" 하는 대답이 돌아왔다.

처음 몇 주 동안은 온갖 해프닝이 있었다. 농부 하나가 계산대의 기계를 주먹으로 내리치는 것도 봤고, 비닐백 속에 물건을 넣고 싶지 않은데도 넣으라고 한다고 불평하는 사람들도 있었고, 물건들을 아예 스캔할 생각도 안 하고 통과시키는 사람들도 있었다. 결국 슈퍼마켓은 경비원을 고용해 점원과 함께 지키게 했고, 전기스위치로 작동하는 게이트를 설치해 손님들이 계산대에서 충분히 시달렸는지 확인한 후에야 귀가할 수 있게 풀어주었다.

내 짐작에는 무인계산대도 결국은 도로에 있는 단속 카메라와 비슷한 운명을 맞이할 것이다. 현대판 러다이트* 하나가 몰래 숨어 들어가 무인계산대를 납치한 후에 방망이로 흠씬 두들겨 팰 것이다. 그러면 계산대는 현대화의 비극적인 상징처럼 쓰러지면서도 슬픈 목소리로, "가져오신 장바구니를 이용하시겠습니까?" 하고 질문할 것이다.

그래도 그런 일 때문에 프랑스 슈퍼마켓을 향한 나의 사랑이 줄어들지는 않았다. 나는 굴하지 않고 열심히 슈퍼마켓에 갔다. 슈퍼마켓을 좋아해서이기도 했지만, 한창 크고 있는 남자아이 세 명을 키운다는 건 메뚜기 떼를 데리고 사는 것과 같아서 식량이 정신 없이 사라지기 때문이다. 거기에 개, 고양이, 말 사료 그리고 우리가 마시는 와인까지 유지하려니 사실상 슈퍼마켓에서 살다시피 했고, 슈퍼마켓에서는 매일 들르는 나를 수상하게 보는 게 분명했다. 이곳에서는 대개 남자들이 차에서 기다리는 동안에 아내가 쇼핑을 한

_____

* Luddite: 19세기 초 일자리를 빼앗아가는 기계화에 반대하여 공장의 기계들을 부순 것으로 유명한 노동운동 혹은 그 운동의 참가자

다. 그러다가 아내가 쇼핑을 마치고 나오면 피우던 담배를 끄고 차에서 기어나와 트렁크에 짐을 채우고, 카트를 반납하면서 동전을 받아온다. 그 정도는 아니라고 해도 1960년대 영국 신사처럼 차려 입고 매일같이 슈퍼마켓에 들르는 남자는 없다. 그런 상황이다 보니 슈퍼마켓에서 일하는 모든 사람이 나를 수상하게 여긴다.

그런 의심의 눈초리는 사실 한두 해 전에 일어난 한 사건에서 비롯되었다. 나는 슈퍼마켓에서 〈TV가이드〉를 집어서 카트에 넣고 맥주 코너로 이동했다. 그리고 거기에서 맥주 한 박스를 집어서 카트 안에 있던 〈TV가이드〉 위에 놓은 것이다. 그리고 항상 그렇듯 계산대에서는 맥주 박스를 다시 꺼낼 필요 없이 바코드만 찍어서 스캔하는 점원에게 건넸다. 맥주 박스 밑에 있던 〈TV가이드〉는 까맣게 잊었다. 나중에 주차장에서 자동차 트렁크에 짐을 옮기는 중에야 〈TV가이드〉를 발견한 것이다. 그 때 마침 새뮤얼이 옆에 없었더라면 대수롭지 않은 실수라고 여기고 그냥 집으로 왔을 것이다. 세상에는 착한 천사 같은 아이들이 있다. 만화 〈톰과 제리Tom & Jerry〉에서 주인공이 갈등할 때 한쪽에는 천사가, 다른 한쪽에는 악마가 나오는 장면에 등장하는 그런 천사. 그런 새뮤얼이다보니 나는 아이에게 "아빠가 득템했네!"라고 말하거나 "이건 슈퍼마켓을 상대로 한 투쟁의 산물"이라고 애써 설명하느니, 그냥 계산대로 돌아가서 내 실수를 해명하고 돈을 지불하는 게 빠르고, 또 좋은 아빠가 되는 길이라고 생각했다.

그런데 그렇지 않았다.

"그러니까 잡지를 훔쳤다고 이야기하려고 돌아오신 거예요?" 점원이 안경 너머로 나를 보면서 말했다. '어떻게 이런 인간이 다 있나' 하는 표정이 얼굴에 나타났다. 일이 이상하게 진행되는 데 당황한 나는 열심히 설명을 했지만, 일단 내 프랑스어 실력이 형편 없었고, 물건을 훔친 인간이 다시 돌아왔을 때에는 이유가 있을 거라는 의심이 더해져 내 말을 믿지 않는 게 분명했다. 심지어 (나보다 프랑스어를 잘하는) 새뮤얼까지 나서서 설명했지만 효과가 없었다. 아니, 오히려 역효과가 났다. 아이를 도둑질에 동원하는 패긴* 같은 인간으로 생각하는 것 같았다.

결국 나를 보내주기는 했지만, 〈TV가이드〉는 돈을 내더라도 가져갈 수 없다고 했다. 〈TV가이드〉 없이 TV를 보는 것이 슈퍼마켓에서 내가 저지른 '범죄'에 대한 형벌인 것 같았다. 그렇게 나는 요주의 인물이 되었다. 슈퍼마켓에 갈 때마다 계산대의 점원들은 내게 쇼핑백을 열어 보라고 했고, 맥주 박스를 들어서 밑에 〈TV가이드〉가 없는 걸 확인했다. 점원들 말로는 이제 슈퍼마켓에서 카트를 확인하는 규정을 만들었기 때문이지 나를 표적으로 삼아서 하는 게 아니라고 했지만, 믿기 힘들었다. 심지어 새로 들어온 계산대 점원도 내 평판을 알고 있는 듯했다. 어쩌면 신입사원 교육 과정에 내가 등장하는 건지도 모른다. 다양한 종류의 사과를 구분하는 법, 파스타 봉투에 붙은 바코드를 스캔하는 방법

---

* Fagin: 찰스 디킨스의 소설 〈올리버 트위스트〉에서 올리버에게 도둑질을 가르치는 인물

을 가르치다가, 희미한 CCTV에 내가 등장하면 "아, 그리고 저기 저 사람 보이지? 저 사람은 철저히 수색해야 해" 하고 가르치는 게 분명했다.

작년에는 크리스마스 직전에 슈퍼마켓에서 산타클로스 분장을 한 사람이 마이크를 들고 매장을 돌아다니면서 간단한 질문을 하고 정답을 맞추면 선물을 주는 행사를 했다. 주목받는 걸 즐기지 않고, 그런 행사에서 무시당한 적이 많았던 나 같은 사람들에게는 상당히 부담이 되는 일이다. 내 눈에는 우스운 행사처럼 보인 것도 사실이다. 옛날 느낌도 나고 좋기는 하지만, '식사 중인 (이 경우는 식사를 위한 쇼핑을 하고 있는) 프랑스인은 건드리면 안 된다'는 중요한 규칙을 어기는 행사이므로 실패할 수밖에 없었다.

설마 산타클로스가 나를 고를까 싶었지만, 예상은 빗나갔다. 어느 한산한 오후, 전날 빼먹은 물건 몇 가지를 사러 들른 나를 붙잡아 계산대 근처 구석으로 데려가는 게 아닌가.

산타클로스는 "메리 크리스마스!" 하고 소리를 지르면서 약간 거북스러우리만큼 가까이 다가오더니, 한 손으로 쇼핑 카트를 짚으면서 (내 기준에 이건 에티켓에 어긋난다) "선생님, 간단한 질문 하나만 드리겠습니다!" 하고 입을 열었다.

그러더니 그는 '1966년 월드컵의 우승컵은 어느 나라에게 돌아갔죠?'라고 묻는 게 아닌가?

"잉글랜드죠." 나는 대답하면서도 수상하다고 생각했다.

그는 "맞아요, 맞아요! 정답입니다!" 하고 외치면서 정신없는 틈을 타 어린이용 문구세트를 내 카트에 슬쩍 집어넣는 게 아닌 가! 함정이 틀림없다고 생각했다. 이제는 증거물을 몰래 내 카트에 집어넣는구나! 나는 불안한 눈초리로 주위를 둘러보면서 경찰이 크리스마스 케이크와 과자 더미 뒤에 숨어서 지켜보는 건 아닌지 살폈다. 경찰은 없었다. 계산대를 통과하면서 점원에게 문구세트는 공짜로 받은 거라고 설명했지만 (산타클로스도 점원에게 이야기를 해 줬다) 나의 불안감은 완전히 없어지지 않았다.

이런 일들 때문에 나는 슈퍼마켓에만 가면 불안해졌다. 만약 좋은 와인을 구하려는 사람들의 충고처럼 내가 와인 코너 주변을 서성이면서 사람들이 어떤 와인을 사는지 지켜본다면 점원들이 내쫓을 것이 분명했다. 만약 그러지 않는다고 해도, 정말 그게 와인을 잘 고르는 방법일까? 단지 프랑스인들이 좋아한다고 좋은 와인이란 말인가? 물론 프랑스인들이 와인을 잘 아는 척 하는 건 사실이다. 그건 절대 변하지 않을, 일종의 민족성이고, 나는 좋게 생각한다. 프랑스에 살기 시작한 이래로 나는 와인에 대해서 잘 모른다는 사실을 인정하는 프랑스 사람은 단 한 명도 만나본 적이 없다. 그리고 대개는 와인에 대해 열렬한 애국심을 보인다. 우리 동네 슈퍼마켓에는 프랑스산이 아닌 와인은 아예 팔지도 않았다. 최근에서야 마지 못해 람브리니* 를 들여놓았다. 마치 "다른 지역에서는 이런 것도 와인이라고 한다네요. 천박하기는." 하고 말하는 듯 했다.

이 지역 사람들이 무슨 와인을 고르는지 지켜보라는 건 그

＊ Lambrini: 리버풀에서 만드는 저렴한
영국 와인 브랜드

사람들이 와인에 대한 좋은 취향을 가지고 있다는 것을 전제로 하는 말인데, 모든 사람이 좋은 취향을 가지고 있을 수는 없는 일이다. 무엇보다 그 사람들도 비슷한 충고에 속아서 따라 하고 있다는 걸 알아야 한다. 한 번은 조용한 월요일 점심시간에 슈퍼마켓에 갔다. 항상 그렇듯 내 복장은 음식을 사러 온 이 지역 농부보다는 런던 중심가에서 밤새 클럽을 돌아다니는 모드족에 가까웠다. 그런데 누군가 내 뒤를 몰래 따라오고 있었다. 물론 이 슈퍼마켓에서 내가 물건을 훔칠 인간이라는 평판을 받고 있었기 때문에 누군가 감시하는 게 이상한 일은 아니었지만, 이번에는 달랐다. 점원이 아니었기 때문이다. 마을 사람 하나가 뒤를 따라오며 무슨 와인을 고르는지 지켜보다가 내가 고르는 것과 똑같은 와인을 고르는 게 아닌가! 나는 모르는 척했다. 그 와인들이 마음에 들었기를 바라지만, 사실은 내가 와인을 고르는 기준에 아주 실망했을 것이다.

나는 일부러 희한한 이름을 가진 브랜드만 고르고 있었다.

심하다고? 그럼 내가 뭘 할 수 있었겠는가? 앞서 말한 것처럼, 포도를 잘 아는 것도 아니고, 그렇다고 좋은 와인이 나온 해를 기억하는 것도 아니다. 그러니 웃긴 이름을 기준으로 골라도 별 차이가 없지 않나, 뭐 그런 생각이었다. 그러다가 기가 막힌 놈을 발견했다. 랑그도크 루시옹Languedoc-Roussillon 와인인데 이름이 시뇨르 다스Seigneur d'Arse, 영국식으로 번역하면 '엉덩이의 제왕Lord of Arse'이었다. 나는 '엉덩이의 제왕'을 두 병 샀다. 더 많이 사면 유치한 짓을 한다고 할 것 같아서 나중에 돌아가서 더 많이 사올 생각이었다. 안타깝게도 그 와인은 그날로 매진되었다. 나 같은 영국 출신 이민자가 똑같은 장난을 친 게 분명했다.

나는 이 와인을 친구이자 코미디언인 폴 손에 주었다. 그 친구는 나만큼 장난을 좋아할 뿐 아니라, 스스로를 와인 애호가라고 생각하고 있다. 와인에 대한 그의 지식을 깔보는 건 아니지만, 폴의 전문성이라는 건 그냥 "어떤 종류의 '쉬라즈*'를 갖고 있지?" 하고 묻거나, 와인으로 입안을 헹구듯 입 속에서 빙빙 돌려가면서 마신 후에, "아주 메탈릭**하군" 하고 말하는 게 전부다.

마침 아내와 아이들이 영국에 가서 집이 비자 폴이 나를 찾아왔다. 계획은 와인 시음을 하러 주변 농장들을 돌자는 것이었는데, 문제가 생겼다. 신문에 따르면 나를 포함한 프랑스 전역이 소화기성 독감을 앓고 있었다. 폴은 균이 우글거리는 지역으로 걸어 들어온 셈이어서, 얼마 되지 않아 증상이 나타났다. 예전에 폴과 함께 인도를 여행한 적이 있다. 런던 코미디 스토어가 프랜차이즈를 열어서 공연을 간 것인데, 인도에서 설사에 시달리던 우리는 '스멕타Smecta'라는 지사제를 복용하면서 버텼다. 스멕타는 마치 파우더를 탄 듯 희뿌연 흙탕물 같은 액체인데, 아마 장에 그 뿌연 물질로 벽을 쌓아 설사가 나오지 않게 하는 것 같은 고약한 약이다. 꾸준히 복용하면 효과가 있지만, 와인 시음을 위해 먼 길을 떠날 때 도움이 될 약은 아니었다. 우리는 너무 많이 마시지는 말자고

---

* shiraz: 프랑스 론 계곡이 주산지인 포도 품종
** metalic: 금속성 느낌이 나는

다짐했다.

상세르 지역은 우리 집에서 한 시간 반 정도 떨어져 있어 우리의 몸 상태로도 다녀올 만한 거리라고 생각했고, 푸이 쉬르 루아르는 상세르에서 20분을 더 가야 하지만, 트라시 성과 거기에서 파는 유명한 푸이 퓌메* 와인 때문에라도 가볼 만한 곳이었다. 우리 둘은 몸 상태가 좋지 않았지만, 스멕타를 복용하는 걸로 만약의 사태에 대비하고 길을 떠났다. 날씨가 쾌적한 늦겨울의 상세르는 경치가 기가 막혔다. 우리 동네에 비해 산도 많았는데, 녹색과 갈색이 섞인 산은 숨이 막히게 아름다웠고, 이른 초봄의 초록을 뚫고 간간이 튀어나와 있는 성의 첨탑들은 그 아래에 숨어 있는 웅장한 모습을 짐작할 수 있었다.

우리는 오후 영업 시간에 딱 맞춰 트라시 성에 도착했다. 와인을 마실 기대에 차 있었지만 위장의 상태를 고려해서 점심은 거의 먹지 않았다. 성에 도착했을 때 우리는 상당히 지쳐있었다. 성의 지하에 있는 와인 보관소에서 웨이터를 기다리는 동안 우리 배에서 요란한 소리가 났다. 서늘한 지하실 벽에 꾸르륵 소리가 메아리를 쳤다.

"주문은 네가 해." 폴이 말했다.

"왜? 와인은 네가 전문가잖아! 너는 그냥 불어로 '메탈리크!' 하면 다 되는 거 아냐?"

"네가 불어에 능통하잖아." 물론 이건 비꼬는 말이다. 자그마한 웨이트리스가 우리에게 다가왔고, 우리 배에서 동시에 요동치는 소리가 들렸다.

---

* Pouilly Fumé: 루이16세 왕비인 마리 앙트와네트가 즐겨 마셨다는 와인

"안녕하세요, 무슈, 저희 와인을 잘 아세요?"

"어, 아뇨." 내가 대답했지만 배에서 나는 소리가 목소리보다 더 컸다.

"거봐, 유창하잖아." 폴이 옆에서 놀렸다.

와인 시음을 하기에 적당한 몸 상태가 아니었음에도 우리가 그날 마신 와인들은 기가 막혔다. 다시 한 번 말하지만 나는 와인이나 포도에 대해서는 아는 게 쥐뿔도 없지만 그날 마셔본 와인 네 종류는 정말 뛰어났다. 각각 맛이 완전히 다르고 새로 가져올 때마다 가격이 올라갔지만, 가격은 중요하지 않았다. 지금껏 와인을 마시면서 가격이 중요하지 않다고 생각해본 적은 한 번도 없었다. 하지만 이날 와인은 기가 막혔고, 우리는 종류별로 여러 병을 샀다. 마음 같아서는 싹쓸이라도 하고 싶었다. 예전에도 폴과 와인 시음을 다닌 적이 있었는데, 그때도 시음한 와인이 좋아서 몇 병을 샀다. 그런데 시음한 와인과는 다른 걸 팔았다는 사실을 집에 돌아와서야 알았다. 그런 경험 때문에 의심이 많은 폴 조차도 이날은 와인에 반해서 다른 것은 개의치 않았다. 원래는 몇 군데 더 다녀볼 생각이었지만 우리는 더 다녀봤자 이보다 나을 수 없다는 데 동의하고는 스멕타의 약효가 떨어지기 전에 집으로 달려왔다.

그날 저녁, 우리는 기분 좋게 테이블에 앉아 배가 아픈데도 불구하고 와인을 마시러 간 건 대성공이었다고 자부했다. 잔에 담긴 액체를 빙빙 돌려도 보고, 향도 맡아 보고, 조금 마셔도 보았다.

"약간 가루 느낌이 나네. 탁한 것처럼 말야." 내가 말했다. "그리고 약간 메탈릭하군." 내 말에 폴은 고개를 끄덕였고, 우리는 와인잔에 담긴 스멕타를 쭈욱 들이켰다.

배에서 꾸르륵 소리가 나는 동안 폴과 이야기를 이어가려고 말을 꺼냈다. "아내와 아이들이 닭을 사자고 조르네."

"끝내주는군." 폴이 비꼬는 투로 대답했다. "다음 번에 오면 조류독감에 걸리는 거야?"

chapter

17

긴 터널의 끝

나는 시골 사람들이 하는 예측을 별로 신뢰하지 않는다. 겨울이 끝나갈 때쯤 머리가 반백인 노인이 지역 방송국의 뉴스에 나와서 뒤틀린 나무 지팡이로 저 멀리 숲을 가리키면서 "까마귀가 스물여섯 마리 보이니, 이번 여름은 기가 막힐 것"이라고 하는 그런 예측 말이다. 무슨 말을 하든 맞을 확률은 50퍼센트 아닌가? 그런 예측은 관광객들에게나 들려주시라. 우리 이웃 (여기에서 이웃이라 함은, 반경 3킬로미터 이내에 사는 사람들을 일컫는다) 지레시 아주머니는 농부의 아내인데, 이분은 날씨를 정확하게 예측한다. 새들의 움직임을 보고 아는 것일까? 아니면 구름의 모양, 혹은 흙의 밀도? 그게 아니다. 아주머니의 비결은 정오 뉴스의 일기예보를 보는 것이다. 이 지역의 다양한 예보에 따르면 이번 여름에는 날씨가 좋을 것이라지만, 그런 건 일기예

보라기보다는 낙관주의나 희망사항에 불과하다. 사람들은 대단한 건 기대하지 않고, 그저 봄이 늦지만 않았으면 좋겠다고 생각하고 있었다. 해를 마지막으로 본 게 언제였는지 기억도 잘 나지 않기 때문이다. 드물게, 조금 이상한 봄의 징조도 있었지만 이내 밀어닥친 고집스런 구름과 차가운 바람으로 곧 사라졌다. 지난 겨울은 마치 자연이 똑같은 멜로디가 반복되는 지겨운 록음악을 연주하는 듯 도무지 끝이 나지 않았다. 날씨가 나쁘니 어서 진전을 보였으면 하는 공사도 계속 지연되었다.

겨울이 길어지자 아내도 이상해지고 있었다. 끊임없이 내 이메일로 멀리 떨어져 있는 동물구조센터와 잭 러셀 강아지들을 보여주며 가뜩이나 정신 없는 우리 집에 혼란을 가중할 의향이 있는지 떠보다가, 느닷없이 공작새를 한 마리 키워야겠다고 선언한 것이다. 근처에 있는 작은 성에서 공작 십여 마리를 키우는데, 마음대로 돌아다니다 보니 길에도 종종 나온다는 것이었다.

"한 마리쯤 없어져도 눈치 못 챌 거야." 근처를 지나면서 아내가 말했다.

"안 돼!" 나는 아내의 생각에 제동을 걺과 동시에 자동차에도 제동을 걸었다. 조금만 늦었으면 화려한 깃털의 로드킬을 만들 뻔했다.

아이들은 근처 동물원에 가본 지 몇 달이 넘었다고 불만이었다. 하지만 동물원에 갔다가는 아내가 거기에서 돌아다니는 펭귄을 훔쳐나올 것 같아 두려웠다.

심지어 고양이들도 지루해했다. 그냥 축 늘어져서 누워 있다가 부엌에 들어가는 나를 귀찮게 할 목적이 아니면 움직이지 않았다. 개들은 하루 종일 잠을 잤고, 배가 고플 때만 귀찮게 굴었다. 새뮤얼과 모리스는 서로를 귀찮게 했고, 아이들이 그러는 것이 나를 귀찮게 했다. 피에로는 날씨에 영향을 받지 않았다. 일단 귀가 잘 들리지 않고, 앞도 잘 보이지 않는다는 게 큰 이유였지만, 먹을 수 있거나, 몸을 비빌 수 있거나, 오줌을 눌 수 있는 게 아니면 관심이 없었다. 베스파가 자기 침대에서 잠들면 아랑곳 않고 그냥 베스파 위에 누워버리는 개가 피에로다. 그만큼 에티켓이나 사회적 예의 따위에는 관심이 없다. 반면 베스파는 가장 쉽게 화를 내는 고양이였다. 하루는 내 '사무실(이라기보다는 그냥 박스에 가깝다)'에 슬그머니 들어와서는 노트북의 화면보호기에 등장하는 사진들을 보고 있는 베스파를 발견했다. 한심하다는 표정이 베스파의 얼굴을 스쳐갔는데, 마치 브라이언 시웰*이 동네 미술관을 방문한 것 같은 표정이었다.

온 가족이 너무나 조용히 지냈다. 무슨 일이라도 일어나서 이 고요를 깨워 주기를 바라는 것 같았다. 물론 내가 프랑스로 온 이유는 지금 같은 평화와 조용함을 원했던 것이므로, 이런 고요함이 만족스러워야 했다. 하지만 이건 전혀 평화롭게 느껴지지 않고, 불안한 휴전 상태, 혹은 폭풍 전야의 고요에 가까웠다. 마치 오래도록 포위된 성에 갇혀있던 주민들이 슬슬 제정신을 잃고 있는 것 같았다.

심지어 우리 집에 나타났던 족제비마저 짐을 싸들고 떠났

---

* Brian Sewell: 신랄한 비평으로 유명한
영국의 미술 평론가

다. 순회하는 정의의 사도, '이름 없는 족제비'가 쥐를 잡는 임무를 완수하고 떠난 것이다. 적어도 말들만큼은 털갈이로 봄이 오고 있음을 알려줬다. 방목장에는 몇 미터마다 말털이 수북하게 쌓여 있었다. 마치 미용대회를 개최한 후에 아무도 청소를 하지 않은 것 같은 모습이었다. 그렇게 털갈이를 하면 주니어도 기분이 좋아질 거라고 생각하겠지만, 천만의 말씀이다. 마누엘 씨와 아내가 공사를 위해서 방목장의 울타리를 새로 만들었는데, (인부들은 주니어가 덤벼들지 않도록 확실한 조치를 해주지 않으면 작업을 못하겠다고 했는데, 현명한 결정이었다고 본다) 주니어는 하루 종일 울타리 앞에 서서 절대로 넘지 못할 것 같은 새로운 나무 울타리를 보면서 프랑스어와 말의 언어를 섞어 "이 나쁜 놈들" 하고 욕을 퍼부었다.

가뜩이나 기분도 좋지 않은데, 아내가 외바퀴 손수레를 주니어의 엉덩이 아래로 밀어 넣으니 좋은 반응이 나올 수 있겠는가? 아내는 마치 말똥 빨리 치우기 세계 신기록에 도전하려는 듯한 자세였다. 아주 흥미로운 풍경이었지만, 말은 당황한 눈치였다. 평소 아내를 좋아하는 주니어로서도 엉덩이에 손수레를 밀어 넣는 건 민폐에 가까웠다.

"그냥 자루 하나를 말 엉덩이에 묶는 건 어때?" 지루했던 나는 아내의 성질을 건드리는 소리를 하고 있었다.

"농담하지마." 아내는 '누구든 걸리기만 하면' 싸울 준비가 된 나의 도전에도 끄떡하지 않고 대답했다. "오른쪽으로 조금만 이동!" 아내는 떨어지는 똥을 정확히 받기 위해 말을 달래고 있었다.

지루해 죽을 지경이었지만, 새로운 일자리 창출은 내 특기가 아니었다. 특히 그게 떨어지는 동물 똥을 특이한 방법으로 받는 일이라면 더더욱 그렇다. 하지만 아내는 1년 내내 쉬지 않고 일하기로는 예술의 경지에 도달한 사람이다. 이런 날 밖에서 일하는 건 정말 끔찍한 짓이다. 날은 춥고 습도는 높고, 하늘은 평생 담배를 피운 사람의 수염처럼 지저분한 회색이었다. 하지만 아내는 아랑곳하지 않고 오후 내내 밖에서 콧노래를 부르며 어두워질 때까지 일했다. 말들과 대화도 하고, 본격적으로 작업할 수 있는 봄에 심을 작물들을 생각하며 농장을 돌아다녔다. 겨울이면 아내는 '원예 분야의 스누커* 선수' 같다. 다음 번에 정원에 등장할 색깔과 배치를 구상한다. 그렇게 꿈을 꾸다가 창문을 들여다 보고는 '여전히 움직이지 않는 나를 보며 혀를 찼다.

나탈리는 밖이 어두워도 정원일을 한다. 겨울이 절대로 끝날 것 같지 않던 어느 날, 아내는 장미 사진을 종이에서 오려내 마분지에 붙이기 시작했다. 완전히 자신만의 세계에 몰두해 있었다. 나는 그 모습을 한동안 지켜보면서 말을 걸어도 되는 건지 망설이고 있었다. 몽유병을 가진 사람이 밤에 침실에서 걸어나가는데 깨워야 하는 건지 아닌지 망설이는 것과 비슷한 상황이었다. 물론 아내의 정원에는 감탄을 금할 수 없다. 그 넓고 평범했던 정원이 정말 아름답고 신기한 모습으로 변신했기 때문이다. 하지만 가만히 있기에는 지금 당장 너무 무료하고, 달리

---

* snooker: 당구의 일종

할 일도 없었다.

"당신 뭐 하는 거야?" 이성으로 생각해서는 절대 그러면 안 되는 걸 아는데도 결국 아내의 성질을 건드려버렸다. "이걸 장미에 꽂으려고." 아내는 마치 지금 세상에서 제일 자연스러운 일을 하고 있다는 듯 말했다.

"농담이지? 사람들이 그게 진짜 장미인지, 아닌지 구분하지 못 할까?" 내가 무슨 생각으로 이런 말을 하나 싶었다. 이건 덩치 큰 술꾼에게 시비를 거는 것과 다를 바 없다.

"정원에 있는 장미에 이름표를 만들어 붙이려고. 그래야 제대로 구분을 할 수 있으니까." 아내는 마치 지능이 떨어지는 아이를 대하듯 아주 천천히 설명했다. 덩치 큰 술꾼이 "너랑 싸우는데 관심 없으니 꺼져"라고 말하는 셈이었다.

한동안은 아무도 닭 이야기를 하지 않았다. 하지만 겨울이 지루하게 길어지자 식구들은 그렇지 않아도 할 일이 많다는 것을 깨달았고, 아무도 밖에서 일하고 싶지 않은 (물론 아내는 예외지만) 판에 닭까지 데려와서 키우는 건 힘들다고 생각하고 있었다. 하지만 내 생각은 틀렸다. 긴 겨울이 슬슬 끝나갈 기미가 보이던 어느 아침, 안개 사이로 들어오는 햇빛 속에서 아내가 방금 태어난 새끼 쥐 두 마리에게 젖병으로 우유를 먹이고 있었다. 일단 어떻게 쥐를 발견했는지 신기했다. 그만큼 작은 새끼들이었다. 털도 없고 눈도 못 뜬 상태였다. 물론 눈을 떴다면 고양이 두 마리가 바로 앞에서 군침을 삼키고 있는 걸 봐야 할 테니 감고 있는 게 낫기는 했다. 하지만 고양이들에게도 식사는커녕 간식거리나 될까 싶은 크기였다.

"얘네들은 어디에 넣어서 길러야 할까?" 아내가 물었다. 디저트 스푼에 넣어도 기어나오지 못할 거라는 게 내 대답이었다.

나는 아내가 위험에 빠진 동물은 종류를 불문하고 구조해야 한다고 생각하는 걸 나무라는 게 아니다. 단지 할 수 있는 일과 불가능한 일을 구분하자는 거다. 그렇게 작은 새끼가 어미도 없이 살아남을 수 있을까?

아내는 구조를 해야 하나 말아야 하나를 두고 잠시 고민했다. 심지어 모리스에게도 의견을 물어봤지만, 황당하다는 표정으로 "왜?"라고 묻자 아이의 의견은 바로 무시당했다. 한 20분 정도를 고민하더니 결정을 내렸고, 마침내 '새끼 쥐 구출작전'이 시작되었다. 원래 새끼 쥐는 네 마리였다. 하지만 한 마리는 벌써 죽었고, 두 마리는 아내의 손에 있었고, 나머지 한 마리는 없어졌다. 아내는 자신이 쥐를 위한 작은 병동을 만드는 동안 나보고 그 한 마리를 찾으라고 했다. 그 새끼 쥐는 수영장 옆에 장식용으로 놓아둔 나무통 밑으로 숨어들어 갔는데, 찾으려면 그 밑에 팔을 넣어서 손으로 더듬어가며 움직이는 동물을 잡아야 했다. 나는 어쩔 수 없이 시키는 대로 하면서도, 이게 도대체 뭐 하는 짓이냐고 강력하게 항의를 했다.

"와, 아빠 용감하다!" 모리스는 내 기분 따위는 그냥 무시하고 말했다. 어차피 항상 투덜거리는 사람이라고 판단한 것 같다.

"정말?" 대답을 하면서 자랑스러웠지만, 한편으로는 왜 갑자기 용감하다고 하는 건지 걱정이 앞섰다.

"응. 그 밑에 뱀이 들어가는 것 같던데."

나는 급하게 물러나 앉았다. 아마 뱀에게 물렸어도 그만큼 빠르게 손을 빼지는 못했을 것이다. 그리고 몇 미터 떨어져서 거칠게 숨을 쉬었다. 아내의 동물구조 사명을 내가 얼마나 지지하는지 충분히 보여줬다고 생각한다. 정말이지, 목숨을 걸고 도와줬다.

"나머지 한 마리는 못 찾겠는데." 몇 분 후에 나는 숨을 헐떡이며 아내에게 말했다. "아마 뱀이 잡아먹은 것 같아. 나도 죽을 뻔 했어."

아내는 도대체 무슨 말인지 이해하려고 애쓰는 표정이었지만 결국 포기하고 말을 이었다. "주전자에 물이나 좀 끓여줘. 그리고 보온병에 담아다 줘."

응급실은 모양을 갖추기 시작했다. 안 쓰는 신발상자에 테렌스가 입던 스웨터를 잘라서 쥐가 누울 자리를 만들었다. 아내는 고양이들을 처음 발견했을 때 사용했던 젖병을 씻고 있었다. 나는 이 모든 게 인터넷 탓이라고 본다. 물론 동물을 구조할 수 있다고 생각하는 건 칭찬할 만한 일이고, 때로는 구조에 성공할 수도 있다. 하지만 그걸 자랑스럽게 인터넷에 올리면 다른 사람들(특히 내 아내)도 그게 가능하다고 생각하게 만든다. 나는 그 새끼 쥐들이 생존할 수 있다고 생각하지 않지만, 만약 살아남으면 어쩔 건가? 그리고 만약 그 두 마리가 암수 한 쌍이면? 우리 집은 쥐가 득실거리게 될 게 아닌가? 이건 미친 짓이다. 나도 마음 한구석으로는 그 새끼들이 살아남아서 저렇게 애쓰는 아내의 노력에 보답했으면 했다. 하지만 다른 한구석으로는 살아남지 못해서 이런 일이 다시는 반복되지 않았으면 했다.

그리고 만약 두 마리가 모두 수컷이면 어쩔 건가? 설치류 수컷 두 마리가 싸우는 걸 본 적이 있는데, 절대 아름다운 장면이 아니다. 나와 여동생은 어릴 때 햄스터를 두 마리 키웠다. '새미'와 '리'라는 이름의 햄스터였는데, 아버지가 좋아하던 축구 선수의 이름을 붙인 새미는 내 햄스터, 리는 여동생의 햄스터였다. 리는 희고 덩치가 컸고, 새미는 아마 가장 늦게 태어난 놈이었던 것 같은데, 뒷발이 없었다. 원래 인생이 그렇게 불공평하지 않은가! 하지만 경우에 따라서는 운명이 뒤집히기도 하니까. 어쨌든 첫 한두 달은 아무 문제가 없었다. 그러던 어느 날 아침, 침실에서 내려와 햄스터 우리에 가보니 리가 태연하게 새미를 아침식사로 먹고 있었다. 설치류의 세계가 얼마나 비정한지 깨닫는 순간이었다.

아내가 돌보던 쥐 하나는 밤을 넘기지 못하고 죽었다. 아내가 엄청 비싼 돈을 주고 동물병원에서 사온 특별한 우유를 한 방울도 마셔보지 못하고 죽은 것이다. 아내는 수의사에게 쥐를 환자로 받아줄 수 있느냐고 묻기까지 했다.

뭐라고 설명해야 할지 몰랐던 수의사는, "안됩니다. 애완용 뱀의 먹이로 기르는 쥐만 가능해요." 아니, 환자를 이렇게 차별해도 된단 말인가?

1번 쥐(아직 이름을 붙이지 않은 게 얼마나 다행인지)가 죽은 후, 2번 쥐를 살려 내겠다는 의지가 강하게 불타올랐다. 매시 정각에 우유를 먹였고, 쥐는 꾸준히 (어쩌면 당연한 일이지만) 건강을 회복했다. 따뜻한 물을 넣은 물병을 신발상자 밑에 둬서 온도를 따뜻하게 유지했고, 심지어 따뜻한 면봉으로 배를 문질러서 배변까지 시켜줬다. 그렇게 해서 똥이 나오자 기쁨은 극에 달했다. 다들 희망에 차 있었다.

하지만 아침이 되자 2번 쥐도 죽어 있었고, 비통한 기운이 집안을 감쌌다. 내가 그때 왜 그런 이야기를 했는지 지금도 이해할 수 없지만, 그냥 식구들의 기분을 좀 풀어 주려는 의도였다. 침울한 분위기를 좀 띄우고 싶었을 뿐이다.

"우리 닭을 좀 키워보는 게 어때?" 말을 하면서도 식구들이 못 알아들었으면 했다.

내가 말을 꺼낸 지 몇 초 만에 아내는 '닭 파일'을 가져와서 보여줬다. 솔직히 아내가 그런 것까지 만든 줄은 몰랐다. 아내는 이미 자세하게 연구를 해두었노라고 강조했다. 전 주인이 남겨놓은 닭장을 소독하고 깨끗하게 청소하고(내가 해야 한다는 말), 닭들이 밖에서 지낼 수 있는 안전한 공간도 좀 만들고(물론 내가 해야 할 일), 닭장 안에 횃대와 계단, 선반 등도 설치해야 한다(당연히 내가 할 일)는 것이다.

나는 어째서 전부 내가 해야 할 일뿐이냐고 물었다.

"여보" 아내가 마치 어린아이 타이르듯 내게 말했다. "닭을 갖고 싶은 사람이 닭을 돌봐줘야지."

세상에!

"잠깐! 닭 타령을 한 건 내가 아니라 당신과 애들이잖아…."

"아빠, 그냥 닭이 아니라 암탉이야. 달걀은 암탉이 낳으니까." 새뮤얼이 마치 가르치는 태도로 말했다.

"그래, 좋아. 암탉이라고 하자. 암탉을 키우자고 조른 건 너희랑 엄만데…" 이 말을 하면서 식구들의 얼굴을 쳐다봤다. 아닌 척하는 저 표정들! 식구들이 나 없을 때 계략을 짰다는 얘기는 아니지만, 이제까지 닭을 키우는 걸 반대하는 유일한 사람인 내가 일순간에 주도하는 사람이 되었을 뿐 아니라 모든 책임까지 떠맡은 것이다.

어느 목요일 늦은 밤, 루아르 계곡에서 깔끔하게 차려입은 모드족 하나가 닭장을 탈출한 닭 두 마리에게 쫓기는 걸 봤다면 바로 이런 사연이 있었기 때문이다. 만약 아내와 아이들이 그 자리에 있었다면, 내가 수영장에서 사용하는 그물망을 가지고 닭들을 쫓다가 다시 거꾸로 닭들에게 쫓겨서 달아나는 모습을 폭소를 터뜨리며 구경했을 것이다. 닭들은 피에로와 주니어에게 쫓기고 있었다. 그 닭들을 닭장에 몰아넣는 데 한 시간이 걸렸다. 한 시간! 풀어서 키운 닭이 왜 일반 닭보다 큰지 이제는 이해한다. 다리 근육 때문이다.

chapter

18

장터로!

우리 마을은 주변에 유명한 마을과 성들이 몰려 있어 관광지로서는 상대적으로 이름이 떨어질지 몰라도, 시장만큼은 이 일대에서 가장 유명하다. 영국이라면 '파머스 마켓'이라 불리며 가격도 더 비싸겠지만, 여기서는 그냥 '장터'일 뿐이다. 농부와 장인, 수공업자들이 거르지 않고 매주 목요일 아침마다 찾아와서 작지 않은 광장을 채운다. 손님들도 멀리서부터 찾아와 1주일에 한 번 장을 보고 소식을 나눈다.

　　시골의 장터는 원래 그런 친목의 장소다. 닭을 사러 장터로 가는 길에는 해가 밝게 빛나고 있었다. 지난 몇 달과는 달리 해가 구름에 숨지 않아 햇볕도 오래도록 비쳤고, 습도도 줄어서 춥지 않고 포근한 날씨였다. 도무지 잠자리에서 일어날 생각을 않고 몇 주 동안 뒤척이던 봄이 드디어 하품을 하면서 기지

개를 펴고 일어나 몸을 긁적이고 있었다. 어쨌거나 봄이 왔고, 봄과 함께 우리 마을도 깨어나고 있었다. 한 겨울에도 꿋꿋하게 매주 장터로 출근하던 사람들은 봄에도 어김없이 나타나서, 마치 몇 달 만에 만난 듯 서로 인사를 나눴다. 이 지역에 주말 별장을 갖고 있는 파리 사람들과 루아르 계곡을 방문한 관광객들도 봄과 함께 다시 나타나면서 장터를 찾는 사람들의 숫자는 크게 늘었다. 겨우내 손님이 뜸하다 못해 텅 빈 광장을 꿋꿋하게 버틴 가게들은 다시 손님 구경을 할 수 있었다. 다만 두 곳은 견디지 못하고 결국 문을 닫았다. 하나는 할아버지 한 분이 운영하던 식품점이었고, 다른 하나는 정육점이었다. 새로운 가게가 문을 연다는 소문도 있었다.

나는 프랑스 작은 마을의 하이 스트리트*들이 지닌 개성을 좋아한다. 분위기를 압도하는 대형 체인점은 눈에 띄지 않고, 오래된 상점들이 가진 전통을 지키려는 마음도 엿보인다. 나는 최근에 아마존 킨들을 샀지만, 아직도 전자책에 적응하지 못하고 있다. 사고 싶어서 산 게 아니고, 라이언에어가 허용한 기내 수하물의 무게 10킬로그램에서 단 1그램도 초과하면 안 되다는 규정 때문에 책을 들고 다닐 수 없어 구입한 것이다. 무게만이 아니라 크기와 모양까지 제한을 두고 있으니, 차라리 항공사가 다이어트 회사를 인수하는 게 간단하지 않을까? 나는 서점에서 종이책을 사는 걸 선호하는 사람이라, 킨들을 들고 다닐 때마다 죄책감이 든다. 손에 든 킨들이 마치 내가 책을 사러 돌아다니던 영국의 하이 스

* high street: 마을의 한 가운데를 지나는 오래된 도로. 흔히 유서 깊은 작은 상점들이 늘어서 있는 친근한 분위기의 길을 가리킨다.

트리트의 마지막 숨통을 끊는 칼날처럼 느껴진다.

영국의 전통 하이 스트리트가 죽어가는 건 어제오늘의 일이 아니다. 도살장도 몇 남지 않았고, 대장간도 마찬가지다. 그렉스*는 빵집은커녕, 식료품점이라고 부르기도 힘들고, 마지막 남은 서점인 워터스톤즈는 간신히 생명을 유지하고 있다. 우울한 현실이다. 남은 건 부동산 중개소와 웨더스푼**, 하나같이 똑같은 디자인만 파는 옷가게들, 그리고 맥도널드뿐이다. 인터넷 쇼핑몰과 대도시에서 온 대형 상점들, 그리고 말도 안되게 비싼 주차비로 인해 길거리가 가진 개성도, 소규모 독립 상점들도 자취를 감추고 있다.

하지만 그런 현상이 프랑스, 특히 프랑스 농촌에서는 아직 일어나지 않았다. 대형 슈퍼마켓은 여기에도 존재하지만 프랑스 농촌 사람들은 아직 인터넷 쇼핑몰을 신뢰하지 않고, 작은 마을들에서는 여전히 주차가 무료다. 우리 마을에만 두 개의 정육점과 네 개의 빵집이 있고, 양초 가게는 없다.*** 대장간 하나와 꽃집 두 군데 그리고 독립적으로 운영하는 약국이 세 군데 있다. 이 모든 가게들이 약 4천 명의 인구를 상대로 물건을 파는 것이다. 하지만 그렇다고 해서 그 가게들이 걱정거리가 없는 건 아니다. 프랑스의 하이 스트리트도 그 나름의 문제가 있기 때문이다.

작은 마을에 살던 사람들이 불투명한 미래를 걱정하며 일자리를 찾아 대도시 주변으로 이주하는 현상이 계속되고 있다.

---

* Greggs: 영국의 저렴한 제과점 체인
** Wetherspoon: 영국의 펍 체인
*** 저자는 다음과 같은 영국의 동요를 빗대고 있다: "Rub-a-dub-dub, Three men in a tub, And who do you think they were? The butcher, the baker, The candlestick-maker, They all sailed out to sea, 'Twas enough to make a man stare."

다른 문제들도 존재한다. 영국에서 길거리를 다니다 보면 형광색 조끼를 입은 사람들이 연극영화과를 나왔나 싶을 만큼 활기찬 목소리로 기부금을 받아내려고 노상강도처럼 덤벼들고 ("잠시만요! 제3세계 사람들의 전립선 문제에 대해서 생각해보셨어요?") 학생들은 자신들이 교복을 삐딱하게 입는 걸 발명해낸 1세대인 양 거리를 활보하면서 행인들을 위협하지만, 그보다 훨씬 더 무서운 사람들이 있으니, 바로 할머니들이다.

대개 약국 앞에 모여 있는 프랑스 할머니들은 지나가는 사람들에게 이런저런 잔소리를 한다. 누구도 그분들의 잔소리를 피할 수 없다. 내가 프랑스에 살면서 들어본 할머니들의 잔소리는 다음과 같다: 애들 옷을 왜 그렇게 입혔느냐, 애들 옷은 이렇게 입혀라, 차를 왜 그렇게 주차하느냐, 비가 올 것 같은데 왜 술집 앞에 앉아 있느냐, 왜 그런 식료품/와인/제품을 샀느냐, 왜 그렇게 빨리/느리게 걷느냐, 왜 담배를 피우느냐/안 피우느냐, 크리켓은 그렇게 하면 안 된다. 사실 마지막은 내가 지어낸 말이지만, 정말이지 영국인들에게 크리켓 기술도 가르칠 분들이다. 한 번은 할머니들이 남자애를 가리키면서 "예쁜 여자애네" 하고 말하는 걸 듣고 내가 "쟤는 여자애가 아니라 남자애"라고 정정해드린 적이 있다. (어떻게 확신했냐고? 테렌스였으니까.) 그분들은 잠시 말을 멈추고 생각하더니 일제히 고개를 흔들면서, 당신이 몰라서 그렇지, 쟤는 여자애라는 것이었다. 다시 말하지만, 무서운 사람들이다. 하지만 그런 프랑스 할머니들도 내가 입은 옷에 대해서는 한마디도 한 적이 없다. 살면서 나처럼 철저한 모드족을 본 적이 없는 게 분명했다. 그저 아무 말없이 가슴에 십자가를 그을 뿐이다.

프랑스 하이 스트리트의 또 다른 문제는 길거리에서 흘러나오는 음악이다. 길을 걷는 사람들을 정조준한 스피커에서 하루가 멀다하고 음악을 쏟아내는데, 도대체 이런 음악을 누가 선곡을 하는지 모르겠다. 길거리에 음악을 트는 걸 반대하는 게 아니다. 나처럼 음악이 끊임없이 머리를 맴도는 사람에게는 그렇게 길에 흘러나오는 음악이 반갑기까지 하다. 하지만 음악을 틀어 놓는 장소가 프랑스 농촌이라는 걸 좀 고려했으면 한다. 루아르 계곡이라면 바로크 음악이 적절하지 않을까? 프로방스 지방이라면 영화 〈마농의 샘Jean de Florette〉의 주제곡도 어울릴 거고, 뮈제트*는 프랑스 어디에도 잘 어울릴 것 같다. 무슨 말을 하려는지 이해할 것이다. 조용한 프랑스 농촌에서 청바지를 엉덩이 중간쯤 걸쳐 입은 소시오패스가 "그년들을 총으로 다 죽여버리겠다"거나 "내 여자친구 년"에게 어떤 짓을 하고 싶다고 하는 노래를 듣고 싶은 마음은 없다. 랩이 대도시의 인종 갈등과 가정 불화를 설명하기에는 아주 적절한 장르일 수 있겠지만, 프랑스의 농촌에 그만큼 어울리지 않는 음악도 없을 것이다. 아, 물론 데스 메탈, 슬래시 메탈은 예외. 그런 음악들은 프랑스만이 아니라 지구에서 사라져야 한다. 스칸디나비아라고 예외가 아니다.**

이번에는 정말 오랜만에 분위기에 맞는 음악이 흘러나

---

* musette: 목관 악기로 연주하는 프랑스의 목가풍 음악
** 북유럽의 스칸디나비아 반도는 세계에서 인구 대비 메탈 밴드가 가장 많은 것으로 유명하다.

오고 있었다. 몇 달 만에 붐비기 시작한 시장은 티노 로시와 샤를 트레네의 부드러운 노래들을 배경으로 바쁘게 돌아갔다. 장터의 분위기는 즐거웠고, 사람들은 좌판과 냉동 트럭의 사이를 천천히 오갔다. 겨울은 그렇지 않았다. 사람들은 어느 가게에서 뭘 살지 정확히 계획하고 마치 군사작전을 하듯 빠르게 이동했다. 천천히 돌아다니며 구경하는 일은 없었다. 하지만 이제는 많은 정육점과 고기 파는 트럭들 앞에 긴 줄이 늘어서 있고, 치즈와 소시지를 파는 상인들도 정신 없이 물건을 팔고 있었다. 그런 가게들은 하나같이 충성스러운 단골들을 갖고 있다. 생선 가게에는 신선한 생선이 잔뜩 쌓여 있고, 와인 농장에서 나온 상인들은 샘플을 나눠주고 있었다. 와인은 안 사고 시음만 하는 사람들이 많았지만, 그래도 사람들이 몰리는 것만으로도 즐거워 보였다.

올해에는 새로운 상인들도 나타났다. 신선한 파스타를 파는 사람도 있었고, 속을 채운 올리브를 팔거나, 향신료를 갈아 파는 사람도 있었다. 나로서는 그런 새로운 상인의 등장이 언제나 반갑지만, 솔직히 그 사람들이 이 시장에서 오래 살아남을 것 같지는 않다. 시골 장터는 원래 보수적인 장소라서 오래된 가게들은 몇 대를 이어오며 번창하지만, 이렇게 조용하고 시대 변화를 모르는 시골 사람들이 이국적인 가게에서 물건을 살 가능성은 별로 없기 때문이다. 하지만 그럼에도 불구하고 매년 봄마다 다시 돌아오는 상인들이 있는데, 도대체 어떻게 살아남는 건지 알 수가 없다. 서인도 제도의 흑인이 밥 말리가 그려진 수건이나 '담배' 관련 제품(이라고는 하지만 마리화나를 피우는 도구들)을 파는 가게가 그중 하나다. 장터가 일요일 오전의 캠든*도 아닌데 말이다. 그리고 '옷가게'도 있다. 딸이 길거리의 여자처럼 입고 다니거나, 아들이 '이스트 세븐틴East 17'이나 '뉴 키즈 온 더 블록New Kids on the Block' 같은 90년대 가수들의 복장을 하고 다녔으면 하는 부모라면 좋아할 만한 그런 옷을 판다. 수상쩍은 시계 상인도 있다. 지난주에 시계를 사간 손님이 환불하러 오지 않을까 하는 얼굴로 사람들을 살피는 표정이다.

그런가 하면 매년 빠짐없이 돌아오는 상인들은 장터의 단골 손님들에게 편안함을 선사한다. 모로코에서 온 알리는 무뚝뚝한 과일 장사인데, 정오 무렵에 과일이 상하기 시작하면 어쩔 수 없이 사람들에게 나눠주면서 "당신들이 우리 할머니를 부양할 돈을 빼앗아가는 셈"이라고 투덜거린다. 그런가 하면 야한 농담을 좋아하는 샤쿠티에** 장-자크도 있다. 이 사람이 하는 농담은 마지막에 꼭 "초콜릿 빵pain au chocolat"이 등장한다. 우울한 어부도 있고, 야채 장수도 있는데, 야채 장수는 손님이 찾는 물건이 없으면 꼭 "제가 밭에서 좀 뽑아와 볼게요"라고 대답하는 버릇이 있다. 대를 이어서 바구니를 파는 집시들이 있는가 하면, 겨울에는 중앙 난방장치를, 여름에는 에어컨을 파는 사람도 있다. 속옷을 파는 아주머니도 한 명 있는데, 물건을 파는 내내 잘 맞지 않는 자신의 브래지어를 바로 잡는다. 마케팅 실패 사례라고 할 수 있겠다.

우리 가족은 그렇게 프랑

---

* Camden: 영국 런던의 재래 시장이 있는 구역으로 대안문화로 유명하다.
** Charcutier: 수제 햄, 베이컨 등을 만드는 육류가공업자

스 농촌의 개성이 강하게 풍겨나는 장터로 걸어 들어갔다. 알다시피 우리에게는 분명한 목표가 있었으니, 바로 암탉을 구하는 것이었다. 우리 집에서 키우는 동물들은 사연은 다르지만 모두 구조한 동물들이고, 비록 암탉을 돈을 주고 산다고 해도 우리는 닭 역시 '구조'하는 거라고 생각했다. 딱 한 군데에서 암탉, 수탉, 거위, 뿔닭, 오리 따위를 팔고 있었다. 실외인데도 냄새가 너무 심해서 나는 넥타이로 코를 막아야 했다. 다른 사람들은 괜찮은 건지, 넥타이로 코를 막는 건 나밖에 없었다. 하긴 모드족이 아니면 누가 장터에 넥타이를 하고 오랴. 우리 앞에 있는 아주머니는 오랜만에 일가친척이 모두 모인다면서 일요일 저녁식사를 위해 암탉 세 마리를 사고 싶다고 했다. 그게 우리가 닭을 '구조'한다고 생각하게 된 이유이기도 하다. 다행히 그 아주머니는 우리가 보는 앞에서 닭 모가지를 비틀지는 않았다. 물론 우리처럼 구입한 닭에게 이름을 붙여주지도 않았다.

닭을 파는 아주머니는 털룰라와 롤라(이 두 마리가 새뮤얼과 모리스가 고른 닭이다)를 거칠게 잡아서 아무런 예식도 없이 종이상자에 집어넣었다. 불쌍한 닭 두 마리는 모든 희망을 포기한 듯 찍소리도 하지 않았다. 닭들이 몰랐던 것 한 가지는 그렇게 잠시만 상자에 실려 있으면 곧 동물들의 천국에 도착할 거라는 사실이었다. 그곳에서는 무슨 짓을 벌여도 함께 사는 인간들이 자신들의 불편을 감수해 가면서까지 다 받아줄 것이다. 할 일이 늘어날 것은 이미 각오하고 있었지만, 한번 전략을 바꿔보기로 했다. 아내와 아이들이 노아의 방주를 만들기로 작정한 이상, 적어도 그 크기는 적당한 선에서 제한해야 할 것 같았다. 단지 반대만으로는 주장이 먹히지 않았다. 오히려 역효과가 났다. 금주법이 시행되는 동안 미국의 주류업은 지하에서 오히려 활성화되지 않았는가?

최근에 우리 집에 온 토끼가 바로 그런 예이다. 몇 주 전 모리스가 점심을 먹다 말고 불쑥 "아빠, 그래서 우리 토끼 이름은 뭐로 하지?" 하고 물었다. 그때 나는 긴 출장에서 막 돌아온 상황이었는데, 정말로 집에 토끼가 있으리라고는, 내가 없는 사이에 식구들이 토끼를 사왔으리라고는 생각도 못했다.

모리스는 아직 어려서 비밀을 지키지 못하고 아빠에게 토끼의 이름을 정하자고 말했지만 그럼에도 불구하고 나는 토끼가 있을 거라고 생각하지 못했다. 식구들이 숨을 멈추고 침묵했던 것도, 누군가 식탁 밑에서 모리스의 다리를 걷어차는 것도 눈치채지 못했다. 전날 밤, 잠이 잘 오지 않을 것 같았던 나는 수면제를 물에 타서 침대 옆 테이블에 놔두었는데 그걸 마시기 전에 기적처럼 잠이 들어버렸다. 문제는 다음날 아침, 일어나자마자 갈증이 나서 수면제를 탔다는 사실을 까맣게 잊고 옆에 있는 물을 다 마셔 버렸고, 그날은 하루 종일 멍한 상태로 지냈다. 그래서 아마 식구들이 토끼를 식탁 위에 올려 놓았어도 눈치채지 못했을 것이다.

내가 제정신이 아닌 상황을 주니어가 그냥 지나칠 리 없었다. 정원에 놓을 물건들을 마구간 다락에서 꺼내오라는 아내의 부탁을 받은 나는 마구간으로 갔다. 그리고 주니어와 얼타임을 마구간에서 몰아낸 후에 다락으로 올라가기 위해 사다리를 세웠다. 주니어를 그렇게 힘들이지 않고 몰아낸 건 처음이었다. 나는 마구간 문을 걸고, 침침한 다락으로 올라가 해먹과 야외용 의자들을 찾아냈다. 내려오기 위해 다시 사다리가 놓인 곳으로 돌아왔는데, 웬걸, 주니어가 어느새 마구간으로 돌아와 사다리 밑에 서 있는 게 아닌가! 내가 마구간 문을 제대로 잠그지 않은 게 분명했다. 주니어는 나를 쳐다보면서 씩 웃더니 (분명히 웃었다!) 사다리를 밀어서 바닥에 넘어뜨렸다. 그 바람에 나는 마구간 다락에 갇혀 버렸다. 뛰어내리기에는 너무 높고, 뛰어내린다 해도 주니어가 방해할 것이 분명했다. 결국 25분 동안 구해 달라고 고래고래 소리를 지른 끝에 가족들이 마구간에 들어왔다. 상황을 파악한 가족들은 안타까움을 금치 못했다. 오도 가도 못한 내가 불쌍한 게 아니라, 사다리가 넘어지는 소리에 놀랐을 주니어가 불쌍하다는 것이다. 그래, 말이 더 불쌍하겠지.

사다리를 타고 내려오면서 "저 녀석이 일부러 사다리를 밀었다니까!" 하고 아내에게 이야기했다. "저 망할 놈의 말이 나를 미워하잖아!"

가족들은 내 말은 듣지 않고 그저 집에 들어가서 좀 누우라는 말만 반복했다. "집에서 좀 쉬어."

"근데 주니어가 사다리를 민 거 맞아. 일부러 그랬다니까!"

"자, 여보, 그만하고 들어가서 낮잠이나 좀 자." 아내가 그럴 때 눈치를 챘어야 했다.

한 시간 후에 다시 집 밖으로 나갔을 때, 몸은 여전히 노곤했지만, 정신은 훨씬 또렷해졌다. 그런데 가족들이 아무도 보이지 않는 게 아닌가! 처음에는 그저 산책을 나갔나보다 했다. 하지만 나무 창고 안에서 말소리가 들렸다. 일부러 목소리를 낮추고 작당모의를 하듯 속닥거리고 있었다. 망을 보며 서있던 토비는 나를 보더니 슬그머니 사라졌다. 몰래 뒤를 따라 문 앞으로 가서 무슨 일인지 들여다보려고 했지만 잘 보이지 않았다. 뭔지는 모르지만 식구들이 나에게 뭔가 숨기고 있는 게 분명했다.

　　"도대체 다들 여기에서 뭐 하는 거야?" 문을 활짝 열어 젖히면서 물었다. 네 명의 배신자들이 조그만 동물 우리 앞에 웅크리고 있었다. 갑작스러운 등장에 놀란 네 사람은 급하게 내 앞에 늘어서서 우리를 뒤에 숨겼다. "뭔데? 이번에는 무슨 동물을 데려왔지?" 나는 화가 났다기보다는 체념한 상태였다.

　　네 명이 설명을 시작했고 (테렌스는 '트랙터'라는 말을 강조했다) 그림이 그려졌다. 아이들이 어미를 잃은 새끼 토끼 세 마리를 발견했는데, 불행하게도 베스파와 플레임이 먼저 달려드는 바람에 두 마리는 죽고 한 마리만 간신히 구했다는 것이다.

　　"불쌍한 토끼를 구하려는 거예요, 아빠." 새뮤얼이 말했다. "돌봐줄 엄마가 없잖아요."

　　"아빠도 어떤 기분인지 안다." 약간 드라마틱한 감정을 섞어서 대답했다. "자, 이제 내가 문제를 말해 볼까? 우리가 구조한 동물들 때문에 또 다른 동물들을 구조해야 하는 상황이 된 거, 그게 지금 우리의 문제야."

'트랙터'를 강조하는 테렌스를 제외한 나머지 식구들은 잘 못을 들킨 학생들처럼 바닥만 내려다 보고 있었다.

"좀 자라면 밖에 풀어주려고 했지." 하고 아내가 말을 시작했다.

"당신 말 잘했네. 고양이들을 데려올 때도 그렇게 말하지 않았나?" 상대가 논리적인 사람이거나, 이 대화가 논리적인 토론이라면 이건 완벽한 한 방이었다. 물론 우리 식구들에게는 전혀 통하지 않는다.

나도 동물을 구조하는 건 찬성이다. 죽을 뻔한 생명을 구하는 일은 옳은 일이라고 본다. 하지만 그렇게 구하기만 하다가 집 안에서 먹이사슬이 형성되면 그건 문제다. 고양이를 무서워하는 개 토비에 대한 우리의 실망은 말할 것도 없다. 토비는 성장 호르몬이 과다 분비되고 콜레스테롤 수치도 높다. 위대한 경비견의 자질을 갖추고 있지만 결국 시시하고 뚱뚱한 개로 전락한 토비를 보면 마치 영화감독 오손 웰즈*의 경력을 보는 기분이다. 말들은 나를 미워하고, 피에로는 변태고, 고양이들은 냉혹한 침묵의 암살자들이다. 거기에 이제는 내 채소밭을 망가뜨릴 토끼까지 들어왔으니, 게다가 온 식구들이 그 사실을 비밀에 부친 것까지 생각하니, 나는 더 이상 물러서서는 안 되겠다고 생각했다. 마음을 굳게 먹고 선을 긋자고 다짐했다.

바로 그때, 베스파가 창고 안으로 걸어 들어와서는 우리 앞에 자신의 노획물을 떨어뜨

---

* Orson Welles: 〈시민 케인〉 등을 제작한 미국 출신의 영화 감독이자 배우. 신동, 천재로 불리며 재능을 인정받았으나, 노년에는 고전하며 초라한 말년을 보냈다.

렸다. 도마뱀 꼬리였다. 몸통은 온데간데 없고 꼬리만. 바닥에 떨어진 도마뱀 꼬리는 화가 잔뜩 난 듯 보였다. 마치 목이 잘린 닭의 몸뚱이처럼, 몸에서 분리된 후에도 상당히 오랫동안 살아 움직였다. 움직이는 정도가 아니라 펄쩍펄쩍 뛰고 있었다. 마치 〈몬티 파이튼과 성배*〉에 등장하는 흑기사처럼 베스파에게 "그게 다냐? 덤벼!" 하고 말하는 듯했다. 이미 흥미를 잃은 베스파는 꼬리를 팽개친 채 떠났고, 꼬리는 그 사실에 더욱 분개해서 날뛰는 것 같았다. 눈앞에서 벌어지는 그 놀라운 광경에 모두 할 말을 잃고 멍하니 바라보고만 있었다.

제일 먼저 침묵을 깬 건 모리스였다. "우와, 아빠 저거 집에 가져가도 돼?"

저항해 봤자 아무런 소용이 없음을 깨달은 것은 바로 그 순간이었다.

토끼를 기르기로 했음은 굳이 말할 필요도 없다. 토끼가 자라면 풀어주겠다는 약속도 지켜질 리 만무하다는 것도 잘 알고 있다. 아내는 그렇게 놓아줄 수 있는 사람이 아니다. 토끼가 워낙 작았고, 무엇보다 토끼가 빨리 번식하기로 유명한 것도 사실은 야생에서 생존 능력이 떨어지기 때문이다. 게다가 우리 집 고양이들이 임시 토끼장으로 사용하는 박스 위에서 하루 종일 머무르다시피 하는 바람에 어린 토끼는 더더욱 스트레스를 받는 듯했다. 심지어 우리는 이 토끼에게 다리가 세 개밖에 없다는 사실을 뒤늦게 알았다. 토끼를 데려온 지 나흘이 지나서야 그 사실을 깨달았다는 게 믿어지지 않았다. 특히 토끼를 자주

---

* Monty Python and the Holy Grail:
영국의 코미디 영화

안아준 아내도 몰랐다는 건 더더욱 믿기 힘들었다.

토끼를 키우게 되었으니 토끼장이나 우리가 필요했다. 아내는 토끼 키우기에 동의한 나의 자포자기 상태를 동물에 대한 열정으로 착각했는지, 여기저기에서 나무판자와 철망 따위를 모아와서는 내가 누워서 졸고 있던 해먹 옆에 쏟아 놓으며 '작업에 착수'하라고 했다. 목공에 관한 나의 경력은 길지도, 화려하지도 않다. 내가 만든 달걀 받침대는 구멍이 너무 커서 타조알에나 써야 할 지경이고, 선반은 각도만 비뚤어졌을 뿐 아니라 중력에도 오래 견디지 못했다. 한마디로, 나는 물건을 만들어서는 안 되는 사람이다. 물론 시골에 정착한 이후로 안 할 수 없으니 조금씩이나마 기술이 늘기는 했지만, 즐겁게 작업한 적은 없다. 투덜거리면서 마지못해 할 뿐이었다.

아마 내가 만드는 토끼 우리가 히스 로빈슨*의 만화에서나 볼 법하게 생겨서 그랬겠지만, 아내와 나 사이에는 긴장이 흐르고 있었다. "어차피 다리 셋 달린 토끼인데 뛰어다닐 수 있을지도 모르고, 그저 보관함 정도면 되지 않겠냐"고 한 것도 아내를 화나게 했을 것이다. 세상에 싸우지 않는 부부는 없다. 안 싸운다면 그게 이상한 거다. 하지만 싸워도 다른 사람들이 없을 때 싸우는 게 중요하다. 아이들이 옆에 없을 때, 그리고 부활절 주말에 예고도 없이 프랑스를 방문한 오랜 친구 부부와 그들의 아이들이 옆에 없을 때 싸우는 게 중요하다.

존과 레베카는 우리와 오랜 친구지만 아내가 나를 부하 직원 다루듯 대하거나, 내가 화

---

* Heath Robinson: 단순한 작업을
수행하지만 복잡하고 불안하게 생긴 기계를
그림에 자주 등장시킨 영국의 만화가

가 나서 아내에게 소리를 지르는 모습을 본 적은 없었다. 게다가 나무 판자와 드릴, 나사못, 다리를 저는 토끼를 두고 다투는 모습을 본 적은 더더욱 없었다. 그렇게 몇 시간을 다투는 우리를 보면서 몹시 불편했을 것이다. 부부싸움을 중재해야 하는 건지, 잠시 나갔다가 와야 하는 건지, 아니면 그냥 차를 몰고 영국으로 돌아가야 할지 결정하기 힘들었을 거다. 고된 작업이었지만 저녁 때쯤 토끼 우리가 탄생했다. 웬만한 산들바람 정도에는 무너지지 않을 만큼 튼튼한 우리였다. 토끼가 안에서 어정어정 돌아다닐 정도는 되었고, 고양이를 비롯한 맹수들의 공격을 막아줄 만한 것이었다. 솔직히 말하면 나도 내 자신이 자랑스러웠다. 아내는 내게 고마워했고, 존과 레베카는 그저 우리 부부가 서로를 죽이지 않고 일이 끝났다는 사실에 감사하고 있었다. 정말 잘생긴 토끼 우리였다.

그렇게 잘 만든 우리였기 때문에 다음날 아침 더더욱 분통이 터졌다. 아침에 일어나보니 토끼가 우리 안에서 죽어 있었다. 망할 놈의 토끼! 부활절 토요일 하루를 몽땅 투자해서 우리를 만들어 줬건만 감사할 줄도 모르고 죽어버리다니! 자르고 망치질하느라 여기저기 찔리고 멍들고 친구들과의 우정에도 금이 갈 뻔하고, 물건에 대고 미친 사람처럼 욕까지 해 가면서 만들어 줬건만 들어가자마자 바로 죽어버리다니! 분노는 폭발했고, 나는 그놈의 토끼가 약올리려고 일부러 죽었다고 믿는 지경에 이르렀다. 아이들이 옆에서 운다고 생각이 바뀌지는 않았다.

"다시는 안 만들어!" 내가 말했다. "저거 얼마나 잘 만든 건 줄 알아? 근데 그 놈의 토끼가 딱 20분 썼어. 이게 도대체 무슨 시간 낭비야?"

방 안에는 어색한 침묵이 흘렀다. 어른 세 명과 아이 세 명이 화가 난 나를 자극하지 않으려고 조심하고 있었다.

그때 레베카가 입을 열었다. "그럼 닭 키우는 데 쓰면 되지 않나?" 그 말에 아내와 아이들의 표정은 밝아졌고, 남편 존은 '당신 지금 무슨 소리를 하는 거야?' 하는 표정으로 레베카를 쳐다봤다. 나는 차가운 침묵으로 대꾸했다.

그런데 레베카의 말이 맞았다. 털룰라와 롤라가 우리 안에서 조심스럽게 땅을 살피면서 쪼고 다니는 걸 보니 정말 닭들에게 안성맞춤이었다. 개들이 우리 근처에서 어슬렁거리고, 고양이들이 우리 위로 뛰어올라도 닭들은 필요 이상으로 스트레스를 받는 것 같지 않았다. 아마 닭들로서는 그렇게라도 살아 있는 편이 르크루제 냄비 속에 쑤셔 넣어지는 것보다 낫다는 걸 알고 있는 것 같았다. 나는 '드디어 스트레스를 주지 않는 동물이 왔군. 암탉이니 키우는 비용을 뽑을 수도 있겠다'고 생각했다.

나는 손뼉을 치면서 말했다. "내일 아침식사로 달걀 먹을 사람?"

chapter

19

깨뜨릴라 조심 조심

닭을 키우면 바로 달걀을 얻을 수 있을 거라고 믿은 게 너무 순진했던 건지도 모르겠다. 현대 문화를 풍자하고, 모든 물건이 즉석 배달되어야 직성이 풀리는 요즘 사람들의 태도를 비판하던 나 같은 사람도 닭이 당장 달걀을 낳지 않는다는 이유만으로 조급해지기 시작했다. 암탉을 데려온 지 3주가 지났건만, 아무런 소식이 없었다. 우리가 알을 못 낳는 닭을 사온 게 아닐까? 아내의 이론은 닭들이 지루해서 알을 낳지 않는다는 거였다. 하지만 아내의 이론에 따르면 나에 대한 주니어의 가학 취미도 외로워서 생긴 것인데, 친구가 생겼음에도 공격적인 태도가 바뀌지 않은 걸 보면 아내의 이론에 신뢰가 가지 않는다. 닭이 지루함을 느낄 수 있을까? 정말로? 닭이? 지적 자극을 받아야 닭이 알을 낳는다? 그럼 어쩌라고? 촘스키 책이라도 읽어줘야 하나?

아내는 닭들을 우리 밖으로 내어놓아 보자고 했다. 그것만
은 받아들일 수 없었다. 적어도 닭들이 새로운 거처에 적응하고
우리에 익숙해지기 전에는 절대 그럴 수 없었다. 나는 닭을 처
음 사온 날 우리에 몰아넣느라 무리를 한 이후로 아직 회복도
다 안된 상태였다. 한참을 애쓴 끝에 털룰라를 구석으로 몰아넣
은 뒤 몸을 날렸는데 닭을 낚아채는 순간, 주니어가 싸 놓은 거
대한 말똥 위에 미끄러졌다. 나는 닭장이 있는 곳까지 울타리를
빙 돌아 가는 대신 울타리 틈으로 빠져나가기로 했다. 두 가지
문제가 있었다. 하나는 그 간격이 내 생각보다 넓지 않다는 것
이고, 다른 하나는 지난겨울 동안 창밖을 내다보며 우울한 마
음에 마셨던 와인 그리고 함께 먹었던 치즈가 체중을 상당히 늘
려놨다는 것이었다. 나는 틈에 끼어 버렸다. 울타리에 수평으로
끼인 채 누워서, 몸에는 말똥이 잔뜩 묻은 채로 겁먹은 닭을 손
에 쥐고 있었다. 닭은 빠져나가려고 손을 쪼아댔고, 내가 도와
달라고 애걸하는 동안 아내와 아이들은 웃음을 참지 못했다. 나
는 아내에게 말했다. "닭들을 풀어주면 다시 잡아오는 것도 당
신이 해야 해."

하루는 모리스가 화가 난 목소리로 "닭이 도대체 언제 달
걀을 낳아요?" 하고 물었다. 이 아이도 더 이상 참지 못하는 게
분명했다. 항의하는 태도는 프랑스 뉴스에서 본 폭동과 약탈에
서 배운 게 분명했다.

모리스도 나처럼 '닭을 속아서 산 거 아닌가' 하는 생각을
하고 있다는 걸 깨닫자 아이가 불쌍했다. 하지만 아이에게 훌륭

한 인생의 지혜를 가르칠 절호의 기회이기도 했다. 물론 스스로가 좀 위선적이라는 느낌도 있었지만.

"인내심을 가져야 한다. 네가 원하는 걸 아무 때나 원하는 대로 가질 수는 없어, 모리스. 기다려야 할 때도 있어."

모리스는 심오한 가르침을 이해하지 못하는 눈치였다. "쟤네 좀 봐." 나는 TV를 가리키며 말했다. "다른 사람들은 생각하지도 않고 자기가 원하는 걸 훔쳐가지 않니? 저러면 안 돼." 그때 새뮤얼이 방으로 들어오면서 "무슨 얘기하고 있어?" 하고 물었다. 모리스는 이렇게 대답했다. "아빠가 그러는데, 달걀을 갖고 싶다고 해서 닭을 뽀개선 안 된대."

"그 말이 아니지!" 하고 말하면서도 설명이 통하지 않을 거라는 패배감이 밀려왔다. "아니야, 모리스. 저기 토비를 봐." 나는 정원에 있는 개를 가리키며 말했다. 하지만, 그 말을 하면서도 나는 정작 토비를 보지 않고 있었다. "하루 종일 닭장 옆에 앉아서 오래된 바게트 조각을 뚫어져라 보고 있잖아." 실제로 토비는 그랬다. 마치 영화 속의 전쟁에 나간 주인을 기다리는 개처럼 하염없이 바게트만 바라보곤 했다. "토비가 움직이는 거 봤어? 얼마나 끈기있게 기다리나 봐라. 훌륭하지 않니?"

바로 그때 토비가 큰 거실 창문에 앞발을 올리고 섰다. 주둥이는 진흙으로 범벅이 되어 있었고, 입에는 그렇게 먹고 싶어하던 바게트가 물려 있었다. 그리고 그 뒤를 방금 풀려난 암탉들이 불안한 듯 따르고 있었다.

아내의 두 번째 주장은 닭들이 노니는 곳과 부서진 닭장이 알을 낳기에 필요한 고요와 안정을 주지 못한다는 것이었다. 그 주장은 부정하기 힘들었다. 우리는 매일 아침 닭들을 영화 〈콰이강의 다리The Bridge on the River Kwai〉에 등장하는 움막처럼 생긴 닭장에서 꺼내어 처음 닭을 사올 때 사용했던 상자에 넣은 뒤 돌아다니며 놀 수 있는 장소로 옮긴다. 거기에서도 개와 고양이들이 항상 노려보고 있으니 닭들이 편안할 리 없었다. 우리는 마치 아이를 가지려고 별의별 방법을 다 찾아보는 젊은 부부 같았다. 제대로 시도를 하거나, 아이 없이 살거나, 둘 중 하나를 택해야 했다.

언제나 그렇듯 아내는 닭장을 찾는 일에 곧바로 착수했다. "완벽한 닭장을 찾았어, 여보!" 아내가 자랑스럽게 말했다. "값이 300유로이지만…"

"300유로라고?" 내가 아내의 말을 잘랐다. "그 값을 하려면 닭이 알을 몇 개나 낳아야 하는데?" 동물을 키우는 게 항상 이렇다. 키우는 데 돈이 거의 들지 않는다는 거짓말에 속아서 데려오면 어느덧 금으로 만든 삽으로 마구간을 치우고 있는 스스로를 발견한다.

"너무 비싸." 내가 잘라 말했다. "그냥 달걀 안 낳는 닭을 키우는 게 낫지. 아니면 가게에 가서 알 낳는 놈들로 바꿔 달라고 하든가."

"하고 싶은 말 다 했어?" 아내는 내 흥분이 가라앉을 때까지 기다리는 일에 익숙하다. "계속 얘기 할게. 똑같은 닭장을 영국에서는 반값에 팔아. 다음 주에 새 차를 영국에서 가져올 때 함께 가져오면 될 거야."

그런 정보가 있으면 흥분해서 말을 다 쏟아놓기 전에 먼저 좀 이야기해주면 안 되나?

얼마 전 차를 하나 구입했다. 7인승 시트로엥 C4 그랜드 피카소였다. 내가 꿈에 그리던 차는 물론 아니다. 우리는 영국에서 차를 사서 프랑스로 가져올 생각이었다. 이게 실수라는 사실을 그때는 몰랐다. 물론 우리가 원해서 그런 게 아니다. 처음에는 이 근처에서 구입할 생각이었는데, 무려 5천 유로나 더 비쌌다. 우리 지역의 딜러에게 같은 차의 영국 가격을 보여주자, 딜러는 울음을 터뜨리려 했다. 하지만 몇 달 후 울음을 터뜨릴 사람들은 우리였다. 차라리 5천 유로를 더 내고 프랑스에서 샀어야 했다.

'프랑스 관료주의'를 직접 겪어본 적이 없는 사람들도 그 단어를 들으면 소름이 돋을 것이다. 영국인들이 싫어하는 프랑스에 관한 많은 것들을 대변하는 단어처럼 들리기 때문이다. 하지만 관료주의는 전 세계 어디에나 존재하고, 꼭 내가 프랑스를 싫어해서 하는 이야기가 아니다. 좀 더 부연 설명을 해보면 이렇다. 내 생각에 프랑스 사람들은 세 부류로 나뉜다. 첫 번째는 파리지앵, 즉 파리 사람들이다. 이 사람들은 다른 프랑스인들을 수준이 낮다고 내려다본다. 두 번째 그룹은 파리 사람들을 제외한 나머지 프랑스인들이다. 이 사람들은 파리 사람들은 진정한 프랑스인이라고 생각하지 않는다. 그리고 세 번째 그룹이 있으니, 레퐁시오네르 les Fonctionnaires, 즉 공무원들이다. 파리 사람들과 '진정한' 프랑스인들이 모두 두려워하고 싫어하는 집단이다.

그렇다고 해도 프랑스 공무원들에 대해서 나쁘게 말하는 사람들은 없다. 프랑스의 공무원들은 구 동독의 비밀경찰 슈타지STASI 같아서 아무도 성질을 건드리지 않으려 하고, 심지어 그들에 대해서 이야기하는 것도 피한다. 여차했다가는 자신이 제출한 서류가 '사라질' 수도 있기 때문이다. 프랑스인들은 공무원들이 파업하면 나라가 멈춘다는 두려움이 있다. 하지만 프랑스인들이 미처 깨닫지 못한 것이 있다. 프랑스 공무원들은 이미 프랑스의 모든 것을 꽉 잡고 있다. 먹지를 이용해 양식을 복사하게 만들고, 민원인이 이 부서 저 부서를 돌아다니게 (그래서 돌아버리게) 만들고, 미로처럼 복잡한 절차를 만들고, 갖은 수단과 방법을 다 동원해 민원인을 혼란에 빠지게 하기 때문에, 이미 프랑스라는 나라는 작동을 멈춘 상태라는 사실이다.

우리는 이사하면서 영국에서 타던 차를 가져와서 프랑스에서 자동차 등록을 했다. 그 과정도 정말 길고, 복잡하고, 괴로웠는데, 5년이 지나면서 등록 절차가 바뀌어서 훨씬 더 힘들어졌다. 외제 자동차를 프랑스에 등록하기 위해서는 차량등록증을 받아야 하는데, 우리 동네 딜러는 외제차를 항상 수입하면서도 그 서류를 어떻게 받는지 모르고 있었다. 근데 그 사람만 모르는 게 아니었다.

딜러숍은 우리에게 DRIRE*에 가보라고 했고, 시청에서는 샤토루에 있는 세무서에 전

---

* Direction Régionale de l'Industrie,
de la Recherche et de l'Environnement:
산업, 연구, 환경을 위한 지역 이사회

화를 해보라고 했다. 그러다가 우리를 세무서로 보냈다. 우리는 거기에서 서류에 (정확히 무슨 서류인지는 모르지만) 도장을 받은 후 도청으로 가야 했다. 하지만 도청에 도착해보니 문이 닫혀 있었다. 월요일에는 쉰단다. 그러는 사이 DREAL(솔직히 여기가 뭐 하는 곳인지 모르겠다)이 개입해서는 우리가 자동차 안전점검을 받지 않으면 차량등록증을 받을 수 없다고 통보를 해왔다. 하지만 DREAL에서 말하길 자기네가 편지를 보내줄 것이니 크게 걱정할 필요는 없다고 했다. (하지만 서류의 원본은 전부 자기네가 가지고 있어야 한단다.) 우리는 그 편지를 받아서 다시 안전점검을 하는 곳으로 갔다. 그 사람들은 (원본 없이) 편지만 가져온 건 괜찮지만, 기준을 준수한다는 증명서가 없기 때문에 안전점검을 해줄 수 없다고 했다. 하지만 안전점검을 받거나, 서류들의 원본이 없으면 기준을 준수한다는 증명이 나오지 않는다. 게다가 서류 원본은 전부 DRIRE에 있었다. 딜러는 DRIRE에 전화를 해봤는데, 거기에서는 안전점검이 선행되어야 하며, 그게 없이는 아무 것도 할 수 없다고 했다. 딜러는 그제서야 우리 차가 제작된 지 4년이 넘지 않았기 때문에 안전점검이 필요 없다는 사실을 깨달았다. 이 문제로 한 달을 끌고 나서야 DRIRE인지 DREAL인지도 헷갈리는 그곳에서 실수를 인정했다. (이쯤 되자 나는 삶의 모든 의지를 상실했다.) 하지만 상대가 공무원인데 어쩌겠는가? DRIRE에서 일하는 여자는 자기네 실수이니 그 보상으로 우리에게 기준준수증명을 발급해 주겠다고 했다. 가만, 그건 어차피 당신들의 일 아니었어? 결국 기준준수증명은 도착했다. 다만, 그 사이에 그 증명서는 이름이 신분증명으로 바뀌어있었다.

　그게 도착할 쯤에는 내 머리 주위에 별들이 빙빙 돌고 있었는데, 다른 게 있다면 별 대신 키스톤 경찰들*이 뛰어다닌다는 점이었다. 아직도 차량등록증을 받지 못했고, 도청도 다시 방문해야 했다. 우리는 이 모든 일을 잠시 쉬기로 했다. 한 1주일 정도 이 일을 중단하고 그동안 받은 상처를 치유하고, 전의를 가다듬어야 할 것 같았다. 필요한 서류를 모두 챙기지 않으면 도청에 가 봤자 작살이 날 것이 너무나 뻔했다. 하지만 먼저 시청에 가서 등록증명이라는, 차량등록증을 위한 신청서와 관련 서류 리스트를 받아야 했다. 나는 점심 때 포도주를 충분히 마셨음에도 불구하고 '등록증명'이라는 단어를 제대로 발음하지 못했지만 그래도 받아냈고, 리스트는 덤으로 따라왔다. 그렇게 해서 도청에 갔다. 모든 게 잘 되리라 기대를 한 건 아니었지만, 그래도 어떻게든 끝을 보려는 마음이었다.

　서류를 잔뜩 들고 도청에 도착한 우리는 번호표를 받고 호명을 기다렸다. 대기실은 혼잡했다. 우리가 겪은 그 모든 과정을 그대로 겪은 사람들(이 사람들은 프랑스 자동차를 산 프랑스 사람들이었는데도 그랬다)이 삶의 희망을 잃고 모여 있었다. 우리가 외국인이라서 특별히 괴롭히는 게 아니었다. 모든 사람을 차별 없이 미워하는 게 프랑스 관료주의이다.

　사무실에 들어가자 공무원 두 명이 책상에 앉아 기다리고 있었다. 그 중 하나가 방금 나

---

* Keystone Cops: 20세기 초 무성
코미디 영화에 등장하는 경찰들로, 무능한
사고투성이 집단을 가리키는 표현이다.

간 '고객'의 욕을 하고 있었다. 프랑스 공무원들은 항상 화가 나 있다. 그들을 만난 사람이라면 누구나 그걸 느낄 수 있다. 그리고 민원을 해결하지 못하고 사람들을 돌려보낼수록 자신의 일에 만족을 느끼는 게 분명했다. 그들 앞에서 민원인들은 도살을 기다리는 양떼였다.

그 사람들에게 우리가 영국에서 주소만 프랑스로 옮긴 게 아니라 정말로 프랑스에 거주한다는 걸 설명하는 데만 10분이 걸렸다. 정말로 프랑스에 사는 게 아니고서야 왜 이 짓을 하겠나? 그냥 재미로? 힘들게 설명한 끝에야 공무원들은 우리 말을 이해했지만 그러는 동안 얼마나 무례하게 굴었는지 모른다. 전부 자신들의 잘못에서 비롯된 건데도 말이다. 일단 그 문제가 해결된 후에는 필요한 서류들의 리스트를 하나씩 체크하기 시작했다. 그런데 갑자기 빨간 불이 들어오면서 성문이 닫히기 시작했다. 그들의 얼굴에 얇고 싸늘한 미소가 번졌다.

담당 공무원은 우리가 들어온 후 처음으로 우리 눈을 마주치면서 말했다. "전기세 청구서가 없네요."

"아뇨, 필요한 거 다 있어요." 아내가 화를 억누르며 말했다. "여기 목록을 보면 수도세 청구서로 대신할 수 있다고 써 있잖아요." 그러자 그 공무원은 아내가 내놓은 준비서류 목록을 집어 들고 '수도세 청구서'라고 적힌 부분을 빨간 펜으로 그어 지우고 아내에게 돌려주었다.

"전기세 청구서를 가져오세요." 윽박지르는 표정으로 그가 말했다.

"다음 민원인!" 옆에 있는 동료가 외쳤다.

"문제가 뭔지 알아요?" 그날 오후, 아내가 부동산 중개 일을 하다가 알게 된 프랑스 친구인 세르지가 우리와 함께 점심식사를 하면서 말했다. "너무 프랑스인처럼 행동하고 있네요. 프랑스어를 사용하니까, 공무원들이 자기들 하고 싶은 대로 해도 된다고 생각하잖아요." 모두들 깨달음을 얻은 듯 고개를 끄덕였다. "이제부터 아무것도 모르는 외국인처럼 행동하세요. 프랑스어를 못하는 척하면 그 사람들이 일을 할 수밖에 없을 거예요. 공무원들이 익숙하지 않은 문제를 일으키는 거죠."

나는 고개를 연신 끄덕이다가 문득 세르지와 아내가 둘 다 나를 쳐다보고 있음을 깨달았다. 그 '아무것도 모르는 외국인'이 나였다. 주말에 출장을 갈 때에는 보통 주말이 끝나기만을 기다리는데, 이번 주말이 지나면 '악의 축 쌍둥이'와 대결해야 한다는 생각에 벌써부터 돌아오고 싶지 않았다.

나는 도청 대기실에 앉아 땀을 삐질삐질 흘리고 있었다. 봄 날씨가 더워서가 아니라, 그 방의 분위기 때문이었다. 공무원들과 이야기할 걸 생각하니 긴장이 되지 않을 수 없었다. 아침인데도 사람이 많았다. 다들 피곤한 관공서 업무를 일찍 처리하고 나머지 하루를 알차게 보내고 싶거나, 혹은 관공서에서 당한 수모를 술로 달래고 싶은 눈치였다.

나이든 남자 하나가 방에 들어와 인사를 했다. "안녕들 하세요" 하고 말하는 그 노인의 표정에는 말과 달리 반가움도, 희망도 안 보였다. 번호표를 뽑은 노인은 앉을 자리가 남아있지 않은 걸 보고 한쪽 구석에 섰다. 바로 그때 내 옆에 앉아있던 남자가 뭐라고 욕을 하면서 벌떡 일어나더니 번호표를 뽑아 왔다. 들어올 때 깜빡 잊은 모양이었다. 그 남자가 거기에 얼마나 오래 있었는지는 모르지만 적어도 나보다는 오래 있었고, 나는 20분 째 기다리고 있는 중이었다. 갑자기 회의가 들기 시작했다. 아무것도 모르는 외국인 흉내를 내어서 이 관료주의의 악몽에서 벗어날 수 있으리라고 생각하는 건 어디까지나 내 생각이고, 그 사람들이 내가 정말로 아무것도 모르는 외국인인 걸 깨닫는 순간, 모든 계획은 수포로 돌아갈 것이다.

나는 우리가 자동차를 등록하기 위해 이제까지 겪어야 했던 일들을 생각해보았다. 그야말로 단테의 〈신곡Divina Commedia〉에 나오는 아홉 개의 지옥이었다. 그중 일곱 개의 지옥은 우리가 왔다 갔다 해야 했던 다양한 관공서와 부서들로, 자기들끼리 서로 틀렸다고 주장하면서 아무도 신경을 쓰지 않았다. 여덟 번째는 오도가도 못하고 영원히 머물러야 하는 연옥이었고, 아홉 번째가 되어야 자동차를 몰 수 있을 것 같았다. 외국인들은 흔히 프랑스인들의 운전을 비웃곤 하는데, 이제 프랑스인들의 운전이 왜 그런지 알 것 같았다. 바로 면허제도 탓이다. 마치 학대를 받은 로트와일러* 강아지처럼, 면허를 받는 과정에서 정서적으로 피폐해지기 때문에 정작 운전할 때 예측 불가능하거나 사나운 운전을 하는 것이다. 프랑스 정부는 이 문제를 인식하고 몇 년 전에 운전면허 교육에 '운전 예절' 과목을 포함시켰는데, 프랑스 사람들이 운전하는 것을 보면 그 과목은 아직 인

---

* Rottweiler: 경찰견으로 쓰이는 독일의 대형견

기가 없는 게 분명하다.

영국에서의 운전이 팀 스포츠라면, 프랑스에서의 운전은 개인 종목이다. 언젠가 나는 사거리에 서서 다른 운전자에게 먼저 가라고 손짓을 했는데, 내가 특별히 친절해서가 아니라, 차라리 먼저 가라고 하는 게 회전을 빨리 하는 방법이기 때문이었다. 하지만 운전자는 갈 생각은 안 하고 나를 정신병자 보듯 쳐다보았다. 표정에서 "먼저 가라는 게 무슨 말이야? 왜? 무슨 속셈인데?" 하고 말하고 있었다. 기다리다 지쳐서 그냥 내가 먼저 가려고 차를 움직이자 프랑스 운전자는 그제서야 차를 움직이면서 별 멍청한 놈 다 봤다는 듯 나를 향해 주먹을 흔들었다.

대기실의 우울한 침묵이 깨졌다. 여자 하나가 화가 난 표정으로 문을 박차고 나갔던 것이다. 두 공무원 중 하나가 그 여자의 뒤에 대고 소리를 쳤다. "전기세 청구서를 가져오라고 분명히 말했잖아요!" 그녀의 뒤로 유리문이 조용히 닫혔고, 우리는 안에 있는 발할라의 얼음전사* 두 명의 무표정한 얼굴을 바라보았다. 그들의 얼굴에는 승리했다는 표정도 없었고, 방금 나간 여자를 경멸하는 표정도 없었다. 그저 아무런 감정 없이 일을 처리하는 관료주의의 기계 같은 느낌이었다. 모든 일을 그저 매뉴얼대로만 하는 그런 기계. 물론 그 매뉴얼은 정해진 게 아니라 자기네가 그때그때 만드는 것 같아 보였다. 그 공무원들이 무서운 이유는 자신들이 어떤 권력을 가지고 있는지 잘 알고 있기 때문이다. 프랑스 혁명을 승리로 이끈 것은 저런 사무직으로 이루어진 공무원들이기 때문

---

* Valhallan Ice Warriors: 노르딕 신화에 등장하는 인물. 차갑고 냉정하다는 뜻으로 하는 비유

에 아무도 그들의 성질을 건드리지 못한다. 만약 공무원 하나를 없애면 그 자리에서 똑같은 공무원 세 명이 솟아날 게 분명했다. 관료주의 히드라*라고나 할까?

또 한 명의 불행한 민원인이 방을 나왔다. 개인수표를 쓰고 있던 것으로 보아 아마 절차가 거의 다 끝나고 수수료를 내야 했던 모양인데, 시간 제한이 있다는 사실을 몰랐던 모양이다. "여보세요! 기다리잖아요!" 괴물 같은 공무원이 소리쳤다.

"네, 지금 수표를 쓰는…" 민원인이 당황해서 말을 더듬었다.

공무원이 "빨리 가져오세요!" 하고 다그치자 그 남자는 황급히 뛰어 들어갔지만 공무원은 유리문을 열어주는 버튼을 일부러 누르지 않고 몇 초를 기다렸고, 남자는 문 앞에서 참회의 시간을 잠시 가져야 했다.

그 장면을 지켜본 젊은이 하나가 키득거리며 웃었다. 그러자 할머니 하나가 꾸짖듯 혀를 찼다. '그렇게 공무원들 화나게 하면 대가를 치러야 할 걸' 하는 표정이었다. 젊은이는 무슨 뜻인지 알아채고 재빨리 입을 다물었다. 어쩌면 저 할머니는 이 대기실에서 인생의 대부분을 보냈을지도 모른다.

특별히 하소연할 곳도 없었지만 어쨌거나 우리는 공무원과의 대화를 녹음하기로 했다. 하지만 정작 내 차례가 되어 휴대폰의 녹음 버튼을 누르자 나는 제대로 준비 안 된 도니 브래스코**처럼 느껴졌다. 발각

---

* Hydra: 머리가 아홉 개 달린 그리스 신화 속 뱀으로, 머리가 잘리면 바로 다시 생긴다.

** Donnie Brasco: 1970년대 마피아 패밀리에 잠입해서 정보를 빼낸 미국 FBI 요원. 동명의 영화도 있다.

되면 어쩌지? 그러면 영원히 차량등록을 못할 것이다. 아니, 쥐도 새도 모르게 사라질지도 모르는 노릇이다. 그런 생각을 하다가 문득 깨달았다. 프랑스의 관공서 건물들의 벽을 뒤덮고 있는 이름들은 2차 세계대전의 희생자들이 아닐지도 모른다. 사실은 그게 프랑스 관료제도의 미로 속에서 길을 잃고 사라진 민원인들의 이름일지도 모른다는 생각이 들었다.

나는 천천히 말을 시작하면서 몰래 마이크를 숨긴 티를 내지 않으려고 애썼다. "봉쥬르. 제가 지난주에 아내와 여기에 왔었는데요." 그는 말이 끝나기도 전에 회색 눈동자로 나를 노려보면서 서류를 집어들더니 등을 돌렸다.

"84번!" 험상 굳게 생긴 여자 공무원이 소리지르고는 곧바로 "없어요? 85번!" 하는 게 아닌가.

그때 겁에 질린 여자 하나가 자기 키만한 높이의 서류뭉치를 들고 기어 나왔다. "흥, 서류에 자동차를 넣어 왔나 봐요?" 공무원은 웃음기 없는 얼굴로 차갑게 말했다. 유머감각은 원래 없는 사람인 것 같았다.

도대체 어떤 인생을 살았길래 사람이 저렇게 표독스러워졌을까? 어떤 집안에서 자랐길래? 만약 저 여자도 어릴 때 바비 인형을 가지고 놀았다면 아마 클라우스 바비*였을 것 같다. 나는 불똥이 튈까 봐 여자의 시선을 최대한 피하면서 내 서류를 가지고 컴퓨터 자판을 두드리고 있는 남자 공무원의 등을 바라보았다. 한 손가락으로 화가 난 듯 탁탁탁 타이핑을 하고 있었다. 서류에 자를 대고 하나하나 타이핑을 하는 모습은 정말 참

---

*Klaus Barbie: '리옹의 도살자'라는
별명이 붙은 악명 높은 나치 친위대 장교

고 보기 힘들었다.

그 공무원은 다시 내게로 시선을 돌리고는 자기가 입력한 게 맞는지 확인하라고 했다. 입력한 내용은 맞았다. 그걸로 끝이 났다. 드디어 차량이 등록이 된 거다. 나는 의자에 등을 대고 기대며 큰 한숨을 내쉬었다. 그의 행동에는 아무런 변화가 없었다.

"2백 유로." 그가 아무렇지도 않다는 듯 말했다.

2백 유로라니? 전혀 짐작을 못했던 액수였다. 왜 그만큼을 내야 하는데? 지방세! 농담하는 거 아냐? 이미 자동차세를 다 냈는데? 저 인간이 착복하는 거 아냐? 엉? 옆에 있는 메두사 같은 여자랑 같이 달아나서 스탈린 놀이공원을 차리려는 거 아냐? 황당해서 말이 나오지 않았다.

"감사합니다." 나는 그렇게 말하고 2백 유로를 건넸다. 만약 오늘 아침에 누가 내게 2백 유로만 내면 이 모든 악몽을 끝내주겠다고 제안했다면 기꺼이 지불했을 비용이기 때문이다. 나는 그저 이 모든 게 끝났다는 사실에 감사했다. 하지만 그렇다고 기뻐서 껑충껑충 뛰지는 않았다. 아직도 대기실에서 기다리는 사람들을 약 올리고 싶지 않았기 때문이다. 나는 그들에게 행운을 빌었다. "힘내세요." 사무실을 나서면서 비로소 그곳이 차량등록만 하는 게 아니라 총기류등록도 함께 한다는 사실을 알게 되었다. 총기류를 등록하러 오는 사람들은 훨씬 더 나은 대우를 받을 게 분명하다.

돌아오는 길에 나는 스트레스로 녹초가 되었지만 마음만

은 기뻤다. 그때 아내가 문자 메시지를 보냈다.

"점심에 먹게 올 때 달걀 좀 사와."

젠장, 닭은 뭐하러 키우나?

어쨌거나 닭이 알을 낳든 못 낳든 나는 승리를 만끽하기로 했다. 차에서 내려서 차량등록증을 마치 권리장전이라도 되는 듯 자랑스럽게 식구들에게 보여주었다. 식구들은 행복한 웃음을 짓고 있었고, 나는 전쟁터에서 돌아온 용사가 된 기분이었다.

"여보, 잘했어!" 아내는 그렇게 말하고 잠시 말을 멈췄다가 이렇게 물었다. "아이리쉬 세터*는 어떻게 생각해?"

아내는 지금이 동물을 더 키우자는 얘기를 꺼내기에 가장 완벽한 찬스라고 생각한 게 분명하다. 큰 일을 치르고 오느라 잠시 내 방어벽이 해제된 상태에서 이걸 들이밀겠다는 계산이었던 거다. 하지만 내게는 공무원들도 무너뜨리지 못한 자연방어체계가 아직 남아 있었다.

"미쳤어?" 내가 폭발했다. "우리는 벌써 개가…"

"개 이름은 룰루인데, 18개월이고."

"뭐?"

"그냥 한번 생각해보라고. 개가 정말 예뻐. 사진도 있어. 우선 점심부터 먹자. 개 얘기는 나중에 해도 되니까."

개 이야기가 나온 이상 내가 다른 생각을 할 수 없는 건 물론이다. 개를 또 데려오자고? 이 사람 정신이 있는 거야? 똥 치우는 게 힘들지도 않나? 나는 안절부절 못하고 일어나서 서성였다. 오전에 받았던 스트레스가 한꺼번에 몰려오면서 바질 폴

---

* Irish setter: 털 많은 사냥개의 일종

티* 모드로 바뀌었다. 화가 났다기 보다는 충격을 받아서 눈을 어디에 두어야 할지 몰랐다. 친구 하나는 내가 그런 상태가 되면 정말 볼만하다고 놀린 적도 있다. 하지만 아내는 나의 신경을 딴데로 돌리는 방법을 잘 알고 있다. 내가 해결하지 않고는 못 견디는 문제를 던지는 것이다.

"모리스가 닌텐도를 못 찾겠다네." 아내는 마치 내 최면 상태를 깨우려고 미리 준비해둔 문구를 던지듯 말했다.

당연히 즉효가 있었다. 나는 잠을 잘 수도 없었고, 이상한 이름을 가진 아이리쉬 세터에 대한 생각도 싹 사라졌다. 없어진 물건이 있으면 찾을 때까지 아무 것도 못하는 강박증이 도졌고, 모리스의 닌텐도를 찾기 전까지 내 마음에 평화란 있을 수 없었다. 새벽 2시가 되어서야 나는 비로소 닌텐도를 찾아냈고, 모리스의 방에 가져다 놓은 후 텅 빈 껍데기 같은 몸을 침대에 뉘였다.

"당신 관심을 돌리는 건 너무 쉬워." 아내가 침대에서 몸을 뒤척이며 잠꼬대하듯 말했다. "꼭 개한테 공을 던져주는 거 같아."

이 여자, 무섭다.

---

* Basil Fawlty: 영국 시트콤에 나오는
코미디언으로 쉽게 흥분해서 소리 지르는
것으로 유명하다.

chapter

20

평화를 선택하다

도시에서만 자란 나는 탁 트인 시골의 환경에 대해 어떤 부정적인 견해를 갖고 있었고, 가급적 그런 곳을 피하는 것이 좋다고 믿어 왔다. 정체 모를 날벌레들도 그렇고, 보수적인 정치관, 가까운 인척과 결혼하는 걸 별로 문제삼지 않는 태도, 그리고 신선한 공기, 이 모든 게 내게는 불안감을 주었다. 모두 도시에서 나고 자란 나 같은 사람에게는 익숙하지 않은 것들이다. 내가 시골에 대해 가졌던 그런 부정적인 견해가 대개는 사실이지만, 적어도 이제는 그런 면들이 극복 불가능하다고 생각하지는 않는다. 따라서 우리 식구들을 도시문명에서 가능한 한 멀리 떨어뜨리기로 결정한 이상, 있는 모습 그대로의 시골을 받아들여야 했다. 좋은 것만 골라 가질 수는 없지 않은가. 신선한 시골 공기도 과히 나쁘지만은 않다는 생각이 들었다.

하지만 도저히 받아들이기 힘든 것들이 있다. 시골에만 있는 것들인데, 가령 멋지게 차려 입은 옷을 알아주지 않는다거나, 아침 일찍 일어나는 생활, 그리고 진흙 따위가 그렇다. 하지만 최악은 뭐니뭐니해도 얼굴에 피는 버섯이다. 잘못 읽은 게 아니다. 정말로 '얼굴에 피는 버섯'이 있다. 테렌스는 지난 몇 주 동안 얼굴에 난 발진으로 고생했다. 의사가 그걸 습진이라고 우기는 바람에 그가 처방한 코티손 크림을 발랐지만, 발진이 낫기는커녕 점점 들불처럼 퍼져나가서 거의 얼굴 전부를 뒤덮었다. 아이의 얼굴은 깜짝 놀랄 만큼 심각했다. 마치 2도 화상을 입은 환자처럼 타는 듯한 빨간색이 얼굴에 퍼지고 심지어 귀와 눈 주위까지 빨갰다.

아내는 피부과 예약을 해두었지만 앞으로 3주나 더 기다려야 했다. 어쩔 수 없이 우리는 처음 의사에게 다시 찾아갔다. 그 의사는 그제서야 자신의 잘못된 진단을 깨닫고 처방을 바꿨다. 하지만 그는 이미 신뢰를 잃었고, 우리는 다른 의사의 진단을 듣고 싶었다. 프랑스에서 아이의 건강 문제로 다른 사람의 의견을 구하는 가장 간단한 방법은 그냥 아이를 데리고 나가서 함께 길을 걷는 거다. 그러면 어느 구석에서 나왔는지 모르게 할머니들이 튀어나와서 아이의 건강이나, 옷, 헤어스타일 따위에 대한 충고를 다짜고짜 늘어놓는다. 프랑스는 아직도 가족적인 정서가 강하게 남아있을 뿐 아니라, '가족'이라는 개념이 자신의 가족만이 아니라 다른 사람에게도 확대되어 있다. 게다가 남자가 아내도 없이 아이들을 데리고 있다면 분명히 육아에 대해서 아는 게 쥐뿔도 없고, 응당 이런저런 충고를 해줘야 한다고 생각하는 듯하다. 그런 충고가 필요 없다는 게 아니다. 우리는 그런 충고를 좋아한다. 특히 내가 그렇다. 나이가 들어 코 밑에 털이 수염처럼 자란 할머니가 길을 막고 서서 "아이에게 옷을 너무 얇게 입혔다"고 야단치면서 내 손을 쳐내고 아이의 코트를 여며주는 것처럼 기분 좋은 일이 또 있을까! 농담이 아니라 정말로 그런 일이 벌어진다. 한 번은 슈퍼마켓에서 물건을 찾느라 카트에 아이를 놔두고 잠시 후에 돌아왔더니 한 명도 아니고 여러 명의 할머니들이 모여서 위험하게 아이를 두고 다닌다고 야단을 치기 시작했다. 내가 다른 곳으로 이동하자 마녀떼처럼 뒤를 졸졸 따라다니면서 무슨 실수를 하는지 지켜봤다.

다행히 피부과 의사가 바로 약속을 잡자고 연락이 왔기 때문에 이번만큼은 할머니들의 건강 정보에 의지할 필요가 없었다. 아마도 테렌스를 잘못 진단했던 의사가 상태가 심각하다고 설명했기 때문에 바로 약속을 잡을 수 있었던 것 같다. 피부과 의사는 테렌스의 상태가 심각한 샴피뇽champignon 증상이라고 설명했다. 피부에 피는 곰팡이의 일종인데, 다행히 치료가 가능하고 흉터도 남지 않을 거라고 했다. 그리고 의사가 덧붙였다, "문제는 이 아이가 어디에서 이 균에 접촉되었나 입니다. 혹시 집에서 동물을 기르시나요?"

테렌스는 야생소년이나 다름없다. 개, 고양이들과 놀겠다고 고집을 피우거나 애완동물 침대에 올라가고, 심지어 우리가 보지 않으면 몰래 동물사료까지 집어먹는다. 테렌스는 내 뒤를 이을 모드족이 아니라 (정글북의) 모글리로 자라고 있었다. 그만큼 동물을 좋아하는 아이다. 우리가 가진 동물들을 차례로 열거하자 의사는 얼굴이 하얗게 질렸다. 그 역시 시골에 살고 있는 만큼 우리 집에 유별나게 동물이 많아서 놀란 게 아니라, 그 동물들을 일일이 추적해서 곰팡이 균을 가진 게 어떤 녀석인지 찾아내야 하기 때문이었다. 가장 의심이 가는 놈은 피에로였다. 틈만 나면 가구에 몸을 비벼대서 언젠가는 박테리아로 문제를 일으키리라 생각했다. 하지만 사실 베스파도 피부병을 앓았고, 토비도 오후만 되면 어디론가 사라졌다 돌아오는 녀석이니 어디서 무슨 짓을 하고 오는지 몰랐다. 플레임도 의심스럽기는 마찬가지. 게다가 말 두 마리도 지금 털갈이 중이라 식구들 건강에 좋을 리 없었다. 결국 모두가 용의선상에 올라와 있었다.

어쩌면 동물 탓이 아닐 수도 있다. 어차피 시골에 살고 있기 때문에 마치 생물학전에서처럼 공기 중에 떠돌아다니는 곰팡이균이 테렌스에게 달라붙었을 수도 있다. 우리는 수의사에게 부탁해서 다음 주에 우리 집에 와서 동물들을 좀 검사해달라고 했다. 수의사를 기다리는 동안 테렌스의 뺨에서 표본을 채취해서 정확한 원인을 규명하기로 했다.

표본 채취라는 게 원래 그렇게 하는 것 같기는 하지만, 아이의 뺨에서 뭐가 '자라고' 있는지를 확인하는 건 끔찍하게 느껴졌다. 영화 〈대부〉에서 말론 브란도가 했던 대사가 떠올랐다. "내 잘생긴 아들녀석에게 그놈들이 무슨 짓을 했는지 좀 보라고!"

피부과에서 처방한 치료법은 상당히 강력했다. 먼저 알약을 먹어야 하는데, 하나가 250밀리그램이었다. 하지만 아이라서 200밀리그램까지만 복용이 가능하므로, 우리는 절굿공이로 알약을 일일이 빻아서 나눠야 했다. 가루로 만든 약을 길게 쏟아놓고 나누어서 포장하려니 꼭 코카인을 흡입하려는 마약중독자의 자세가 나왔다. 얼굴에 크림도 발라야 했는데, 워낙 강력한 연고라서 그걸 바른 후에는 햇빛을 멀리해야 했다. 그것도 두 달 동안이나! 상황이 이렇다 보니 아내는 처음 만났던 의사가 오진을 한 사실에 대해서 더욱 화를 냈다. 하지만 어쩌겠는가? 우리가 사는 곳은 아주 작은 시골마을이라, 의사를 바꾸는 건 간단한 문제가 아니다. 마음에 들지 않는다고 의사를 바꾼다는 건 공개적으로 모욕하는 행위나 다름없기 때문에 절대로 쉽게 생각할 일이 아니다. 영화 〈마농의 샘〉을 봐서 알지만, 지역의 유지를 화나게 해서 좋을 게 없다.

비록 의사 때문에 화가 났고, 호기심 많은 어린아이를 맑은 날 집 안에 가둬야 하는 안타까움도 따랐지만, 그럼에도 불구하고 아내의 기분은 언제나 봄이 오면 좋아졌다. 그토록 오지 않던 봄이 드디어, 그것도 완벽한 날씨와 함께 도착했다. 파티 때 일부러 제일 늦게 와서 관심을 모으는 인기 많은 친구처럼 올해의 봄은 그렇게 늦게, 슬그머니 찾아왔고, 기다리던 사람들은 늦었어도 다 용서하고 봄을 찬양했다.

집안의 분위기도 일순간에 바뀌었다. 아침에 이층에서 내려오면 무겁고 흐린 하늘을 만나는 대신, 상쾌한 하루가 기다리고 있었다. 희망과 가능성이 충만했다.

아내는 계획 중인 정원 디자인과 노트를 보면서 말했다. "내가 1년 중에서 제일 좋아하는 계절이 봄이야." 아내는 그 말을 그날 저녁에만 네 번을 했다. 나는 정말 오랜만에 1주일 내내 집에 있었지만 아내를 볼 기회는 별로 없었다. 사실 기대하지도 않았다. 봄만 되면 아내는 해가 뜰 때 밖에 나갔다가 해가 지면 집으로 돌아오기 때문이다. 만약에 바깥에 강력한 조명만 설치하면 아마 밤새도록 집에 돌아오지 않을 사람이다.

나는 가급적 야외에서 해야 하는 일들을 최소화하고 있지만, 그래도 가끔은 단순 노동을 하러 불려나갔다. 그 중 하나가 '작은 동물 구조' 작업이다. 실제로 '구조'한 건 두 번이었다. 한 번은 물총새 한 마리가 거실 창문에 날아와 부딪혀서 기절한 때였고, 다른 한 번은 멍청한 독수리가 채 가다가 놓치는 바람에 에디의 머리에 떨어진 작은 토끼를 구한 것이었다. 하지만 늘 고양이들의 등장과 함께 상황이 바뀌기 때문에, 마치 수영장의 구조요원처럼 상시 대기를 하고 있어야 했다. 나는 집 주위의 각종 작은 동물들을 사악한 고양이들로부터 구할 준비를 하고 있었다. 고양이들은 생쥐, 뾰족뒤쥐, 새, 도마뱀 등등 대상을 가리지 않고 작은 동물들을 잔인한 놀이의 도구로 삼는다. 그냥 괴롭히기만 하는 게 아니라 아예 우리가 잘 보이는 곳으로 사냥감을 질질 끌고 와서 고문했다. 식구들 앞으로 사냥감을 데려오는 이유는, 그렇게 하면 무슨 일이 벌어지는지 잘 알기 때문이다. 고양이가 동물을 잡은 걸 보면 먼저 아내가 콧노래를 멈추고 "여보! 베스파가 뭘 잡았어!" 하고 소리를 지른다. 그러면 아이들이 달려가고, 대개는 나보나 먼저 현장에 도착한다. 그렇게 고양이들은 관중을 확보하고, 나는 마치 늙고 뚱뚱해진 데이빗 핫셀호프*처럼 뛰어온다. 나와 고양이들의 추격전은 그렇게 시작된다.

내가 나타나면 고양이들은 동물을 입에 물고 넓은 공터로 냅다 달려가고, 나는 뒤를 쫓아가 럭비선수 같이 태클해서 고양이를 잡는다. 그러면 다른 고양이가 떨어진 공, 아니 동물을 집어 물고 다시 달리기 시작하고, 나는 추격 상대를 바꿔 다시 뛴다. 이런 추격전은 고양이들이 지겨워질 때까지 계속되고 나는 기진맥진해진다. 추격이 끝나면 땀범벅이 되고 도저히 걸을 수 없는 상태로 아무 데나 앉아서 숨을 돌린다. 내 손에는 구조에 성공한 동물이 자랑스럽게 들려있지만, 기운은 완전히 소진된 상태다. 아내의 정원 디자인이 위력을 발휘하는 게 바로 이때다. 아내는 정원 곳곳에 앉아 쉴 만한 곳을 잔뜩 만들어 두기 때문에 추격전이 어디에서 끝나든 상관없이 앉아서 쉴 수 있는 장소가 널려있다. 물론 아내는 자기가 가져다 놓은 벤치를 사용하지 않는다. 적어도 봄에는.

아내의 장점 중 하나가 불굴의 투지다. 이미 진 싸움이라는 게 아무리 분명해도 절대로 굴복하지 않으려는 의지만큼은 거의 초인적이다. 나쁜 뜻으로 하는 이야기가 아니다. 내가 거의 항상 집을 비우고 있는데도 지금과 같은 삶을 유지할 수 있는 것은 아내의 힘과 의지 없

---

* David Hasselhoff: TV드라마 〈전격 Z작전〉으로 잘 알려진 배우. 인기 드라마 〈베이 워치〉에서 해안 인명구조요원으로 등장해 뛰는 장면이 매회 등장했다.

이는 불가능한 일이다. 하지만 아내가 고양이를 기르고 싶다는 말을 처음 했을 때 나는 분명히 경고했다. "내가 굳이 이 말을 할 필요가 있을까 싶지만…" 하는 표정으로 그랬다. 고양이들이 집에 오면 눈에 보이는 모든 것들을 죽이려고 들 거라고. 테라스에 돌아다니는 들쥐나 다람쥐, 벽에 붙어서 햇볕을 쬐고 있는 도마뱀, 연못에 있는 물고기, 정원에 둥지를 튼 각종 새들, 전부 물어 죽일 거라고. 고양이를 데리고 오는 건 그런 동물들을 위험에 빠뜨리는 행위라고, 그래도 고양이를 데리고 오고 싶은지 물었다.

아내의 대답은 이랬다. "걱정하지마. 죽이지 말라고 가르치면 되니까."

그 한마디로 아내의 귀여운 고집은 망상으로 변했다. 이제 고양이들은 8개월이 지나 더 이상 새끼가 아니었고, 피비린내 나는 사냥이 벌어지고 있었다. 원래 시골이라는 곳이 그렇게 잔인한 장소이고, 나 같은 '도시촌놈'들은 그런 상황에 익숙해지는 데 시간이 걸릴 수밖에 없지만, 그렇다고 해도 죽어나가는 동물들의 양이 엄청났다. 솔직히 말해, 고양이들이 우리 집 현관 앞에 동물 시체를 쌓아놓기 전까지는 주위에 그렇게 많은 야생동물들이 사는 줄 몰랐다. 치워도 치워도 동물 시체는 매일매일 쉬지 않고 쌓였다. 고양이들이 죽인 동물을 숨기거나 양심의 가책을 조금만 보였어도 어느 정도 참을 수 있을 것 같았다. 그리고 아내와 아이들이 고양이에게 살해당한 불쌍한 동물들마다 전부 성대한 장례식을 치러주려고 하지만 않았어도 좀 나았을 것이다. 의미 없는 죽음에 이은 격한 감정, 그리고 이어지는 장례식. 우리 집은 마치 우톤 바셋*이 되어 가는 듯 했다. 죽은 동물이 하도 많으니 결국 아내도 개별 묘지 대신 집단 묘지를 택하기 시작했다. 아이들도 점점 무뎌지고 있었다. 자기 토끼가 죽었을 때는 몇 시간 동안 울기만 했던 새뮤얼도, 모리스도 이 제는 동물이 죽었다는 말이 들려도 가지고 놀던 닌텐도에서 고 개를 돌리지 않았다. 숱한 죽음에도 불구하고 일종의 권태감이 찾아온 것이다.

누구라도 제정신을 가진 사람이라면 이런 상황에서는 선 택을 해야만 한다. 동물들이 죽어나갈 수밖에 없는 현실을 그대 로 받아들이거나, 아니면 고양이들을 집에서 내보내는 수밖에 없다. 하지만 아내에게는 두 가지 모두 선택 사항이 아니었기 때문에 새로운 세 번째 선택지를 만들었다. 나는 그것을 '카누 트 왕** 작전'이라고 불렀다. 실패할 수밖에 없기 때문이다, 아 내의 계획은 이랬다: 고양이들은 수백만 년에 걸쳐 잔인하면서 도 효율적인 사냥꾼으로 진화해 왔고, 따라서 그들에게는 그렇 게 할 권리가 있음을 인정한다. 하지만 주변에 사냥에 대한 유 혹이 가득할 때 그들에게 새로운 기술을 가르치기로 한다. 농담 이 아니라, 나는 아내의 그런 고집이 진심으로 존경스럽다. 하 지만 그런 아내를 지켜보는 건 마치 윔블던 대회에서 팀 헨만을 보는 기분이다. 숭고한 노력과 열성적인 후원으로 대회에 참 가하지만 결국 패할 수밖에 없

---

* Wootton Bassett: 영국 남부의 작은 마을로, 21세기 들어 전사한 영국군인들의 장례행렬이 마을을 통과해서 유명해졌다.
** King Canute: 잉글랜드, 노르웨이, 덴마크의 국왕으로 신하들에게 신, 자연 앞에서 왕의 권력의 무상함을 증명했던 일화로 유명하다.

는 비운의 선수를 보는 그런 기분.

　물론 고양이들은 아내의 프로젝트를 아주 흥미롭게 바라 봤다. 하루는 아내가 플레임이 물고 있는 쥐를 강제로 떼어낸 후에 고양이의 뒷덜미를 잡아 들고는 "그럼 못써!" 하고 야단을 쳤다. 고양이는 '이 상황을 어떻게 받아들여야 하나' 하는 당황스러운 표정을 하고 있었다. 나는 아내에게 고양이가 잘못하고 있는 게 아니며, 그게 고양이에게는 자연스러운 행동임을 지적했다.

　그러자 아내는 이렇게 쏘아 붙였다. "당신도 예전에는 아침에 일어나기만 하면 담배를 피우곤 했지만, 지금은 담배를 끊었잖아!"

　"틀린 말은 아닌데, 그럼 동물병원에 가서 '본능억제 패치'를 좀 사다가 고양이들에게 붙여줘야겠네." 이렇게 대답을 하고는 아내가 내 목덜미를 잡기 전에 재빨리 달아났다.

　'고양이 턱받이'가 문제의 해답인 듯 했다. 인터넷을 샅샅이 뒤진 끝에 대안으로 뽑은 것이 바로 고양이 턱받이였다. (고양이가 동물을 죽이지 못하게 하는 방법은 의외로 많지 않았다.) 고양이 턱받이를 만든 회사의 설명에 따르면 분명히 효과가 있었다. 고양이 턱받이는 말 그대로 고무와 스티로폼으로 만든 밝은 색깔의 턱받이로, 고양이 목걸이에 연결해서 턱 밑에 거는 제품이다. 그러나 나름 조사해본 결과, 고양이 턱받이가 효과가 있다는 증거도 별로 찾지 못했을 뿐 아니라, 효과가 있다는 사람들도 정확하게 어떤 원리로 가능한 건지 알지 못했다.

고양이에게 턱받이를 채워 놓으면 내 눈에 보기에는 오히려 식사할 준비가 된 것 같아 보일 뿐 이게 고양이의 사냥을 막아줄 것 같지는 않고, 오히려 문제가 더 복잡해질 것 같았다. 사용해본 사람들에 따르면 턱받이를 채워놓으면 다른 동물들 눈에 금방 띄기 때문에 고양이가 나타나는 순간 도망갈 수 있는 듯 했고, 이 제품을 만든 회사에 따르면 고양이가 다른 동물을 잡으려고 점프하는 걸 막아주기 때문이라고 했지만, 내 생각에는 컴퓨터 마우스 깔판 같은 걸 목에 달아놓으니 고양이들이 창피해서 밖으로 나가지 않기 때문에 효과가 있을 것 같았다.

하지만 그런 주장들은 아무 의미가 없었다. 고양이 턱받이는 전혀 효과가 없었기 때문이다. 고양이들에게 턱받이를 채워놓자 처음 며칠은 좀 어색해했지만 금방 익숙해져서 목에 턱받이를 달고 다니는 데 아무런 문제가 없어 보였다. 며칠이 더 지나자 오히려 턱받이는 사냥 욕구를 더욱 북돋우기 시작했다. 고양이들은 앞으로 내려온 턱받이를 획 돌려서 목 뒤쪽으로 오게 하는 법을 터득했고, 그렇게 하니 꼭 망토처럼 보였다. 고양이들은 그 망토를 하고 마치 '슈퍼 고양이'가 된 듯한 자신감에 차서 집 주변에 있는 움직이는 동물들을 보면 무조건 뛰어올랐다.

동물 시체가 다시 쌓이면서 아내는 자신감에 상처를 입은 것 같았다. 체념의 분위기가 찾아 들었고, 집단 묘지는 흙이 덮이지 않은 채 다음 등장할 시체를 기다리고 있었다. 고양이 턱받이도 효과에 대한 아무런 기대 없이 쓸쓸히 채울 뿐이었다.

그간의 결혼생활을 통해 내가 배운 게 있다면, 이런 순간에는 조용히 있어야 한다는 것이다. 절대로 '봐, 내가 뭐라고 했어' 하고 뿌듯해 해서도 안 되고, 절대로 아내의 시선이 내게 꽂히는 일을 피해야 한다. 오랜 세월에 걸쳐 형성된 고양이의 본능을 고쳐보려다가 실패한 아내는 분명 손쉬운 표적으로 눈을 돌릴 것이고, 내가 그 표적이 되는 건 한순간이므로 아내의 관심을 끄는 일은 절대 없어야 했다. 하지만 그게 말처럼 쉽지 않다.

우리 집은 아주 크고 땅도 넓은데, 거기에 딸린 부속건물까지 많다. 하지만 그럼에도 불구하고 내가 쉴 수 있는 장소는 없다. 잠시 숨어 있을 공간도, 편히 휴식을 취할 오아시스도 없다. 물론 내가 이런 이야기를 하면 독자들은 말도 안되는 불평이라고 할 것이다. 맞다. 가족과 떨어져 있는 동안에는 가족이 보고 싶다고 불평을 하다가 정작 가족과 함께 있으면 이번에는 또 그것 때문에 투덜거리는 게 나란 사람이다. 하지만 굳이 변명을 하자면, 나는 '예술'을 하는 사람이고, 예술가는 창조적인 공간이 필요하다. 물론 사실대로 말하자면 나는 그냥 감정기복이 심한 사람일 뿐이고, 나 같은 사람은 가끔씩 혼자 있는 게 내게도 좋고, 주위에 있는 사람들에게도 좋다.

내가 담배를 피우던 때는 그렇게 하기가 수월했다. 다들 잠이 들 때까지 기다렸다가 농장의 부속건물에 대충 차려놓은 내 서재로 슬그머니 사라져서 거기에서 새벽까지 '글을 쓰는' 거다. 하지만 사실은 그냥 거기에서 담배만 피우면서 지역 특산 포도주를 (좀 많이) 맛보고, 쓸 데도 없는 크리켓 스윙을 연습하느라 새벽까지 깨어 있었다. 그러다가 담배를 끊고 내 서재를 본채의 빈 방으로 옮겼다. 솔직히 말해 거기에 서재를 차릴 수 있다고 생각한 내가 순진했다. 책상을 놓고 컴퓨터를 켤 때쯤 이미 그 방은 다림질을 하거나 '아빠가 고쳐줘야 하는' 장난감들을 쌓아놓는 공간으로 변해 있었다. 결국 나는 '서재'를 계단 맨 위에 있는 옷장 옆으로 옮겨야 했다. 하지만 거기는 활짝 열린 공간이어서 마치 우리 마을 광장에 책상을 놓고 앉아 있는 느낌이었다. 게다가 의자도 놓을 수 없었다. '고양이가 잠을 자는 자리'라는 게 그 이유였다.

그러던 어느 날 오후, 나는 오아시스를 발견했다. 아니, 발견한 줄 알았다. 새뮤얼과 모리스는 학교에 갔고, 테렌스는 침대에 있었고, 그리고 아내는 정원을 돌보느라 바빴기 때문에 나는 부속건물에 있는 작업실에 노트북 컴퓨터를 놓고 '일'을 좀 할 생각이었다. 물론 어림도 없는 일이었다. 작업실에는 제비 가족 하나가 둥지를 만들어 놓고는 아예 그 작업실을 자신들의 영역인 양 행동하면서 내게 화를 내고 있었다.

제비들은 내가 자신들의 사생활을 침범했다고 생각하는 게 분명했다. 선반에 앉아서 내게 "꺼지라"고 말하고 있었다. 제비들의 말을 못 알아듣는다 해도 그게 꺼지라는 말이란 사실은 오해의 여지가 없었다. 임신한 제비 가족과 다퉈본 적이 있는지 모르겠지만, 절대로 아름다운 풍경이 아니다. 제비들이 내게 입에 담지 못할 말을 퍼붓는데 나라고 참겠는가! 나도 똑같이 퍼부었다.

"당신 여기서 뭐하고 있어?" 아내가 소리를 지르면서 작업실로 뛰어들어왔다. "누구한테 욕을 하고 있는 거야?"

"저 망할 놈의 제비들한테!" 대답을 하면서 약간 창피하기는 했다. "저 놈들이 귀찮게 하잖아."

내 말이 끝난 후부터 아내는 5분에 걸쳐 이제 이 작업실은 제비들의 공간이 되었고, 제비들이 알을 낳는 동안 방해를 해서는 안 된다고 설교했다. "당신도 당신이 지내는 공간을 침해당하면 화가 나지 않겠어? 제비들이 화가 난 것도 당연하지." 엄밀하게 말해, 그리고 법적으로도 여기는 내 공간이고, 침해한 것은 제비들이라고 아내에게 말하려고 했지만, 설교를 마친 아내는 이미 사라진 후였다. 나도 어쩔 수 없이 노트북을 닫고 그 자리를 떴다. 하지만, 떠나기 전에 제비 부부에게 큰 소리로 욕을 했다. 물론 제비들도 지지 않고 되받아쳤다. 나는 옆 방으로 서재를 옮겼지만, 똑같은 일이 발생했다. 다만 다른 게 있다면, 그 곳의 제비 부부는 언어폭력을 사용하는 데 그치지 않고 머리 위로 낮게 날아 위협을 하면서 나를 둥지로부터 떨어뜨리려 했다는 것이다. 물론 그 제비들이 사용한 방법은 효과가 있었다.

그런 일을 제외하고는 나의 동물 구조 기술은 내가 아무리 불만에 차서 툴툴거려도 여전히 필요한 듯 했다. 어느 날 학교에서 돌아온 모리스가 나를 불렀다.

"아빠, 뱀이 나왔어! 진짜 큰 뱀이야!" 모리스는 신이 난 것 같았다.

'젠장할… 뱀은 내 전문분야가 아닌데.' 나는 뱀을 정말 싫어한다.

세 아이가 일제히 뱀이 어떻게 생겼는지 설명을 시작했다. 아이들에 따르면 뱀은 크기도 하고, 작은 편이기도 하며, 초록색인 동시에 네모 무늬가 있는 베이지색이기도 했다. 머리는 삼각형이며, '트랙터'이기도 했다. 물론 그 뱀이 트랙터라고 말한 건 테렌스인데, 도대체 갑자기 왜 그 단어가 나왔는지는 아무도 모른다. 아이들의 설명을 듣고 있자니, 외계인에게 납치당했었다고 주장하는 레드넥* 가족을 보는 기분이었다. 흔히 닭이 뱀을 죽인다고 하지만 우리 털룰라와 롤라는 뱀을 찾을 생각은 하지도 않고, 대신 아내가 정성껏 가꾸고 있는 장미나무를 파헤쳐 놓아 아내의 성질을 건드렸다.

뱀은 우리동네 골칫덩이다. 몇 해 전 마을사람들은 넘쳐나는 쥐를 해치우기 위해서 이 지역에 뱀을 많이 풀었는데, 이제는 뱀이 넘쳐나는 바람에 닭을 많이 키운다. 아마 닭이 넘쳐나면 여우들을 풀 것이고, 여우가 넘쳐나면 그때는 붉은색 재킷을 입은 사냥꾼들이 사냥개들과 함께 농장 주변을 휩쓸고 다닐 것이다.

나는 뱀을 찾아보았다. 솔직히 말하면 뱀을 찾는 일은 괴로웠고, 발견하지 않기를 내심 바라고 있었다. 결국 뱀은 찾을 수 없었고, 아마 모리스가 잘못 본 것이거나, 독 없는 풀뱀일 거라고 단정지었다. 하지만 다음날, 뱀이 있었다는 증거가 나왔다. 쥐, 그것도 엄청나게 커다란 쥐 한 마리가 아이들이 뱀을 발

---

* rednecks: 미국 남부의 못배운
시골뜨기 백인들을 가리키는 말

견한 바로 그 장소에 죽어 있었다. 쥐를 살펴봐도 특별한 상처가 눈에 띄지 않았다. 쥐치고는 너무나 커서 비록 우리 집 고양이들이 원했더라 해도 잡았을 리 없었다. 그만큼 괴물 같은 쥐였다. 아내는 나를 구석으로 데리고 갔다.

"당신이 그 뱀을 잡아야겠어." 아내는 간단하게 말했다. "농장 어딘가에 개나 고양이가 방해하지 않고, 아이들이 아직 가지 않은 곳에 숨을 곳을 찾은 거 같아."

"당신 말이 맞아." 나는 작정하고 대답했다. "걱정 마. 내가 그놈을 찾아서 다른 데로 좀 가 달라고 부탁할게."

하지만 뱀은 찾지 못했고, 뱀이 우리 농장에 자리를 잡고 정착했다는 흔적도 더 이상 발견되지 않았다. 내 추측이지만, 아마 뱀이 정착하기에는 우리 집이 너무 부산하고 시끄러워서 견디지 못하고 고요하고 평화로운 곳을 찾아 다른 곳으로 떠났을 거다. 나도 전적으로 공감한다.

chapter

21

자급자족 불가

완연한 봄이 되었다. 비록 정원에는 아직 할 일이 많이 남아 있었지만, 그리고 물론 집과 동물들, 아이들과 관련해서도 할 일이 많았지만, 너무나 행복했다. 드디어 '강의실'을 만드는 개조작업을 시작한 것이다. 내 아이디어는 이렇다. '글쓰기 교실'을 만들고 작가를 고용해서 1주일 동안 학생들에게 특정 장르의 글쓰기를 가르치는 것이다. 우리 글쓰기 교실의 중요한 홍보 포인트는 미래의 작가들에게 글쓰기에 필요한 평안, 오로지 글쓰기에만 전념할 수 있는 전원의 고요함을 제공한다는 것이다. '고요함? 참 잘도 되겠다'는 게 내 솔직한 심정이었다. 여기에서 글쓰기에 집중할 수 있는 사람이라면 런던의 피커딜리 광장 한복판에서도 가능할 거다.

"교실 위에 있는 다락도 방으로 개조하는 게 어떨까?" 나는 아내에게 조심스럽게 물었다.

"방은 뭐 하러?" 아내가 물었다. 이미 대답은 정해져 있었다.

"내가 작업할 공간이 좀 필요해서. 그냥 교실을 사무실로 같이 사용할 게 아니라 두 개로 만들면 내 물건들을 전부 거기로 옮길 수 있잖아." 아내가 좋아할 만한 조건을 재빨리 포함시켰다. 내가 가지고 있는 의자며, 서랍장, 선반 따위들은 아내가 생각하는 '전원의 집' 분위기에 전혀 어울리지 않았고, 아내가 만든 아름다운 시골풍의 인테리어에 어울리지 않는 모던풍의 가구는 마치 예쁜 얼굴에 붙은 사마귀처럼 거슬리는 존재였다.

"그럼 당신이 가진 그 끔찍한 철제 의자도 거기에 가져다 놓을 거야?"

"아, 그럼 당연하지." 나는 그렇게 말하고 닭을 보러 밖으로 나갔다.

털룰라와 롤라는 시간이 좀 걸리기는 했지만, 결국 알을 낳기 시작했다. 처음에는 작게 하나씩 낳다가 날이 갈수록 달걀이 점점 커졌고, 나는 매일 아침 닭장에 가서 "굿모닝, 우리 아가씨들!" 하고 인사를 건네고 달걀을 가져오는 게 일과였다. 달걀을 가져오는 건 아침에 우리 가족이 제일 먼저 하는 일이고, 그 단순한 일이 그렇게 큰 행복을 줄 줄은 몰랐다. 특히 얼굴에 핀 곰팡이에서 마침내 해방된 테렌스에게는 더욱 더 큰 즐거움이었다. 테렌스는 달걀 가져오기가 자신의 '임무'라고 믿었다. 하루의 시작은 그렇게 아름다웠다.

내가 영국에서 사온 닭장은 성공적이었다. 물론 가져오는 과정은 쉽지 않았다. 납작하게 포장되어 있었지만 그래도 간신히 차에 들어갔다. 차 내부에 꽉 차게 들어가서 다시 꺼내기도 쉽지 않았다. 그렇게 힘들게 가져오면서 '그래도 닭장이 커서 다행'이라고 생각했지만, 정작 집에 와서 조립을 해놓으니 실망스러울 만큼 작았다. 그렇게 커 보이는 건 순전히 포장의 마술이었다. 하지만 닭들에게 새 집을 소개해주었더니 크기에는 별로 개의치 않는 눈치였다. 표면을 여기저기 긁어보고, 경사로를 타보고, 잠자리에 가보고, 횃대에 앉아보고, 모이통에서 먹고, '우물'에서 물을 마신 후 마치 방을 구하기 위해 부동산을 꼼꼼하게 조사하는 독신녀처럼 깐깐하게 새로운 거처를 살폈다. 닭들의 마음에 든 것이 분명했다. 만족스러운 듯 꼬꼬거리며 (닭이 내는 그 소리는 놀랄 만큼 가슴을 녹인다) 잠자리에 자리를 잡았다. 그런 닭들을 보면서 나는 마치 아기가 태어나기를 기다리는 아빠처럼 형언하기 힘든 자부심을 느끼며 집에 들어왔다.

하루 이틀이 지나자 닭들이 새로운 환경에 만족했는지 달걀을 낳기 시작했다. 내가 일요일에 출장에서 돌아오자 모리스는 수줍은 듯 두 손을 등 뒤에 감추고 있었다.

"아빠, 내가 뭘 갖고 있게?" 하면서 웃던 모리스는 내가 미처 대답하기도 전에 (요 녀석은 원래 비밀을 못 지킨다) "달걀이다!" 하고 소리쳤다.

그런데 모리스가 보여준 달걀에는 놀랍게도 '유통기한'이 선명하게 찍혀 있었다. "아차, 이게 아닌데!" 하면서 모리스는

'집에서 키운' 달걀을 가지러 달려갔다. 집에서 키운 닭이 낳은 달걀은, 말하자면 냉장고에 맥주캔 하나가 들어 있는 것과 비슷하다. 그거 하나만으로 살 수는 없지만 그래도 그걸 생각하면 얼굴에 미소가 돌기 때문이다. 집에서 낳은 달걀은 매일 봐도 기분이 좋고, 질리지도 않는다. 달걀을 얻으면서 비로소 우리가 사는 시골마을의 일부가 된 느낌을 받았다. 이제는 농부들을 만나도 당당할 수 있다.

세상의 모든 일이 우리 닭들만 같아도 얼마나 좋을까? 주위 사람들은 나를 볼 때마다 〈행복한 삶The Good Life〉과 비교한다. 물론 나는 행복한 삶을 살고 있다. 하지만 여기에서 말하는 〈행복한 삶〉은 부부가 바쁜 도시에서의 삶을 버리고 '서리' 지역의 한 교외에 집을 사서 정착하는 내용의 시트콤이다. 주인공 톰은 항상 즐겁고 긍정적인 남자로, 구멍 난 스웨터를 입고 다닌다. 나는 절대 톰처럼은 못 한다.

밖에 나가서 농촌 일을 하지 않는다는 이야기가 아니다. 나도 한다. 다만 그 주인공처럼 긍정적인 태도로 신나게 일을 하지 않을 뿐이다. 물론 낡은 스웨터를 입는 것도 안 된다. 봄이 와서 기온이 올라가고, 습도가 평소처럼 유지된다는 건 정원의 식물들이 폭발적으로 자란다는 이야기다. 그리고 그 말은 아내가 도와달라고 나를 정원으로 불러내는 일이 잦아진다는 이야기이기도 하다. 나는 물리적이기보다는 정신적인 도움이기를 바랐지만, 잔인하고 긴 겨울 끝에 생명이 폭발적으로 성장하는 봄이 온 상황에서 그런 큰 기대는 하기 힘들었다. 아내는 마누엘 씨를 불러서 정원 일을 도와달라고 했다. 마누엘 씨는 마치 그 옛날 아프리카 탐험대가 칼을 휘두르며 밀림을 통과하듯 정원의 풀들을 베어냈다. 이 말은 나는 좀 더 까다로운 일, 그러니까 라벨을 만들고 '내 텃밭'이 될 곳으로 통하는 길에 있는 문을 고치는 일 따위를 맡았다는 뜻이다.

요즘에는 많은 사람들이 텃밭을 가꾼다. 텃밭을 가꾸면 건강에도 좋고, 유기농 야채도 생기고, 공동체도 형성되고, 지역 농산물도 먹고, 운동도 된다고, 다들 그렇게 말은 하는데, 정말로 텃밭을 가꾼다는 게 무엇을 의미하는지 알기나 할까? 텃밭을 가꾸는 사람들은 토질이 어떻고, 응달이 어떻고 아는 척해도 사실은 그저 운에만 맡기고 있다. 솔직하게 말하면 나도 농사짓는 재주는 없다. 지금까지 농사를 지어본 결과 솔직히 실망스러웠고, 이제 봄이 와서 다시 농사를 짓더라도 별 기대를 하지 않는다. 몸을 움직이는 건 건강에 좋겠지만, 농사일은 정말 지루하고 실망스럽다. 굳이 비교하자면 콜드플레이Coldplay의 앨범을 듣거나, 무알콜 라거 맥주를 마시는 기분이랄까?

나는 비트는 기를 수 있다. 농담이 아니라, 만약 내일 당장 세상이 종말을 맞이하더라도 비트만큼은 책임지고 길러낼 자신이 있다. 비트는 생명력이 너무 강해서 나 같은 사람도 죽이지 못한다. 아마 주차빌딩에서도 비트 씨를 던져 놓기만 하면 몇 달 뒤에는 풍성한 수확을 기대할 수 있을 것이다. 토마토도 제법 기른다. 한 가지 아이러니가 있다면 내가 토마토 알레르기가 있다는 것이다. 한 번은 튀니지에 갔다가 해파리에 쏘였는데, 마을 사람들이 토마토를 문지르거나 오줌을 뿌리면 아픈 게 가라앉는다고 조언했다. 튀니지 사람들이 아무리 착하고 친절하다고 해도, 만약 누군가 해안에 누워서 다리에 오줌을 눠 달라고 한다면 그건 견디기 힘들 것이다.

근대도 자신 있다. 물론 이것도 도저히 죽일 수 없는 작물이다. 비, 진눈깨비, 직사광선, 그리고 농부의 무관심을 모두 이겨내고 자라는데, 성장을 멈추지도 않는다! 우리 아이들은 워낙 무엇이든 잘 먹어서 뭘 줘도 마다하지 않지만, 그런 우리 아이들에게도 열흘 내내 근대를 주었더니 아무래도 반응이 처음 같지는 않았다. 많은 부모들이 아이들에게 채소를 먹이는 걸 힘들어 하지만, 아이들이 "아빠, 또 근대 먹어야 돼?"라는 말을 들어본 부모는 많지 않을 것이다. 나는 대안으로 시금치를 길러보기도 했다. 잎을 뜯어내자마자 다시 새 잎이 자라는 그런 시금치였는데, 맛도 없는 것이 자라기는 엄청 빨리 자랐다. 심지어 뽀빠이도 쓰고 떫다고 안 먹을 종류였다. 하루는 새뮤얼이 "그냥 조용히 죽여버리는 게 저 시금치에게도 좋지 않을까" 하고 제안했는데, 틀린 말 같지 않았다.

다른 사람의 말만 듣고 키우게 된 채소도 있다. 봄에는 "이걸 먹으면 무더운 여름을 거뜬하게 넘기지" 하고 말하지만, 초가을이 되면 "이상하네, 나는 좋던데…"로 바뀐다. 가령 당근이 그렇다. 당근처럼 쉬운 채소가 어디 있냐고 생각하는 독자들이 분명히 있을 거다. 어디에 가도 널린 게 당근인데, 그걸 못키우는 사람도 있을까 싶을 거다. 여기 있다. 나는 씨를 사와서 포장지에 적힌 그대로 따라 했다. 흙의 깊이도 정확하게 재고, 물도 주라는 만큼 주고, 나중에 '솎아내기'도 했고, 온갖 날씨에 그렇게 정성껏 돌봐줬건만, 은혜를 어떻게 갚았는지 아는가? 얼마나 작고 가는지, 내가 '채 썰 필요 없는 당근' 품종을 만들어낸 걸로 착각하는 사람이 있어도 할 말이 없는 수준이었다. 잠두콩도 마찬가지였다. 3개월을 기다렸건만 오믈렛 1인분이 간신히 나올 만큼만 수확할 수 있었다.

오히려 과실수가 내게는 더 쉬웠다. 일단 땅을 팔 일도 없고, 겨울에 가지치기만 정성껏 해주면 때가 되면 과일이 열리고, 익으면 따면 된다. 게으른 농사법이라 내게 안성맞춤이었다. 게다가 과수원은 내 사무실 역할도 한다. 루아르 계곡 지역이 고요한 것으로 유명한 이유 중 하나가 휴대폰 전파가 잡히는 곳을 찾는 게 복권에 당첨되는 것과 비슷해서인데, 이유는 모르지만 우리 농장에서 전화 통화를 하려면 과수원의 자두나무 옆이 제일 좋다.

하지만 대개는 과수원에서 통화를 하지 않으려고 노력한다. 간혹 날아다니는 벌들 외에는 평화롭기 그지 없는 과수원을 전화하는 장소로 사용하고 싶지 않기 때문이다. 하지만 꼭 받아야 하는 전화가 있을 땐, 거기(자두나무와 방목장 울타리 사이)만큼 확실하게 신호가 잡히는 곳이 없다. 한 번은 자두나무 옆에서 중요한 전화를 하고 있는데, 망할 놈의 주니어가 기회를 놓치지 않고 울타리 옆에 바짝 서서 내 쪽으로 오줌을 갈겼다. 얼마나 요란하고 길게 오줌을 누는지, 전화를 끊고 나니 나와 주니어 사이에 거대한 말 오줌 웅덩이가 생겼다. 물론 평소 같으면 다른 곳으로 옮겨갔겠지만 워낙 중요한 전화를 받고 있던 터라 신호가 끊어질까봐 꼼짝없이 거기에 서 있어야 했다. 통화를 하던 사람은 내가 작은 소리로 말을 쫓아내면서 오줌 웅덩이에서 올라오는 지린내 때문에 구역질을 하자 뭔가 이상하다고 생각하는 듯했다.

"거기 무슨 일 있어요? 비가 오나요?"

"아, 아뇨." 나는 말에게 손가락 욕을 하고는 이렇게 대답했다. "아무 일도 아네요. 그냥 옆에 폭포가 있어서…."

누구나 살면서 한 번쯤 범죄의 희생자가 된다. 아무리 작은 범죄라고 해도 그런 피해를 당하면 큰 충격으로 다가올 뿐아니라, 그 기억이 떠나지 않아 강박증에 시달리게 되는데, 심각한 범죄인 경우 더 심하다. 마치 개인적인 공격처럼 느껴지고, 회복(이 된다면)에는 몇 년이 걸리고, 시간이 흘러도 완전히 회복되지는 못한다. 의심이 완전히 사라지지 않기 때문이다. 문제는 내가 그런 일을 당할 줄은, 그것도 이 조용한 루아르 계곡의 한구석에서 당할 줄은 몰랐다는 것이다. 내가 사는 이 목가적인 천국이 비록 잠깐 동안이나마 더럽혀졌다. 우리 과수원에서 누군가 서리를 한 것이다.

독자들 중에는 과수원 서리를 새치기 정도의 일로, 그걸 범죄행위라고 흥분하는 사람은 참 '쪼잔하고 속 좁은 인간'이라고 생각하는 분들이 있을 수 있다. 물론 그 말이 틀린 말은 아니다. '쪼잔하고 속 좁은 인간'의 대명사인 내게, 이 문제는 조용히 넘어갈 수 없는 사안이었다. 나는 극도로 분노했다.

누군가 내 체리를 훔쳐갔다.

아내야 원래 성격이 밝고, 사람들의 본성은 착하다고 믿기 때문에 새들이 먹었을 거라고 했다. 하지만 증거를 보면 그렇지 않다.

"만약 그게 새들의 소행이라면 말야…" 나는 푸아로*처럼 턱을 긁으며 말했다. "왜 나무 밑에 체리 씨가 없는 거지? 대답을 해봐!"

"새들이 원래 씨 채로 먹기 때문에 그렇지 않을까?" 아내의 대답에는 나를 애처럼 생각하는 듯한 톤이 섞여 있었다.

"흠, 그럴 수도. 그렇다면 두 번째 질문, 왜 팔이 닿는 거리에 있는 체리만 없어졌지? 안 그래? 나무 꼭대기에는 아직도 체리가 많잖아."

적어도 내가 보기에는 뒤집을 수 없는 증거였다. 이건 분명 인간의 소행이다. 아내는 내 증거에 반박을 할 수 없자 화가 난 듯 방을 나갔다. 잘 못 들었는데 "정신병 어쩌고" 비슷한 말을 한 것 같기도 했다.

이제 남은 문제는 남은 체리를 도둑의 손으로부터 지켜내는 것이었다. 남은 체리는 나무 꼭대기에 있었는데, 가지가 내 체중을 버티지 못할 것이므로 기어오를 수는 없었다. 아이들 중 하나를 나무에 올려 보내려고 했지만 너무 높아서 위험하다고 아내가 반대했고, 세 번째 방법은 그야말로 재난을 부르는 행동이었다. 평평하지 않은 땅에 낡아서 삐그덕거리는

---

* Poirot: 애거사 크리스티의 소설에
등장하는 명탐정

사다리를 불안하게 세워놓고 기어올라가 몸을 나무 쪽으로 쭉 빼서 체리를 따는 것이다. 아내는 네 번째 방법을 제안했다: 그냥 체리는 나무에 놔두고, 제발 말썽 피우지 말고 그냥 포기하라는 것이다.

"당신, 나를 잘 알면서 왜 그래." 나의 대답이었다.

그나마 제일 안전해 보이는 곳에 사다리를 놓았다. 하지만 그래도 사다리는 흔들거렸다. 솔직히 말하면 바람만 좀 세게 불어도 넘어질 듯했다. 나는 나무 주위를 몇 바퀴 돌면서 다시 상태를 살폈다. 만약 떨어지면 3미터 아래 딱딱한 땅바닥에 떨어지거나, 아니면 (이게 최악의 시나리오인데) 나무 쪽으로 떨어질 것이었다. 그러면 나뭇가지들을 부러뜨릴 것이고, 부러진 가지가 몸에 꽂힐 가능성이 높다. 두 가지 모두 마음에 드는 방식은 아니었는데, 다행히 그때 이웃에 사는 농부가 점심식사 전에 자기 집에서 만든 푸스 데핀을 한 잔 마시러 오라고 초대했다는 아내의 말을 기억해냈다.

집에서 빚은 독주들이 다 그렇듯, 푸스 데핀도 독한 술이 아니라는 인상을 준다. 그러다 보니 한 잔 더 달라고 하게 되고, 그렇게 취하고 만다. 물론 이번에도 나는 그렇게 몇 잔을 더 마셨다. 우리는 한 시간 정도 있다가 집으로 돌아왔다. 술 덕분에 용기를 얻은 나는 체리나무에 다시 도전하기로 했다. 보기에 좋은 모습이 아니었다고만 말해두자.

집에는 드디어 인부들이 와 있었다. 우리의 계획을 모두 듣고 작업을 시작한 터였다. 하지만 그 인부들은 나를 이상하게 생각하는 게 분명했다. 일단 모드족의 복장부터 눈에 거슬린 모양이었고, 남편이 아닌 아내가 잔디를 깎고, 벤치를 옮기고, 톱질을 하는 모습을 흥미롭게 바라봤다. 그러는 동안 남편은 앞치마를 두르고 테라스에서 빗자루를 들고 청소하고 있었으니. 하지만 친절한 사람들이었고; 드디어 일을 하러 왔을 때는 점심식사용으로 바비큐를 직접 구워왔을 뿐 아니라, 일하는 동안 점심에 먹을 음식과 포도주를 냉장고에 보관해 달라고 부탁했다. 우리가 돌아왔을 때 그 인부들은 점심식사를 하고 있었다.

"어, 맛있게 드세요!" 나는 불안한 사다리로 올라가면서도 자신에 차서 소리를 쳤다. "날씨 참 좋네요!" 내 말에 그들은 천천히 고개를 끄덕이면서 내가 평소보다 말이 많다는 걸 눈치챘다. 말만 많이 할 뿐 아니라, 집에서 만든 술에 취해서 흔들흔들하는 낡은 사다리를 타고 올라가 체리를 따려는 걸 보고는 의자를 과수원 쪽을 향하게 돌려 놓고는 천천히 의자에 앉았다.

첫 10분 정도는 큰 문제없이 지나갔다. 나는 작업에 집중했고, 구경하고 있던 숙련된 인부들에게는 좀 실망스럽겠지만, 대형사고 없이 체리도 제법 딸 수 있었다. 그러나… 주니어를 깜빡 잊고 있었다. 주니어가 못된 놈의 종자인 건 다 아는 사실이지만, 그 말이 마키아벨리처럼 계략에 능하다는 걸 깜빡 잊은 것이다. 체리를 따는 데 집중하면서 구경하는 인부들에게 놀림감이 되지 않기 위해 애쓰는 동안 주니어가 흥분해서 방목장을 뛰어다니기 시작했다는 걸 눈치채지 못했다. 나무 저 위에 따야 할 체리가 한 무더기 달려 있었다. 그 체리들을 따려고 손을 뻗치는 순간, 주니어가 나무 옆을 뛰어가면서 뒷발로 땅을 굴렀다. 주니어 때문에 땅이 흔들려서 그랬는지, 아니면 내가 말에 신경을 쓰느라 중심이 흐트러졌는지는 모르겠지만 (주니어가 나를 떨어뜨리려고 했다는 것만은 틀림없는 사실이다) 나는 사다리에서 떨어졌다. 다행히 나무에 떨어지지는 않았고, 땅바닥으로 떨어졌는데 그러는 과정에서 기껏 딴 체리들이 전부 짓눌려 터져버렸다.

그렇게 나는 땅바닥에 잠시 누워있었다. 현기증이 났지만 그래도 인부들이 고개를 흔들며 천천히 의자에서 일어나는 모습은 눈에 보였다. 그들에게는 실패한 것처럼 보이겠지만, 나는 나무에서 체리를 모조리 따냈다. 비록 먹을 수는 없지만, 서리꾼도 가져갈 수 없었다.

수확에 어려움을 겪는 건 나만이 아니다. 모두가 고통을 받고 있었다. 루아르 계곡이 심각한 가뭄을 겪고 있어서 농부들은 평소답지 않게 법을 지키고 있었을 뿐 아니라 바짝 마른 땅을 헤매며 "이것 보게. 가뭄이야" 하는 슬픈 표정으로 흙을 만졌다. 물론 프랑스 농부들을 불쌍하다고 생각하는 사람들은 많지 않다. 프랑스 농부들을 보면 유럽연합이 제대로 굴러가지 않는 이유를 알 수 있다. 영국의 문제는 잘못된 법에 대해 불평을 하면서도 잘 지키는 데 있는 반면, 프랑스인들, 특히 프랑스 농부들은 각자 실용적인 방법을 택한다는 게 문제다. 다시 말해, 유럽이야 어떻게 되든 그냥 자기가 하고 싶은 대로 하는 거다.

셰르 강은 우리 집에서 불과 200미터 정도의 거리밖에 떨어져 있지 않다. 특히 1년 중 이맘때면 농장 옆 강의 수위는 위험할 정도로 낮아지고, 공업용 관개장치는 물론 평범한 호스를 사용하는 것도 이 지역에서는 금지하고 있다. 법을 어겨봤자 도움이 안 된다는 사실을 잘 아는 농부들은 그저 힘없이 농작물이 말라 죽는 걸 바라볼 수밖에 없었다. 이 모든 게 우리에게도 도미노 효과였다. 우리는 대형 스프링클러를 이용해 울타리 너머로 물을 쏘아서 정원과 텃밭에 물을 주는데, 아내는 스프링클러의 물이 떨어지는 지점에 전략적으로 주차를 해서 공짜로 세차를 하기 시작했다. 우리에게 닥친 또 하나의 큰 문제는 바로 건초였다. 서유럽 지역은 이미 몇 년 째 건초 부족으로 고생을 하고 있는데 지난 해 봄에는 비가 너무 많이 오고, 이번 봄에는 비가 너무 안 오는 바람에 건초 부족 현상이 더욱 심각해졌다. 듣자 하니 말들은 지난 달 내내 밀짚을 먹고 있었다. 건초와 밀짚의 차이는 정확히 모르지만 듣기로는 그냥 집에서 만든 파이와 엄청 비싼 파이의 차이라는 것이다. 물론 나는 전혀 모르는 일이다.

"주니어가 요즘 기분이 좋지 않은 걸 정말로 몰랐다고?" 아내가 진지하게 물었다.

"아니." 내가 대답했다. 솔직히 말해 내가 아는 한 밀짚을 먹어도 그놈의 말이 가진 엄청난 성욕은 줄어들지 않았고, 그렇다면 그다지 악영향은 없어 보였다. "주니어는 항상 그랬잖아."

한 가지 다행한 일은 물 사용 금지령이 내리기 전에 수영장에 물을 채워 놓았다는 것인데, 그것도 좋아할 일만은 아니었다. 나같이 강박증을 가진 사람은 집에 있는 수영장을 가만히 놔두지 못하고 끊임없이 체크한다. 수온이 얼마나 되는지, 수위는 적당한지, 필터는 청소했는지, 필요한 약품은 넣었는지, pH 농도는 어느 정도인지 계속 확인했다. 하지만 그중에서도 가장 시간을 많이 소모하는 건 벌레 잡는 일이다. 파리, 벌, 무당벌레, 땅벌, 하루살이 등등 물에 내려앉는 법만 알고 다시 날아오르지 못하는 것들이 깨끗한 물을 지저분하게 만든다. 최근엔 사용도 하지 않는 수영장을 그렇게 열심히 관리하는 건 정신적으로 문제가 있다는 거, 나도 안다. 하지만 나는 여전히 수영장 옆에 네트를 들고 서서 물에 빠지는 벌레들을 건져냈다. 물에 빠지는 벌레들에게 혀를 차며 멍청하고 참을성도 없다고 욕을 하는 것을 누가 보면 정신 나간 곤충채집자라고 생각할 게 분명하다.

"아빠, 왜 집에 안 들어와?" 모리스가 묻곤 했다.

"이 파리 하나만 잡고 갈게." 이렇게 대답하지만 물론 그걸로 끝나지 않는다.

게다가 수영장 물은 엄청나게 차갑다. 프랑스의 전기료는 영국의 네 배다. 그렇게 비싼 가장 큰 이유는 전기를 국영기업인 프랑스전력회사가 독점공급하기 때문인데, EU에서 경쟁을 위해 시장을 개방하라고 해도 그냥 벌금을 내며 버티고 있다. (내가 말한 유럽의 문제가 무엇인지 감이 오는가?) 결국 나는 전기료가 아까워서 수영장의 난방기를 틀지 못하는 거다. 아이러니가 있다면, 프랑스의 국영전기회사가 영국에서도 전기공급 사업을 하는데, 거기에서는 프랑스보다 전기료를 훨씬 낮게 받는다는 거다! 모리스는 물이 차가워도 용감하게 물에 들어갔다. 그것도 그냥 들어가는 게 아니라, 여름의 도착을 기념하기 위해 대담하게 (잠깐이나마 벌레 없이 깨끗한 물에) 풍덩 뛰어들었지만, 물에 들어가자마자 바로 튀어나왔다. 모리스가 얻은 교훈은 비록 온도계가 22도를 기록하고 있어도 그건 수면온도일 뿐, 물 속 온도와는 거의 무관하다는 사실이다. 아이는 그렇게 밖으로 나온 지 몇 시간이 지나도록 덜덜 떨고 있었다.

파리는 어딜 가나 득실거린다. 때로는 좀 심할 정도로 문과 창문을 닫아 두어도 봤지만, 파리들은 결국 틈을 찾아 집 안으로 들어왔다. 나는 수영장에서 파리를 건지지 않으면 양손에 파리채를 들고 파리를 잡았다. 마치 제다이가 된 듯 집 안을 뛰어다니면서 "저기 있다!"고 소리를 지르며 파리를 내리쳤다. 대개는 살짝 늦게 휘둘러서 파리를 놓쳤다. 거실에서 파리를 잡으면서 화가 난 나는 아내에게 말을 안 키우면 파리가 줄어들지 않겠느냐고 물었다. 아내는 대답할 가치도 없다고 느끼는 듯했다. 다시 몽스트르 주간이 되었고, 이제 집에는 파리만이 아니라 오래된 가구나 쓸모 없는 물건들이 들어올 시기가 되었다. 아내는 다시 한 번 나를 차에 태우고 동네를 다니면서 다른 사람들이 버린 가구나 집기들을 가져왔다. 그리고 도와줘서 고맙다는 표시로 내게 선물을 하나 사줬다. 바로 전기 파리채였다. 마치 테니스 라켓처럼 생긴 이 물건은 금속으로 만든 망에 전기가 흘러 그 충격으로 파리를 잡는다. 정말 물건이다. 이걸 사용하면 오버헤드 스매쉬나 강력한 백핸드 스윙으로 파리를 잡을 수 있다. 위 게임보다 재미있고, 어차피 벌레 때문에 수영장에 들어가지 않는 내가 할 수 있는 유일한 운동이기도 했다. 그것 외에는 과일도둑을 잡기 위해 덫을 놓는 일 정도가 내가 몸을 쓰는 일의 전부였다.

chapter

22

위기 상황

당연한 이야기지만 집과 정원을 지키는 임무를 내게 맡긴다는 것은 말도 안 된다. 그건 토비의 임무다. 사실 토비는 그 임무를 제법 잘 수행하고 있다. 토비가 화가 나서 낮고 우렁찬 목소리로 짖으면 농장으로 들어오는 사람들은 긴장한다. 하지만, 그런 토비도 일단 집 안에 들어오면 누워서 다리를 올리고 재롱을 떨며 그저 사랑받기를 간절히 원하는 개일 뿐이다. 하지만 지난 봄에는 날씨 때문에 토비의 경비 임무에 어려움이 생겼다. 봄 내내 하늘에 구멍이 난 듯 비가 내렸다. 덕분에 가뭄 걱정은 없었다. 하지만 토비도 대부분 집 안에 갇혀 있었을 뿐 아니라, 밖에 있었다 해도 지킬 만한 과일도 없었다. 날씨가 나쁘니 대부분의 과일나무들은 아예 열매를 맺지 못했다. 자두도, 복숭아도, 사과도 열리지 않았고, 내 처트니 생산에도 큰 지장이 생겼다. 기업들을 상대로 내 코미디 공연의 예약을 자주 대행해 주는 에이전시가 고객 크리스마스 선물로 사용할 수 있게 처트니를 50병 만들어 달라고 부탁했는데, 나는 별 생각 없이 그러겠노라고 대답했다. 물론 과일이 열릴 줄 알고 한 약속이다.

토비의 신경은 온통 피에로에게 가 있었다. 피에로의 건강이 갑자기 악화되면서 토비만이 아니라 온 가족이 피에로를 걱정하고 있었다. 피에로의 과거를 알 수 없다는 사실이 문제를 더 어렵게 만들었다. 전 주인이 할머니였다는 것과 개를 응석받이로 키웠다는 것, 그리고 얼마 전에 돌아가시면서 피에로가 갈 곳이 없어졌다는 정도만 알고 있을 뿐, 피에로가 어떤 종인지, 나이는 얼마나 되는지 알 수가 없었다. 아마 킹 스패니얼과 닥스 훈트의 잡종이 아닐까 추측만 하고 있었다. 사실 피에로라는 이름도 원래 이름이 아니다. 아무런 기록이 없었기 때문에 동물구조센터에서 피에로라는 이름을 지어 준 것이다. 물론 그 이름을 준 데는 그만한 이유가 있었을 것이다.

구조센터에서는 피에로를 아홉 살 정도로 추정하고 2000년 생이라고 적었다. 그해에 부여된 알파벳은 'P'였다. 하지만 원래 개의 이름이 피에로였을 리 만무했고, 이미 그만큼 나이 든 개가 새 이름을 준다고 하루아침에 자기 이름이라고 생각하고 대답할 리도 없었다. 우리는 P가 들어간 다른 이름들을 계속 시도해 봤다. 그렇지만 동물 이름이라는 게 아주 개인적인 것이고, 전 주인이 잘 알려졌거나 전통적인 이름을 붙였으리라는 보장도 없었다. 그리고 무엇보다 남자 아이들 세 명에게 "P로 시작하는 이름을 만들어보라"고 해 봤자 민망한 단어 외에는 나올 것이 없다. 심지어 그 모든 노력이 그 개가 2000년에 태어났다는 가정하에 이루어지는 건데, 사실 한두 해 일찍, 혹은 늦게 태어났을 수도 있기 때문에 그게 O, 혹은 R로 시작할 수도 있는 일이다. 물론 프랑스인들이라 할지라도 2001년을 고집하지는 않을 것이다. 그렇다면 Q로 시작하는 이름이어야 하니까.*

피에로와는 의사소통이 불가능했다. 물론 우리 집에 왔을 때 이미 청력을 거의 상실한 상태였기 때문이기도 했지만, 어쨌거나 그 개에게는 말이 통하지 않았다. 지난 몇 달 동안 피에로는 요실금 증상이 생겼고, 필요한 검사를 다 해보았지만, 늙어서 그렇다는 것 외에는 별 다른 원인을 찾을 수 없었다. 수의사는 요실금을 고치기 위해 안약을 처방해 주었다. 황당한 처방이었지만 수의사의 말로는 그 마을 노인들은 안약을 넣으면 요실금이 사라진다고 자신 있게 이야기한다는 것이었다. 하지만 그 처방도 소용이 없었기 때문에 우리는 어쩔 수 없이 밤이면 피에로의 침대를 커다란 우리 속으로 옮겨야 했다. 그러지 않으면 아침에 온통 개 오줌으로 지저분해지기 때문이다. 그래도 우리에 집어넣는 건 좀 잔인하고 개의 자존심을 상하게 하는 문제로 보일 수 있겠지만, 이미 앞을 잘 보지 못하기 때문에 특별히 눈치를 채는 것 같지도 않았다.

감각을 상실한 (물론 식사시간을 파악하는 감각은 멀쩡했다) 피에로는 갈수록 토비에게 의존도가 높아졌다. 하지만

그게 피에로의 마지막 남은 자존심을 상하게 했을 것이다. 토비의 판단력을 굳이 비교하자면 술 취한 열두 살짜리 아이가 동력 사슬톱을 가지고 있는 것에 비견할 수 있다. 피에로가 그런 토비 옆에 붙어있어야 한다는 것은 마치 도널드 플레젠스가 영화 〈대탈주The Great Escape〉에서 제임스 가너에게 의존하는 것과 비슷하다.* 게다가 토비는 제임스 가너와는 거리가 멀다. 토비의 특기는 대책 없는 세계적 수준의 멍청함(가령, 구름을 보고 짖는 일)이기 때문이다. 심지어 피에로 눈에도 황당해 보였을 것이다.

토비의 노력에도 불구하고 피에로의 상태는 악화되었다. 내가 영국으로 떠난 지 며칠 만에 아내가 전화를 했다. 피에로에게 몇 차례의 뇌졸중이 일어나서 몸의 일부가 마비되었고, 제정신이 아니라는 내용이었다. 피에로는 아내와 아이들에게 다가와 기대고 있다고 했는데, 우리 집에 온 후로 한 번도 그런 적이 없었다. 나는 남은 일정을 취소하고 집으로 돌아가기로 했다. 쇼 비즈니스 세계에서 별로 유명하지 않으면 이점이 많이 있는데, 그중 하나가 공연을 대신할 사람을 쉽게 구할 수 있고, 그렇게 해도 신경 쓰는 사람들이 거의 없다는 것이다. 나는 집에 꼭 가고 싶었다. 내가 키우던 개 에디의 마지막 날 밤을 나는 잊을 수 없다. 나는 밤을 꼬박 새우며 에디의 장기들이 하나씩 작동을 멈추면서 죽음으로 한 발 한 발 다가가는 것을 지켜봤다. 에디는 아침까지 버티고 살아 있었고, 나는 마지막으로 한 번 더 수의사에게 데리고 갔다.

---

* 포로수용소에서 탈출하는 내용의 영화 〈대탈주〉에서 도널드 플레젠스는 점점 시력이 나빠지는 위조꾼 역할을, 제임스 가너는 갈취꾼 역할을 맡았다.

물론 피에로는 에디가 아니고, 에디와 비교한다는 것은 순진한 생각일 뿐 아니라 피에로에게 부당한 스트레스를 주는 일이지만, 그럼에도 불구하고 피에로는 우리 가족이고, 늙은 변태에게도 죽어갈 때는 예를 갖춰주는 법이다.

나는 런던에서 파리까지 버스를 타고 가기로 했다. 일단 급작스럽게 결정된 상황에서 그게 가장 싼 방법이기도 했지만, 적어도 오전 중에는 집에 도착한다는 보장이 있기 때문이다. 하지만 버스는 집으로 가는 가장 불편한 교통수단이기도 하다. 버스에 동승한 승객들 중에 젊고 무섭게 생긴 북아프리카 사람 두 명이 다른 승객들을 위협하고 있었다. 영어도 프랑스어도 못하는 스페인 버스 운전사는 그 사태에 끼어들고 싶지 않아 했기 때문에 나를 괴롭히기로 작정했을 때쯤에 그들은 얼마든지 하고 싶은 대로 해도 된다고 생각하는 듯했다. 나는 뒤에 앉아 있었기 때문에 뒤를 돌아보기 전까지 약 한 시간 동안은 그들이 내 모드족 복장을 놀릴 기회가 없었다. 나는 그들에게 대꾸할 기분이 아니었다. 내가 싸움을 잘 하지는 못해도 그런 깡패들에게 순순히 당하고만 있을 사람은 아니다. 이윽고 그들이 나를 위협하려 들었지만 나는 아이들 같은 태도를 보고 웃기만 했고, 그게 그들을 더 화나게 했다. "파리에 도착하면 보자고…" 그들이 낮은 목소리로 말했다. 나는 그저 웃기만 했고, 그들은 때가 오기만을 기다렸다.

동틀 무렵이 되어서야 파리에 도착했고, 나는 피곤한 눈으로 버스에서 내렸다. 두 깡패가 짐을 내리는 동안 나는 그들에게서 눈을 떼지 않았다. 하지만 너무 피곤했던 나머지 크게 신경을 쓰지는 않았다. 그런데 일순간, 그들이 달아나는 게 아닌가! 믿을 수가 없었다. 도망을 가다니! 이제까지의 노력이 아무 쓸모가 없어졌다. 버스에서 내내 승객들을 위협하는 걸 무슨 사명처럼 생각하던 그들이 알 수 없는 이유로 그냥 사라진 것이다. 아마 어쩌면 야간버스를 타고 장거리를 이동하면서 넥타이를 하고 있는 사람은 함부로 건드려서는 안 된다고 생각을 바꿨는지도 모른다. 이유야 어쨌든 이상한 경험이었다.

그날따라 파리의 지하철을 타는 것도 평소보다 힘들었다. 뜻하지 않게 아코디언을 연주하는 거리의 악사들이 영역 다툼을 하는 자리에 끼게 된 탓이다. 법으로 정해졌는지는 모르겠지만 (프랑스라면 가능하기는 하다) 파리의 악사들은 꼭 아코디언을 연주하고, 레퍼토리도 다섯 개 정도뿐이다. 평소 같으면 신경 쓰지 않았을 것이다. 아코디언 소리는 파리를 배경으로 한 영화에 항상 나오기 때문에 길에서 아코디언 소리를 들으면 편안함마저 느낀다. 파리에 와 있다는 느낌도 들고, '사이먼 앤 가펑클' 노래를 갈수록 이상하게 부르는 런던 거리의 악사들만 보다가 파리 거리의 악사를 만나면 반갑기도 하다. 두 도시 악사들의 또 다른 차이점은, 파리의 악사들은 아예 지하철에 타서 노래를 부른다는 것이다. 물론 이 역시 파리의 지하철이 조용하거나, 혹은 악사들이 나와 열차 반대쪽 끝에만 있어도 큰 문제가 없다.

그런데 이 악사라는 사람이 내 얼굴에다 대고 노래를 부르는 게 아닌가. 과장이 아니라 정말로 내 코 앞에다 대고 노래를 했다. 아코디언을 접었다 폈다 할 때마다 내 코트의 금속단추가 아코디언에 끼어들어갔고, 그때마다 짜증난 얼굴을 했다. 나를 지하철의 승객이 아니라, 자기 공연의 방해물 정도로 생각하는 듯했다. 그렇다고 다른 곳으로 움직일 수도 없었다. 지하철은 승객들로 꽉 차 있었는데, 악사는 내려서 좀 더 조용한 지하철로 옮길 생각은 없이 그냥 좁으면 좁은 대로 공연을 하는 것이었다. 그리고 그가 입을 열 때마다 술 냄새가 얼굴로 쏟아졌다.

지하철이 자크 봉세르젱 역에 도착할 때쯤 그 악사는 도저히 안 되겠다고 생각했는지 부르고 있던 '라 메르La Mer'를 도중에 멈췄다. 그러나 그가 노래를 멈추는 순간, 열차의 반대쪽 끝에서 또 다른 악사가 나타나서 노래를 시작했다. '내' 악사는 질세라 '라 마르세이유*'를 부르기 시작했다. 음정은 약간 떨어졌지만, 감정을 잘 담아내고 있었다. 그러자 도중에 끼어든 반대쪽 악사가 마치 음악을 믹싱하는 DJ처럼 노래를 '쾨르 바가봉Coeur Vagabond'에서 '수 르 씨엘 드 파리Sous le Ciel de Paris'로 한 박자도 놓치지 않고 재빨리 바꿨다. 이런 주고받기가 몇 분 동안 계속되었고, 그때마다 좀 더 과감한 노래로 옮겨갔는데, 나중에는 술에 취한 돌고래들이 싸우는 소리에 가까웠다. 그러다가 반대편에서 최후의 일격이 날아왔다. 바로 '즈 느 레그레트 리엥Je Ne Regrette Rien'. 상당한 솜씨였다. 게다가 다른 악사도 함께 부르는 게 아닌가! 노래는 듣기 힘들었지만, 에디트 피아프의 노래들이 대개 그렇듯, 음정보다도 얼마나 열정적으

---

* La Marseillaise: 프랑스의 국가

로 부르느냐가 더 중요한데, 이 악사는 정말 모든 것을 걸고 부르고 있었다.

오직 한 명의 승자만이 남을 싸움이었고, 결국 내 악사가 노래를 멈췄다. 그는 나를 올려다 보더니, 패배를 인정하듯 어깨를 으쓱했다. 그러자 아코디언이 다시 내 옷의 단추에 걸렸고, 그 악사는 대결에서 패배한 것도 창피한데, 화가 난 모드족으로부터 아코디언을 분리시켜야 하는 망신까지 당해야 했다. 나중에라도 그의 기분이 좀 나아졌으면 하고 바랐지만, 열차에서 내리는 뒷모습은 쓸쓸해 보였다.

우여곡절 끝에 집에 도착하고 보니 피에로의 상태가 최악은 아니었다. 뇌졸중은 처음보다 뜸해졌지만 옆에서 지켜보기는 괴로웠다. 갑자기 크고 날카로운 소리를 내는 걸 보니 무척 아파 보였다. 그런 순간에는 우리에게 다가와서 기대며 안정을 찾았는데, 증상이 없는 중간에는 오히려 평소보다 더 활동적이었다. 우리는 뭘 해줘야 할지 알 수 없었다. 수의사가 약을 처방해줬고 도움은 되는 것 같았지만, 짧고 드문 신체 고통이 계속 찾아왔다. 고통이 없을 때는 지난 몇 달에 비해 더 활발했다. 일단 피에로는 잘 먹었고 (물론 피에로가 음식을 잘 안 먹은 적은 없었다) 심지어 밤에 오줌 싸는 일도 없었다. 우선은 상황을 좀 지켜보기로 했다. 어쩌면 뇌졸중이 멈추고 피에로가 괜찮아질 수도 있고, 어쩌면 안락사를 시켜야 하는 상황을 우리가 미루고 있는 것일 수도 있었다. 하지만 토비가 피에로의 곁을 떠나지 않고 있으니 우리도 기다려 보기로 했다.

피에로가 걱정되기는 했어도 나로서는 집에서 뜻하지 않게 생긴 휴식이었고, 그렇게 얻은 시간을 잘 사용하고 싶었다. 우리가 루아르 계곡으로 이사한 까닭은 아내의 가족들이 여기 있고, 전원 속에서 느긋하게 살 수 있을 뿐 아니라, 물가도 쌌기 때문이다. 그리고 (아내가 여기까지 생각하고 이사한 건 아니지만) 루아르 계곡 지역은 '라디오4' 장파 라디오를 큰 잡음 없이 들을 수 있는 경계에 있기 때문이다. 〈테스트 매치 스페셜*〉을 낡은 라디오로 들을 수 있는 프랑스의 가장 깊숙히 위치한 지역이 바로 여기다.

나는 크리켓을 좋아한다. 프랑스로 이사 와서 생긴 단점이 하나 있다면 아이들이 크리켓을 할 수 없다는 것이다. 여기에서 한두 시간 떨어진 소머에 가면 크리켓 클럽이 있고, 그 클럽의 멤버들 중에는 가끔 프랑스에 머무르는 믹 재거(바로 그 믹 재거!)도 있지만, 나는 프랑스까지 와서 영국인들만 모이는 클럽에 가고 싶지는 않다. 게다가 아이들은 크리켓에 관심을 보이지도 않았다. 아이들 머릿속에서 크리켓은 내가 아파서 침대에 하루 종일 누워서 끙끙대는 것과 동의어이기 때문이다. 그런 연상 작용이 만들어진 이유는 내가 '테스트 매치 라이브'를 보러 가면 이상하게 꼭 무리를 하고, 그런 다음 날은 하루 종일 아픈 강아지처럼 낑낑대면서 "나 좀 죽여줘" 하는 소리를 내기 때문이다. 그러다 보니 이제는 내가 아파서 침대에 누워 쉬는 모든 질병에 아이들은 "아빠가 또 크리켓 다녀왔다"는 표현을 사용한다. 아이들에게 크리켓의 이미지를 그다지 좋게 심어주지 못한

---

* Test Match Special: BBC 라디오의
크리켓 전문 프로그램

것이다.

크리켓은 워낙 '영국적'인 경기이다 보니 프랑스의 영어 미디어에 자주 등장한다. 마치 프랑스에 거주하는 영국인들에게 자신들의 뿌리를 일깨우려는 노력처럼 보인다. 영자신문인 〈커넥시옹 Connexion〉은 프랑스의 '몇몇' 초등학교에서 크리켓을 '가르치겠다'고 했다고 보도했다. 내가 비록 프랑스에서 농구경기가 인기 있다는 사실을 싫어하지만 (농구는 키가 비정상적으로 큰 사람들에게 유리한 경기라는 게 내 생각이다) 크리켓을 프랑스 교육에 포함시키겠다는 것은 도르도뉴*에 그렉즈**를 열지 않을까 하는 프랑스에 사는 영국인들만의 착각이다. 켄트***에 있는 학교의 커리큘럼에 불**** 게임을 포함시킨다면 영국 언론들이 가만히 있겠는가?

물론 그런 일은 일어나지 않는다. 프랑스에서는 절대 크리켓을 가르치지 않을 것이다. 혹시 브르타뉴 같은 곳에서 영국문화 전파에 열심인 영국인이 이상한 방과 후 클럽 활동으로 크리켓을 가르칠 수는 있고, 그게 뭐 잘못된 건 아니지만, 나라면 약간의 프랑스적 요소를 섞어서 가르치겠다. 가령, 크리켓 배트 대신 프랑스 바게트로 공을 친다거나 하는 식으로. 하지만 그래도 인기는 없을 거다. 요새는 영국인들도 크리켓이 왜 재미있는지 모르겠다고 하는데, 프랑스인들이 방망이를 들고 경기를 하는 일은 없을 거다. 비록 크리켓이 프랑스에서 만든 놀이지만 말이다. 놀랐겠지만 사실이다. 크리켓은 프랑스인들이 개발

---

* Dordogne: 프랑스 남서부의 주
** Greggs: 영국 최대의 빵집 체인
*** Kent: 잉글랜드 남동단 지역
**** boules: 금속으로 만든 공으로 하는 프랑스 게임

한 놀이다. 하하, 농담이다. 그럴 리가 있겠는가! 내가 그런 농담을 한 건, 대부분의 프랑스인들이 프랑스에 대한 영국인들의 애증의 감정을 이해하지 못하고, 가끔씩 황당한 소리를 해서 일부러 벌집을 쑤시는 사람들이 있기 때문이다. 가령, "헤이스팅스는 아직도 프랑스의 영토"*라거나, "요크셔 푸딩은 에스코피에**가 발명했다"거나, "프랑스가 크리켓을 만들었다"는 말을 던지고는 살짝 숨어서 "어디서 감히 그런 소리를!" 하는 반응을 즐기는 사람들 말이다. 내가 아침에 프랑스의 빵집 앞에서 바게트를 가지고 완벽한 포워드 디펜스 샷을 날리는 시늉을 하는 걸 (내가 노망이 드는지 점점 이 짓을 자주 한다) 본 이 동네 사람들의 반응을 본 적이 있다면 프랑스인들이 크리켓을 발명하지 않았다는 것뿐 아니라, 혹여 발명했더라도 극구 부인하리라는 사실을 깨달을 것이다. 그건 그렇고, 만약 정말로 크리켓을 프랑스가 발명했다면 프랑스의 점심시간이 얼마나 더 길어졌을지 한번 상상해 보라.

　나는 프랑스 사람들 사이에서 일부러 튀는 행동을 하려는 게 아니라, 그냥 그들과 다른 나의 모습이 자연스레 드러날 뿐이다. 그렇지만 크리켓 경기 중계를 들을 때만큼은 혼자 있고 싶다. 느긋하고 나른한 여름날 과수원 사과나무 밑 해먹에 누워 칙칙거리는 라디오에서 영국 크리켓 선수의 경기 모습을 중계로 듣는 걸 생각해 보라. 목가적이지 않은가? 꿈같은 생활이 있다면 바로 이런 거다. 물론 이런 일은 일어나지 않기 때문에

---

* 1066년 헤이스팅스 전투는 프랑스 노르만 군대가 영국왕 해롤드와 싸워 이긴 역사적인 사건으로, 노르만 족의 영국 정복의 시발점이 되었다.
** Escoffier: 프랑스의 전설적인 요리사

'꿈같다'고 하는 것이다. 아이가 세 명이나 되고, 말 두 마리에, 개 세 마리, 고양이 두 마리, 닭 두 마리가 있는 집에 살면서 과수원에 누워서 크리켓 중계를 들을 수 있는 날이 오겠나! 지난 몇 달 간의 가뭄 동안 아내와 정원 가꾸기를 취미로 하는 친구들은 제발 비 좀 내려달라고 기도를 했는데, 정작 비가 오기 시작하자 아주 잠깐 동안 "정원에 도움이 되겠네" 하고 반기더니 이내 시무룩해졌다. 비가 와도 너무 오는 것이었다. 저렇게 많이 오라는 말이 아니었단다. 정원사들을 기쁘게 하는 건 불가능에 가깝지 않을까. 그 사람들은 자연을 활용하는 데 시간을 쏟다가 자연이 약간의 어려운 상황만 연출해도 불평을 한다. 그리고는 나무 밑에 서서 불만에 차서 고개를 절레 절레 흔든다.

하지만 그런 비도 말들은 좋아한다. 주니어는 날씨가 나쁘면 북유럽의 신들이 자신을 잊지 않았다는 신호로 받아들이는지, 화가 난 모습으로 서서 퍼붓는 비에 맞서고 있었다. 얼타임은 남편의 철없는 짓에 지친 아내처럼 옆에서 혀를 차고 있는 듯 보였다. 하지만 말들에게도 비가 전혀 문제가 되지 않는 것은 아니었다. 아무래도 봄이다 보니 말들은 원초적인 욕구를 충족시킬 필요가 있었고, 옆으로 내리는 비가 성적 흥분을 더해준 듯했다. 거기에 진흙과 바닥에 흥건히 물이 고이자 주니어는 평소에 가끔씩 하듯 흥분해서 뛰어다니고, 둘이 같이 방목장을 미끄러져 다니면서 히힝 소리를 내는 모습이 마치 토빌과 딘*이 (성욕이 강한) 말로 환생한 것 같았다.

그 날씨에 밖에 나갈 생각을 하는 건 말들밖에 없었다. 작

---

* Torvill and Dean: 1980년대 큰 인기를 끌었던 영국의 아이스 댄서 듀오

업장 인부들은 어느 순간 연장을 내려놓더니 2주일 동안 나타나지 않았다. 그러고 보니 새뮤얼도 몇 달 동안 밖에 나가지 않은 것 같다. 새뮤얼이 속한 학년 전체가 3월 말에 수학여행으로 올레롱 섬을 다녀왔는데, 대부분의 아이들이 어떤 바이러스에 감염되어 침대에 누워 앓아야 했다. 어쩌면 그게 예전에 부르던 '십대들의 증상'일 수도 있겠지만, 어쨌거나 의사의 표정은 밝지 않았다.

프랑스어 실력을 향상시키기 위한 노력의 일환으로 내가 새뮤얼을 병원에 데리고 가기로 했다. 그 결정은 그다지 환영받지 못했고, 특히 의사가 맘에 들어 하지 않았다. 사람들을 싫어하기로 자타가 공인하는 이 의사가 인생의 즐거움이라고 생각하는 몇 안 되는 일 중 하나가 내 아내가 병원을 찾으면 함께 말이나 방목장 따위에 대해 이야기하는 것이다. 그런데 아내 대신 내가 나타나자 위 아래로 훑어보더니 옷을 보고 한심하다는 표정을 지었다. 그리고는 내가 정관 절제 수술이라는 '남자답지 않은' 요구를 했던 걸 기억하고 화가 치밀어 오르는 게 보였다. 그 후로는 나를 똑바로 쳐다보지도 않았다. 새뮤얼을 진찰하던 그 의사는 수학여행은 금지해야 한다고 말했다. 나이 든 의사가 그런 이야기를 하니 나는 다소 놀랐다. 원래 그 세대는 요즘 젊은 부모들이 아이들을 감싸고 도는 행동이나 면역력이 약한 아이들을 나무라고, 튼튼한 면역체계를 기르기 위해 먼지와 흙을 먹여야 한다고 주장하는 게 일반적인데 말이다. 하지만 이 사람은 아니었다. "애들은 집 안에서 키워야 합니다." 이 의사는 돈을 벌고 싶지 않은 게 분명했다.

수학여행은 세균 배양 접시나 다름없기 때문에 여행을 갔던 아이들 대부분이 아픈 건 당연한 일이라고 했다. 그리고는 아이들이 수막염에 걸렸다고 위협적인 얼굴로 속삭이면서 커다란 솜뭉치를 불쌍한 새뮤얼의 목구멍에 밀어 넣었다. 의사는 다양한 혈액 검사를 하고 면봉으로 샘플을 채취한 후 새뮤얼에게 "황색포도상구균에 의한 후두부 감염"이라는 진단을 내렸다. 워낙 심각한 증상이라서 짧게 부르는 이름도 없으며, 항생제를 퍼부어야 나을 수 있고, 많이 쉬어야 할 뿐 아니라, 당분간 격리를 해야 한다고 했다. 달리 말하면, 침대에 누워있어야 하고, 다른 사람과 이야기하지 말고, 약을 먹으라는 말인데, 어차피 새뮤얼은 이미 그렇게 살고 있었다. 거의 하루 종일 자기 방에만 있고, 구할 수 있는 영화는 전부 보고, 올빼미만큼이나 햇빛을 싫어했다.

물론 밖에 나간다고 햇빛을 많이 볼 수 있는 것도 아니었다. 비바람이 안 오는 날이면 검은 구름이 하늘을 뒤덮는 날이 계속되었다. 수영장은 우리가 어느 해보다도 일찍 물을 넣어 준비를 해두었음에도 불구하고 쓸 수 없었고, 모리스는 비가 잠시 멈추면 달려나가 수온을 체크했다.

"21도!" 모리스가 말했다. "올해 중에는 못 들어갈 거 같아."

모리스의 생일이 다가오고 있었고 우리는 날씨가 좋아지기를 간절히 바라고 있었다. 그렇지 않으면 10여 명의 여섯 살짜리 아이들이 집 안에서 소동을 피우고 시끄럽게 뛰어다닐 것이다. 집 안의 물건들을 여기저기 던지고 깨뜨릴 것이다. 생각만 해도 끔찍했다. 공연을 취소하는 바람에 수입이 줄었고, 피에로의 병원비는 쌓여 가고 있었다. 나는 이를 악물고 난방기를 틀어 수영장의 물을 덥히면서 비가 그치기를 바라기로 했다. 피에로도 위기에 처해 있었지만, 비가 그치지 않으면 나도 큰일이다.

chapter

23

죽음보다 더 괴로운 공연

스탠드업 코미디언으로 전 세계를 여행하면서 누가 내게 총을 겨눈 적도 있었고, 총각파티에서 공연하다 말고 몸싸움이 일어나는 꼴도 보았고, 이제 막 전쟁터에서 돌아온 군인들을 상대로 공연도 해보았으며, 화가 난 너바나Nirvana 팬들이 나를 때리고, 칼로 찌르고, 차로 치겠다고 위협하면서 쫓아오는 걸 피해 달아나기도 했다. 고장난 비행기를 타고 뇌우 속을 날다가 필리핀 마닐라에 착륙해본 적도 있다. 프랑스에서 비행기 시간에 늦어서 캠핑용 밴을 타고 달리다가 차가 뒤집어지기도 했고, 화가 난 관중이 던진 재떨이를 피하기도 했으며, 지부티에서는 성매매를 하는 여성에게 성희롱을 당하기도 했다. 장에 탈이 나서 무대에서 쓰러진 적도 있고, 뭄바이에서는 자신의 직업에 지나치게 열심이었던 경비원에게 아래 급소를 맞은 적도 있다.

하지만 그 어떤 경험도 모리스의 여섯 번째 생일과 거기에 초대된 10여 명의 프랑스 아이들로 인해서 겪은 일과는 비교가 되지 않는다. 그만큼 내 능력의 한계를 느껴본 적도, 그만큼 통제가 되지 않는 상황에 놓인 적도 없었다.

지금도 그때를 생각하면 마치 전쟁의 참상을 잊지 못하는 베트남 참전용사처럼 그날의 일이 생생하게 되살아난다. 살다 보면 특별히 결과를 생각하지 않고 결정을 내리는 일들이 있다. 아이의 생일파티가 그랬는데, 초대장을 발송한 순간부터 파티가 끝난 후 집에 생긴 피해를 조사하는 순간까지 완전히 대혼란이었다. 우선, 프랑스인들이 초대장 끝에 RSVP*를 붙이지 않는다는 게 이해가 되지 않았다. 프랑스어인데 프랑스인들이 사용하지 않는다는 게 말이 되나? RSVP가 답을 달라는 것을 의미한다는 것을 모르는 사람이 어디 있나? 하지만 프랑스에서는 이 말을 쓰지 않는다. 이어서 드는 당연한 의문은, 그럼 영국에서는 도대체 왜 그 표현을 쓰냐는 것. 그냥 잘난 체하고 싶은 중산층들이 유행시킨 표현인가? 이해할 수 없었다. 결국 정말로 예쁘게 완성된 초대장의 끝에 적혀있는 RSVP를 전부 줄을 그어 지우라는 황당한 말을 들었다. 프랑스인들이 그 표현을 보기 싫어한다는 게 그 이유였다. 프랑스인들이 자기네 언어를 보고 싶어하지 않는 경우는 역사상 처음일 것이었다.

나는 아내에게 절대 못 지우겠노라고 대답했다. "그냥 초대장에 둘 거야." 그러자 입술을 꼭 다문 아내의 눈썹이 올라

---

* '답을 주십시오'라는 의미의 프랑스어인 Répondez s'il vous plaît의 약자로, 영어권에서는 초대장 뒤에 덧붙여서 초대장을 받은 사람에게 참석 여부를 밝혀달라고 할 때 붙이는 문구

갔다. 아내가 이런 표정을 지을 때는 "내가 분명히 말했다. 나중에 딴소리하지 마" 하는 의미이다. 생일파티 전날까지 답을 준 건 딱 세 집이었다. 그 세 명은 내가 슈퍼마켓에서 만난 모리스의 친구 엄마를 포함한 숫자다. 그 엄마는 내 질문에 충격을 받은 표정이었고, 우리 파티에 아이가 오느냐고 묻자 어이없다는 얼굴이었다.

"당연히 가죠" 하고 대답하면서 나를 정신 나간 사람처럼 쳐다봤다.

내 생각에는 이건 단순히 무례함의 문제가 아니다. 물론 무례하지 않은 것도 아니지만. 답장을 하지 않으면 파티를 계획하고, 준비할 음식의 양을 계산하고, 게임이며, 나중에 돌아갈 때 아이들에게 나눠줄 선물 따위를 준비하는 게 불가능에 가깝다. 게다가 나는 미리미리 계획을 세우지 않으면 일을 할 수 없는 사람이다. 프랑스인들이 RSVP라는 표현을 초대장 밑에 넣지 않는 이유는 어차피 초대장을 받은 사람들이 그걸 무시해버리기 때문이다. 마치 프랑스 도로에 나있는 횡단보도를 외국인들이나 지킬 뿐, 프랑스인들은 아무데서나 건널 수 있는데 왜 굳이 그게 필요하냐고 무시하는 것과 마찬가지다.

"그걸 안 하면 음식을 얼마나 준비해야 하는지 알 수 없잖아!" 파티에 초대된 사람이라면 당연히 지켜야 할 에티켓(이것도 프랑스어!)을 어기는 게 어이가 없어서 그렇게 말했다.

"아빠, 그냥 충분하게 사." 뭘 그렇게 고민하냐는 듯 모리스가 어깨를 으쓱하면서 말했다. 꼭 프랑스 사람 같다.

아이들이 한 명씩, 두 명씩 차례로 도착하기만 해도 좀 나았을 거다. 그러면 우리가 상황에 적응할 시간도 있고, 아이들이 흥분하기 전에 마음의 준비를 할 수 있었을 텐데, 어떻게 된 게 모든 아이들이 한번에 집에 도착했다. 물론 모두가 그렇게 하자고 한들 가능했을 리 만무하기 때문에 아마 우연이었겠지만, 마치 기습 침공을 하듯 한번에 나타났다. 1분 전만 해도 집안은 조용하고 파티를 앞두고 살짝 긴장된 분위기였다가, 다음 순간 여섯 살짜리 프랑스 아이들 10여 명이 집안을 뛰어다니며 소리를 지르고 있었다. 처음에 들어와서는 아주 얌전하고 예의 바르게 "봉주르, 무슈" 하면서 프랑스인들이 으레 그러듯 뺨에 키스를 했지만, 그런 초면의 예의 차리기가 끝나기 무섭게 모자를 하늘에 날리고는 완전히 난장판을 벌이기 시작했다. 나는 프랑스 아이들을 좋아한다. 프랑스 아이들은 매너도 있고 예의 바르다. 하지만 시끄럽기로 말하면 세상에 프랑스 아이들만큼 시끄러운 아이들은 존재하지 않는다. 끊임없이 소리를 지르는데, 그 소리만 들어서는 신이 나서 그러는 건지, 아니면 괴로워서 그러는 건지 구분이 불가능하다. 두 가지에 사용되는 소음의 정도, 억양도 똑같은데, 두 경우 모두 듣는 사람의 귀가 찢어진다.

그렇게 갑자기 열댓 명의 아이들이 우리 집을 뛰어다니고 있었고 그중에는 우리 아이 세 명도 포함되어 있었다. 자랑을 좀 하자면, 우리 아이들은 그렇게 소리를 지르지 않았다. (아니, 솔직히 말해 테렌스는 소리를 질렀지만, 앞으로는 안 그럴 거다.) 나와 아내, 그리고 장인, 장모님까지 네 명의 어른들은 (그렇다. 아이들을 통제하기 위해 두 분의 도움을 빌려야 했다.) 긴장한 얼굴로 서로를 쳐다봤다. 우리는 아이들과 함께 할 수 있는 게임을 몇 개 계획했지만 꼴을 보아하니 말을 한다고 집중할 것 같지도 않았고, 게임 규칙을 설명하는 것은 더더욱 불가능해 보였다. 그렇게 서로를 멍하니 바라보면서 뭐부터 하라고 해야 하나 생각하는 순간, 아이들이 "트램펄린이다! 트램펄린!" 하고 소리를 지르면서 뛰어갔다. 다음 순간 어른 네 명은 서로를 바라보며 같은 생각을 했다. '저것만 세 시간을 시키는 방법이 있을까?'

우리 집에 있는 트램펄린은 상당히 크지만, 그렇다고 열다섯 명의 아이들을 한번에 수용할 만큼은 아니다. 한꺼번에 뛰면서 서로 부딪히고 있는 아이들이 트램펄린 밖으로 떨어지지 않게 막아주는 건 주위에 둘러있는 네트뿐이었다. 이종격투기장에서 난쟁이들이 폭동을 일으켰다고 상상하면 아이들이 뛰는 장면이 얼마나 초현실적인 모습인지 이해가 될 거다. 콜라병을 흔들면 콜라 표면에서 작은 방울들이 튀어오르면서 서로 격렬하게 부딪히는 걸 본 적이 있을 텐데, 딱 그런 모습이었다. 그렇게 노는데도 20분 동안 심각한 부상이 발생하지 않았다는 게 신기할 따름이었다. 그렇게 뛰어도 신체 상해와 무정부상태를 이루고자 하는 욕구가 채워지지 않자 아이들은 다칠 수 있는 놀이를 찾아 이동했다.

아이들은 "축구하자! 축구!" 하고 소리를 지르며 달려나갔다.

축구는 트램펄린과 달리 규칙이 있는 놀이지만, 나 같은 사람도 그 아이들을 데리고 규칙을 강요할 수 있으리라 생각할 만큼 순진하지는 않다. 게다가 원치 않은 골키퍼를 하면서 아이들이 노는 걸 보니 정말 무시무시했다. 마치 메뚜기 떼가 이동하는 것처럼 우르르 몰려다니면서 지나가는 자리에 뭐가 있든 상관하지 않고 작살을 내고 있었다. 그게 화단이든, 과실수든, 개든 예외란 없었다. 심지어 아무 생각 없이 폭력이라면 무조건 뛰어들 주니어조차 아이들을 보더니 마구간으로 도로 들어가버렸다. 아이들의 놀이는 〈마법의 빗자루*〉의 축구경기와 올드 펌 더비**를 섞어놓은 것 같았다. 골대 앞에 서 있는 것조차 위험했다. 아이들은 모든 슈팅은 최대한 가까이에서 해야 한다고 믿고 있었고, 공을 내 중요 부위를 겨냥해서 차댔다. 게다가 달려오다가 제때 서지 못하니 전부 나를 밟고 지나갔다.

이런 끔찍한 일이 한 시간 넘게 지속됐고, 끝날 무렵 나는 무릎이 까지고, 여기저기 멍이 들었다. 선글라스는 부러졌고, 손가락은 부러진 게 아닐까 걱정이 들었고, 고환은 부어 있었다. 얼굴이 시뻘겋게 달아오르고 땀투성이가 된 아이들은 옷을 훌러덩 훌러덩 벗어젖히고는 수영장으로 뛰어들었다. 하나같이 다이빙하듯 뛰어드는 바람에 수영장 물이 사방으로 튀었고, 나중에는 수영장 밖에 있는 물이 수영장 안에 있는 물보다 많았다. 나는 물론 아이들과 함께 수영장에 들어가지 않았다. 상식이 있는 성인이라면 화가 나서 닥치는 대로 먹어 치우는 피라

냐 떼가 우글거리는 물속에 들어가지 않는다. 하지만 공공수영장에서 문제가 생기거나 흥분해서 위험한 장난을 치는 아이들을 찾아내서 해결하는 안전요원의 역할을 내가 맡았기 때문에 물에 빠져서 허우적대는 여섯 살짜리들을 구조해서 수영장 밖으로 데리고 나와야 했다. 그렇게 구조된 아이들은 삼킨 수영장 물을 한 1리터쯤 토해낸 뒤에 몇 초 동안 쑥스러운 표정을 하고 있다가 언제 그랬냐는 듯 다시 수영장으로 뛰어들었다.

다행히 한 30분 정도가 지나자 아이들은 정말로 기운이 전부 빠진 듯이 보였다. 아이들이 거의 탈진한 듯 보였기 때문에 파티의 마지막 한 시간 정도는 상대적으로 조용히 지나갈 것 같았다. 기운이 없어서 더 이상 소리 지르거나 뛰어다니지 않고 뒹굴뒹굴하면서 보낼 것이었다. 그렇게만 되면 얼마나 좋을까?

"식탁으로!" 하고 아내가 아이들에게 소리쳤다. 식사 준비가 되었고, 덥고 지친 아이들은 터벅터벅 걸어서 식탁으로 다가왔다. 나는 차려진 음식을 살폈다: 콜라와 레모네이드, 초록색 탄산음료, 초콜릿, 불량식품 색깔이 나는 설탕과자, 젤리, 막대사탕. 결국 종류만 다양할 뿐 전부 설탕덩어리들이었다. 저걸 먹이느니 차라리 아이들에게 필로폰 주사를 주는 게 나아 보였다. 물론 그 외에도 내가 영국에서 가져온 엄청난 양의 과자가 있었다.

사람들은 흔히 영국음식을 평가절하한다. 특히 재료 때문이 아니라 만드는 방법 때문인데, 피쉬 앤 칩스, 선데이 로스트*, 게임 파이**, 소시지 앤

---

* the Sunday Roast: 일요일에 먹는 로스트 비프
** Game Pie: 고기를 넣은 파이

매쉬를 세계에 소개한 영국의 음식 리스트에 꼭 추가해야 할 게 하나 있다면 단출한 과자라고 할 수 있다. 하지만 프랑스인들은 그걸 이해 못한다! 프랑스인들이 치즈 외에 새로운 맛을 첨가한 게 땅콩이다. 땅콩이라니! 과자에서 땅콩 맛이 난다는 게 말이 되는가? 먹어보면 땅콩버터에 톱밥을 섞은 맛이 난다. 거기에 술 한 잔을 함께 마시면 마치 입에 나무판을 깔아놓은 느낌이다. 게다가 프랑스인들이 몬스터 먼치*를 어떻게 바꿔놓았는지 한번 봐야 한다. 그건 마치 스티브 마틴이 각색한 〈핑크 팬더〉를 보는 기분이다.** 정말 끔찍하다. 그렇게 채워지지 않은 식생활의 허전함을 달래기 위해 나는 몇 달에 한 번씩 영국으로 가서 감자칩을 비롯해 다양한 영국과자들을 사온다. 편리하게 봉지에 들어간 음식이라면 코웃음부터 치고 보는 프랑스에서는 구하는 게 불가능한 스낵들이다. 그 옛날 부즈 크루즈***와 반대로, 나는 이걸 '정크푸드 여행 Junk food Junket'이라고 불렀고, 이 기회에 '와싯츠', '스킵스', '트위글리츠' 그리고 칠리맛 감자칩을 준비해서 영국을 소개하기로 했다.

아이들이 식사를 마치고 난 후 한 시간은 우리 인생에서 가장 긴 한 시간이었다. 하지만 설탕 때문에 치솟은 아이들의 에너지는 서서히 줄어들었고, 다시 고요함(혹은 고요함에 가까운 상태)이 돌아왔을 때쯤 부모들이 아이들을 데리러 왔다.

"고마워요, 아빠." 술에 취해서 과수원에서 쭈그려 앉

* Monster Munch: 유령 모양의 감자맛 과자. 프랑스 몬스터 먼치는 더 얇고 작은 모양에 다양한 맛이 있다.
** TV 드라마 시리즈로 사랑받은 〈핑크 팬더〉를 할리우드 코미디 배우 스티브 마틴이 영화로 각색했다.
*** booze cruise: 페리선을 타고 파리 등의 도시로 가서 술을 잔뜩 쇼핑하는 당일치기 여행을 이르는 말

418 >>

아있는 나를 보고 모리스가 말했다. 지옥 같은 오후가 상처를 남기고 간 내 얼굴을 보면서 아이는 "최고의 파티였어요!" 하고 말했다.

나는 눈물이 그렁그렁한 눈으로 아이를 보며 말했다. "파티가 즐거웠다니 정말 다행이구나! 이런 파티는 절대로, 절대로 다시 안 할 테니까 말이다."

"하하하!" 모리스가 웃으면서 달아났다. "아빠 작년에도 그랬잖아!"

그러고 보니 작년에도 그런 다짐을 했었다.

프랑스에서 늦봄과 초여름은 축제 시즌이다. 프랑스에서는 공휴일이 일하는 날보다 많은 느낌이지만, 나쁠 건 없다. 이 지역에서 학교 공연은 1년에 한 번 가족들이 함께 참여하는 행사다. 한 학년이 끝나는 시기에 중학교에서 하는 공연은 큰 공연장에서 열리고 일반인들에게도 열려 있다. 물론 표를 살 각오가 되어 있다면 말이다. 프랑스의 학교 공연은 내가 자란 영국과 (과장 없이 이야기하자면) 완전히 천지차이다.

프랑스에서는 영국과 달리 아홉, 열 살짜리들에게 몰리에르의 희곡을 재해석하라고 강요하지 않는다. 내 경우만 해도 카를로 골도니의 〈두 주인을 섬기는 하인A Servant to Two Masters〉처럼 전문배우가 공연할 경우 섬세하고 의미가 풍부한 작품을 남학교 학생들에게 가르쳤지만 어디까지나 자원하는 학생들만 참여하는 공연이었다.

하지만 프랑스 학교 공연은 자원자로 이루어지지 않는다.

모든 학생이 참여하다 보니 작년에 중요한 배역을 맡았던 새뮤얼은 올해에는 합창단으로 좌천되었고, 작년의 공연 성공으로 고무되어 배우가 되겠다고 결심한 새뮤얼의 실망은 이만저만이 아니었다. 비어 있는 자잘한 배역을 여러 개 맡으라는 건 아이로서는 받아들이기 쉽지 않았겠지만, 나중에 배우가 되어 단역을 하면서 버텨야 할 나날들을 생각하면 좋은 연습이 될 것이기도 했다.

물론 모든 아이들이 무조건 배역을 하나씩 맡아야 한다는 방침은 (때로는 하고 싶지 않은 아이들도 연극을 해야 하니) 공연의 질이 종종 떨어지는 것을 의미한다. 자신의 의사와 상관없이 떠밀려서 연극을 하다 보면 대사를 읽는 게 마치 인질들이 인질범에 대한 찬사를 억지로 읽는 것처럼 들리기도 한다. 대사는 틀리지 않는데, 배우들의 보디랭귀지를 보면 '제발 누가 나 좀 살려줘요!' 하고 소리를 지르는 듯하다.

작년 공연은 세계 여러 나라 사람들을 보여주는 신나는 내용이었다. 노래도 좋았고, 좋은 장면들도 꽤 있었고, 전달하려는 메시지도 서로 다른 문화의 사람들과 사이 좋게 지내자는, 그다지 무겁지 않은 내용이었다. 하지만 올해 연극은 좀 더 야심 찬 프로젝트였다. 전달하려는 메시지와 교훈이 중요한 학교 연극의 전통을 떠나, 올해 있었던 수학여행을 연극으로 옮기기로 한 것이다. 다시 말하지만, 정말 야심 찬 계획이었다. 연극의 내용은 새뮤얼이 지난 3월에 올레롱 섬으로 닷새간 갔다가 바이러스에 감염되어 돌아온 수학여행 이야기로, 여행에 참여하지 못한 사람들, 즉 학부모들에게 그 여행에서 일어난 일들을 모두 보여 주고자 했다. 학부모의 대부분이 수학여행에 같이 가지 않은 걸 다행으로 생각하고 있고, 며칠 동안 아이들 없이 조용히 지낼 수 있어서 좋았다는 사실은 전혀 고려하지 않은 소재 선택이었다. 연극은 수학여행에서 있었던 모든 일들을 세세한 내용까지 빠짐없이 다루고 있었다.

자신의 수학여행을 기억하는 사람으로서 말하지만, 누군가 내 수학여행을 연극으로 만들어서 사람들에게 보여준다면 기겁할 것이다. 우리 아이들이 다니는 남학교는 과감하게 지역 내의 다른 남녀공학 학교들과 함께 수학여행을 가기도 한다. 물론 부모들이 생각하는 것보다 훨씬 좋은 교육의 기회인건 사실이지만, 이 연극은 새뮤얼의 수학여행을 건전한 버전으로 보여주는 것이 분명했다. 게다가 두 시간이나 엉덩이에 감각이 사라질 만큼 앉아 있는 동안 과연 이 연극이 보여주지 않은 일들이 더 있기는 할까 싶었다. 나중에는 공연이 수학여행보다 더 길게 느껴졌고, 지루해진 테렌스는 관객들을 위해 혼자서 트림 대회를 열기로 했다. 이야기는 수학여행에서 학생들이 뭘 먹었고, 버스는 어떻게 타고 갔으며, 누가 차 안에서 토했고, 프랑스 서해에 사는 바다 생물은 어떤 것들이 있는지 두 시간 동안 지루하게 이어지다가, 갑자기 흥미로워졌다. 여자 교감선생님이 걸어가다가 벽에 부딪혀서 코가 부러진 내용이 나온 것이다. 100여 명의 아이들과 며칠을 보내다가 못 견디고 자해를 한 거라고 하면 너무 잔인한 추측이겠지만, 그 사실을 모르던 학부모들에게는 처음 듣는 얘기였고, 모든 게 계획대로만 진행된 것은 아니라는 용기 있는 고백이었다.

연극은 샤를 트레네의 '라 메르'를 하모니로 부르는 대목에서 절정에 올랐다. 관객들도 좋아했다. 다만 이미 지칠 대로 지쳐서 빨리 의자에서 일어나서 다과와 음료가 기다리는 곳으로 이동하고 싶은 기색이 역력한 관객들을 생각하면 그 곡이 끝난 후 나온 앙코르 요청은 좀 억지스러웠다. 물론 여기가 프랑스인 것을 고려하면 '다과'라는 것은 다섯 가지 코스의 음식과 바에 가깝다. 학부모들은 아뮤즈 부슈*와 함께 먹을 수 있는 아페리티프**를 준비했고, 특히 나는 미니 크로크무슈 그리고 훈제 연어와 서양 물냉이를 넣고 말아서 만든 핀휠 샌드위치를 준비했는데, 두 가지 모두 내가 뿌듯해 하는 요리였기 때문에 새뮤얼이 자기 연기가 어땠냐고 묻는 동안에도 나는 사람들이 내 요리를 얼마나 먹고 있는지 확인하기 바빴다. 새뮤얼은 연극이 잘 끝나서 좋아했고, 몇 달간의 리허설과 중압감이 모두 사라지자 모두들 이제 자신들의 삶으로 돌아갈 수 있다는 사실에 기쁜 표정이 역력했다. 그러나 사실 저녁 행사는 이제 막 시작했을 뿐이고, 밴드가 연주를 늦게 시작한데다가 이런 행사에 꼭 등장하는 제비뽑기, 인사말, 축하 등등을 고려하면 첫 번째 코스는 여덟 시 반에야 나올 예정이었다. 게다가 앞서 말한 여자 교감이 올해를 끝으로 학교를 떠나기 때문에 (혹시 코가 부러지는 사고가 계기가 된 건 아닌가 싶지만) 사람들의 감사 인사가 줄을 이었고, 그러는 바람에 식사는 더욱 뒤로 밀려났다. 하지만

---

* amuse-bouches: 애피타이저
** apéritif: 식전 술

프랑스에서 그런 건 문제가 되지 않는다.

아이들을 이렇게 늦게까지 잠을 안 재우면 안 된다고 발을 구르는 사람들은 없었다. (아, 나는 한두 번 발을 구른 것 같기도 하다.) 자정이 다 되어 디저트가 도착하자 행사는 학교 공연이라기보다는 성공적인 프랑스 결혼식에 더 가까웠다. 아이들은 여기저기 뛰어다니고 할머니들은 옛 뮈제트에 맞춰 춤을 추었다. 각 테이블에는 시끄럽고 활발한 토론이 벌어지고 있었고, 바에서는 술이 날개 돋친 듯 팔렸다. 새뮤얼은 이제까지 맡았던 역할 중 가장 중요한 역할을 하고 있었다: 아빠의 프랑스어 구사 능력을 향상시키는 와인이 잔에서 마르지 않도록 바에서 사 오는 일이었다. 아이에게 술 심부름을 시키다니! 내 말이! 애한테 술을 마시게 한 것도 아닌데 그걸 가지고 호들갑을 떨 사람들을 생각해 보라.

우리는 새벽 1시쯤 일어났음에도 제일 먼저 자리를 뜬 축에 속했다. 우리 집이 동물원만 아니었어도 더 늦게까지 있었겠지만 동물들이 잘 있는지 살펴야 했기 때문에 어쩔 수 없었다. 하지만 정말 멋진 저녁이었다. 우리가 이곳에 정착한 지도 이제 몇 년이 지났다. 사람들은 타향 사람이 이곳 주민으로 '받아들여지는' 것이 매우 힘들다고들 한다. 아주 촘촘하게 얽혀있는 농촌사회라서 그렇다. 대가족들이 한 지역에서 모여 살다 보니 뜻하지 않게 '외지인들'은 (비록 무시당하지는 않더라도) 이웃과 동화되기 힘들고, 적어도 사교적인 모임으로만 보아도 자기들끼리만 어울리곤 한다. 하지만 우리의 경우는 그 반대였다.

우리는 필요하면 기댈 수 있는 좋은 친구들이 생겼고, 학교에 다니는 아이들 덕분에 다른 학부모들과도 가까워졌고, 이제는 그 커뮤니티의 일부로 따뜻하게 받아들여졌다. 참 기분 좋은 일이다. 이제는 내가 긴 출장으로 집을 자주 비워도 아내와 아이들에게 덜 미안하다. 우리 가족들이 혼자 있지 않음을 알기 때문이다.

그래도 나는 집을 떠나지 않는 걸 훨씬 더 선호한다. 이게 문제가 되는 때는 여름 휴가철이다. 아내와 아이들은 어디론가 떠나고 싶어 하지만 나는 그저 한 번이라도 제대로 집에 있었으면 좋겠다. 사람들은 큰돈을 써가면서 우리가 사는 프랑스 시골로 여행을 오는데, 우리는 똑같은 돈을 써가면서 이 좋은 곳을 떠나 다른 곳으로 간다는 걸 이해할 수가 없다. 내게는 집에 있는 게 휴가고, 식구들에게는 집에서 떠나는 게 휴가다.

그런 생각을 한 것은 비아리츠 외곽의 캠핑장에 붙어 있는 바닷가에 앉아 있을 때였다. 아무도 없는 해안에서 죽은 해파리에 둘러싸여 앉아 있다보면 인생을 되돌아보게 된다. 예전에 튀니지에서 해파리에 호되게 쏘이고 나서 세상의 모든 해파리들을 죽여버리겠다고 맹세한 적이 있다. 하지만 이렇게 말라서 축 늘어진 해파리들은 내게 아무런 해를 끼칠 수 없고, 나는 그 해파리들과 일종의 동질감마저 느끼고 있었다. 뼈도 없이 그저 남들이 떠미는 대로, 시키는 대로 그저 따라다닌다는 점에서….

나는 캠핑이 싫다.

우리 가족은 이 캠핑장이 별 네 개짜리 럭셔리 공간으로 탈바꿈하기 이전부터 오곤 했다. 지금은 별도의 해안과 고급 식당과 상점에, 친절한 분위기까지 갖춘 고급 휴양지라고 하지만 캠핑장은 결국 캠핑장이다. 처음 여기에 왔을 때는 커다란 텐트를 가지고 왔는데, 휴가 대부분을 그놈의 텐트를 세우는 데다 썼던 것 같다. 그 다음에는 우리의 에어 매트리스에 아주 작은 구멍이 나서 밤새 바람이 조금씩 새더니 새벽 5시가 되자 완전히 바람이 빠졌고, 일어났을 때에는 입에 모래알이 가득했고, 새뮤얼은 기관지염에 걸렸다. 나는 다시는 텐트에서 안 자겠다고 선언하고 이듬해에 캠핑장에 갈 때는 텐트 대신 캐러밴을 가지고 갔다. 캐러밴은 분명 장점이 있다. 하지만 그건 그것 나름의 스트레스를 준다. 사람들이 캐러밴 하면 떠올리는 이미지는 도로에서 뒤따르는 차들이 추월도 못하고 줄줄이 따라가고 있는 것도 모르고 천천히 운전하고 있는 장면이다. 뒤에서 빵빵거리고 하이빔을 켜대도 신경 안 쓰고 운전하는 그런 운전자들 말이다. 하지만 그런 이미지를 가지고 있는 독자들께 꼭 들려주고 싶은 이야기는, 내 경험에 비춰보면 그건 캐러밴을 끌고 가는 운전자가 무신경해서 그런 게 아니라, 겁에 질려서 그러는 거다. 캐러밴을 끌고 운전하는 건 아주 힘들다. 거기에 휴가지까지 일곱 시간을 운전하는 동안 뒷좌석에서 끊임없이 싸우는 아이들과 너무 빨리 달린다고 끊임없이 잔소리를 해대는 아내가 옆에 있는 건 기분 좋은 휴가의 시작과는 거리가 멀다.

　게다가 캐러밴을 캠핑장에 똑바로 대는 것도 쉽지 않다. 우리 자리는 캠핑장의 약간 경사진 곳이었는데, 그 '약간의' 경사가 사실 캐러밴에게는 수직이나 다름없다. 캐러밴을 세우고 자동차와 연결된 고리를 분리하자 캐러밴은 나를 끌고 '언덕'을 천천히 굴러 내려가기 시작했다.

"여보! 바퀴 뒤에 초크* 좀 끼워줘!" 나는 캐러밴이 뒤에 있는 남의 집 텐트를 깔아뭉개기 전에 정지시키려고 아내에게 소리를 질렀다.

"여보! 내 생각에는 생울타리 근처까지 가서 세워야 할거 같아" 하고 아내가 제안했다. 아내는 캐러밴이 통제 불능에 빠졌다는 사실을 눈치채지 못한 듯했다. 하긴 뭐, 내가 통제하지 못하는 게 캐러밴뿐인가.

"아, 조금 있으면 차가 바다까지 내려간다니까! 빨리 초크 블록을 끼워. 당장!"

"글쎄, 그럴 필요가 있나….'

"당장 끼워!" 나는 소리를 질렀다. 휴가를 화를 내며 시작을 했더니 그게 그해의 휴가 분위기를 결정해버린 듯했다.

원래 계획은 큰 아이 둘, 그러니까 새뮤얼과 모리스는 텐트에서 자고, 나와 아내, 그리고 막내 테렌스는 '실내' 그러니까 캐러밴에서 자는 거였다. 일이 그렇게 풀릴 거라고 생각한 내가 너무 순진했다. 물론 아이들의 탓도 아니다. 밤만 되면 비바람이 몰아쳐서 텐트에서 자는 게 불가능했다. 결국 우리 가족은 모두 캐러밴에서 함께 자야 했다. 물론 캐러밴은 5인용이 아니었고, 경사진 땅에 위험하게 놓여 있었다. 사나운 날씨 때문에 실내에 갇혀 있는 동안 아이들은 "아빠가 몇 번이나 자기 머리

---

* 정차된 자동차가 경사로에서 움직이지 않게 바퀴 뒤에 놓는 쐐기

를 때리나" 같은 게임을 만들어 냈다. 아이들은 그게 재미있다고 생각했다. 아내는 항상 그렇듯 차분함과 침착함의 화신이었다. 정말 얄미웠다.

긍정적으로 생각하려고 무던히 애를 썼고, 그 상황을 즐기려고 노력했지만, 나는 결국 캠핑을 좋아하는 성격이 아니었다. 깨끗하지 않은 것, 비좁은 자리, 습기. 모든 것들이 내 신경을 거슬렀다. 캠핑장에 온 가족들이 항상 하는 말이 있다, '캠핑은 아이들에게 좋다'고. 아이들에게 좋다고 하는 게 캠핑뿐인가? 굽 낮은 신발도, 시리얼 바도, 무알콜 음료도 다 아이들에게 좋겠지만 그런 걸 살 생각은 없다. 나는 그런 환상에 속지 않는다. 솔직히 말해 가족이 축축한 텐트나 캐러밴 속에 들어가서 머무르는 게 뭐가 즐거운지 이해할 수 없고, 그렇게 아이들과 함께 통조림 속 생선처럼 모여있는 건 부부 사이에 더 이상 성생활을 하지 않는다는 걸 무언으로 인정하는 행위 아닌가? 캠핑장에서 부부가 오붓한 시간을 갖고 싶으면 어떻게 하라는 말인가?

"자기야, 애들 재우고 나와. 저 뒤에 있는 임시화장실에서 5분만 즐거운 시간, 오케이?"

아이들에게 좋을 수 있을지는 모르겠지만, 결혼생활에 가해지는 부담은 이루 말할 수 없다. 지난 4년 동안 캠핑을 다니면서 우리는 여러 번 크게 다퉜다. 그 중 몇 번은 너무 심하게 다퉈서 그러고도 결혼생활을 계속할 수 있을까 싶었다.

그리고 캠핑장이 아무리 '럭셔리'하다고 해도 나는 믿지 않는다. 럭셔리라는 단어는 공용화장실이 있는 곳에서는 사용하면 안 된다. 캠핑장 남자 화장실의 아침은 영화 〈불타는 안장 Blazing Saddles〉에서 방귀 뀌는 장면과 집단수용소의 모습을 적당히 섞어 놓은 것 같은 모습이다. 물론 스탠스테드 공항의 일요일 아침이나 토요일 밤 늦은 공연을 앞둔 코미디 공연장의 분장실 상황과도 비슷하다. 하지만 그래도 그렇지, 이게 정말 휴가란 말인가? 돈 내고 이런 데서 휴가를 보내야 하나?

"어떠한 어려움 속에서도 굴하지 않고 청결한 생활을 한다"는 게 모드족의 생활을 어느 정도 정의해 준다. 그리고 캠핑장은 그런 모드족의 한계를 시험하는 장소다. 주위의 모든 사람들이 주위 환경에 굴복하고 개인 위생과 기초적인 의생활을 포기하는 가운데 혼자서 꿋꿋하게 원칙을 지키는 일은 상당한 노력이 필요하지만, 그럼에도 충분히 가치 있는 일이기도 하다. 캠핑장에 온 사람들은 뭔가 하나씩은 뿌듯한 표정으로 자랑을 하고 있기 때문이다. 은퇴한 부부 하나는 위성 안테나까지 달린 엄청나게 큰 캐러밴을 뿌듯해 하는 모습이었다. 프랑스 남서부 해안에서 〈카운트 다운 Count down〉을 볼 수 있는 게 자랑이었다. 서핑을 하는 사람들은 서핑용 웨트수트를 허리까지 단추를 풀어 입고 커다란 서핑보드를 들고 다니는 게 자랑이고, 젊은 이들은 젊은 게 자랑이다. 캠핑, 캐러밴 여행, RV 여행은 이제 거대한 산업이 되어서 기술이 엄청나게 발전했다. 우리가 도착하던 날 밤, 내가 캐러밴이 절벽에서 떨어지지 않게 하느라 고생하는 동안 우리 반대쪽에 있던 남자는 괴물처럼 큰 캐러밴을 리모컨으로 움직이고 있었다! 그는 자기 캐러밴의 설치를 끝낸 후 나를 쳐다봤다. 땀범벅이 되어 있었고, 바지는 검은 윤활유로 더러워져 있었지만, 그 상황에서도 내 프레드 페리 셔츠는 끝까지 단추가 채워져 있었다. 맞은편의 남자는 얼룩 하나 없는 깨끗한 옷을 입은 채로 나를 안됐다는 듯 바라보고 있었다. 뺨을 한 대 때려주고 싶었다.

"아무리 좋아 봤자 캐러밴이지." 내가 혼자 중얼거렸다.

하지만 스케이트보드를 타는 20대들, 레게 머리를 한 백인들, 바게트를 자신의 '물건'인양 들고 장난치는 젊은 애들, 소리 지르는 어린애들, 모래가 바지에 들어간 것과 허리케인 바람, 그리고 절벽 꼭대기에서 삐딱하게 기울어져서 자는 걸 참는 데에도 한계가 있었다. 하루는 세상에서 가장 키가 크고, 가장 밝은 금발에, 가장 날씬한 가족이 세상에서 가장 복잡하게 생긴 텐트를 2분 만에 세우는 걸 보고 내가 빈정거리는 모습을 아내가 목격했다.

"당신 그렇게 살면 인생이 피곤하지 않아?" 아내가 물었다.

그렇게 힘든 여행에 대한 내 불만에도 불구하고 아내는 돌아오자마자 내년 캠핑을 계획하고 있었다. 게다가 다음 번 여행에는 장인, 장모님은 물론이고 처제 식구들까지 모두 초대해서 똑같은 캠핑장에서 '우리'와 함께 보내자고 해둔 상태였다.

"장인, 장모님이 우리가 함께 캠핑을 하면 집의 동물들은 누가 돌보지?" 내가 물었다. 우리가 여행을 할 때는 아내의 부모님께 자잘한 일들을 부탁하기 때문에 나는 바로 그 지점에서 빠져나갈 기회를 감지했다.

"흠, 그 생각은 못했네." 아내가 대답했다.

"내가 남지 뭐…" 나는 순진한 표정으로 자원했다.

"우리가 전부 캠핑을 가는데 아빠만 집에 남을 거야?" 새 뮤얼이 물었다.

"글쎄다, 우리 집과 동물들을 봐줄 사람을 구하지 못하면 다른 방법이 없을 것 같은데?" 애써 실망스러운 표정을 지어 보이며 내가 대답했다.

그러자 새뮤얼이 대답했다. "알았어." 흠.

chapter
24

어둠 속의 항해

>

>

프랑스라는 나라 전체가 일을 하지 않는 8월이 끝나가면서 집 짓는 인부들이 현장으로 돌아왔다. 휴가철에 충분한 휴식을 취했기 때문이든, 아니면 일을 끝내지 못한 죄책감 때문이든, 인부들은 거의 나흘 내내 일하러 왔다. 강의를 할 '교실'은 거의 다 완성했고, 이층에 있는 내 사무실도 끝나가고 있었다. 그러는 동안 우리는 광고도 하고, 선생님을 할 사람들도 수소문하고, 이 지역 호텔들도 알아보며 이런저런 준비를 했다. 이제 프로젝트는 현실이 되어 가고 있었고, 우리의 흥분도 점점 커졌다.

작가들을 위한 워크숍을 운영하자는 아이디어는 여전했지만, 아내는 다른 대안도 있어야 한다고 주장했고, 경쟁 서비스도 연구해야 한다고 했다. 그래서 아내는 도르도뉴에서 합숙을 하면서 배우는 '바느질 고급과정'에 등록했다. 좋은 생각이기는 했지만, 일정상의 문제가 있었다. 나야 아내를 돕는다는 핑계로 공연을 취소하면 좋지만 (좋은 날씨에 집에 있는데 무슨 다른 핑계가 필요하랴마는) 그래도 무작정 공연을 건너뛸 수는 없었다. 그래서 세운 계획은 이랬다: 내가 주말 공연을 갔다가 돌아오는 대로 아내가 도르도뉴로 떠난다. 그리고 아내가 5일 후에 돌아오면 같이 잠깐 차를 마시고 나는 다시 출장을 떠난다. 3주 동안 우리 부부가 얼굴을 마주할 시간이 한 시간 정도이니 물론 이상적인 계획은 아니었다.

그렇기는 해도 아이들과 1주일 정도의 시간을 보내게 되는 게 기뻤다…고 말하는 것 자체가 내가 얼마나 무모한지를 잘 보여줄 뿐 아니라, 낙관주의라는 게 얼마나 무서운 것인지를 생생하게 보여준다 하겠다. 과거에도 그랬고, 지금도 나는 낙관주의를 신뢰하지 않는다.

나는 집안일에 초보가 아니다. 그게 아이들을 돌보는 일이든, 가사 관리든, 혹은 동물을 보는 일이든 경험은 이미 충분하다. 요리는 아내보다 내가 더 많이 하고, 청소도 많은 부분 내가 담당하고, 다림질은 거의 다 내가 하기 때문에 스스로 '가사의 왕'이라고 자부했고, 따라서 나 혼자 아이들을 돌보는 일 정도는 식은 죽 먹기라고 생각했다. 내가 그렇게 멍청하다.

우선 동물들 얘기부터 해보면, 주말에 출장을 떠날 때만 해도 개들은 불만이 없었고, 고양이들은 아무런 문제없이 집을 드나들었고, 말들은 내가 옆에 있는 걸 잘 참았고, 닭들은 알을 잘 낳고 있었다. 모든 게 제대로 돌아갔다. 그렇기 때문에 아내가 동물들에게 내가 오면 말썽을 피우라고 특별히 주문을 했거나, 아니면 동물들이 아내가 없는 걸 참지 못하거나 둘 중 하나라고 밖에는 생각할 수 없다. 피에로는 거의 정상으로 돌아와서 이제는 가구에 자기 몸을 비벼대며 헐떡거리는 짓을 하지 않는데, 대신 아무 물건이나 핥아대는 새로운 버릇이 생겼다. 정말이지, 아무 물건이나 핥는다. 끊임없이 쩝쩝대는 소리를 듣는 것도 역겨운데, 그렇게 핥는 내내 나를 쳐다보는 건 더 환장하겠다. (식사를 하고 있는데 개로 환생한 변태성욕자가 앞에서 소파 쿠션을 핥으면서 음흉하게 쳐다보고 있다고 상상해 보라.) 만약 '변태견 대회'가 열린다면 피에로는 우승을 따놓은 거나 다름없다. 하지만, 그런 피에로도 다른 문제들에 비하면 가장 양호한 편이었다.

토비는 정신적으로 심각한 문제를 겪고 있는 것 같았다. 그날 밤 나는 내 가방을 비우고, 우편물들을 살펴보고, 냉장고를 정리하고, 칼을 넣어둔 서랍의 정리 상태를 보고 한숨을 쉰 후에 새벽 1시에 잠자리에 들었다. 토비는 새벽 3시에 내 방문 밖에서 낑낑거리다가, 5시에 또 한 번 낑낑거리는 소리를 냈고, 확인 사살을 하려는 듯 7시에 또 와서 시끄럽게 굴었다. 아침이 되자 잠을 방해한 걸 미안하게 생각하기는커녕 마치 성난 황소처럼 문을 들이받고 있었다. 토비는 그 주에 수의사에게 정기검진을 받기로 했는데, 병원에 가면 구속복을 하나 달라고 할까 싶었다. 혹시 구속복에 비타민을 발라주면 더 좋을 것 같았다.

피에로가 핥으면 꿩 먹고 알 먹고 아닌가.

고양이들은 또 다른 문제였다. 정확하게는 고양이 하나가 문제였다. 플레임이 사라진 것이다. 원래 밤만 되면 밖을 돌아다니다가 오는 놈이지만, 아예 보이지 않았기 때문에 약간 걱정이었다. 반면 베스파는 집 안에 흔적을 남기고 다녔다.

"아빠!" 테렌스가 나를 불렀다. "아빠! 똥!"

"알았어, 기저귀 갈아 줄게."

"아니, 아빠. 고양이."

나는 이층으로 올라갔다. 거기에는 아이 셋이 둘러 앉아 역겹게 생긴 무언가를 건드리고 있었다. 마치 범죄 현장에 도착한 경찰관처럼 증거물을 만지지 않으려고 애쓰면서 범인을 추측하고 있었다.

"그냥 고양이가 털을 토해낸 거 같은데." 나는 고무장갑을 끼고 치울 준비를 했다.

"똥." 형들과 아빠가 아니라고 하는데도 테렌스는 같은 말을 계속 반복했다. 그제서야 우리는 방의 다른 한쪽 구석에서 테렌스가 말한 것을 발견했다. 마치 전쟁터 한복판에 있는 놀이터 같았다. 그리고 그 내용물은 거대한… 거대한… 토사물인지 배설물인지 알 수 없지만, 마치 사나운 폭풍우가 지나간 바닷가를 보는 느낌이었다. 작은 돌맹이, 나무 조각, 플라스틱, 모래, 그리고 죽은 새가 최소 한 마리는 포함되어 있었다. 정말 징그러웠다.

말들도 정상이 아니었다. 주니어야 원래 사나운 놈이지만,

얼타임도 내게 화가 난 모양이었다. 아내는 말똥을 매일 치워서 쌓아 놓아야 한다고 신신당부를 했다. 그 말에는 동의하지만, 말들이 청소하는 나를 졸졸 따라다니면서 화난 표정으로 방금 깨끗하게 치운 자리만 골라서 똥을 쌀 줄은 몰랐다. 순전히 나를 도발하려는 목적이었고, 얼타임까지 그런다는 사실은 아주 실망스러웠다.

닭들은 첫날 아침에 예쁜 달걀을 두 개 낳았지만, 내가 모이를 가지러 간 사이에 낳은 달걀을 밟아 깨부수고는 닭장 벽에 발라놓았다. 참으로 기괴한 항의였다.

뭔가 문제가 있는 게 분명했다.

반대로 아이들은 말을 잘 들었는데, 여차하면 사고를 쳤다. 새뮤얼은 자전거에서 떨어져 이마를 꿰매야 했고, 모리스는 엄마를 보고 싶어 했다. 내가 어렵사리 침대에 눕히자 모리스는 자신은 더 이상 기저귀를 하지 않아도 된다고 고집을 부렸다. 사실 기저귀를 하지 않아도 된 건 최소 6개월 전부터였지만 하필 아내가 집을 떠난 첫날 기저귀를 하지 않겠다는 건 불안했다.

그리고 테렌스. 테렌스는 내가 집으로 돌아온 후로 설사를 계속했는데, 테렌스의 설사에 비하면 똥으로 노르망디 상륙작전을 저질러 놓은 고양이는 건강한 편이었다. 게다가 첫날 저녁에는 테렌스가 트램펄린에서 놀다 말고 머리에 붕대를 감은 새뮤얼에게 안겨서 집에 들어왔다. "무릎을 삐었다"는 게 이유였다.

"테렌스가 무릎을 삐었는지 어떻게 알아?" 내가 못 믿겠다는 듯 물었다.

"얘가 넘어졌는데, 그 다음에는 트램펄린에서 잘 못 걸었어." 새뮤얼은 대답하면서 아빠가 자신의 진단을 전적으로 신뢰하지 않는다는 사실에 살짝 기분이 상한 듯했다.

나는 "트램펄린에서 제대로 걸을 수 있는 사람이 어디 있나!" 하면서 웃었다. "괜찮아, 새뮤얼. 테렌스 내려놔도 돼. 테렌스, 아빠한테 걸어와."

밝은 미소가 테렌스의 얼굴에 떠올랐다. 하지만 두세 걸음을 걷다 말고 주저앉더니 울음을 터뜨렸다. 두 살짜리가 다리를 절면서 다가오는 모습을 본 적이 있는가? 불우 아동 돕기 모금 방송을 3D로 보는 기분이다.

"야, 쟤 무릎 삐었잖아!" 내가 소리를 질렀다.

"내가 말했잖아!" 새뮤얼이 내게 소리를 질렀다.

정리를 해보자. 개들은 원래 제정신이 아닌 놈들이고, 말들은 예전보다 더 화가 나 있고, 닭들은 파업에 들어간 상태. 고양이 한 마리는 실종 상태고, 남은 한 마리는 뱃속에서 이상한 걸 쏟아내고 있는데, 테렌스는 더 이상 걷지 못하고, 새뮤얼은 누가 이마를 도끼로 찍은 꼴을 하고 있고, 모리스는 정신적으로 심각한 문제를 보이려고 하고 있다.

아내가 자리를 비운 지 36시간이 채 되지 않아 일어난 일들이다.

돌이켜보면 아내가 집을 비운 첫 며칠 동안이 그렇게 정신이 없었다는 게 다행이었던 것 같기도 하다. 그런 일을 치르고 나니 그 후로 남은 기간 동안은 어떤 일이 일어나도 끄떡없었다. 매일 아침 일어날 때 피곤하기는 했지만 일종의 초각성 상태가 되었다. 나는 이제 '가사의 왕'을 넘어 '가사의 닌자'가 된 것이다.

시간이 지나자 동물들은 말썽부리기를 멈췄다. 첫 며칠은 애송이 교사를 데리고 노는 고등학생들처럼 행동했지만, 내가 엄한 사람이고 허튼짓을 하면 절대 그냥 넘어가지 않는다는 사실을 깨달은 것이다. 닭들은 더 이상 달걀을 부수지 않았고, 토비는 밤에는 침실로 올라오지 않았다. 얼타임은 나를 못살게 구는 일에 흥미를 잃었고, 피에로는 자기 침대에 밤마다 오줌을 누는 일을 멈추고, 대신 낮에 토비의 침대에 누었다.

오직 이 악당들의 두목인 주니어만이 나와의 싸움을 이어나갔지만, 다른 동물들의 지원이 줄어들자 갈수록 고립되었다. 하지만 그렇기 때문에 주니어의 분노는 더 커졌다. 내가 밖에 나가면 위협적으로 달려왔다가 나이 든 군인처럼 화가 난 듯 내게서 멀어졌다. 하지만 신기하게도 그런 기세도 금방 사라지고 내 눈을 마주치는 것도 피했다.

물론 아내는 내가 해야 할 (많은) 일들 중에서도 동물을 돌보는 일은 단지 먹이와 물을 주는 것으로 끝나지 않는다는 사실을 강조했다. 청소는 절대로, 절대로 끝나지 않는다. 아내의 하루는 회전목마처럼 동물마다 돌아가며 똥 치우는 일을 끊임없이 하면서 지나간다. 처음엔 고생한다고 생각했는데, 이제는 혹시 아내가 똥 치우는 일을 몰래 즐기는 건 아닐까 하는 생각까지 하게 되었다. 아니고서야 그렇게 쉬지 않고 할 수가 없기 때문이다. 우선 고양이 똥이 담긴 통을 전부 치우고, 닭장을 박박 긁어가며 청소한다. 테렌스의 기저귀는 거의 매시간 갈아줘야 한다. 이빨이 나기 시작하면서 배변 활동도 활발해졌기 때문이다. 말이 뛰노는 곳에서는 말똥을 매일 치워서 구석에 마치 피라미드처럼 쌓아 놓는다. 똥 치우는 일은 그것 뿐만이 아니다. '개똥을 찾아라'라는 재미있는 21세기 게임도 있다. 개똥을 치우는 것 자체를 가지고 불평하는 건 아니다. 어린아이 세 명이 사방을 뛰어다니는 집이니 개똥을 치워야 한다는 사실에는 동의한다. 단지 치우는 방식을 좀 개선해야 한다는 거다. 2.5에이커의 땅에 개들을 키우고 있는데, 개는 습관대로 배설하는 동물이 아니기 때문이다.

따라서 매일 오후가 되면 고무장갑을 끼고 한두 시간 동안 동물의 똥을 찾아내서 수거해야 한다. 그렇다고 내가 일을 대충하는 사람도 아니다. 일이 더럽고, 나를 따라다니는 동물들의 끊임없는 관심, 그리고 수백만 마리의 파리에도 불구하고 나는 내 존엄을 지키는 유일한 방법은 완벽한 모드족 복장을 하는 것뿐이라는 결론을 내렸다. 흰색 로퍼는 그런 일을 하는 데 적합한 신발이 아니고, 스타-프레스트 팬츠와 칼라 단추를 목 끝까지 채운 페이즐리 무늬 셔츠도 작업을 위한 복장은 아니다. 하지만 그렇게 입지 않고는 그 일을 할 수 없었다. 농부처럼 입지 않고 똥을 퍼나르는 일은 이미 그 자체로 자존심 상하는 일이다. 하지만 나의 복장은 우리 마을 농부들에게 즐거움을 선사하기도 했다. 사람들은 트랙터를 몰고 지나가다가 들판에서 일하는 모드족을 보고 마치 패션의 신기루를 보는 듯한 표정으로 멈춰서서 몇 분 동안 나를 지켜보다 갔다.

아이들과만 보낸 날들이 모두 행복하고 재미있었다고는 못 하겠다. 정말 힘들고 지치는 생활이었다. 내가 얼마나 한심했냐면, 아내가 없는 동안에 아이들을 일찍 재우고 밤에 일을 좀 할 생각을 했었다. 어림도 없었다! 아이들을 침대에 집어넣는 것까지는 쉬웠다. 물론 아이들에게 매일 밤 침대에서 영화를 보게 하는 게 좋은 교육방법이라고 생각하지 않는 부모들도 있을 것이다. 하지만 〈앨빈과 슈퍼밴드2 Alvin and The Chipmunks〉는 삶에 대한 은유가 들어 있는 훌륭한 작품 아닌가! 하지만 아이들을 침대에 몰아넣을 때쯤 되면 나는 하루 종일 했던 아이 보기, 다리미질, 세탁과 쇼핑과 똥 치우기 작업에 지쳐 멍한 상태가 되어서 아무 것도 할 수 없었다.

주말이 되자 나는 기진맥진해졌다. 1주일 동안 공연을 한 것보다 훨씬 더 힘들었다. 하지만 불길한 출발에 비하면 적어도 동물들은 (전반적으로는) 안전하게 잘 지내고 있었고, 아이들은 행복했고, 깨끗했고, 살아 있었다. 집은 깨끗했고, 농장에는 (적어도 내 눈에 보이는 곳만큼은) 똥이 하나도 없었다.

나는 어제 저녁 나른한 상태로 테라스에 앉아 그렇게 만족감을 즐겼다. 초리조와 레몬주스로 요리한 관자요리를 먹으며 차갑게 식힌 깔끔한 화이트 와인을 마셨다. 셰르 강으로 이어지는 계곡은 아주 고요했다. 따뜻한 저녁이었고, 귀뚜라미의 울음소리마저 평소보다 작게 들렸다. 밤이 다가오고 박쥐들이 날아다니기 시작했고, 모든 것이 고요하고 평화로웠다. 바람도 한 점 없는 조용한 저녁, 나는 의자에 등을 기대고 눈을 감았다. 고되지만 만족스러운 1주일이었다… 고 생각했을 때 그 일이 일어났다.

나는 악기를 연주하지 않기 때문에 잘 모르지만, 분명히 관악기였다. 튜바 아니면 트롬본? 아무튼 그렇게 다소 무거운 소리였고, 플룻 같이 섬세한 소리는 분명 아니었다. 게다가 그 음색이 맞지 않는 소리라니! 소리는 집 뒤 쪽 약 500미터쯤 떨어진 곳에서 들려오고 있었다. 거기에는 호숫가에 (당연한 일이지만) 여름별장 같은 건물이 있는데, 아마도 어떤 아이가 힘겹게 음악을 배우고 있는 것 같았다. 집에서는 시끄럽다고 해서 그리로 쫓겨나서 연습을 하고 있었을 수도 있고, 선택한 악기의 종류와 소질의 부족으로 보건대 다가올 10대의 고독을 앞두고 사춘기의 스트레스를 악기 연주로 해소하고 있었을 수도 있다. 나도 아이를 키우는 입장이고, 또 아이들에게 음악을 배우게 했지만, 상황이 저렇게 심각하면 저 아이의 부모에게 동정심이 생긴다. 마치 울분에 찬 코끼리가 다쳐서 죽어가며 내는 소리 같았다.

그 끔찍한 소리가 한 시간 내내 계속됐다. 누군가가 그 인간에게서 악기를 빼앗으려고 다투는 듯 가끔씩 소리가 멈추기도 했지만, 연주는 곧 다시 시작됐다. 결국 나는 포기하고 마지막 저녁을 그렇게 망친 데 살짝 화가 난 상태로 잠자리에 들었다. 그래도 1주일이 잘 끝났다는 사실에 행복했다.

다음날 아내가 돌아왔고, 나는 아내의 점검을 받을 준비가 되어 있었다. 아내는 천천히 농장을 돌아다니며 살피고, 주니어에게 (내 기분이 약간 상할 만큼 길게) 이야기를 하고, 정원의 장미꽃을 체크하고, 카펫 밑을 점검했다. 그리고 물론 손가락으로 찬장을 가로질러 먼지가 있는지 확인하는 것도 잊지 않았다. 아내가 내 쪽을 보며 고개를 끄덕이고는 모든 것이 제대로 되었다는 칭찬을 하려는 찰라, 아내의 눈이 나를 지나 뒤에 있던, 아내가 그렇게 아끼던 난초 꽃을 보았다. 한때 화려했던 그 꽃은 무관심으로 말라죽어 있었다. 아내의 얼굴에서 미소가 싹 사라졌다.

"여보, 나 가야 돼!" 말라죽은 게 난초만이 아니라는 사실을 아내가 미처 깨닫기 전에 나는 재빨리 집을 탈출했다. 몇 시간 뒤에 아내에게서 문자 메시지가 왔다. 나는 더 나쁜 소식이 있을까 두려워 조심스레 열어 봤다. 하지만 그때는 어차피 스트레스를 받아서 짜증이 난 상태였다. 다시 집을 떠나 출장길에 올랐으니.

파리 드골 공항의 2E터미널은 비교적 최근에 지어진 건물이지만, 요새 지어진 공항들이 그렇듯 에셔*의 그림에 등장하는 미로처럼 설계되었고, 거기에서 일하는 사람들은 서비스가 안 좋은 저가 항공사들도

---

* Maurits Cornelis Escher: 네덜란드의 판화가. 기하학과 수학적 개념을 토대로 2차원 평면 위에 복잡하고 어지러운 3차원 공간을 표현한 작품으로 유명하다.

너무 퉁명스럽다는 이유로 채용을 포기할 만한 사람들이었다. 2008년에 문을 연 이 터미널은 원래 2004년에 문을 열었지만 천정이 무너져내려 네 명의 사망사고가 발생했었다. (그 바람에 영국항공이 사용하는 5터미널의 짐 찾는 곳은 지옥으로 변했다.) 그리고 솔직히 말하면 그때 무너진 신뢰를 완전히 회복했다고 보기는 힘들다. 나는 그 터미널이 재개장을 하자마자 이용한 적이 있는데, 엑스레이로 검사를 하는 절차는 버스터 키튼*의 코미디를 바탕으로 만들어진 게 분명했다.

물론 프랑스인들이 슬랩스틱 코미디를 좋아하기는 한다. 하지만 모니터로 엑스레이 화면을 보는 직원이 검사기에서 20여 미터 떨어진 곳에 있다는 것은, 그것도 뛰어오는 것 외에 아무런 통신수단이 없이 일한다는 것은 너무 심했다. 상황이 그렇다 보니 수상한 물건만 모니터에 나타나면 시스템을 전부 멈추고 검사대로 달려왔다. 물론 이런 식으로는 계속 일할 수는 없으므로 뭔가 개선이 있어야 하는데 여기가 프랑스이다 보니 만약 시스템을 전부 뜯어내고 새롭게 만들면 애초에 만든 사람의 잘못을 공개적으로 시인하는 행위가 되므로 그렇게는 못하고, 대신 지난 1, 2년 동안 모니터가 조금씩 조금씩 검사대 쪽으로 이동했다. 그 결과 검사대에 있는 직원과 모니터를 보는 직원이 소통을 할 수 있게 되었다. 아, 물론 아직도 소리를 질러야 그게 가능하지만 뛰어오지는 않으니 진보는 진보다.

나는 공항에서의 보안검색 때문에 화를 내지는 않는다. 그런 것에 화를 내면 나처럼 많이 돌아다니기 힘들기 때문이다.

---

* Buster Keaton: 채플린, 로이드와
비견되는 미국 무성영화 시대의 영화배우

공항 검색 때는 그저 시키는 대로만 따르면 문제가 없다. 내 신경을 거스르는 건 (물론 신경 거스르는 일이 없을 수는 없다) 개별 공항들이 다른 공항들과는 다른 자신만의 규칙을 만들어서 적용할 때다. 보안검색은 표준화해야 하는 게 정상 아닌가? 가령 스탠스테드 공항의 경우, 다른 공항들처럼 세면도구는 투명한 플라스틱 가방에 넣어 밀봉해야 한다고 규정하고 있지만, 그 플라스틱 케이스는 자신들이 정한 크기에 딱 맞아야 하고, 그렇지 않을 경우 공항에서 파는 케이스를 사야 한다. 이건 강제구매를 통한 부당이득이고, 당연히 불법이(어야 한)다. 샤를 드골 공항의 3번 터미널은 특정 종류의 샌드위치만 검색대를 통과시키고는 한다. 어떤 주에는 햄과 마요네즈가 들어간 샌드위치는 금지품목이고, 그 다음 주에는 연어와 오이가 들어간 샌드위치는 괜찮다고 했다. 아마 생선류의 음식이 항공기 안전에 덜 위협이 되나 보다.

다른 공항들에서는 노트북 컴퓨터와 전화기를 꺼내 놓으라고 하지만, 2E 터미널에서는 모든 전자제품을 꺼내 놓으라고 한다. 거기에는 케이블도 포함된다. 그리고 꺼내는 걸 지켜본다. 한번은 전자제품들을 살피는 검색대 직원의 표정이 마치 나를 테크놀로지의 초보라고 생각하는 것 같았다. 그 여자는 내 노트북 컴퓨터를 뒤집어 살펴봤다. 자신이 그럴 권한이 있다는 걸 보여주려는 의도 외에는 전혀 불필요한 일이었다. 내 전화기를 마치 개똥이 묻은 것처럼 취급했고, 디지털 라디오는 본 적이 없었는지 한심하다는 듯 나를 바라봤다. 그러다가 코털 깎는 기계를 보자 거의 토하고 싶은 표정을 지었다.

어쨌거나 공항 검색이니만큼 그저 그들이 하라는 대로 하는 수밖에 없다. 한번은 내가 스탠스테드 공항에서 성질을 못 참고 화를 냈는데, 일요일 아침 6시에 검색대에서는 아무리 화가 나도 기관총이 나에게 겨냥되는 상황을 겪으니 참는 게 낫다는 교훈을 얻었다.

2E터미널에서 파는 음식은 세상에서 가장 비싸다. 천정이 무너지고, 승객들의 자존심을 훼손하는 것도 모자라서 치킨버거를 12유로를 받고, '장봉 Jambon, 미몰레트 Mimolette, 푸아르 Poire' 샌드위치에 13유로를 받아야겠는가? 솔직히 그냥 햄, 치즈, 배 아닌가? 치즈의 이름을 적었다고 10유로를 더 받다니! 하지만 공항을 걸어 다니다 보면 왜 모든 음식이 비싼지 알게 된다. 바로 인건비를 감당하기 위해서다. 200미터 정도를 걷는 동안 여권과 항공권 검사를 무려 일곱 번을 받았다! 그중 한 번은 검사를 받고 5미터를 간 후에 다시 여권을 보자고 했는데, 내가 앞에 있는 직원에게서 검사를 받는 걸 뻔히 본 직원이 나를 다시 불러 세워서는 퉁명스런 얼굴로 여권을 보자는 것이었다. 그 몇 초 사이에 내가 여권을 위조할 수 있다고 생각하는 것이 분명했다.

아내가 내게 문자 메시지를 보낸 때가 바로 그 상황이었다. 내가 미처 마음의 준비를 하지 못한 상황을 육감으로 알아내는 능력이 아내에게는 있다. 아내의 말은 작은 개 한 마리가 농장 문 앞에 '나타났다'는 것이었다. 문자에 따르면 개는 탈장인지 치질인지를 앓고 있는데, 어떻게 하면 좋겠냐는 것이었다. 아내는 마치 내 의견이 중요한 것처럼 물었다. 마치 내게 결정권이 있는 것처럼 말이다.

프랑스에서는 길 잃은 개가 아무데나 나타나는 게 아주 이상한 일은 아니다. 프랑스는 세계에서 개를 가장 사랑하는 나라 중 하나라서, 식당이나 비행기에 데리고 나타나도 아무도 뭐라고 하지 않는다. 하지만, 여름이 다가오고 휴가 동안 개를 봐주는 서비스에 돈을 지불하기 싫으면 불쌍한 개(대개는 늙은 개들이다)를 시골에 버리고 가는 사람들도 있다. 그러면 그 개는 다른 사람의 책임, 다른 사람의 짐이 된다. 이 경우, 내가 그 사람이다.

평소 같으면 우리 동네는 애완견 유기에 완벽한 곳이다. 대도시에서 떨어져 있고, 차선이 하나밖에 안되는 지방도로이고, 일반적으로 조용하지만 근처 소도시 두 곳에서 어렵지 않게 찾아올 수 있기 때문에 천혜의 유기처가 된다. 하지만 몇 주 전부터는 접근성이 그다지 좋지 못했다. 이 지역 지방자치단체가 도로포장 비용을 어디에서 따냈는지 이 근처의 도로와 주차장들을 전부 새로 포장하고 있기 때문이다. 좋은 일 아니냐고 묻겠지만, 이번 사업은 기획처를 제외하고 추진했는지 '우회도로이용' 표지판과 '도로폐쇄' 표지판의 설치를 무정부주의자나 바보들에게 부탁한 것 같았다. 보통 프랑스인들은 '도로폐쇄'라는 표지판이 있으면 무시하고 도저히 건널 수 없는 구멍이 나올 때까지 그냥 가던 길을 달린다. 하지만 그런 프랑스에서도 우리 마을에 세워놓은 공사용 도로표지판들은 대혼란을 불러왔다. 그런 혼란에 익숙한 프랑스이지만, 결국 이 지역 전체가 거대한 주차장으로 변해서 끊임없이 울려대는 경적과 운전사들이 내지르는 소리가 마을에 가득했다.

이 이야기를 하는 이유는, 누가 키우던 개를 우리 마을에 버리기로 마음먹었다면, 그 미로 같은 우회도로 표지판들을 따라 돌고 돌아 찾아오는 노력을 기울여야 했다는 말을 하려는 것이다. 아내는 갈 곳 없는 동물들을 발견하면 항상 주위에 이웃과 농부들에게 전화를 해서 잃어버린 개가 있는지 확인하는 절차를 거친다. 그 다음에는 수의사에게 전화하고, 수의사의 지시에 따라 시청에 신고한다. 시청에서는 길이 뚫리는 대로 사람을 보내기로 했다. 그리고 나서 내게 전화를 한 것이다.

항상 그렇듯 결국 그 개도 입양을 하겠구나 하는 익숙한 느낌이 들었다. 그래서 이번에는 아내의 심리를 역으로 이용하는 새로운 방법을 사용해보기로 했다. 평소에 반대만 하던 내가 갑자기 입양을 하자고 하면 오히려 아내가 반대할지도 모른다는 계산이었다.

"새로운 개를 한 마리 더 데려와 키우자고? 흠, 안될 거 없지. 한동안 동물 입양이 뜸했는데… 잘됐네!" 내가 이렇게 비꼬는 투로 이야기하는 걸 진담으로 생각할 사람이 어디 있겠는가?

"아, 잘됐네. 나중에 다시 통화해, 여보." 아내는 내 머리꼭대기에 있었고, 그게 처음이 아니었다.

우여곡절 끝에 나는 1주일 동안 공연이 있을 키프러스에 도착했다. 완전히 사기를 당한 기분이었다. 어느 빌라의 정원에 앉아서 내가 왜 이렇게 동물들에게 당하고만 사는 것인지 생각하고 있을 때 닭 두 마리가 정원으로 걸어 들어왔다. 그 뒤를 이어 고양이가 들어왔고, 다음에는 되새 한 마리가 벤치 위 지붕에 날아와 앉더니, 내 머리에 똥을 주르륵 싸는 게 아닌가! 내 몸에서 동물을 부르는 화학물질이 분비되는지는 모르겠으나, 가는 곳마다 동물들이 나타나는 건 사실이다. 원하지도 않은 '피리 부는 사나이'가 된 기분이었다.

아내가 30분쯤 후에 전화를 했다. 알고 보니 그 개는 그 지역 어느 농부의 개였고, 개가 없어진지 몰랐다는 것이었다. 아내는 개가 집을 찾았다니 잘 되지 않았느냐며, 다만 개를 보내야 해서 아이들이 서운해한다고 했다. 하지만 아빠가 그 개를 키워도 된다는 말을 했다는 사실에 고무되어 아빠가 돌아오면 같이 새로운 개를 한 마리 구해 보자고 했단다. 내가 여기에서 공연을 할 게 아니라, 프랑스의 외인부대外人部隊에 입대해서 멀리 달아났어야 했다.

chapter

25

배관 수난

>

새 학기의 시작을 의미하는 '라 랑트레 la rentrée'는 프랑스에서 아주 중요한 한 주이다. 단순히 방학이 끝나고 개학을 한다는 의미만이 아니라, 나라 전체가 긴 휴가철을 끝내고 열심히 일하기 시작하는 때다. 아이들만 학교로 돌아가는 것이 아니라 모든 프랑스인들이 물리적, 정신적으로 휴가에서 돌아오는 시기를 의미한다. 라 랑트레는 새해 첫날이나 새로운 시작, 새 출발과 같은 마음가짐이다.

하지만 프랑스 시골에 살다 보면, 적어도 일과 관련해서는 휴가철과 새 학기의 차이가 거의 없다고 보면 된다. 그게 절대 나쁘다는 게 아니다. 시기와 상관없이 조용하고 나른한 이 동네의 분위기는 내게 딱 맞고, 사실 그게 좋아서 여기로 이사를 온 거다. 이 동네에 살면서 라 랑트레가 되었음을 알게 되는 건 점심

시간 뉴스를 통해서다. 프랑스 밖에서 일어나는 일을 보도하기를 극도로 꺼리는 이 지역 방송사가 프랑스의 휴양지가 인파로 붐비고 있다거나, 국내 홍합의 생산량이 소비자들의 수요를 충족시키지 못하고 있다는 뉴스를 멈추고, 대신 늦여름 휴양지에서 사람들이 슬슬 빠져나가고 있으며, 국내 홍합의 생산량이 다시 충분해졌다는 뉴스를 전하기 시작하면 라 랑트레가 시작된 것이다. 하지만 뭐니 뭐니 해도 라 랑트레가 되면 프랑스 뉴스에는 "카르타블cartable이 지나치게 커지고 있다"는 보도가 반드시 등장한다. 나도 전적으로 동의한다.

프랑스에서 '카르타블'은 학생용 책가방을 의미한다. 덮개가 달리고 옆으로 메는 전통적인 서류가방 모양인데, 요즘에는 배낭처럼 등에 메도록 만들어진 게 프랑스 아이들이 책가방으로 사용하는 카르타블이다. 그런데 크기도 엄청나고, 가격도 엄청나다. 개학일에 프랑스 아이들이 하는 행동은 다른 나라 아이들과 다르다. 다른 나라에서는 아이들이 학기 첫날 만나서 새로 산 신발 따위를 서로 비교하며 자랑하지만, 프랑스 아이들은 책가방을 비교한다. 책가방의 크기와 모양, 그리고 베이블레이드Beyblade나 지 보이스Ze Voice처럼 어떤 인기 스타들이 광고를 했느냐가 중요하다. 물론 학기말이 되면 그런 스타들은 더 이상 인기가 없을 것이다. 프랑스에서 책가방 시장은 크고, 가격도 40에서 70유로이니 싸지도 않다. 게다가 가방의 크기는 매년 커진다. 매년 여름방학이 끝나고 학교로 돌아가는 어린아이들의 연약한 어깨를 짓누르는 가방의 무게가 실제로 엄청나니 프랑스의 미래를 책임질 아이들의 척추를 걱정하는 언론의 보도도 꾸준히 나온다. 그런 뉴스가 나올 때 반드시 나오는 장면은 흐린 초점으로 어린아이들이 등교하는 모습이다. 아이들의 어깨에는 마치 거대한 새의 날개를 붙인 것처럼 옆으로 넓고 큰 가방이 붙어 있다. 너무 넓어서 문을 통과할 때는 옆으로 들어가야 할 지경이다.

물론 사람들이 걱정하는 것도 당연하다. 학생들이 이런 가방을 써야 한다는 건 말이 안 된다. 하지만 거의 9주나 되는 시간을 아이들과 집에서 보내고 나면, 가방이 아이들에게 어떤 영향을 미치는가에 대해 정말로 괴로워하는 부모들은 거의 없다. 척추를 상할까봐 아이들을 집안에 두려는 부모는 없다. 여름휴가가 드디어 끝났으니 집 안에서 평화를 누릴 수 있음에 감사할 뿐이다.

우리에게도 새로운 출발처럼 느껴졌다. 교실과 사무실 공간을 신축, 개축하는 작업이 드디어 끝나고 이제는 단장하는 작업만 남은 것이다. 하지만 이 말은 드디어 인프라가 갖춰졌으니 우리가 만드는 '학교'에서 뭘 가르칠지를 진짜로 생각해 볼 시점이 되었다는 의미이기도 했다. 아내가 도르도뉴에서 배웠던 바느질 교실은 아주 좋았다. 아름다운 환경에 둘러싸인 곳이었던 데다가, 공예교실이 매진되었던 걸로 보아 인기가 있을 것이 분명했다. 하지만 지금으로서는 (공예를 가르치고 싶어도 아는 게 없으니) 일단 처음 계획대로 글쓰기 교실, 특히 장르 소설 쓰기 교실을 하고 싶었다. 하지만 절대 과욕을 부리지 말자고 다짐하고, 오는 봄과 여름에 걸쳐 5일짜리 코스를 네 번 운영하기로 했다. 처음에는 여유 있게 시작해야 모든 걸 제대로 해나갈 수 있을 것이다.

먼저, 내 사무실을 완성해야 했다. 드디어 나만이 사용할 수 있는 공간이 생겼고, 가급적 빨리 모든 걸 갖추고 작업을 시작할 수 있기를 바랐다. 아내도 '당신 물건'들이 우리 집이 가진 목가적인 아름다움을 망가뜨리는 일이 끝나기를 기대하고 있었다. 하지만 여기까지는 우리의 바람이고, 비록 아내도 나도 내가 빨리 작업을 시작했으면 했지만, 나는 또다시 목공 작업을 해야 한다는 사실에 한숨이 나왔다.

내가 살아오면서 해봤던 일 중에서 최악은 1991년 여름에 했던 (광고에 나온 이름대로라면) '고속도로 정비 보조'였다. 막상 가보니 서섹스를 지나는 A24 고속도로에서 차에 치여 죽은 동물들의 사체를 긁어내는 일이었다. 꾀부리는 건 절대로 용납하지 않으셨던 요크셔 출신의 우리 아버지는 그게 다 "강인한 사람을 만들어 주는 좋은 경험"이라고 생각하셨다. "강인한 사람을 만들어주는 경험"이란 "하다가 죽을 수도 있는 일"을 요크셔 식으로 표현한 말이다. 그때만 해도 영국에 안전문화가 정착되기 이전이었고, 우리가 가진 건 페인트 긁어내는 도구와 쓰레기 봉투, 그리고 담대함이 전부였다. 장갑도 없고, 형광조끼도 없이 쌩쌩 달리는 차들을 피해가면서 작업을 하는 건, 1980년대 오락실에서 하던 '프로거*' 게임을 목숨 걸고 하는 느낌이었다.

＊ Frogger: 개구리가 차에 치이지 않고
길을 건너게 해야 하는 컴퓨터 게임

나는 살면서 술집에서 기도 노릇도 해봤고, 유방암 검사용 엑스레이 버스에 주방을 설치하는 일도 해봤고, 테스코에서는 세 번이나 잘려 봤고, 개트윅에 있는 힐튼 호텔에서는 방 청소를 해본 적도 있다. (그 일은 약 25분 정도 하고 그만둬야 했는데, 그 이유는 듣지 않는 것이 독자들에게도 좋다.) 한번은 유태계 의류업자의 경호원으로 일한 적도 있었다. 대금을 지불하지 않는 고객에게 겁을 줘야 하는 상황이 되자 내가 그 직업을 할 만한 실력이 없음이 드러나는 바람에 그만두어야 했다.

물론 내가 해봤던 일들이 남아프리카 공화국의 다이아몬드 광산 일만큼 험한 건 아니어도 이렇게 열거를 하는 이유는, 비록 내가 쇼 비즈니스에서 일하고 있어도 육체노동을 두려워하는 사람은 아니라는 걸 설명하려는 거다. 나는 해야 한다면 뭐든지 하는 사람이다. 광대trouper 정신이나 군인trooper 정신이나 알파벳 하나 차이다.

하지만 그럼에도 불구하고 내가 싫어하는, 정말 싫어하는 게 있다면 페인트칠과 인테리어다. 나는 가구 배치를 하는 것도 좋아하고, 이케아에서 구입한 선반이나 책상을 조립하는 걸 힘들다고 불평하는 사람들을 이해할 수 없다. 드라이버 정도는 자유자재로 다루기 때문이다. 하지만 사무실은 큰 벽이 네 개가 있고 바닥도 있는데 전부 페인트칠을 해야 했다. 게다가 텅 빈 상태에서 보니 애초에 계획했던 것보다 더 커 보였다. 내가 원래 자리에 앉아 있지 못하고 서성대면서 생각을 하는 사람이라 사무실은 거기에 맞게 크게 계획했는데, 만들고 보니 더 커 보였다. 내가 하는 일이 스탠드업 코미디이다 보니 새로운 내용을 만들어낼 때도 실제 무대 위를 돌아다니는 것처럼 돌아다니면서 리듬에 잘 맞는지 확인해야 한다. 그간 하기 싫어서 "딱 맞는 색을 못 고르겠다"는 핑계로 페인트칠을 미루고 있었다. 게다가 페인트칠을 한다는 말을 내 트위터(요새는 싫어도 해야 하는 게 트위터이다 보니)에 썼더니 '인테리어 봇'들로부터 페인트 작업용 팁들이 쏟아져 들어왔다. 물론 대부분 회사들이 키워드 검색을 통해서 물건을 팔려는 수작이었다. 그 회사들한테 충고를 구한 적도 없지만 개의치 않고 마치 페인트칠을 위한 선교사와 같은 열정을 가지고 내 작업을 '후원'하겠다고 나섰다. 내가 지금 페인트칠을 하고 있는 건지, 아니면 사이언톨로지 같은 신흥종교 집단에 새 신자로 가입한 건지 헷갈리기 시작했다.

　이 회사들의 충고에 따르면 인테리어 장식에서 가장 중요한 것은 (인생에서와 마찬가지로) 준비 과정이다. 트위터에서 만난 어떤 열성적인 사람에 따르면 정확하게 5분의 4가 준비과정이다. 문제는 내가 원래 준비라는 것 자체를 싫어한다는 것이다. 잡지사나 신문사에서 인터뷰를 할 때 항상 묻는 질문이 "공연 준비는 어떻게 하세요?"이다. 그 질문에 대한 나의 대답은 이렇다. "이빨 사이에 뭐가 끼지 않았나 살펴보고, 바지의 지퍼가 잘 채워졌나 확인합니다." 그렇게 말하면 기자들은 내가 장난을 친다고 생각한다. 아니다. 내게는 정말로 그게 공연 준비다. 이번 페인트칠의 문제는 그 일을 너무 하기 싫다 보니 내가 정말로 준비라는 걸 전혀 하지 않았다는 것이었다. 결국 이제

정말 해야겠다는 생각이 들 때 뛰어들어서 작업을 시작해야 했다. 사무실 페인트칠의 준비는 커피 두 잔을 마시고, 페인트칠을 할 때 입고 버려도 되는 옷을 찾아 결정하는 일이었는데, 거기에만 한 시간을 써 버렸다.

작업은 시작부터 꼬였다. 페인트 롤러를 길게 늘여주는 중간막대(이걸 뭐라고 부르는 말이 있을 텐데)가 페인트칠을 시작하자마자 부러진 것이다. 부러지면서 막대 끝에 있던 롤러가 뒤로 튕겨져 내려오면서 내 이마를 정통으로 맞췄고, 이마에는 롤러 자국이 선명하게 찍혔다. 아이러니는, 페인트가 너무 묽어서 벽에는 조금도 칠이 되지 않았다는 거다. 무슨 페인트가 우유보다 더 묽지? 우리는 페인트를 살 때부터 고민이 많았다. 무슨 페인트를 고르느냐만이 아니라, 어디에서 사느냐를 가지고도 고민해야 했다. 프랑스는 페인트 값이 아주 비싸다. 그래서 처음에는 영국에서 사가지고 올까 생각을 했지만, 작업을 시작하기 전부터 페인트를 여덟 번은 겹쳐서 칠해야 될 거라는 사실이 분명해졌기 때문에 포기했다. 왜 그런지는 모르겠지만, 프랑스에 살고 있는 영국인들이 모이는 인터넷 대화방에서는 영국 페인트가 더 낫냐, 프랑스 페인트가 더 낫냐를 가지고 활발한 토론이 벌어진다. 그리고 그 토론은 활발함을 넘어 싸움 비슷하게까지 번지곤 한다. 어떤 영국인들은 자신이 프랑스에서 살고 있음에도 불구하고 프랑스에서 만든 물건은 절대로 사지 않는다고 하는가 하면, 어떤 사람들은 프랑스 집에 영국 페인트를 바르는 것을 마치 배신 행위처럼 말하기도 한다. 나는 잘 모르지만 붉은 계통으로 칠하면 좋을 것 같았다. 그냥 옛날 카망베르 치즈 박스의 색을 네 벽에 다 칠하면 될 것 같았다.

하지만 그랬다가는 동네의 쥐들이 전부 나의 '안식처'에 몰려들 수 있으니 생각을 바꿔서 이 동네에서 구할 수 있는 어두운 색의 페인트를 사기로 했다. 어두운 색이면 벽을 빨리 칠할 수 있지 않을까 하는 생각이었다. 나는 엄청나게 비싼 돈을 주고 한 겹만 칠하면 되는 페인트를 샀다. 하지만 곧 실망했다. 알고 보니 '한 번만 칠해도 되는 페인트'란 '경제적 낙수 효과'나 기침약처럼 사실무근의 거짓말일 뿐이었다. 말대로라면 벽을 한 번만 칠해도 어두운 붉은 색이 나와야 하는데 칠하고 보니 마치 내가 화가 나서 로제 와인이 든 잔을 벽에 던진 것 같은 색이 나올 뿐이었다. 그래서 좀 더 자세히 설명을 읽어보니 (솔직히 말하면 그제서야 처음 읽었다) 한 번만 칠해서 짙은 페인트 효과가 나오기 위해서는 밑칠을 먼저 해야 한다는 것이다. 아, 그래? 그러니까, 한 번만 칠해도 되려면 한 번 더 칠해야 한다는 건가?

물건을 파는 사람들이 이렇게 소비자들을 우롱하니까 폭동이 일어나는 것 아닌가! 밑칠을 해야 한다면 그건 '한 겹 페인트'가 아니지 않나? 이건 마치 '2인분'이라고 적힌 포장음식을 슈퍼마켓에서 사왔는데, 설명서에는 양이 약간 적으니 2명이 만족하게 먹으려면 식사 전에 빵으로 일단 배를 채우라고 적어 놓은 거나 다름없다.

나는 1주일 내내 새로 만든 다락방 사무실에서 일을 했다. 똑같은 벽을 칠하고, 또 칠하고… 마치 영화 〈사랑의 블랙홀 Groundhog Day〉의 주인공이 된 기분이었다. 페인트는 어느 쪽에서는 아무리 애를 써도 균일하게 칠해지지 않았고, 다른 쪽에서는 아예 칠 자체가 되지 않았다. 직접 칠을 해보고서야 왜 요즘 사람들이 얼룩덜룩하게 칠한 벽을 모던한 인테리어 '효과'라고 부르는지 깨달았다. 네 번을 칠하고 난 후에는 지쳐서 "아, 더 이상 못하겠다. 그냥 얼룩덜룩한 효과라고 하지 뭐" 하고 선언하는 것이다. 내가 칠한 벽은 마치 지저분한 시위를 하는 것 같았다. 1주일 내내 그 방에서 작업을 했고, 메스꺼운 페인트 냄새를 견디며 고된 작업을 하다 보니 폭삭 늙어 버렸다. 매일 저녁 작업을 마치고 나와 거울을 보면 〈도리언 그레이의 초상The picture of Dorian Gray〉을 보는 기분이었다. 정확히 말하면 그레이보다 좀 더 험한 꼴을 하고 있었다.

어느 날은 하루 종일 작업을 하고는 소파에 쓰러졌다. 초저녁에 잠이 들었지만 어찌나 피곤했던지 새벽 5시가 되어서야 잠이 깼다. 아내는 굳이 나를 깨우지 않고 그냥 소파에서 자게 놔두는 것이 좋겠다고 판단한 듯했다. 그렇게 쉴 수만 있었으면 얼마나 좋았을까? 하지만 아내는 내가 돌아오기 전에 농장에 있는 닭들을 우리 안으로 넣어달라고 부탁을 했었다. 소파에서 곯아떨어진 나는 아내의 부탁이 퍼뜩 떠올랐고, 소파에서 용수철처럼 튀어올랐다. 깜빡 잊고 잠든 사이에 족제비나 여우가 닭들을 잡아먹었을 수 있다는 걱정 때문이었다. 하지만 다행히 닭들은 뒷문 밖에서 *꼬꼬* 소리를 내면서 나를 기다리고 있었다. 보통은 닭들이 내는 그 소리를 좋아한다. 마음에 평화를 가져다 주는 듯한 기분 좋은 소리이지만, 이번만큼은 달랐다. 정신줄을 놓고 있는 주인을 야단치는 톤이 분명했고, 문밖에서 야단칠 기회만 기다리고 있었다.

'한 겹만' 칠하면 된다는 페인트 사기를 당하면서 고전한 끝에 페인트칠이 끝났고, 거의 4개월 가까이 지연이 되었지만, 결국 내 사무실은 문을 열었다. 지난 1년 동안 이런 날이 절대 오지 않을 거라고 생각했던 적도 여러 번 있었다. 일꾼들이 아예 몇 주일 동안 나타나지 않으니 내가 정말 허황된 꿈을 꾸었나 싶기도 했다. 마치 국가대표 축구선수가 되어 국제 경기에 나가는 그런 허황된 꿈 말이다. 나중에 세월이 흘러서 과거를 생각하면서 고개를 저으며, "내가 참 순진했지" 하고 중얼거리게 되는 그런 꿈. 프랑스가 아니라 어느 나라에서도 마찬가지로, 건축업자들을 데리고 집을 지으면 그렇게 스스로에 대해 회의가 들 수밖에 없다.

나는 7월에 작업을 하는 사람들에게 이 일이 이미 6월 말에 끝났어야 한다고 이야기했지만, 돌아온 뷔타르 씨의 대답은 "아, 하지만 몇 년도 6월에 끝내겠다고는 대답 안 했어요"였다. 내 생각에는 아무래도 반만 농담이었고, 반은 진담이었던 것 같다. 계단을 설치하는 건 불가능하다는 결론을 내리는 데만 두 달이 걸린 사람이니까.

하지만 드디어 내 사무실이 생겼다!

벽도 바닥도 다 칠했고, 벽과 바닥이 만나는 곳에 붙이는 굽도리널도 붙였고, 가구도 들여 놨다. 스스로 하는 소리이기는 하지만, 정말 예쁘게 완성되었다. 물론 사람에 따라서는 이 방이 취향에 맞지 않을 수 있다는 걸 인정한다. 이 방은 '남자애 취향'이다. 1960년대 후반에 유행한 가구와 모드족 풍의 온갖 잡동사니들을 지나칠 정도로 많이 갖고 있는 사내가 자기 아내가 그것들을 집에 들여놓기를 거부할 경우 갖게 되는 그런 방. 물론 아내도 처음부터 그랬던 건 아니다. 처음에는 집 안에 두게 했는데, 시간이 지나면서 야금야금 내 물건들이 사라지기 시작했다. 집 안을 자랑스럽게 장식하던 도자기로 만든 스쿠터가 어느 날 없어지더니 찬장 뒤 어딘가에서 발견되었고, 책 중에서 색깔이 계절과 맞지 않는 것들이 다 사라지지는 않았지만, 어느 날 커튼으로 가려졌다. 책 표지에 1960년대 폰트가 들어 있다고 마치 포르노 책처럼 금서로 취급된 것이다.

내 사무실이 좀 과하다고 하는 게 이해는 된다. 하지만 이 방의 인테리어는 제임스 본드 영화의 황금기에 대한 맷 헴* 식의 유머러스한 오마주라는 것이 나의 견해다. 영화 〈전격 후린트 특공작전In Like Flint〉 같은 유머와 〈미스 헤비샴Miss Havisham〉 같은 고집이 동시에 존재하고, 희고 붉은 색의 벽에 내가 좋아하는 공연장인 버밍엄의 오래된 글리 클럽에서 얻은, 무늬가 있는 카페트와 바에서 쓰는 높은 의자, 동물 그림이 있는 음식점용 의자들, 그리고 1960년대 후반에 만들어진 서랍과 라디오가 부착된 화려한 진열장이 놓여 있다. 진열장/라디오는 네 명

---

* Matt Helm: 1960, 70년대 코믹 스파이
영화 캐릭터

이 힘을 합쳐 1층의 아틀리에로 들고 왔는데, 라디오는 아직도 작동한다. 그 외에 LP판을 틀 수 있는 레코드 플레이어와 멀티 CD 체인저가 있고, 아이팟을 연결할 수 없는 오래된 하이파이 오디오가 있는, 그야말로 복고풍의 사무실이다.

　　나는 기타를 칠 줄 모르지만 기타를 여럿 가지고 있다. 젊은 시절, 자신감이 없던 나는 순전히 남에게 보여주고 싶어서 기타를 등에 메고 다녔다. 그 외에도 역기나 노 젓는 운동을 할 수 있는 운동기구가 있지만 그것도 체중관리를 완전히 포기하지 않았다는 인상을 주기 위한 것일 뿐이다. 그밖에 남자라면 애 어른 할 것 없이 다 즐길 수 있는 이탈리아 90에디션 수부테오* 세트와 몬스테라 화분도 물론 빠지지 않고 갖추고 있다.

　　따라서 이 사무실은 단순히 방이 아니라, 나라는 존재의 확장형이며, 아내가 싫어하는 가구 스타일, 아내가 싫어하는 색, 음악, 책, 영화, 그리고 신발들이 모두 모여 있는 곳이다. 그게 이 사무실이 본채와 약 100미터 정도 떨어져 있는 몇 가지 이유 중 하나다. 아내는 내가 가진 물건들에 담긴 페이즐리 무늬가 집 안으로 전염될까 걱정했던 것이다. 어차피 나를 볼 수 있는 기회가 많지 않지만 그럼에도 불구하고 사무실을 멀리 떨어진 곳에 만드는 것에 흔쾌히 동의한 이유도 그것이다. 아내가 내버리고 싶었던 모든 물건들은 이제 새롭게 자리를 찾았다. 다시 말하자면 아내는 내 물건을 더 이상 보지 않아도 될 뿐 아니라, 이베이에서 원하는 물건들을 사서 빈자리를 채울 수 있게 된 것이다.

　　아내는 마치 신들린 사람 같았다. 에린 브로코비치처럼

---

* Subbuteo: 테이블 위에서 선수 모형을
가지고 하는 축구게임

열정적으로 일에 덤벼들었다는 점에서는 비슷하지만, 진실과 정의를 찾기 위한 노력이라기 보다는 캐스 키드슨의 액세서리나 투알 드 주이Toile de Jouy에서 파는 잡동사니들을 사서 내 물건을 서둘러 몰아낸 자리를 채우는 데 최선을 다했다. 아내에게도 집안에 사무실이라고 부를 공간(이라기 보다는 계단이 끝나는 빈 공간)이 있었다. 한때는 나와 공유하는 공간이었는데, 이제는 그곳에서 내 흔적은 찾아볼 수 없었다. 마치 스탈린에 의해 밀려난 트로츠키가 된 기분이었다: 가족사진을 보면 언제 본 건지 기억도 가물가물하고, 그 속에서 가장이 있어야 할 자리는 희미하게 비어 있다. 사무실을 내가 원하는 대로 갖추는 데만 6주가 걸렸다. 하지만 아내는 내 물건을 사무실로 몰아낼 계획을 오래전부터 했던 것 같다. 그리고 나 모르게 이베이에서 산 물건이 도착한 어느 날 오후, 나는 아내의 기억 속으로 사라졌다.

하지만 내 사무실은 단순한 사무공간 이상의 의미를 갖고 있다. 모든 게 계획대로만 진행되면 나는 '집'에서 떠나 있는 시간의 대부분을 사무실에서 보내게 될 것이다. 스탠드업 코미디도 애초에는 궁극적으로 글을 쓰기 위해 내 이름을 알리는 방법으로 시작한 것이다. 다만 코미디라는 게 가진 시간을 전부 쏟아부어야 하는 일이어서 글쓰기를 시작하지 못하고 있을 뿐이다. 하지만 코미디를 해서 먹고살 수 있다는 사실을 깨닫자 나는 깜짝 놀랐고, 언젠가 누군가 내 형편없는 실력을 알아챌까 겁이 나서 오랫동안 몸을 사리고 있었다. 사무실과 교실은 단지 거기에 투자한 금액이 커서만이 아니라, 내게는 새로운 일의 시작, 새 출발을 의미했다. 우리 가족 모두에게도 새로운 시작 이니, 우리만의 라 랑트레였다.

아내는 마치 출근하는 남편에게 도시락을 싸주는 아내처럼 새로 만든 나의 작은 거실에 놓으라고 쿠션을 네 개 만들어 줬다. 남들이 보면 참 따뜻한 사람이라고 생각하겠지만, 아내는 누가 자전거를 타다가 넘어졌다고 해도 얼른 쿠션을 만들어서 선물할 사람이다. 쿠션을 만들어야만 직성이 풀리는 사람이다. 하지만 아내가 만들어준 쿠션이 소파침대와 등이 높은 등나무 의자에 잘 어울리는 것도 사실이다. 특히 1960년대식 책상의자에 잘 어울렸다. 이 의자는 아마 세상에 존재하는 가장 불편한 의자일 테지만 모양만으로는 기가 막히게 멋지다. 나는 기능성보다 멋을 더 중요시하는 결정을 내리는 일이 꽤 잦다. 가령 정원일을 하면서 볼링 신발을 신거나, 인도의 시골을 달리는 기차에서 콤비 정장을 입는 게 그렇다. 나는 내게 중요하지 않은 문제라면 굳이 개의치 않고 아내의 의견을 따르지만, 아내도 자기가 중요하다고 생각하는 부분에서는 나와 똑같다.

아내가 캐스 키드슨에 환장해 있는 거나, 캐비지스앤로지스Cabbages and Roses, 케이트 포맨Kate Forman, 아름다운 농장 건물, 한 치의 오차도 없는 장식, 그리고 쿠션에 미쳐 있기 때문에 우리 집이 예쁜 것은 사실이다. 사내아이가 세 명이나 되고, 집이 무허가 동물구조협회의 역할을 하고 있는데도 이렇게 예쁘다는 건 순전히 아내의 힘이다. 물론 그렇다고 아내가 하는 게 모두 실용적인 건 아니다. 가끔씩 동네 재활용센터를 뒤져야만 직성이 풀리는 아내는 몇 해 전에 거기에서 빅토리아 스타일의 욕조를 하나 가져왔다. 그 욕조가 예쁜 건 사실이다. 패스트 타임 Past Times 같은 가게에 걸린 비누 광고 사진에 등장하는 그런 오래된 느낌이 나는 욕조였다. 아내는 거기에 꽂혀서 반드시 하나를 찾아내겠다고 벼르고 있었다. 나는 솔직히 말해 아내가 그걸 화분으로 쓰려고 하는 줄 알았다. 실용성은 떨어지면서 그럴 듯한 사진으로 가득한 인테리어 잡지에 등장하는 그런 화분 말이다. 왜냐하면 그 욕조는 보기만 해도 왜 빅토리아 시대 사람들이 그렇게 꽉 막히고 고지식하게 살았는지 상상이 가기 때문이다. 빅토리아 시대 사람들이 허리 아래에서 일어나는 일을 절대로 이야기하지 않았던 이유는 분명하다. 엉덩이가 없는 사람들만 그런 욕조를 쓸 수 있기 때문이다.

나는 비록 지난 몇 해 동안 체중이 좀 늘기는 했어도, 모드족 특유의 고양이처럼 가는 엉덩이선 만큼은 지키고 있었고, 거기에 나름 자부심을 갖고 있었다. 게다가 원래 몸도 가는 편인데, 그런 나조차도 그 욕조는 너무 좁았다. 그 욕조는 밑으로 갈수록 좁아지는데, 욕조 안에 들어가는 건 별 문제가 없지만, 거기에 물이 차 있는 채로 앉으면 나오는 게 불가능하다. 나는 거기에서 목욕할 때마다 욕조에 끼는 바람에 자존심에 큰 상처를 입었다.

때때로 즐기던 목욕을 하지 못하게 된 건 그런 이유 때문이었다. 샤워실은 또 다른 문제였다. 우리 집의 샤워실은 문제가 생긴 지 오래다. 무엇보다 전 주인이 샤워실을 날림으로 설치했고, 오렌지색에 가까운 더러운 갈색 타일 뒤에 방수 처리를 하지 않았기 때문에 샤워실 뒤에 있는 방의 벽이 썩기 시작했다. 결국 우리는 싫어도 어쩔 수 없이 샤워실을 전부 뜯어고치기로 했다. 우리가 운영할 학교의 선생님이 될 저자들이 그 욕실을 사용해야 하는데, 그 상태로는 도저히 쓰라고 할 수 없었다.

샤워실 공사를 하면서 알게 된 사실은, 배관공의 부족은 영국만의 현상이 아니라 전 세계가 동일하게 겪고 있다는 것이다. 성실하게 일하는 동유럽 사람들이라도 있으면 도움이 되겠지만, 그들이 프랑스 시골까지 올리는 만무하니 문제는 다른 곳보다 더 심각했다. 다행히 가까이에 사는 이웃 하나가 배관공이었다. 크루셰 씨는 작고 얌전하게 생긴 사람인데, 마치 백만장자가 자기 주위에 몰려드는 사람들은 전부 자기의 돈을 노리고 있다고 생각하듯, 자기에게 말을 거는 사람들은 전부 배관공을 하나 알아두고 싶어서 접근하는 줄로 여기는 강박증이 있었다. 하지만 크루셰 씨는 성격이 좋은 사람이다. 비록 공사를 마치고 수도관을 수도꼭지에 연결하는 걸 깜빡하는 바람에 집을 물바다로 만든 전력에도 불구하고 (아니, 어쩌면 그런 전력 때문에) 대개는 쉽게 약속을 잡을 수 있었다.

공사는 내가 집에 없는 동안에 하기로 했다. 배관공이나 미장공, 타일공이 작업하느라 집안을 어지럽혀 둔 상황에 내가 집에 있는 건 별로 도움이 되지 않는다는 게 중론이었다. 작업하는 사람들에게 어지럽힌 걸 좀 치워가면서 일하라고 잔소리를 하는 건 작업 기간에도, 작업 비용에도 도움이 안 된다. 경험에 비추어 보면 사람들은 내가 없을 때 일을 더 잘 한다.

2주 동안 집을 떠나있다가 돌아오면서 나는 이상하게 흥분이 되었다. 새로 만든 욕실을 빨리 보고 싶었다. 집에 와서 보니 새 욕실은 환상적이었다. 흰색과 은색이 섞인 욕실에는 요즘 유행하는 우산형 샤워꼭지와 함께 빅토리아 풍과는 완전히 반대인 아주 넓은 배수대가 있었다. 설치는 그날 오전에 끝났지만 아직 아무도 사용하지 않은 상태였다. 기차를 세 번, 비행기를 두 번 타고 16시간을 여행한 끝에 집에 돌아온 내게는 마치 사막에서 오아시스를 보는 듯한 느낌이었다. 나는 여행의 찌든 때를 빼내기 위해 샤워를 시작했다. 온도가 조절되는, 강력하면서도 편안한 제트 스트림의 물줄기를 즐겼다.

그런데 갑자기, "여보, 물 잠궈! 샤워기 잠그라고!" 아내가 내 즐거움을 방해하며 소리쳤다.

내가 정신없이 샤워를 즐기며 다른 세상을 맛보고 있는 동안에 현실 세계에서는 난리가 일어난 것이다. 집 안에 있는 (하수구로 들어가는) 모든 구멍에서 물이 차오르기 시작했다. 심지어 세탁기에서 빠져나가는 배수관에서도 물이 역류했다. 변기에서는 물이 빠지면서 부글거리는 이상한 소리가 마치 동굴에서 트림 대회를 하는 듯 들렸고, 온 집에 울려 퍼졌다. 마치 〈지진Earthquake〉같은 재난영화를 보는 기분이었다.

"크루셰 이 사람 정말!" 내가 소리쳤다. "이번에는 뭘 잊은 거야?" 아니, 이번에야말로 파이프를 잘못 연결한 거 아냐?

아내는 바로 크루셰 씨에게 전화해서 문제를 이야기했다. "흠" 그가 말했다. "뭔가 막혔나 보네요." 아내가 전화기를 스피커 모드로 해두었기 때문에 나는 물을 뚝뚝 흘리면서 통화내용을 듣고 있었다. 아내가 아끼는 양탄자 위에 물이 떨어지고 있었는데, 우리 집에서는 중범죄에 해당하는 행위였다.

"아, 그냥 막혔다고?" 나는 비꼬는 투로 소리질렀다. "그렇게 훌륭한 진단을 해주실 분께서 옆에 사셔서 정말 다행이네."

"내일 아침에 바로 가겠습니다." 그는 내가 지르는 소리는 못 들은 척했다. "그때까지는 샤워실을 사용하지 마세요. 세탁기나 화장실도요. 그럼 좋은 밤 되세요!" 나는 화가 나서 소리를 질렀다. "지금 당장 안 오겠다는 거야?!" 긴 여행과 그 뒤를 이은 실망 때문에 잠시 '바질 폴티'처럼 소리를 지르고 있었다. "그 사람 사는 데가 여기서 100미터 떨어져 있는데? 당장 다시 전화해! 화장실을 사용해서는 안 된다니? 그 인간, 일부러 이러는 거 아냐? 예전에 〈마농의 샘〉에서 본 적이 있는데, 프랑스 사람들, 그러고도 남아."

"여보, 진정해, 내일 일찍 온다잖아, 그리고…"

"그럼 내가 그 사람 화장실을 쓸까? 이게 말이 되냐고!"

크루셰 씨는 약속대로 날이 밝자마자 찾아왔다. 나는 그 사람이 배관 시스템을 전부 망가뜨리지는 않았다는 걸 완전히 믿지는 못했지만, 그래도 설명에는 수긍이 갔다. 이전에 설치되어 있던 샤워실은 프랑스에서 악명 높은 오래된 방식인데, 땅에 구멍을 파고 배수관을 내려 보내는 식이었다. 배수대는 모래 위에 설치했고, 물은 그냥 땅속으로 흘려 보냈다. 그게 벽이 썩고 집에서 냄새가 났던 이유였다. 크루셰 씨가 잘 설명했듯이, 새로운 샤워기는 배수관에 제대로 연결을 했지만 만약 문제가 생겨서 막히면 배수관 전체에 물이 차서 집 여기저기에서 역류하는 것이다. 그 역류한 물은 화장실에서 나온 거라 지하에 묻은 정화조에 들어가야 하는데, 그러지 않고 우리 집 벽을 둘러싼 배수관 속에 머물러 있었던 거다. 결국 우리는 똥물에 둘러싸여 살고 있었다.

크루셰 씨는 집 밖에서 땅을 파고 정화조로 들어가는 배수관을 찾아냈다. "아마 입구 쪽이 막혔을 거예요." 그가 말했다. "그러니 제가 여기에 구멍을 내면 파이프가 꽉 차 있을 걸요." 크루셰 씨는 드릴을 한 번 작동을 시켜 보이고는 작업을 시작했다. 몇 초 만에 똥물이 솟구쳐 나왔다. 지난 몇 년 동안 쌓이고 쌓인 오물이었다. 그는 재빨리 구멍을 막고는 자기가 잘 아는 정화조 청소부를 불러서 정화조를 모두 비우게 했다. 청소가 끝나면 전체 배관 시스템이 뚫릴 것이었다.

몇 시간 후 청소부가 탱커와 커다란 파이프, 작업용 장갑으로 무장하고 우리 집을 찾아와 정화조를 비웠다. 전혀 냄새를 맡을 줄 모르는 사람이 아닐까 싶었다. "이게 문제였군요." 그가 말하면서 엄청난 양의 아기용 물수건, 각종 가정집기, 그리고 장난감 헬리콥터를 건져냈다. 약 1년 전쯤에 집안의 물건들이 없어지기 시작했고, 그쯤 우리는 아기용 물수건이 마치 바쁘게 돌아가는 병원에서처럼 빨리 바닥났던 것이 기억났다. 테렌스가 물건을 없앤 범인이라는 건 우리 모두 알고 있었지만, 어디에 숨겼는지는 알 수 없었다. 이제 모든 게 밝혀졌다. 우리 모두는 테렌스를 쳐다봤지만, 테렌스는 아무렇지도 않다는 듯 딸기 하드바를 빨고 있었고, 입술 주변까지 빨개져서 마치 배트맨 영화에 나오는 악당 조커 같은 얼굴을 하고 있었다.

"맛있다!" 테렌스가 말했다. 하수구가 열려서 온갖 오물이 주위에 널린 상황에서 할 말은 아니었다.

열정적이고, 아는 게 많고, 자신의 일에 열심인 사람들을 만나는 건 언제나 즐겁다. 그런 사람들을 보면 인류에 대해 다시 희망을 갖게 된다. 일부러 시간을 내어 우리 집에 찾아와 작업을 해준 청소부는 내게 정화조를 어떻게 다뤄야 하는지 강의를 해줬다. 정화조를 어떻게 관리해야 하는지 듣고 있다가 문득, '세상에는 이런 사람들이 필요하다'는 생각이 들었다. 추가 작업을 했으면서도 한사코 돈을 더 받지 않겠다고 한 우리 이웃 크루셰 씨도 그런 사람이었다. 하지만 그 청소부는 우리 가족이 쏟아낸 오물더미 위에 서 있었고, 작업 중에 땀범벅이 된 얼굴에 튄 오물을 닦아내고 있었다. 그 덕분에, 선택을 통해 자신의 삶을 이 자리까지 이끌어 온 사람의 이야기를 듣는 일은 솔직히 감당하기 쉽지 않았다.

"메르시 보꾸!" 나는 수표를 건네 주면서 살짝 악수를 피했다. "저는 그럼 샤워하러 갑니다."

샤워를 마친 후 나는 한 번 더 집 안의 하수구와 싱크대에 문제가 없는지 확인한 다음 사무실로 걸어갔다. 다가오는 공연 준비를 좀 해야 했고, 글쓰기 교실 학생들을 가르칠 후보 저자들이 보낸 이메일을 확인해야 했다. 보통은 다른 식구들이 모두 자러 가서 조용해질 때까지 기다리지만, 그때만큼은 아직 정신이 말짱할 때 가서 일을 끝내야 할 것 같았다. 정원을 가로지르는 발걸음이 가벼웠다. 모든 일이 이제야 제대로 방향을 잡은 듯했고, 앞으로 좀 더 자주 집에 있을 수 있을 것 같았고, 글을 쓸 공간도 생겼고, 모든 게 잘 되고 있다는 느낌을 받았다. 갑자기 모든 일이 마치 정화조처럼 뻥 뚫리는 느낌이었다.

계단을 올라 사무실에 들어갔다. 빨리 가고 싶어 계단을 두 개씩 밟았다. 그렇게 계단 꼭대기에 도착하자마자 거기에 있던 새뮤얼과 모리스에게 다리가 걸려 넘어질 뻔 했다. 언제 왔는지, 아이들은 볼만한 DVD를 찾아 내 사무실을 뒤집어 놓고는 시끄럽게 수부테오 게임을 하고 있었다. 베스파는 내 회전의자에서 잠을 자고 있었고, 피에로는 내가 그렇게도 아끼는 서랍장에 대고 입에 담기 어려운 일을 하고 있는 중이었다. 아내는 아래층 교실에 있는 의자에 놓을 방석들을 만들면서 콧노래를 부르고 있었다. 아내는 나를 쳐다보지도 않고, 심지어 부르던 콧노래도 멈추지 않고 내게 물었다. "염소는 어떨까?"

나는 옆에 있던 바 의자에 털썩 주저앉아서 작은 맥주병의 뚜껑을 땄다. 그리고 맥주를 길게 들이켜 마시고 주변을 둘러봤

다. '플뤼 사 상즈…*' 나는 생각했다. '변하면 변할수록.'

적어도 내 프랑스어 실력은 나아지고 있었다. ✦

---

* plus ça change (plus c'est la
même chose): "변하면 변할수록 (더
많은 것이 그대로 남아 있다)" 프랑스
저널리스트 장 밥티스트 알퐁스 카
(Jean-Baptiste Alphonse Karr)가
신문에서 언급한 경구로, 사람이나
상황이 변하는 것처럼 보여도
근본적으로 변하는 것은 없다는 의미

**아직 모드족을 잘 모르는 한국 독자들에게 모드족의 매력이 무엇인지
설명 부탁드려요!**

원래 모드족은 저보다 세대가 훨씬 위입니다. 1960년대에
유행했고, 1980년대 초에 다시 또 유행했죠. 하지만 모드족
스타일이나 음악은, 적어도 제가 느끼기에는 시대를
초월합니다. 모드는 단순히 스타일이나 음악에 대한 취향을
의미하는 게 아니라 하나의 삶의 방식입니다. 이탈리아에서
스쿠터를 가져왔고, 프랑스에서는 패션 스타일을, 그리고
미국에서는 흑인들의 소울 음악을 가져왔죠. 많은 것들을
포함하면서도 동시에 배타적인 것이 모드풍입니다. 꽤 괜찮은
삶의 방식이죠.

프랑스 시골 마을로 이사한 것을 후회한 적은 없나요?

유일하게 후회할 때는 출장 일정에 문제가 생겨서 힘들
때입니다. 파업이나, 항공편이 취소될 때, 기차가 연착될 때,
갈아타는 차편을 놓쳤을 때가 그렇죠. 제 일터가 집에서 멀리
떨어져 있다는 사실에 후회가 생길 때가 잠깐, 아주 잠깐씩
있어요. 하지만 집에 도착한 지 5분이면 싹 사라집니다.
이곳에서의 삶에 아주 만족합니다. 우리 부부에게는 다른 문화

속에서 생활하는 경험이자, 새로운 배움이고, 아이들에게는
큰 기회니까요.

책을 출간하고 난 뒤 삶에 어떤 변화가 있었나요?
솔직히 말씀 드리면 제 생활은 그다지 변하지 않았습니다.
여전히 출장을 엄청나게 다닙니다. 하지만 항상 책을 내고
싶었기 때문에 그 점에 있어서는 만족을 느낍니다. 아, 그리고
이게 자아도취라는 건 알지만, 출장으로 집을 떠나 있으면서
집 생각이 날 때면 서점에 들어가서 제 책이 잘 진열되어 있는지
확인합니다. 그러면 기분이 엄청 좋아집니다!

**책 속에 등장하는 수많은 동물 가족 중에서 가장 좋아하는 동물은
누구인가요?**
제가 가장 좋아했던 건 잭 러셀 테리어 종이었던 에디입니다.
이 책을 쓰기 전에 죽었죠. 저는 개를 가장 좋아합니다.
그 다음으로 좋아하는 가축은, 무서운 할머니 같기는 해도

 닭입니다. 이 책의
말미에서 아홉
마리였던 동물들은
이제 열한 마리가
되었습니다. 그 사이에
여러 동물들이
들어오고 나갔죠.

가족들의 농장일 역할 분담은 어떻게 하는지 궁금하네요. 여전히
웨이더를 입고 해야 하는 일은 안 하려고 애쓰나요?

모드족이 절대로 하지 않는 게 딱 하나 있다면 그건 패션
문제에서 타협하는 겁니다! 일은 모든 가족이 분담해서 하지만
불평을 제일 많이 하는 건 물론 접니다.

요리를 좋아하고, 즐기시는 것 같은데
가장 좋아하는 음식, 요리를 알려주세요!

마침 바로 어제 제가 제일 좋아하는
요리를 해 먹었어요. 뭐냐 하면,
훈제한 돼지고기 햄(gammon)을
코카콜라에 한두 시간 끓인
다음, 집에서 만든 처트니를 비계
위에 바르고, 그걸 오븐에 넣고
25분 정도 다시 익힙니다. 뭐라고
형언하기 힘들 만큼 맛있어요.
차갑게 식혀서 먹는 게 좋죠.

영국과 프랑스는 언어도, 문화도 다른데요. 문화권이 다른 지역으로
이주를 꿈꾸는 사람에게, 가장 해 주고 싶은 조언은 무엇인가요?

이번 달에 이사온 지 11년이 됩니다.(서면 인터뷰는
2016년 1월에 진행되었다.) 제가 드릴 수 있는 충고는 충분히
짐작하실 수 있을 겁니다. 제 근처로 이사오지 마세요. 저처럼

통명스러운 사람 옆에 살면 좋을 게 없습니다. 하지만 어디에 가시든 (그 문화에) 자신을 몰입하세요. 먼저 이사한 사람들의 경험을 보면서 안전한 방법을 찾으려 하지 마시고, 온전히 뛰어드세요.

새뮤얼, 모리스, 테렌스가 이 책을 읽어 보았나요? 아이들의 감상평은 어땠나요?

아이들은 제 책을 아주 자랑스럽게 생각하고 응원도 많이 해주었습니다. 특히 큰 아이는 이 책이 오디오북으로 나왔을 때 쉬지 않고 다 들었어요. 그런데도 밤에 그 아이의 방을 지날 때면 CD에서 책을 읽는 제 목소리가 들리고는 합니다. 그래서 왜 또 듣느냐고 물었더니 "들으면 잠이 잘 와, 아빠." 아이들이 원래 잔인합니다.

키득거리며 정말 재미있게 책을 읽었습니다. 스트레스가 많은 한국 독자들에게도 유머가 많이 필요한데요. 어떻게 하면 유머와 위트를 놓치지 않고 일상의 재미를 느낄 수 있을까요?

요즘 세상은 스트레스로 가득합니다. 스트레스에 영향을 받지 않는 사람들은 거의 없죠. 어려움을 유머로 대응하는 건 영국인들의 성격입니다. 심각한 상황을 웃음으로 넘기는 거죠. 영국에 혁명이 없었던 이유가 그겁니다. 하려면 할 수도 있었는데, 우리 스스로에 대해 웃는 데 바빠서 혁명을 할 시간이 나지 않았을 뿐입니다.

아내와 아이들에 대한 각별한 애정이 참 인상적이었습니다. 마지막으로, 가족에 대한 사랑을 모드족답게 멋지게 고백하신다면 어떤 표현을 쓰실지 궁금해요!

따뜻한 말씀 감사합니다. 하지만 사실 저와 가족을 지탱하는 건 제 아내 나탈리입니다. 모드족은 모든 걸 다 콘트롤하는 것처럼 보이고 옷도 깔끔하게 입습니다만, 사실은 철든 사람을 곁에 두고 같이 살아야 한다는 상식을 갖고 사는 사람들입니다.

──── 코미디언 무어 씨의 마르멜로 레시피 ────

터키 사탕 Turkish Delight

내가 터키 사탕에 사용하는 레시피는 포르투갈의 전통요리인 마르멜라다marmelada의 일종이다. 따라하기 쉽지는 않지만 어려운 만큼 보람은 확실하다.

먼저 마르멜로의 껍질을 벗겨내고, 심을 빼낸 후 마르멜로를 송송 썬다. 여기까지 하면 손이 마치 주먹으로 벽을 내리친 것 같은 꼴이 되지만, 다음 단계부터는 좀 쉬워진다.

채를 썬 마르멜로를 프라이팬으로 옮기고 마르멜로가 간신히 잠길 만큼 물을 붓고 끓인다. 약 25분 정도 끓이면 마르멜로가 말랑말랑해진다. 남은 과일이 부드러워질 때까지 으깬다.

과일믹스의 무게를 재서 같은 무게만큼의 설탕을 넣어 섞는다. (빈 프라이팬의 무게를 먼저 확인해 두면 과일믹스의 무게를 재느라 그릇에 옮겼다가 다시 담는 수고를 덜 수 있다.) 설탕을 넣은 마르멜로를 저으면서 끓인다. 팔에 감각이 사라질 정도로 한 시간 반쯤 저으면 믹스가 프라이팬 가운데 걸쭉한 엿처럼 덩어리로 모인다. 끓으면서 튀는 마르멜로에 손과 얼굴을 데고 싶지 않으면 나처럼 장갑과 고글 착용을 권한다.

걸쭉해진 믹스를 기름종이를 깔아둔 쟁반 위에 붓고, 따뜻하고 건조한 장소에서 굳힌다. (내 경우는 바람이 잘 통하는 선반을 이용한다.) 그렇게 놔두고 굳을 때까지 기다린 후, 딱딱해지면 사탕 크기로 잘라낸다. (나는 피자 자르는 커터를 이용한다.) 마지막으로 초콜릿이나 설탕가루를 입혀서 내놓는다.

마르멜로 처트니 Quince Chutney

처트니는 마르멜로를 가지고 터키 사탕처럼 고생하지 않고도
만들 수 있는 먹거리다.
마르멜로의 껍질을 벗겨 내고, 심을 빼낸 후 프라이팬에 설탕과
식초와 함께 넣는다. 나는 사과 식초나 화이트 와인 식초를
사용하지만 다른 식초도 상관없다. 식초를 넣고 한두 시간을
저으면서 끓인다.
그러는 동안 좋아하는 향신료나 재료가 있으면 집어넣는다.
아무거나 마음에 드는 걸로 실험해도 좋은데, 내 경우는 건포도,
카레 가루, 계피, 호두 따위를 사용해 봤다.
껄쭉해질 때까지 저으면서 끓인다.
잼을 보관하는 유리병을 끓여서 소독한 후 내용물을 넣고,
서늘하고 건조한 곳에 보관한다. 그렇게 보관하면 오래 두어도
상하지 않는다.

도서출판 남해의봄날 로컬북스 09

이웃한 도시라도 자세히 들여다 보면 서로 다른 자연과 문화, 아름다움을 품고 있습니다.
독특한 개성을 간직한 크고 작은 도시의 매력, 그리고 지역에 애정을 갖고 뿌리내려 살아가는
사람들의 이야기를 남해의봄날이 하나씩 찾아내어 함께 나누겠습니다.

영국에서 사흘 프랑스에서 나흘
: 코미디언 무어 씨의 문화충돌 라이프

초판 1쇄 펴낸날 2016년 5월 9일
초판 3쇄 펴낸날 2017년 7월 20일

지은이 ° 이안 무어   펴낸이 ° 정은영
옮긴이 ° 박상현   펴낸곳 ° 남해의봄날
                                        경상남도 통영시 봉수1길 12, 1층
편집인 ° 박소희 책임편집, 장혜원, 천혜란   전화 055-646-0512
일러스트레이션 ° 김재훈   팩스 055-646-0513
디자인 ° 이기준   이메일 books@namhaebomnal.com
                                        페이스북 /namhaebomnal
종이와 인쇄 ° 미래상상   트위터 @namhaebomnal
                                        블로그 blog.naver.com/namhaebomnal
ISBN 979-11-85823-07-2 03840
ⓒ 2016 남해의봄날 Printed in Korea.